MICHELLE ADAMS

Lügengift

W0239732

GOLDMANN
Lesen erleben

Buch

Chloe Daniels kann sich nach einem schlimmen Unfall an nichts mehr erinnern. Sie erkennt ihre eigene Familie nicht mehr und weiß weder, was am Abend des Unfalls, noch überhaupt in ihrem Leben bisher passiert ist. Frisch aus dem Krankenhaus entlassen, wohnt sie zunächst wieder bei ihren Eltern und ihrer jüngeren Schwester, ohne sich dort wirklich zu Hause oder emotional zugehörig zu fühlen. Ihr Vater, ein angesehener Psychiater und Neurologe, der sich mit Verfahren zur Traumabewältigung einen Namen gemacht hat, versucht ihr zu helfen, die Vergangenheit loszulassen. Doch dann kommt eine Wahrheit ans Licht, die Chloe zeigt, dass sie den Geschehnissen jener Nacht auf die Spur kommen und sich ihrer Geschichte stellen muss …

Weitere Informationen zu Michelle Adams
sowie zu lieferbaren Titeln der Autorin
finden Sie am Ende des Buches.

Michelle Adams

Lügengift

Spannungsroman

Aus dem Englischen
von Petra Knese

GOLDMANN

Die englische Originalausgabe erschien 2018 unter dem Titel
»Between the Lies« bei Headline Publishing Group,
a Hachette UK Company, London.

Dieses Buch ist auch als E-Book erhältlich.

MIX
Papier aus verantwortungsvollen Quellen
FSC® C014496
FSC www.fsc.org

Verlagsgruppe Random House FSC® N001967

1. Auflage
Deutsche Erstveröffentlichung Juni 2019

Umschlaggestaltung: UNO Werbeagentur, München
Umschlagmotiv: FinePic®, München
Redaktion: Julie Hübner
AG · Herstellung: kw
Satz: Buch-Werkstatt GmbH, Bad Aibling
Druck und Bindung: GGP Media GmbH, Pößneck
Printed in Germany
ISBN: 978-3-442-48514-7
www.goldmann-verlag.de

Besuchen Sie den Goldmann Verlag im Netz

Für dich, Leila,
meinen wahr gewordenen Traum.
Mein Wunder.

Ertrinken. Du sagtest, so würde es sich anfühlen. Als würde man unter die Oberfläche gleiten, immer tiefer sinken, bis einem die Luft ausgeht. Deine Finger sanft auf meiner Brust, in diesem stickigen, kleinen Zimmer, der Welt entrückt. »Es ist, als würdest du mich verschlingen«, meintest du, »mir den Atem rauben.« Dann hieltest du den Kopf in die Hand gestützt, die Finger hattest du im Haar vergraben, und mir zugezwinkert. Beim Anblick deines Lächelns erkannte ich, dass du wusstest, dass du nichts dagegen tun konntest.

Aber Chloe, für mich war es kein Ertrinken. Es war etwas vollkommen anderes. Denn wenn man ertrinkt, gerät man in Panik, kämpft, schlägt um sich. Ringt verzweifelt nach Atem, will entkommen. Wenn man ertrinkt, ist man irgendwann tot.

Vielleicht ist es dir entfallen, aber dagegen gekämpft hast du nicht. Du bist freiwillig untergegangen. Du willst nicht weg. Du willst mich nicht vergessen. Du sagst, du hättest dich verändert, aber für mich bist du immer noch alles, was ich je wollte.

Das ist kein Ertrinken, Chloe, das kann ich dir garantieren.

Ich will nicht sterben. Ich will auch nicht, dass du stirbst.

Das wäre doch keine Liebe.

I.

Im ersten Moment spüre ich nichts. Keinen Schmerz, keine Angst. Blinzelnd öffne ich die Augen. Im grauen Mondlicht nehme ich schemenhaft meine Umgebung wahr, dunkles Leder und den Teil eines Lenkrads. Glänzend ölige Spritzer, dunkles Blut auf meiner Haut. Was ist passiert? Wo bin ich?

Ich hebe den Kopf. Ein höllischer Schmerz im Nacken. Ist das Regen, der mir kalt ins Gesicht sprüht? Ich höre nur meinen Atem, werfe einen Blick auf den leeren Beifahrersitz neben mir, auf die zerschlagene Windschutzscheibe. Die zersplitterten Ränder sind feuerrot. Mit zitternder Hand taste ich nach dem Sicherheitsgurt, fingere am Gurtschloss herum. Ich habe nicht die Kraft, den Knopf zu drücken. Mir verschwimmt alles vor den Augen. Ich sacke nach vorne wie totes Gewicht, aber ich glaube, ich bin noch am Leben.

Immer wieder verliere ich das Bewusstsein. Wie lange bin ich wohl schon an diesem seltsam einsamen Ort? Kalte Schauer wecken mich, Regen peitscht gegen die Fenster. Mir steht eine ungestüme Nacht bevor. Ich habe Schmerzen in der Brust, die sich bis in die Arme ziehen. In der Ferne blitzt eisblaues Licht auf, das sich in den Scherben der Windschutzscheibe spiegelt und dann wieder zwischen den Bäumen verschwindet. Die Augen fallen mir zu, ich reiße sie wieder auf. Wieder und wieder. Wie Seetang in den Wellen werde ich zwischen Leben und Tod hin- und hergeworfen.

Während der Regen auf das Autodach trommelt, ruft eine Stimme: »Können Sie mich hören?« Jemand schlägt gegen die Seitenscheibe. Öffnet die Tür. Hände zerren an mir, rutschen ab. Blutige Strähnen fallen mir über die Augen. Im Augenwinkel sehe ich eine gelbe Jacke, einen schwarzen Helm, der das Gesicht des Mannes verdeckt. Er ruft irgendetwas. Sind da noch mehr Leute? Wasser rinnt ihm von den Schultern, die eisigen Spritzer treffen mich. Als ich mich rege, knirscht unter mir Glas.

»Halten Sie durch. Bewegen Sie sich möglichst nicht.« Ich spüre, wie er sich über mich beugt. »Können Sie mir sagen, wie Sie heißen?«

Keine Ahnung.

Jemand legt mir eine Halskrause um. Es wird kälter, stiller. Ich spüre meine Hände nicht mehr. Immer wieder fallen mir die Augen zu. Dann ertönt ein Kommando, und sie ziehen mich aus dem Wagen. Es geht alles ganz schnell. Ihre Stimmen werden vom Wind davongetragen. »Wir verlieren sie!«

Ich schlage die Augen auf. Es ist kein sanftes Erwachen, kein seichtes Treiben zwischen Traum und Realität. Es geht schnell, wie das Abreißen eines Pflasters oder der

Schnitt mit einem scharfen Messer. Ich bin außer Atem und verschwitzt. Allmählich fällt der Traum von mir ab, ich sehe mich im Zimmer um, führe mir ganz bewusst vor Augen, wo ich bin. Dass ich nichts zu befürchten habe. Dass ich am Leben bin.

Ich drehe mich auf den Rücken und setze mich im Bett auf, leise prasselt der Regen gegen die Fensterscheibe. Ich reibe mir die Augen, eine Tür öffnet und schließt sich. Schritte auf der Treppe, gedämpftes Geschnatter aus der Küche.

Familienleben.

Sie sagen, ich heiße Chloe. Als ich im Krankenhaus aufgewacht bin, die Stimme kratzig und heiser, die Kehle so wund, dass ich kaum sprechen konnte, wusste ich nicht, wer ich war. Ich konnte mich an nichts mehr erinnern. Wer ich war, was ich beruflich tat. Wie mein Leben aussah. Ich fragte eine der Krankenschwestern, eine mollige Frau namens Helen, deren zierliche Brille oberhalb der Nasenspitze saß. Sie stemmte eine dicke Hand in die Hüfte. »Erinnern Sie sich denn nicht?«, fragte sie.

Ich schüttelte den Kopf. Er pochte, fühlte sich schwer an. Wenn ich in Gedanken zurückging, kam es mir vor, als könnte ich mich vage an den Unfall erinnern, von dieser Erinnerung träumte ich dann jede Nacht. Aber sicher war ich nicht. Ich sah aus dem Fenster, irgendetwas am Regen kam mir vertraut vor, etwas am entfernten Schlagen der Wellen an den Strand. Aber was?

»Ihr Name ist Chloe. Sie hatten einen Unfall. Sie lagen über einen Monat im Koma«, sagte sie. »Aber Ihnen geht es schon viel besser, machen Sie sich keine Sorgen.«

Helen widmete sich wieder ihren Notizen, kontrollierte meinen Puls, meinen Blutdruck, meine Temperatur und hielt alles fest. Ich sah mir die Karte auf dem Nachttisch an: *Gute Besserung, Chloe* stand darauf. *In Liebe Mum, Dad und Jess.* Offenbar meine Familie.

An sie konnte ich mich auch nicht mehr erinnern.

Nun schiebe ich die üppig bestickte Decke von mir und nehme das Glas Wasser vom Nachttisch. Seit ich hier bin, habe ich ständig einen trockenen Mund. Das liegt an dem ganzen Staub hier überall. Das Anwesen meiner Familie ist alt und riesig, manche Räume wurden schon seit Jahrzehnten nicht mehr betreten. Ich taste nach dem Schalter der Lampe mit den kleinen Troddeln und schalte sie ein. Doch das Licht kann das Zimmer nicht nennenswert erhellen, die Ecken bleiben dunkel, in ewige Schatten getaucht.

Ich schaue mich um. Hier bin ich jetzt zu Hause, aber selbst nach ein paar Wochen fühle ich mich noch fremd. An der Wand klebt eine mit Rosen überladene Strukturtapete in kitschigem Lachsrosa. In den Ecken löst sich die Tapete schon. Die Decke ist weiß, wirkt aber wegen des dichten Nebels draußen schmutzig grau. Schon seit Tagen hängt er in der Luft. Um das Deckenlicht herum blättert die Farbe ab. Hier ist alles in Auflösung begriffen. Jeden Morgen nehme ich jede Einzelheit in mir auf, weil ich hoffe, etwas wiederzuerkennen. Aber hier ist nichts meins. Ich gehöre woanders hin. In ein anderes Leben, an das ich mich nicht mehr erinnern kann. Das nicht mehr existiert.

Ich trete ans Fenster, schiebe die fadenscheinigen Vorhänge beiseite. Vom ersten Stock des alten Pfarrhauses aus, in dem ich angeblich aufgewachsen bin, kann man die Weite des Familienanwesens gar nicht ganz erfassen. Das Haus ist umgeben von großen Flächen feuchten Ackerlands, die sich bis hin zu bewaldeten Hügeln erstrecken. Irgendwo in der Ferne liegt ein Dorf. Da würde ich gerne hinlaufen, das Haus mal verlassen, aber mein Vater meint, es sei noch zu früh. Ich bin eine erwachsene Frau, werde aber im Haus gehalten wie ein kleines, schutzbedürftiges Kind. Meine Eltern sagen, sie wollen nur mein Bestes. Also höre ich auf sie. Doch es ist schwer, Leuten zu vertrauen, wenn man nicht mal sicher ist, dass man sie kennt.

Ich begebe mich nach unten, die gedeckten Farben im Treppenhaus deprimieren mich. Draußen steht die Sonne tief, ihr winterliches Licht scheint sanft und silbern. Mir macht es deutlich, wie viel Zeit ich verloren habe, eine ganze Jahreszeit. Woran kann ich mich überhaupt noch erinnern? Keine Ahnung. Nicht mal an den Sommer vor dem Unfall kann ich mich entsinnen. Also muss ich mich fürs Erste mit diesem Haus, diesen Menschen arrangieren. Mit dieser Version meiner selbst.

Chloe. Wer immer das ist.

Als ich in die Küche komme, sitzt mein Vater schon am Tisch, meine Mutter macht sich noch an der Arbeitsplatte zu schaffen. Meine Schwester Jess zieht mir einen Stuhl heran. Mit ängstlichen Schritten geht meine Mutter auf mich zu, einen Becher Tee in der einen, einen Teller mit Muffins in der anderen Hand. Noch immer macht sie ein Gewese um mich, als wäre es mein erster Tag hier. Sie ermuntert mich, mir einen Schokoladenmuffin zu nehmen, dann stellt sie den Teller auf den langen Küchentisch.

»Möchtest du Toast?«, fragt sie. »Wir haben leckere Marmelade da.« Lächelnd nicke ich. Sie schaut zu meinem Vater, der ihr Zustimmung signalisiert. Bange Erwartung liegt in der Luft, eigentlich seitdem ich hier bin. Ich glaube, es ist Verzweiflung, der Wunsch, dass ich mich heimisch fühle. Damit alles wieder ins Lot kommt, wünschen sie sich, dass ich gerne hier bin.

»Chloe, ich muss leider heute Morgen in die Klinik«, sagt mein Vater, während ich an den trockenen Rändern des Muffins knabbere. »Ich habe ein paar Verpflichtungen, die ich nicht länger hinausschieben kann. Deine Mutter und deine Schwester werden auch unterwegs sein.«

»Kein Problem«, antworte ich. »Ich komme schon alleine klar.«

Er erhebt sich und leert seine Kaffeetasse, bevor er meine Mutter auf die Wange küsst. Als er Jess durchs Haar zausen will, bringt sie sich gerade noch rechtzeitig in Sicherheit. Dann beugt er sich über mich und drückt mir einen kalten, trockenen Kuss auf die Wange. Mir läuft ein Schauder über den Rücken. »Mach dir keine

Sorgen«, sagt er. »Alles ist bestens, aber heute sollten wir mal wieder eine Sitzung machen, was meinst du? Die letzte ist schon ein paar Tage her.«

Eine Sitzung. Damit will er mich darin unterstützen, mir wieder ein Leben aufzubauen. Angefangen haben wir gleich nach meiner Ankunft hier. Als Psychiater fühlt er sich berufen, meine Genesung zu beschleunigen und mir zu helfen, mich an die Vergangenheit zu erinnern. Doch selbst nach ein paar Wochen entzieht sich mir diese Vergangenheit. Mittlerweile hätte meine Familie mir ja ein wenig über mein Leben erzählen können. Wo ich gewohnt habe. Mit wem ich befreundet gewesen bin. Was ich gemacht habe. Aber keiner rückt mit der Sprache raus, und ich bin unfähig, mich daran zu erinnern. Alles zu seiner Zeit, heißt es immer. »Ich helfe dir«, kommt von meinem Vater. Er will ja, dass ich mich erinnere. Aber alles hat nach seinen Regeln abzulaufen.

Mein Vater klemmt sich die *Times* unter den Arm. »Bald bist du wieder ganz die Alte, Chloe. Wir machen schon großartige Fortschritte. Aber wenn du hier heute allein bist, geh nicht aus dem Haus. Du bist noch nicht so weit. Ach ja, das hätte ich ja fast vergessen.« Er fördert ein kleines Porzellanschälchen zutage, in dem drei Tabletten liegen. »Nimm die.«

Ich lege mir die Tabletten auf die Zunge, ein Mischmasch aus Schmerzmitteln und Antiepileptika, und spüle sie mit einem Schluck Wasser hinunter. Durch die vereiste Scheibe im Arbeitszimmer meines Vaters beobachte ich, wie er in sein Auto steigt. Jess klettert zu meiner Mutter in den Wagen, und einer nach dem anderen fahren sie davon. In ein Leben, von dem ich nichts weiß. Ich schaue den Autos hinterher, bis ihre Lichter von der dichten Nebelwand verschluckt werden. Und während ich dort stehe, in Kleidern, die nicht wirklich meine sind, in einem Haus, in das ich nicht gehöre, denke ich über die Anweisung meines Vaters nach, das Haus nicht zu verlassen. Jeden Tag geht mir das Gleiche durch den Kopf. Wenn ich rausginge, wohin würde ich gehen? Die Frage kann ich nicht beantworten, denn außer diesem Haus und diesen drei quasi Fremden, weiß ich nichts über mein Leben.

Sobald wir die Therapie beendet haben, wird alles wieder wie früher, Vergangenheit und Gegenwart werden nur durch eine blasse, gut verheilte Narbe getrennt, sagt mein Vater. Aber da kann er sich anstrengen, wie er will, ich werde nicht wieder in mein altes Leben zurückfinden. Der Mensch, der ich war, ist tot, beim Unfall ausgelöscht. Und wenn ich auch sonst ziemlich durcheinander bin, weiß ich eines genau: Tote kann man nicht wieder lebendig machen. Ich fürchte, die alte Chloe werde ich nie wieder zurückbekommen.

Und ich fürchte noch mehr, dass meine Familie das auch gar nicht will.

2.

Alleine kämpfe ich erst mal mit der erstickenden Stille, der Ruhe in diesem fremden Haus, der Leere in mir. So geht das jeden Tag. In den ersten Momenten allein befällt mich eine panische Angst, wie ich wohl die Zeit herumbringen soll, bis sie wiederkommen und meinem Dasein einen Zweck verleihen, mir einen Platz in der Welt geben. Denn trotz aller Vorbehalte habe ich ja nur meine Familie. Bis sie zurückkommen, gibt es nur mich, und ich habe keinen Schimmer, wer das ist.

Ein paar Dinge haben sie mir schon über mein Leben erzählt, aber es ist wie ein Puzzle, bei dem die meisten Teile fehlen. Was ich weiß, ist extrem beschränkt und vage. Ich weiß, dass ich Chloe heiße und zweiunddreißig Jahre alt bin. Vor meinem Unfall habe ich als Anwältin gearbeitet. Ich hatte ein eigenes Haus ganz hier in der Nähe. Doch ich kenne keine Einzelheiten, die dem Farbe verleihen würden. Angeblich war ich glücklich. Hatte ein schönes Leben. Aber mir kommt alles so schal und falsch vor. Es ist wie bei einem Pflaster, das man von einer Wunde abreißen muss, um zu sehen, was sich darunter verbirgt.

Über den Tag verteilt, schlafe ich viel, wie ein Baby. Ohne Ruhepausen halte ich nicht durch. Fernsehen ist eine totale Zeitverschwendung. Ich kann mich einfach nicht lange genug konzentrieren, um der Handlung zu folgen. Selbst wenn mir meine Schwester sagt, dass ich die Sendung schon x-mal gesehen habe, scheint sie mir kompliziert und verworren. Dennoch schaue ich mir jeden Abend nach dem Abendbrot die Nachrichten an, um mir bewusst zu machen, dass es auch noch ein Leben außerhalb dieses Gemäuers gibt und dass die Zeit vergeht. Ich kann Stunden über Papieren brüten, die mein Vater mir gegeben hat: meine Geburtsurkunde, Schulzeugnisse und ein Fotoalbum von meiner Mutter. All diese Dinge beweisen, dass ich mal ein Leben hatte. Dass Chloe Daniels existiert hat. Statt eines Lebens habe ich nun eine Narbe links auf dem Schädel, wo Dr. Gleeson, der Neurochirurg, ein Epiduralhämatom entfernt hat. Die Narbe reagiert auf alles empfindlich. Inzwischen bin ich dazu übergegangen, immer eine Wollmütze zu tragen, aber ich bin nicht so weltfremd, als dass ich nicht wüsste, wie seltsam das auf die Menschen wirken muss, mit denen ich zusammenlebe.

Erst wollte ich gar nicht mitgehen. Mit meinen Eltern. Meiner Familie. Die Vorstellung, in einem Haus mit Leuten zu leben, die ich nicht kannte, kam mir seltsam vor. Als ich mit Dr. Gleeson mal allein war, habe ich ihm gestanden, dass ich fürchtete, die Leute könnten Hochstapler sein, die meinen Gedächtnisverlust ausnutzen. Für mich rochen sie auch so komisch. Das finde ich immer noch. Ein ausgeprägter Geruchssinn ist offenbar eine Begleiterscheinung der OP. So ein Skalpell im Kopf kann die Sinne beeinträchtigen.

Dr. Gleeson hat nur gelacht, seine schlanke Hand auf meine gelegt und mir gesagt, ich solle mir keine Sorgen machen. Es seien gute Menschen und es gebe Dinge, die meinem Gedächtnis auf die Sprünge helfen könnten. Wie zum Beispiel das Fotoalbum, das meine Mutter zusammengestellt hat, um mir eine Brücke zur Vergangenheit zu bauen.

Jeden Morgen blättere ich es am Küchentisch durch in der Hoffnung, mich an etwas zu erinnern. Ich als Kind beim Füttern einer Ziege, bei einem Ausflug nach Weymouth in einer Kutsche mit Shire Horses. Mitunter kommt eine Empfindung hoch. Ich rieche das Meer, oder mir läuft das Wasser im Mund zusammen, wenn mein Vater von Essig-Chips spricht. Als wüsste mein Körper, was mein Kopf nicht mehr weiß.

Ich gehe zum Kühlschrank und werfe einen Blick auf die Liste, die mein Vater kurz nach meiner Rückkehr aus dem Krankenhaus erstellt hat. Da habe ich mich wie ein Zombie gefühlt, war all die Medikamente nicht gewöhnt. Noch immer nehme ich Kortison, Antibiotika und Antiepileptika, um Schwellungen zu lindern, Infektionen zu verhindern und die Gefahr von Krämpfen einzudämmen. Aber nach wie vor habe ich Probleme mit meinem Tagesablauf, deshalb die Liste mit meinen täglichen Aufgaben.

An erster Stelle stehen meine Übungen. Einfache

Arm- und Beinhebeübungen, damit ich wieder Muskelkraft aufbaue. Wir haben auch einen großen Gymnastikball, auf dem ich im Sitzen auf- und abhüpfe. Angeblich stärkt das die Mitte. Als Nächstes stehen die Medikamente auf der Liste. Wie im Krankenhaus liegen sie schon abgezählt bereit, aber die nächste Ration soll ich erst nehmen, wenn meine Mutter nach Hause kommt. Da gehen sie lieber auf Nummer sicher. Der dritte Punkt ist Essen. Als ich den Kühlschrank öffne, steht dort ein Teller mit Broten, fest verpackt unter Klarsichtfolie.

Ich hole ein Brot heraus und nehme einen Bissen, doch trotz der Steroide, die angeblich meinen Appetit anregen sollten, bin ich eigentlich nie richtig hungrig. Das einzige Verlangen, das ich habe, ist, rauszugehen und mein eigenes Leben wiederzufinden. Eingesperrt in dieses Haus mit seinen hohen Decken und zugigen Durchgängen, ist auch nicht anders, als im Koma zu liegen. Nachdem ich das Brot gegessen habe, tue ich deshalb das, was ich jeden Tag tue, wenn ich allein bin. Ich schlüpfe mit den Armen in den Mantel meiner Mutter, mit den Füßen in ihre Schuhe. Schnappe mir die Schlüssel, öffne die Haustür und gehe mithilfe eines Stocks, den ich für die Arbeit mit dem Physiotherapeuten mit nach Hause nehmen musste, bis zum Ende der Auffahrt. Es ist beschwerlich und ermüdend, und jedes Mal muss ich mich anschließend ins Bett legen und eine Stunde schlafen. Trotzdem zwinge ich mich dazu, um die feuchtkalte Luft draußen zu spüren, die sich wie eine Decke um mich legt. Was anderes bleibt mir nicht.

Seit einer Woche lege ich die Strecke bis zum Tor täglich zurück, seit mein Vater sich geweigert hat, mich zurück in mein eigenes Haus zu bringen. Dort, wo ich mein altes Leben verbracht habe. Ich weiß noch nicht, wo es liegt und wie es aussieht, aber es würde mir garantiert helfen, mich zu erinnern. Mein Vater meinte, ich sei noch nicht so weit. Ich sei noch zu krank. Als ich ihn bat, mir ein Bild von meinem Haus zu zeigen, mir davon zu erzählen, wollte er nicht. Flehend sah ich meine Mutter an. Doch sie schlug nur die Augen nieder, schwieg unter den wachsamen Blicken meines Vaters.

»Du bist noch nicht so weit, Chloe. Ich gebe dir Bescheid, wenn es so weit ist. Damit verdiene ich mein Geld. In solchen Dingen kenne ich mich bestens aus.« Mehr sagte er dazu nicht.

Also entschloss ich mich, einfach zu gehen. Und da hatte ich dann entdeckt, dass das Tor verschlossen ist. Dass ich nicht gehen konnte, selbst wenn ich wollte. Nun stehe ich wieder am Ende des Anwesens, halte mich am feuchten Holztor fest. Weiter komme ich dank eines durchgehenden Zauns rund ums Gelände nicht. Die Straße dahinter verliert sich im dichten weißen Nebel. Auch wenn ich es nicht sehen kann, weiß ich, dass dort das Dorf liegt, mit seinem Friseur, seiner Autowerkstatt und all den Häusern voller Leben. Bestimmt. Wie jeden Tag rüttle ich am Tor, aber es ist mit einer Zahlenkombination verschlossen. Noch etwas, das ich nicht weiß. Noch etwas, das mir niemand verrät.

So eingesperrt fühle ich mich wie eine Gefangene.

3.

Meine Mutter kehrt kurz vor dem Mittagessen zurück und setzt sich zu mir an den Tisch, während ich esse. Sie passt auf, dass ich die Tabletten nehme, dann macht sie mir einen Tee und hilft mir ins Bett. Mir entgeht nicht, wie ihr Blick über meinen Körper gleitet und sie eine mentale Inventur meiner Verletzungen macht, bevor sie mir die Decke bis zum Kinn zieht.

»Wenn du dich ausgeruht hast, willst du dich dann vielleicht mal zum Abendessen anziehen?«

»Weiß nicht.« Sie schlägt mir das oft vor, als würde damit alles gut werden.

»Du kannst ja nicht den Rest deines Lebens im Schlafanzug verbringen. Und vergiss nicht, was dein Vater vorhin gesagt hat. Er will sich heute noch mal mit dir hinsetzen. Bestimmt würde er sich über eine angezogene Tochter freuen.«

Ich schaue zu den Schränken. »Aber es sind nicht mal meine Sachen. Alle meine Sachen sind noch in meinem Haus. In dem Haus, von dem mir keiner von euch etwas erzählen will.«

»Nicht alle«, sagt sie ungehalten. »Ein paar Sachen

haben wir dir mitgebracht, das weißt du doch.« Mum hält einen kleinen Beutel hoch. »Dein Zuhause ist jetzt hier bei uns, Chloe.«

Mein Vater kommt früh aus der Klinik zurück. Mums Auto war nämlich in der Werkstatt, und Jess musste von der Uni abgeholt werden. Irgendein Seminar zu forensischer Toxikologie, das Jess über die Semesterferien besucht. Doch Dads Arbeit in der Klinik ist längst nicht beendet, und so bestellt er einen Kollegen zu uns nach Hause, um ein paar dringende Fälle durchzusprechen. Ich höre den Arzt kommen, die Reifen graben sich in den Kies. Es dämmert schon, als ich ans Fenster trete und ihn durch den Nebel auf unser Haus zuschreiten sehe.

Seltsamerweise erkenne ich ihn. Gut möglich, dass ich ihn schon mal im Krankenhaus gesehen habe. Durch den Türspalt beobachte ich, wie er hereinkommt und seine Jacke übers Geländer schlingt. Mein Vater hasst so was, aber er sagt nichts dazu.

Nach einer Stunde gehe ich nach unten. Ihre Stimmen dringen durch die halboffene Arbeitszimmertür, gedämpft zunächst, dann aber deutlicher. Offenbar unterhalten sie sich noch über Berufliches.

»Wir müssen uns damit abfinden, dass ihr Zustand wesentlich schlimmer ist, als ursprünglich angenommen, Guy. Nun gilt es, die harte Linie beizubehalten, damit keine Verwirrung aufkommt.«

Als ich das Ende der Treppe erreiche, höre ich ein

tiefes Seufzen. »Ich weiß Ihre Meinung zu schätzen, Dr. Daniels, aber ich mache mir Sorgen.«

»Um unser weiteres Vorgehen?«

»Darum, was passiert, wenn wir zu lange warten, sie in ihr altes …«

Er hält inne, als ich an der Tür vorbeilaufe.

»Chloe, bist du das?«, ruft mein Vater. Ich mache ein paar Schritte zurück Richtung Arbeitszimmer und drücke die schwere Holztür auf. »Ich dachte, du schläfst.«

»Habe ich auch, aber ich bin schon eine Weile wach.«

Der Mann, der mir vage bekannt vorkommt, sitzt meinem Vater gegenüber auf einem Stuhl, die Finger vor sich zu einem Dach gefaltet. Sofort denke ich an das Fadenspiel, das wir immer in der Schule gespielt haben. Der Arzt lächelt mich an und scheint unschlüssig, ob er mir zuwinken oder die Hand schütteln soll.

»Hallo«, sage ich.

»Hallo, ich bin Guy. Wir sind uns schon mal …«

»… im Krankenhaus begegnet.« Er scheint überrascht. »Ich kann mich an Ihr Gesicht erinnern.«

»Dr. Thurwell ist ein Kollege, Chloe. Er hat dich besucht, kurz nachdem du aus dem Koma erwacht warst.«

»Schön, dass es Ihnen so gut geht.«

»Danke«, entgegne ich. Danach herrscht erst mal Schweigen, keiner weiß so recht, was er sagen soll. »Dann lasse ich euch mal lieber in Ruhe weiterarbeiten.«

Mein Vater nickt mir zu. »Danke, Chloe. Wir sehen uns dann beim Abendessen.«

Um sieben Uhr setzen wir uns an den Abendbrotstisch. Der Himmel ist dunkel, der Wind stark. Wie jeden Abend warten wir schweigend auf das Signal meines Vaters. Er trägt uns auf, während meine Mutter ihm ein Glas Rotwein einschenkt. Wie gewöhnlich unterhalten sie sich, ohne dass ich einen Beitrag leiste. Stattdessen höre ich zu. Meine Schwester hängt meinem Vater an den Lippen. Ob ich wohl auch so gewesen bin? War ich auch ein Papakind? Als abgeräumt wird, wendet er sich mir zu. Sofort schlägt mein Herz schneller, als müsste ich aus den Trümmern meines Lebens eine Antwort auf jede seiner Fragen hervorzaubern.

»Was hast du heute Vormittag gemacht? Hast du dir das Fotoalbum angesehen?«

»Ja, sonst eigentlich nichts weiter. Die meiste Zeit bin ich müde.«

Er nickt zufrieden. »Das ist nicht anders zu erwarten. Gib dir Zeit, Chloe.« Und dann greift er über den Tisch nach meiner Hand. Mir stockt der Atem, ich bin wie erstarrt. »Gemeinsam schaffen wir es. Vergiss nur deine Tabletten nicht.« Ich nehme das kleine Schälchen vom Tisch und schlucke meine Abendration. »Lass uns anfangen.«

Ich schwinge die Beine aufs Sofa, und mein Vater rückt die Kissen zurecht, damit ich es bequem habe. Er zieht sich einen Stuhl heran und quetscht sich mit seiner Leibesfülle darauf. Der Stuhl ist zu klein. Mit dem Sitzen gibt er sich große Mühe, offene Haltung, entspannte

Schultern. Er wolle mich nicht zwingen, mich zu öffnen. Das hat er kurz nach meiner Ankunft hier gesagt. Er hat sich zu mir heruntergebeugt, die Freundlichkeit in Person, während ich ihn verschreckt angesehen habe. »Du weißt, dass ich dich nicht zwinge, mit mir zu reden, nicht wahr, Chloe? Sei ganz unbesorgt. Aber wenn wir zusammenarbeiten, kann ich dir helfen, dich an Vergessenes zu erinnern.«

Doch drei Wochen später habe ich immer noch keine konkreten Erinnerungen. Die Sitzungen bewirken nur, dass ich mich noch verunsicherter und sehr durcheinander fühle. Im Arbeitszimmer meines Vaters hängen lauter Auszeichnungen, also scheint er ein versierter Arzt zu sein. Natürlich ist es möglich, dass bei mir Hopfen und Malz verloren sind, aber genausogut frage ich mich, ob das Unternehmen nicht von vornherein zum Scheitern verurteilt war.

»Findest du es nicht ein wenig merkwürdig?« Ich versuche es mir auf dem Sofa bequem zu machen. »Du bist mein Vater. Eigentlich sollte man ja nicht jemanden aus der eigenen Familie therapieren.«

Mein Vater rutscht auf dem Stuhl hin und her, streicht seinen Block glatt. »Aber Chloe, ich bin vom Fach. Soll ich untätig zusehen und dir nicht helfen?« Er holt tief Luft und atmet langsam durch die Nase aus.

»Vielleicht könnte ich zu einem anderen Arzt aus deiner Klinik gehen? Wie wäre es mit Guy, der vorhin hier war?« Ich erinnere mich, dass er lächelnd bei mir auf der Bettkante gesessen hat. »Womöglich kann er mir helfen.«

Mein Vater kneift die Augen zusammen, als würde er sich den Vorschlag durch den Kopf gehen lassen. »Dr. Thurwell? Er ist sicher ein sehr guter Arzt, aber es wäre nicht angebracht, wenn du als Patientin zu ihm gehst. Er ist viel jünger als ich, Chloe. Ich bin sein Mentor. Ich kümmere mich schon um dich und helfe dir, die Vergangenheit wachzurufen.«

»Aber wir sind schon seit drei Wochen dabei, und es hat sich noch nichts getan.«

Er fährt sich über den Bart, die rosa Lippen geschürzt. »Chloe, das menschliche Gehirn kann eine unglaubliche Menge an Informationen speichern. Es ist alles da drin.« Dabei tippt er mir leicht gegen den Kopf. »Dein Leben in kleinen Datenpaketen. Durch den Unfall ist alles durcheinandergeraten. Überall liegen die Dinge verstreut, wie früher in deinen Schubladen.« Ködert er mich wieder mit der Vergangenheit? War ich ein unordentliches Kind? »Doch das Gehirn vollbringt Erstaunliches. Normalerweise erinnern wir uns in allen Einzelheiten selbst an Erlebnisse aus der Kindheit, als wären sie erst gestern geschehen.« Er schnippst mit den Fingern. »Innerhalb von Sekunden! Du aber hast diese Fähigkeit verloren. Nun müssen wir schauen, dass das Unbewusste wieder bewusst wird, müssen deine periphere Wahrnehmung auf ein Minimum reduzieren, um die verschütteten Erinnerungen freizulegen. Quasi alles neu vernetzen. Hypnose ist dabei ein wunderbares Hilfsmittel.«

Die Aussicht, mich wieder an mein Leben zu erinnern, ist zu verführerisch. Ich lehne mich in die Kissen zurück und schaue ihn an. Im Schein des Kaminfeuers leuchtet das Weiß seiner Augen, wirken die Schatten darunter tief und dunkel. Ich weiß immer noch nicht, ob ich ihm trauen kann, doch anscheinend ist er momentan meine einzige Hoffnung.

»Zunächst möchte ich, dass du deinen Atem tiefer werden lässt. Entspann dich einfach. Atme bewusst durch die Nase ein und durch den Mund wieder aus. Durch die Nase ein, durch den Mund aus. Genau. Nein, sieh nicht mich an. Schau auf den Stift.« Mein Vater hält einen silbernen Füller hoch. Schwarze Tinte ist ihm über die Finger gelaufen, hat sich in die Hautrisse gesetzt. »Nun erlaubst du dir, dich ganz dem Rhythmus deines Atems hinzugeben. Gut machst du das. Ein und aus. Sehr gut, aber nicht so viel zwinkern. So ist's richtig. Du machst das sehr gut.«

Nach einer Weile werde ich ruhiger, sogar etwas schläfrig. Schwer liegen meine Arme auf dem Sofa. Ich gähne, der Regen, der gegen die Scheibe trommelt, erinnert mich an Wellen, die sich an einem steinigen Strand brechen. Die Steine werden von der Strömung mitgerissen. Brighton, glaube ich. Woher kenne ich Brighton? Warum kommt es mir ausgerechnet jetzt in den Sinn?

»Nun, Chloe. Was weißt du von dem Abend noch?«

»Regen«, sage ich. »Es hat geregnet.«

»Sehr gut. Wo bist du?«

»Im Auto. Mir tut der Kopf weh.«

»Geh weiter zurück. Schau dich um, Chloe. Was siehst du noch? Geh so weit zurück wie möglich, bis zum Beginn der Fahrt. Ich möchte, dass du zu dem Moment zurückgehst, als du die Schlüssel genommen hast und ins Auto gestiegen bist. Kannst du das für mich tun, Chloe? Kannst du versuchen, dich zu erinnern?«

Ich schrecke aus dem Schlaf. Als ich die Augen blinzelnd öffne, beugt mein Vater sich lächelnd über mich. Das Feuer im Kamin ist erloschen, nur die Asche glüht noch. Um mich herum ist es kalt und dunkel. Wie spät mag es sein? Wie lange habe ich hier wohl gelegen?

»Gut gemacht, Chloe. Wie fühlst du dich?«

Auf der Uhr im Wohnzimmer ist es kurz nach elf. Ich fühle mich duselig, beschwipst. Als hätte man mich unter Wasser getaucht. Ich habe mich in seiner Traumwelt verloren, in die er mich bei jeder Sitzung lullt. Ich fasse mir an den Verband am Kopf. Mein Vater nimmt meine Hand. Macht ein besorgtes Gesicht. »Was ist? Geht es dir nicht gut?«

»Ich bin eingeschlafen.« Ich setze mich auf, schaue erneut zur Uhr auf dem Kamin. Fast drei Stunden sind vergangen. Wieder denke ich an den Traum. An den Strand, den Pier, meinen rasenden Wagen und dann … Nichts. Woran habe ich mich noch erinnert? Ich weiß es nicht mehr. »Habe ich was gesagt? Habe ich im Schlaf geredet?«

»Ein bisschen. Nichts von Belang. Die meiste Zeit hast du dich ausgeruht. Zugehört. Aber du hast dich gut geschlagen, Chloe. Hast mir ein paar Einzelheiten verraten. Wie schnell du gefahren bist, wie das Wetter war. Die Informationen werden wichtig sein, wenn die Polizei mit dir sprechen wird.«

»Die Polizei? Wollen die noch immer mit mir sprechen?« Im Krankenhaus waren sie auch schon mal bei mir gewesen. Daran kann ich mich aber kaum erinnern, die ersten Wochen sind ein einziger Nebel.

Mein Vater erhebt sich, zieht sich das Hemd aus der Hose. Während ich geschlafen habe, hat er seine Arbeitskleidung gelockert. Die Krawatte abgelegt, das Hemd aufgeknöpft, sodass ein Büschel Brusthaar oben herausguckt. »Ja, irgendwann. Aber das hat keine Eile. Du scheinst dich nach wie vor nicht sehr gut an den Abend zu erinnern. Vielleicht ist das auch besser so. Es war ein schlimmer Unfall.« Mit seiner großen Hand streicht er mir über die feuchte Stirn. »Wie wär's, wenn ich uns einen Kakao mache?« Er setzt sich in Bewegung. Mit bleischweren Armen stemme ich mich hoch. Bevor mein Vater das Zimmer verlässt, dreht er sich noch mal mit einem Lächeln zu mir um. »Das hast du heute großartig gemacht, Chloe. Ich bin sehr stolz auf dich.«

Kann ja sein, dass er stolz ist, aber irgendetwas stimmt hier nicht, stimmte auch von Anfang an nicht. Nach unserer letzten Therapiesitzung vor zwei Tagen habe ich ihn gefragt, ob er etwas vor mir verbirgt. Ich habe den Eindruck, dass etwas passiert ist, über das keiner sprechen will. Ich habe ihn gefragt, ob wir uns gestritten hätten und ich deshalb so schnell gefahren wäre. Doch mein Vater hat mir versichert, dass vorher alles gut gewesen sei. Ein schlimmer Unfall, verzerrt durch unfertige Erinnerungen.

Doch im Grunde meines Herzens weiß ich, dass er mich anlügt. In meinem Leben vor dem Unfall hat es etwas gegeben, das mir keiner sagen will. Ich spüre es in ihrem Schweigen, in meiner Einsamkeit. Meine Mutter und meine Schwester sind den ganzen Tag unterwegs, obwohl sie nirgends sein müssen. Und bis ich nicht genau weiß, was am Abend des Unfalls passiert ist, werde ich keine Fortschritte machen. Ich werde von einem Mann gefangen gehalten, der mir nicht die Wahrheit sagen will und der mich mit jeder Therapiesitzung weiter verwirrt.

Und wenn das stimmt, wenn ich damit recht habe, dann muss ich ganz allein herausfinden, was wirklich passiert ist.

Du wolltest ausbrechen, hast du gesagt. Allem entfliehen. Und was als Spiel begann, wurde bald sehr viel mehr. Statt bloß Spaß zusammen zu haben, wurde es ernst, wir haben es beide gespürt. Ich dachte, endlich geht es um uns. Doch so traurig mich das auch macht, muss ich mir eingestehen, dass es dir immer nur um dich ging.

Als ich dich zum ersten Mal gesehen habe, wusste ich gleich, dass es mit dir anders werden würde. Dass du anders bist. Ich habe es körperlich, in meiner Haltung, in meinen Bewegungen gespürt. Und ich habe mich gefragt, wann du mich wohl endlich anschauen wirst? Wie es wohl wäre, ein Mädchen wie dich zu berühren, zu liebkosen, deine Hände auf meiner Haut zu spüren? Für mich war es wie ein Traum, Chloe. Du warst der Traum. Ich hätte dich vom Fleck weg geheiratet.

Du hast zugesehen, wie ich mich in dich verliebe, hast mich glauben lassen, dass du mich auch liebst. Würdest du immer noch behaupten, mich zu lieben? Würdest du mir immer noch sagen, dass du nur an mich denkst? Weißt du noch, dass du mir ewige Liebe geschworen hast? Denkst du an mich, wenn du abends ins Bett gehst? Erinnerst du dich überhaupt noch an uns? Ich kann den Gedanken nicht ertragen, dass du mich vergessen hast. Mir bleibt nichts anderes übrig als zu warten. Warten, dass du dich wieder an uns erinnerst. Durch dich bin ich jetzt nichts weiter als ein armseliger Bettler, der sich mit leeren Versprechungen begnügen muss. Manchmal glaube ich, das war es jetzt für mich. Und manchmal hasse ich dich dafür, mein Liebling.

4.

Ich schlage die Augen auf, über mir das gequälte Gesicht meines Vaters. Ich bin schreiend erwacht. Im letzten Moment, in dem Tag und Nacht eins sind und man weder schläft noch wacht, habe ich mich selbst gehört. Die Falten meines Vaters sind tief wie tektonische Bruchstellen, seine Stimme schrill und alarmiert. Noch immer wirft sich der Regen gegen das Fenster und läuft in Strömen über die Scheibe, so wie der Schweiß über mein Gesicht. Kirchenglocken läuten den neuen Tag ein, den ersten des neuen Monats. Dezember, der letzte Monat im Jahr, wieder so ein Endpunkt.

»Chloe.« Er zieht mich zu sich heran, schlaff hänge ich in seinen Armen. »Es war nur ein Traum. Alles wieder gut.« Er streicht mir das feuchte Haar aus dem Gesicht und drückt mich an seine weiche, fleischige Brust. Durch die Berührung pocht mein Kopf. Mir schlägt ein starker Deo-Geruch entgegen, mein Vater ist frisch geduscht.

»Er ist ertrunken.« Ich versuche mich aus seiner Umarmung zu winden. Unsere Blicke treffen sich. Im fahlen Licht wirken seine Augen glasig, die Pupillen treten schwarz hervor wie bei einem Seehund. »Er ist ertrunken, und ich konnte ihn nicht retten.«

»Wer ist ertrunken?« Mein Vater schaut zu meiner Mutter, die soeben im Türrahmen erschienen ist.

»Weiß ich nicht. Ein Junge. Oh Gott, ich konnte ihn nicht retten.«

»Ach, Chloe, das war bloß ein Albtraum.« Mein Vater drückt mich noch fester an sich. »Du Arme.« Er legt mir die Hand auf den Kopf. »Du zitterst ja.«

Ich befreie mich endgültig aus seiner Umklammerung und stoße die Decke von mir. Trotz des Wetters glühe ich. Ich höre Jess kommen. Meine Mutter schickt sie weg.

»Ich bekomme keine Luft.« Ich stürme zum Fenster, reiße es auf und nehme einen tiefen Atemzug. Für meine Lunge ist die kalte Luft ein Schock.

Sofort steht mein Vater hinter mir, reibt mir über den Rücken. »Vor Träumen muss man sich nicht fürchten, Chloe.« Er scheucht meine Mutter fort, zögernd akzeptiert sie seine Anweisung. »Aber du musst dich ausruhen. Du musst langsam machen, das hat Dr. Gleeson extra gesagt. Besonders mit der Kopfverletzung. Spring nicht so eilig auf.« Mein Vater dirigiert mich zurück ins Bett, schüttelt die Kissen auf. Ich lasse mich von ihm zudecken. »Versuch einfach weiterzuschlafen.«

Nach den Sitzungen mit meinem Vater träume ich immer sehr lebhaft. Eben gerade von einem gesichtslosen Jungen, der unter der Seebrücke von Brighton ertrunken ist. Erst lief er den Strand entlang bis ins Wasser und ging dann zwischen den Brückenpfeilern unter. Ich bin zum Wasser gerannt, habe mich nicht reingetraut, wollte ihn retten, war aber machtlos. Ein paar Nächte zuvor war ich in eine Verfolgungsjagd verwickelt gewesen. Verzweifelt hatte ich versucht, das Auto vor mir einzuholen. Das Gesicht des Jungen hatte ich auch da nicht sehen können. Nur seinen Körper, kurz bevor ich wach wurde. Im Wald. Blutüberströmt.

Als ich endlich nach unten gehe, sind meine Eltern beide schon weg. Ich bin so neidisch, dass sie einfach nach Lust und Laune kommen und gehen können. Jess ist in der Küche, in den Händen hält sie einen Teebecher.

»Guten Morgen«, sagt sie lächelnd. »Geht es dir gut?«

Schon von dieser einfachen Frage bin ich vollkommen überfordert. Geht es mir gut? Keine Ahnung. Ich weiß ja kaum, wer ich bin oder was ich hier soll. Ich fühle mich wie eine Pappfigur meines früheren Selbst.

»Weiß nicht so genau.« Jess lächelt und deutet auf einen Stuhl. Ich setze mich. »Ist alles noch etwas verwirrend.«

Eigentlich geht Jess von den dreien am entspanntesten mit mir um. Als ich am ersten Tag ins Haus trat und keinen Schimmer hatte, wie ich mich in dieser fremden Umgebung verhalten sollte, hat Jess mir geholfen, die Jacke auszuziehen. Dann habe ich mir mühsam die Turnschuhe abgestreift und sie hochgehalten. »Wo soll ich die hinstellen?«

Erst hat sie mich verdutzt angesehen, als würde

sie die Frage nicht verstehen, dann nahm sie mir die Schuhe ab und schleuderte sie unter den runden Tisch, der mitten in der großen Eingangshalle steht. »Du bist doch kein Besuch«, sagte sie mit einem traurigen Lächeln auf den Lippen. Ich wusste nicht, wie ich ihr vermitteln sollte, dass ich mich aber genau so fühlte. Dieses Haus und dieses Leben waren mir fremd. Wie sollte ich mich sonst verhalten?

»Natürlich ist es verwirrend«, sagt sie jetzt. »Du kannst nicht erwarten, vom Koma direkt in dein altes Leben zurückzufinden.« Allein das Wort schreckt mich. Koma. Es sind nur vier Buchstaben, aber die erscheinen riesig. »Du schaffst das schon. Du musst dir einfach Zeit lassen.« Verlegen wendet sie den Blick ab. »Jedenfalls sagt Dad das immer.«

»Mir kommt alles so fremd vor. Ich würde so gerne mal hier raus, wenigstens einen Spaziergang machen. Vielleicht erkenne ich ja was wieder. Im Haus fällt mir noch die Decke auf den Kopf.«

Jess steht auf und stellt die Tasse ab. »Keiner da, der dich aufhalten könnte. Wollen wir zusammen gehen?«

»Dad meinte doch, ich soll nicht.«

»Ja, aber Dad ist nicht da.« Jess zwinkert mir zu. »Außerdem bin ich ja dabei. Ich passe auf dich auf.«

Wir ziehen uns Mäntel über und verlassen das Haus. Draußen ist es ungemütlich und kalt, sofort sind Locken und Wollmütze klamm. Jess und ich laufen nebeneinander die Auffahrt hoch, die Sicht ist so schlecht, dass wir nicht einmal die Bäume erkennen können. Als wir ans Tor kommen, versuche ich mir die Zahlenkombination einzuprägen, die meine Schwester eingibt. Ich sage mir die Zahlen immer wieder vor. Mit leisem Piepen öffnet sich das Tor. Nachdem wir durchgegangen sind, schließt Jess es wieder. Vier Zahlen. Mehr nicht. Wir haben das Grundstück verlassen und laufen Richtung Rusperford.

Unterwegs erzählt mir Jess von ihrem Chemiediplom, explosiven Experimenten und davon, dass sie forensische Toxikologin werden möchte. Von einem Jungen, von dem sie sich wohl trennt, wenn sie nach Weihnachten wieder zurück an die Uni geht. Doch ich höre nur mit halbem Ohr hin. Ich achte mehr auf die Bäume und die Straße, warte darauf, dass das Dorf in den Blick rückt. Durch den Spaziergang fühle ich mich befreit, gerade tut mir auch gar nichts weh. Rechts kommen eine Kirche und ein Friedhof in Sicht, schemenhaft taucht ein Ehrenmal auf. Meine Welt wächst. Gegenüber liegt ein Hotel, von dem allerdings nur das Eingangsschild an der Einfahrt zu sehen ist. Bin ich da früher schon mal gewesen? Vielleicht. Ich zeige zum Hotel.

»Manchmal sind wir da zu Weihnachten hingegangen«, sagt Jess. »Als es zwischen Mum und Dad noch unkomplizierter war.« Ich schaue hinüber zum Hotel, das im Nebel liegt. Bislang ist es bloß ein Gedanke, eine Ahnung. Eher eine Illusion, die sich wie der Nebel jederzeit in Luft auflösen kann. Ich könnte Jess nichts über das Hotel erzählen, also nichts über die Einrichtung, und ich hätte auch keine lustige Anekdote parat, wie sich Dad mal an einer Gräte verschluckt hat. Was Konkretes weiß ich nicht, verstehe nicht mal Jess' Kommentar über Mum und Dad. Doch erstmalig spüre ich meine Vergangenheit. Schweigend setzen wir unseren Weg fort, ich will mehr sehen.

Als wir uns dem Dorfkern nähern, wird mir klar, dass wir auf dem Weg vom Krankenhaus hier vorbeigekommen sind, dennoch habe ich das Gefühl, dass ich seit Jahren nicht mehr hier war. Es gibt einen Gebrauchtwagenhändler und weiter die Straße hinauf einen Frisörsalon. Einen kleinen Park mit einem Ententeich, über dem eine Dunstglocke hängt. Die Straße, der wir folgen, führt am Wald entlang. Obwohl ich erst zehn Minuten gelaufen bin und Jess mich untergehakt hat, melden sich meine Verletzungen schon. Mein Bein tut weh, und unter der Wollmütze pocht der Kopf immer stärker. Meinen Gehstock habe ich zu Hause gelassen, ich wollte mal sehen, ob es auch ohne geht. Wieder ein Test, durch den ich gerasselt bin.

Ich muss eine Verschnaufpause einlegen und halte mich an der Pforte zu einem Spielplatz fest. Als ich über das nasse Gras zu den Schaukeln blicke, habe ich das Gefühl, meine Lunge wollte jeden Moment explodieren. Atemwölkchen steigen vor mir auf, als ich gierig nach Luft schnappe. Die Feuchtigkeit hängt selbst in den Bäumen, wie kleine Juwelen hängen die Wassertropfen an den Ästen. Neben den Spielgeräten steht eine Holzhütte, außerdem gibt es noch eine Rutsche und eine Bank.

Und in dem Moment habe ich ein ganz klares Bild vor Augen, wie ich auf einer ganz ähnlichen Bank sitze. Ich warte auf etwas, auf jemanden vielleicht. Ich bin so zappelig, dass ich mich auf meine Hände setzen muss. Es ist Sommer, die warme Brise trägt den Duft von Rosen herbei. Doch dann hakt sich Jess bei mir unter, und das Bild ist genauso schnell verschwunden, wie es gekommen ist.

»Als Kinder waren wir oft hier«, sagt Jess. Erst reagiere ich gar nicht, weil ich in Gedanken noch ganz bei der Bank bin. Was hat diese Bank mit der in meiner Vorstellung gemein? Ist es eine Erinnerung? Wenn ja, von wann und woher? »Weißt du noch?«, fragt Jess.

»Nicht so richtig. Mir geht alles Mögliche durch den Kopf, das ich mir nicht erklären kann. Ich wünschte, ich würde mich an was erinnern, das mir hilft. Was Konkretes.«

»Vielleicht kann ich ja helfen.« Jess zuckt die Achseln. »Also, wenn du das Gefühl hast, du kannst dich mir anvertrauen. Früher war es so. Früher standen wir uns nah.«

Ich denke an die Bilder aus dem Fotoalbum: Jess und ich in aller Eintracht. Dagegen jetzt das fremde Gefühl, wenn sie mich berührt. Wenn wir uns nahestanden, dann in einem anderen Leben. Ich war eine andere.

»Ich kann das nicht, Jess. Mir fällt es schwer, mich Leuten zu öffnen, die …« Ich bremse mich, denn ich möchte sie nicht kränken, wo sie doch so nett war und mich gegen den Willen unseres Vaters nach draußen gebracht hat.

»Die du nicht kennst?« Beschämt nicke ich. Zum Glück nimmt Jess es nicht persönlich. »Auch wenn du dich nicht an mich erinnern kannst, kann ich mich an dich erinnern, Chloe. Vielleicht gibt es Dinge, die dich interessieren, über die wir schon mal geredet haben. Vielleicht hilft dir unsere gemeinsame Vergangenheit dabei herauszufinden, wer du warst …« Nun ist Jess verlegen. Ihr steigt die Röte in die Wangen. »Bist, meine ich. Wer du bist, Chloe.«

Sie spielt mit dem Türgriff der Pforte, kratzt mit dem Nagel an der Farbe. Selbst Jess begreift, dass es die alte Chloe nicht mehr gibt. Ich habe immer geglaubt, es gäbe einen klaren Unterschied zwischen Leben und Tod, entweder oder. Nun weiß ich, dass man am Leben sein und sich trotzdem von der Welt völlig abgeschnitten fühlen kann.

»Na, jedenfalls kann ich dir ganz bestimmt helfen. Du musst mir nur eine Chance geben.«

Ich schaue auf. Könnte sie recht haben? »Echt? Wir waren uns also nah?« Schwer vorstellbar, dass ich mich an all das gar nicht mehr erinnere. Aber wenn ich den Mut habe, mich ihr zu öffnen, kann sie mir vielleicht wirklich helfen, etwas über die Frau zu erfahren, die ich war – und noch bin?

»Wir hatten Vertrauen zueinander. Haben uns Dinge gesagt, über die wir sonst mit niemandem gesprochen haben. Wenigstens bevor du zu Hause ausgezogen bist.« Mit einem Lächeln schwingt sie sich auf die Pforte, die unter ihrem Gewicht scheppert. Das einzige Geräusch, das die Stille durchbricht. »Dinge, die Dad nicht wissen durfte.«

»Okay.« Ich lasse den Blick über die Spielgeräte schweifen. »Ich habe das Gefühl, Dad verheimlicht mir was. Dass vor dem Unfall was passiert ist, an das ich mich möglichst nicht erinnern soll. Kannst du dir das erklären?«

Jess schüttelt den Kopf. »Ich dachte eher daran, dass du dir stundenlang Wiederholungen von *Friends* angeschaut hast oder dass du einen ganzen Becher Eis auf einmal essen konntest. So was in der Art.«

Weitere sinnlose Fakten. »Mir geht es aber um Dad.« Leicht fällt es mir nicht, den nächsten Gedanken laut auszusprechen. Ich atme einmal tief durch. »Er macht mir Angst, Jess. Ich habe immer wieder die gleichen Träume, und ich bin überzeugt, dass sie mit dem Unfall zu tun haben, aber Dad geht nicht darauf ein. Ich träume von einem Jungen. Erst habe ich ihn mit einem Auto gejagt, dann wieder ist er im Meer verschollen. Einmal wurde er lebendig begraben.« Das hatte ich noch im Krankenhaus geträumt. »Ich fürchte, dass was Schreckliches passiert ist.«

»Ist es auch, Chloe. Du hast dein Gedächtnis verloren. Und das ist schrecklich.« Jess springt von der Pforte und hakt mich wieder unter.

»Ich glaube, es steckt mehr dahinter.« Mit der Zunge fahre ich mir über die kalten, rissigen Lippen. »Bitte sag's mir, Jess. Habe ich bei dem Unfall jemanden verletzt? Habe ich jemanden überfahren?«

Eine Weile schweigt sie, und ihr treten die Tränen in die Augen. Jess streichelt mir über die Wange. Auch wenn sie bestimmt zehn Jahre jünger ist als ich, kommt sie mir gerade viel älter vor. »Meinst du nicht, wir hätten es dir längst gesagt, wenn so was passiert wäre?«

»Nicht, wenn Dad es euch verboten hat. Sei ehrlich. Wenn du was weißt, sag es mir.«

»Chloe, es war einfach ein schrecklicher Unfall, mehr nicht. Es hat geregnet, und die Stelle, an der du verunglückt bist, ist bekanntermaßen gefährlich.«

In dem Augenblick komme ich mir so dämlich vor, so hilflos und naiv. Wenn man sich selbst nicht traut, wie soll man da anderen trauen? »Wahrscheinlich hast du recht.«

»Dad ist schwierig, das stimmt, aber er hätte dir doch garantiert was gesagt. Nun komm, ich will dich nicht zu sehr erschöpfen. Zu Hause setze ich Tee auf, dann machen wir es uns gemütlich und schauen ein paar Folgen *Friends*.«

Jess stützt mich wieder, sodass ich das verletzte Bein schonen kann. Beim nächsten Mal muss ich unbedingt den Stock mitnehmen.

Auf halbem Weg kommt uns eine junge Frau entgegen, sie hat es eilig und schiebt einen Buggy vor sich her. Darin strampelt ein kleiner blonder Junge, wie der Junge in meinen Träumen. Und als die Frau an uns vorbeigeht, starre ich diesen kleinen Jungen an, als wäre er alles, was ich mir je gewünscht habe.

5.

Als wir nach Hause kommen, gehe ich direkt nach oben in mein Zimmer. Dort öffne ich die Nachttischschublade und hole einen Stift und eine alte Bibel hervor. Im Buchdeckel steht mein Name, den ich irgendwann mal da hineingeschrieben haben muss: Chloe Daniels. Als ich durch die Bibel blättere, entsteht vor meinem inneren Auge ein Bild, wie ich irgendwann mal in einer Kirche gestanden und gesungen habe, während im Hintergrund ein Baby schrie. Ist das eine Erinnerung, oder spielen mir meine Gedanken einen Streich? Keine Ahnung. Ich packe den Stift und setze ihn mit viel Druck auf das Papier. Nachdem ich den Code aufgeschrieben habe, kritzle ich die Seite mit meinem Namen voll. Die Buchstaben sind wacklig wie bei einem Kind. Aber es ist mein Name. Das zählt. Chloe. Ich. Noch da. Kurz darauf schlafe ich ein.

Stunden später werde ich vom Motorengeräusch eines Wagens wach. Ich stehe auf und mache das Fenster einen Spaltbreit auf, um sehen zu können, wer gekommen ist. In der Einfahrt steht der weiße Land Rover meiner Mutter, der aus der Werkstatt zurück ist. Meine

Mutter hastet über den gefrorenen Boden. Der Wind spielt mit den schweren Blumenvorhängen, und mich fröstelt in der leichten Baumwollbluse, also schließe ich schnell das Fenster. Ich muss mir etwas überziehen.

Im Schrank befinden sich lauter Sachen, die mir nicht gehören, entweder hat meine Mutter sie aussortiert oder Jess. Abgelegte Klamotten, die sonst von der großen zur kleinen Schwester wandern. Mir gefällt nichts im Schrank, weil mir nichts gehört.

Unter dem Bett steht einen Tasche, der Griff lugt hervor, seit Mum sie gestern hervorgezerrt hat. Ich schnappe mir die Tasche und stelle sie aufs Bett. Ziehe den Reißverschluss auf, schaue hinein.

Jeans, T-Shirts, ein paar schlichte graue Pullis. Nichts kommt mir auf Anhieb bekannt vor. Ein Schlafanzug, den ich im Krankenhaus getragen habe, innen am linken Ärmel noch ein Tropfen Blut vom Wechseln der Kanüle. Ich versuche mich an die Zeit im Krankenhaus zurückzuerinnern, stelle mir vor, wie ich den Schlafanzug getragen habe. Selbst diese Tage habe ich nur noch schemenhaft vor Augen.

Ich wühle tiefer in der Tasche und fördere ein weiteres Fotoalbum zutage, das meine Mutter für mich gemacht hat, um mir das Gefühl zu geben, Teil der Familie zu sein. Ich klettere ins Bett und schaue mir Seite für Seite an. Auf den ersten Bildern spiele ich als Kind im Garten, angle im Fluss, trage einen Kranz aus Gänseblümchen, den ich wohl selbst geflochten habe. Andere Bilder sind im Urlaub geschossen, ich posiere am

Strand, im grünblauen Badeanzug mit Abzeichen für meine Schwimmkünste.

Im Laufe des Albums werde ich älter, ich blättere zur Teenagerzeit vor, wo ich mich dann nicht mehr so gerne habe fotografieren lassen. Auf fast allen Bildern aus der Zeit lächle ich albern in die Kamera, geniere mich. Mein Haar ist viel heller, entweder von der Sonne oder ich habe nachgeholfen. Ich sehe ein wenig aus wie Jess. Da ist ein Bild von der Abschlussfeier an der Uni. Rechts und links neben mir meine Eltern, vor meiner Mutter die kleine Jess, die vielleicht erst neun ist. Wer hat das Bild wohl gemacht? Ein liebenswürdiger Fremder oder jemand aus meiner Vergangenheit, den ich vergessen habe?

Das letzte Bild von meiner Abschlussfeier ist verrutscht. Darunter lugt die Ecke eines weiteren Fotos hervor. Ich pule die Selbstklebefolie ab und ziehe das Foto heraus. Darauf sitze ich in der Küche und esse ein Stück Kuchen. An meinen Stuhl ist ein Luftballon gebunden, Jess steht neben mir und schneidet eine Grimasse. In der Hand hält sie ein Messer, und vor ihr steht ein Geburtstagskuchen. Ich zähle die Kerzen. Fünfzehn. Fünf Jahre her also. Mum ist auch in der Küche, werkelt an der Arbeitsplatte, neben ihr ein Glas Wein. Mein Blick kehrt immer wieder zu zwei Details zurück, die überhaupt keinen Sinn ergeben.

Erstens trage ich einen Ring, einen schlichten Goldring an der linken Hand, der im Blitzlicht funkelt. Er sieht aus wie ein Ehering. Und zweitens habe ich einen kleinen Jungen auf dem Schoß. Die Arme fest um ihn geschlungen, das Kinn in seinem Nacken vergraben.

Donner rollt über den wolkenschweren grauen Himmel, als ich mir den Ringfinger der linken Hand anschaue. Die Haut am Finger ist trocken, und er ist ein wenig dünner als sein rechtes Pendant. Habe ich einen Ring getragen? War ich verheiratet? Bin ich verheiratet? Wenn ja, wo zum Teufel steckt mein Mann? Und wer ist dieser kleine Junge? Ist es der Junge aus meinen Träumen?

Als ich mich nach unten begebe, regnet es inzwischen heftig, wellenartig strömen Schauer übers Küchenfenster, malen wilde Schatten an die Wände. Vom Spaziergang heute Morgen tut mir das Bein weh, außerdem brummt mir der Schädel. Ich rufe nach Mum, dann nach Jess. Als keiner antwortet, setze ich mich an den Tisch und warte. Das Licht nimmt weiter ab, trotz der frühen Stunde senkt sich die Dunkelheit über das Land, hinterlässt den kalten Glanz eines heraufziehenden Sturms. Und dann sehe ich meine Mutter, die vom Schauer überrascht mit der Reitjacke über dem Kopf über den gewundenen Gartenweg gerannt kommt. Offenbar war sie bei den Pferden in den Ställen hinter dem Haus.

So stürmt sie durch die Hintertür, schreit auf, als kalter Regen ihr den Rücken hinunterrinnt. Lachend zieht sie die Tür hinter sich zu. Als sie sich umdreht und mich sieht, bekommt sie fast einen Herzinfarkt.

»Chloe!«, kreischt sie. Dann schüttelt sie sich das Wasser von der Jacke. »Du hast mich vielleicht erschreckt. Jess meinte, du schläfst.«

»Ich bin aufgewacht. Ich habe mir die Fotos angesehen, die du mir ins Krankenhaus mitgebracht hat. Eines der Alben, das du für mich zusammengestellt hast.«

»Ach ja?« Mum verschließt die Hintertür, hängt ihre Reitjacke über einen schwarzen Eisenhaken. »Hast du was Neues für dich herausgefunden?« Sie lässt sich auf einer kleinen Bank nieder und zieht ihre schlammigen Stiefel aus. Bevor sie sich zu mir an den Tisch gesellt, setzt sie noch Wasser auf.

»Das würde ich gerne von dir erfahren.« Ich halte ihr das Geburtstagsbild hin. Sie nimmt es mir aus der Hand. Bilde ich es mir nur ein, oder wirkt sie wirklich so beunruhigt? Sie schluckt, als hätte sie einen dicken Kloß im Hals, ihre Hände zittern. Fast fürchte ich, sie könnte sich gleich übergeben. »Wer ist der kleine Junge?«, frage ich.

Mum atmet tief durch und legt das Foto auf den Tisch. Sie faltet die Hände und spielt mit ihrem Ring. »Wo hast du das her?«

»Das spielt keine Rolle.«

Sie betrachtet erneut das Foto und schiebt es dann von sich, als wäre es zu viel für sie. Sie kann mich nicht ansehen. Kann das Bild nicht ansehen. Läuft zur Tür, bleibt davor stehen. Kratzt sich am Kopf, bis ihre Stirn rot ist.

»Sag's mir einfach, Mum.«

»Ich kann nicht.« Ihr Blick wandert zur Tür. »Wir sollten warten, bis dein Vater zu Hause ist.«

»Nein.« Ich schlage mit der Faust auf den Tisch. Ich

bin aufgesprungen, mir verschwimmt alles vor den Augen, ich bekomme kaum noch Luft. Es ist die Wahrheit. Die Wahrheit schnürt mir die Luft ab. Zum ersten Mal komme ich ihr nahe. Komme dem auf die Spur, was sie mir verheimlichen. »Du musst jetzt mit mir reden. Ich trage auf dem Bild einen Ehering. Bin ich verheiratet?«

Ihre Hände zittern, als sie sie ans Gesicht führt. Mit den Fingerspitzen wischt sie sich eine Träne weg. »Wir sollten wirklich auf deinen Vater …«

»Mum, sag es mir endlich!«

Sie lässt sich auf einen Stuhl fallen, vergräbt den Kopf in den Händen. »Nein, Chloe. Du bist nicht verheiratet.« Mit jedem Herzschlag pocht die Narbe an meinem Kopf. »Jedenfalls nicht mehr.« Ihre Stimme ist nur noch ein Zittern.

»O mein Gott.« Nun breche ich auch in Tränen aus, meine Kehle brennt, meine Wangen glühen. Ich habe das Gefühl, gleich ohnmächtig zu werden.

Nicht mehr? War ich mal verheiratet? Ich hatte ein Leben, einen Partner und ein … Mir wird ganz schwindelig, ich muss mich am Tisch festhalten. Meine Mutter legt den Arm um mich, will mich trösten. »Und der kleine Junge?«, flüstere ich. Mir bricht die Stimme, mein ganzer Körper will streiken, denn im Grunde kenne ich die Antwort schon.

Tränen laufen meiner Mutter übers Gesicht, als sie auf das Foto blickt. Doch als sie zu mir aufschaut, ist ihr Blick trotzig. »Es tut mir leid, dass wir es dir verschwiegen haben, Chloe. Der kleine Junge war dein Sohn.«

6.

War.

Vergangenheit.

Ich stürme aus der Küche, spüre den Schmerz im Bein nicht mehr. Alles taub. Erst ruft meine Mutter, dann meine Schwester nach mir. Ich stolpere durch den Flur, knalle beim Verlassen des Hauses gegen den Türrahmen. Obgleich ich nicht sehr schnell bin, so bin ich doch schneller als die anderen beiden. Ich muss mich an den Code erinnern, abhauen. Mit diesen Lügnern will ich nichts mehr zu tun haben. Doch während ich mich zum Tor vorkämpfe, ist mein Kopf wie leergefegt. Was habe ich noch mal in die Bibel geschrieben? Wie lauten die Zahlen? Wieder und wieder hämmere ich auf den Tasten herum, aber das Tor bleibt verschlossen. Verzweifelt rüttle ich am Knauf, ich höre schon meine Mutter hinter mir. Ich will weg hier, doch als ich die tröstenden Hände meiner Mutter auf den Schultern spüre, breche ich zusammen, und wir sinken gemeinsam zu Boden.

Wir liegen eine Weile dort, werden klatschnass vom Regen, und mir laufen die Tränen in Strömen übers Gesicht.

Sobald wir wieder drinnen in der Wärme sind und uns umgezogen haben, erzählt sie mir, dass mein Sohn Joshua hieß. Dass ich einen Ehemann namens Andrew hatte. Als ich aus dem Koma erwacht bin und mich an nichts erinnern konnte, hätten sie nicht den Mut gehabt, mir zu sagen, dass beide gestorben sind. Joshua ist bei dem Unfall ums Leben gekommen, und Andrew eine Woche zuvor. Als ich frage, wie Andrew denn gestorben ist, stockt sie, schluckt ein paarmal, wie um einen lästigen Kloß im Hals loszuwerden.

»Das ist nicht ganz klar, Chloe.«

»Aber ihr müsst doch wissen, wie …« Doch sie schüttelt bloß den Kopf und legt mir eine Hand auf die Schulter.

»Lass uns jetzt nicht davon anfangen. Dein Vater kann so was viel besser erklären als ich. Überlassen wir es ihm. Aber ich zeige dir was, das dir sicher hilft.«

Um mich zu beschwichtigen, zieht sie ein weiteres Fotoalbum aus dem Regal, das hinter einem Karton mit alten Papieren versteckt war. In dem Album sehe ich Bilder von meinem Leben mit Andrew, dem Ehemann, an den ich mich nicht mehr erinnern kann. Ich sehe mich mit Joshua, dem Sohn, von dem ich nichts ahnte. Sehe ein Leben, das sie monatelang vor mir verborgen haben. Andrew im Swimmingpool meiner Eltern, während er Joshua das Schwimmen beibringt. Mein Vater steht daneben mit verschränkten Armen, sieht dem Treiben zu.

Während ich mir die Fotos anschaue, ruft meine

Mutter meinen Vater an und erklärt ihm die Situation. Er kommt nach Hause, sagt sie. Auf der Stelle.

Jess nimmt meine Mutter in den Arm und versichert ihr immer wieder, dass alles gut wird. Am liebsten würde ich brüllen: He, ich bin diejenige, die Trost braucht. Doch als Jess sich mir zuwendet, meine Hände ergreift, sagt, wie leid es ihr täte, denke ich bloß immerzu, wie wunderschön meine Familie gewesen ist. Mit ihrem blonden Haar und der gebräunten Haut sahen beide aus wie Engel; vielleicht hatte Andrew skandinavische Wurzeln. Doch ein anderer Gedanke lässt mich verstummen und meine Worte abwägen. Jeder hier im Haus hatte die Gelegenheit, aufrichtig zu mir zu sein, aber keiner war es. Ich dachte, ich könnte meinem Vater nicht trauen. Nun weiß ich, dass ich keinem von ihnen trauen kann.

Ich schaue mir die restlichen Bilder genau an, jedes Detail. Strahlend graue Augen und lange schmale Nasen mit ausgeprägter Spitze. Vater und Sohn sehen sich so ähnlich. Ich verspüre den Verlust dieser beiden Fremden als Ziehen im Unterleib, das sich krampfartig über den ganzen Körper ausbreitet. Auch wenn ich mich an ein Leben mit ihnen nicht erinnern kann, fehlen sie mir im Tod. Als würde an ihre Stelle eine Nähe zum Tod treten, die mich nie wieder verlassen wird.

Ich gehe nach oben, um zu duschen. Vielleicht tut mir das heiße Wasser ja gut. Doch als ich mich ausziehe, sind die Spuren der Vergangenheit unübersehbar. Über meinen Bauch ziehen sich silberne Schwangerschaftsstreifen, auf der Beinrückseite verlaufen rote Striemen. Und ich habe immer noch ein kleines Bäuchlein, obwohl ich nach dem Unfall extrem abgenommen habe. Unter der Dusche lasse ich mir das Wasser über den Kopf laufen, schließe die Augen und stelle mir vor, wie es wohl war, schwanger zu sein, ein Leben als Ehefrau und Mutter zu führen. Doch als mich der Dampf umfängt und mir das warme Wasser übers Gesicht rinnt, stellt sich bruchstückhaft eine andere Erinnerung ein.

Regen peitscht gegen die Windschutzscheibe, die Straße ist so kurvig, dass ich das Lenkrad stark einschlagen muss. Der Wagen gerät ins Schlingern, die Reifen finden keinen Halt auf dem rutschigen Untergrund. Ich bin verzweifelt, fahre viel zu schnell. Weine, wische mir die Tränen aus den Augen. Die Scheibenwischer peitschen hin und her. Als ich auf die Bremse steige, verliere ich die Kontrolle, rase in die Bäume am Straßenrand. Der Unfall? Der Abend, an dem ich mein Kind verloren habe?

Ich drehe das Wasser ab, verlasse die Dusche und schlüpfe nass unter die Bettdecke. An den Abend will ich mich nicht erinnern. Ich kneife die Augen zu, hoffe auf einen traumlosen Schlaf, der sich aber nicht einstellt. Mit der Hand streichle ich mir über den faltigen, schlaffen Bauch. Was soll ich jetzt tun?

Was bleibt mir noch?

Tapfer kommt meine Mutter zu mir hoch. Ich bin erschöpft, die Augen brennen, mein Hals ist wund. Ich bin verstummt. »Du hast dich wohl ausgeweint«, sagt sie, als hätte ich all meinen Kampfgeist verloren. Ich lasse mich von ihr trösten, so fühle ich mich nicht so allein. Doch selbst zitternd in ihren Armen finde ich keinen Frieden.

Sie legt mir ein paar Sachen raus und meint, ich solle mich anziehen. Nachdem sie gegangen ist, stehe ich auf, betrachte mich im Spiegel und frage mich, wer ich bin. Wer war ich vorher? Aus dem Spiegel blickt mir das gleiche ausgemergelte Gesicht entgegen wie im Krankenhaus. Es ist mir immer noch fremd. Wer verbirgt sich hinter diesen Augen? Vielleicht sehe ich nicht mehr ganz so fertig aus, aber ich habe dunkle Ringe unter den Augen, Wange und Lippen sind noch gerötet, die Schnitte nicht richtig verheilt. Die Klamotten schlottern an mir. Aber jetzt sehe ich keine gebrochene Frau mehr vor mir, die fast gestorben wäre. Nun sehe ich die Spuren eines Autounfalls, der meinem Sohn das Leben geraubt hat. Ich kann meinen Anblick nicht länger ertragen.

Als Dad nach Hause kommt, sitzen wir drei Frauen in der Küche. Auch wenn keine Tränen mehr fließen, haben wir rot verweinte Augen. Ich bleibe stumm, weiß weder, was ich sagen noch was ich tun soll. Innerlich fühle ich mich leer und taub. Wir hören die Reifen über die Auffahrt rumpeln, die Autotür schwer zufallen. Mum läuft als Erste aus der Küche, um ihn zu begrüßen.

»Komm.« Jess steht auf und schiebt ihren Stuhl unter den Tisch. »Jetzt will er sicher mit dir sprechen.«

Zunächst sagt mein Vater gar nichts, nur meine Mutter ist zu hören, die sich entschuldigt und sagt, wie leid es ihr täte, dass sie so nachlässig gewesen sei. Getrunken habe sie nicht, als sie das Album zusammengestellt habe. »Nein, ganz sicher nicht«, sagt sie nun schon zum zweiten Mal, weil er ihr offenbar nicht glaubt. Dann hilft sie ihm aus dem Mantel und trägt diesen zusammen mit den Handschuhen in die Garderobe. In dem Moment fällt mir wieder ein, dass Jess von Beziehungsproblemen zwischen unseren Eltern gesprochen hat, aber den Gedanken verdränge ich ganz schnell wieder. Ihre Unterhaltung ist nunmehr ein Flüstern. Jetzt geht es nicht mehr um sie. Es geht um mich und meinen Verlust. Als ich bei ihnen ankomme, tauschen sie verlegen noch ein paar Blicke.

Anfangs ist mein Vater zögerlich, als hätten seine Füße Wurzeln geschlagen, als wäre er unfähig, sich zu bewegen. Die Kluft zwischen uns scheint unüberbrückbar, keiner kann den ersten Schritt tun. Ich muss mich am Tisch festhalten. Spüre dabei seinen Blick auf mir. Mein Vater sieht aus, als müsste er sich gleich übergeben. Hat er vielleicht ja schon, so bleich und abgespannt wirkt er. Mit einer Hand löst er die Krawatte. Mum gibt Jess ein Zeichen und verschwindet mit ihr ins Esszimmer, schließt die Tür hinter sich.

»Warum hast du mir …«, stammle ich, finde nicht die passenden Worte. Ich hole schwer Luft. »Warum hast du mir nicht gesagt, dass ich ein Kind hatte?« Mehr als flüstern kann ich nicht, meine Stimme bricht zusammen wie mein vergangenes Leben.

Mein Vater setzt die Brille ab und bringt die Kraft auf, einen Schritt auf mich zuzumachen. Seit heute Morgen ist er gealtert. Offenbar hat die wochenlange Lügerei auch an ihm gezehrt.

»Warum?«, dränge ich. »Sag mir, warum.«

Erst stammelt er herum, versucht sich mit trockener Zunge die Lippen zu befeuchten, malt klebrige Schlangenlinien. »Es tut mir sehr leid, dass wir dir die Wahrheit vorenthalten haben, Chloe. Ich dachte, es wäre vielleicht besser so.«

Ich schüttle den Kopf, eine Träne löst sich. »Wie konntest du das einfach so entscheiden? Wer hat dir das Recht dazu gegeben?«

»Niemand«, räumt er ein. Er reibt sich das Gesicht. Als er mit der rissigen Haut seiner Hand über den Bart fährt, gibt es ein schabendes Geräusch. »Als du dich nicht mehr an sie erinnern konntest, dachten wir, es wäre schonender. Hätte ich dir wirklich sagen sollen, dass die Menschen, an die du keine Erinnerungen hast, tot sind?« Wie schon damals im Krankenhaus, als ich wieder zu mir kam und die Sorgen sich wie Würmer in mir festsetzten, fährt er sich mit den Fingerspitzen über die verschwitzte Stirn. »Ich wusste nicht, wie du reagieren würdest, wenn du die Wahrheit erfährst. Ich hatte wohl Angst, wie du es aufnehmen würdest.«

»Aber ich hatte ein Recht, es zu erfahren.« Mir zittert das Kinn. »Ich hätte es wissen müssen, Dad.«

Mein Vater läuft in der Halle auf und ab, bevor er sich auf der untersten Treppenstufe niederlässt. Er zieht das Hemd aus der Hose, hängt die Krawatte über das Geländer. »Ich hatte wohl Angst, dass du dir die Schuld an allem geben würdest, wenn die Wahrheit ans Licht kommt.«

Als ich schlucke, habe ich Blutgeschmack im Mund, vor lauter Anspannung habe ich mir die Wunde an meiner Lippe aufgebissen. »Warum sollte ich mir selbst die Schuld geben?«

Schweigen. Beide halten wir den Atem an. »Chloe, ich habe dir bislang nicht viel von dem Abend erzählt, weil ... wir einfach nicht genau wissen, was passiert ist. Es hat wohl noch einen zweiten Wagen gegeben, der dich vermutlich von der Straße gedrängt hat.«

»Mir ist jemand reingefahren?«

»Vielleicht. Davon geht die Polizei zumindest aus. Aber wer kann das schon mit Sicherheit sagen? Der andere Fahrer behauptet steif und fest, dass er für den Unfall nicht verantwortlich ist. Angeblich wurde ihm das Fahrzeug gestohlen.« Mein Vater saugt die muffige, mit Lügen getränkte Luft ein. Was will er mir damit sagen? »Die Polizei wird bald mit dir sprechen wollen. Bislang habe ich sie vertrösten können, weil es dir noch nicht gut ging. Deshalb halte ich auch das Tor verschlossen. Ich will nicht, dass sie hier plötzlich in meiner Abwesenheit auftauchen, aber lange kann ich sie nicht mehr hinhalten. Ich weiß nur nicht, was wir ihnen sagen sollen.«

Was soll das? Für mich ergibt das alles keinen Sinn. »Ich sage ihnen die Wahrheit, Dad. Wenn die Polizei mit mir sprechen will, sage ich die Wahrheit.«

»Aber du kennst die Wahrheit doch gar nicht. Und ich fürchte, dass sich die Polizei mit Gedächtnisverlust nicht so einfach zufrieden geben wird. Die werden denken, dass du was verheimlichst.«

»Warum sollten sie das denken?«

»Weil du am Abend des Unfalls in ziemlich schlimmer Verfassung hier losgefahren bist. Du kamst mit Andrews Tod überhaupt nicht zurecht. Du hast dir die Schuld daran gegeben, weil du ihn erst ein paar Wochen zuvor verlassen hattest.«

Anders als die Erinnerungen unter der Dusche trifft mich diese Erkenntnis wie ein Schlag ins Gesicht. Ich habe meinen Mann verlassen? Wie kann das sein? Auf den Bildern sahen wir doch so glücklich aus. Warum sollte ich mich von ihm trennen wollen?

»Du hattest schon seit ein paar Wochen bei uns gewohnt. Du hattest die Nase voll von Andrew. Von seiner Trinkerei, von seinem plötzlichen Abtauchen und dem schlechten Einfluss, den er auf Joshua hatte. Und dann ist er gestorben … na ja, wir haben alle gedacht, er hätte eine Dummheit gemacht. Und eine Woche später bist du dann vollkommen aufgelöst hier losgefahren und hattest den Unfall, bei dem Joshua umkam. Er ist direkt durch die Windschutzscheibe geflogen. Wie hätte ich dir das sagen sollen? Wie hätte ich das in Worte fassen sollen?«

Ich schlage mir die Hand vor den Mund, gehe in die Knie. Mir wird schwarz vor Augen, und ich knalle auf den Boden. Mein Vater stürzt zu mir, nimmt mich in den Arm. Ich lasse es geschehen.

»Du sagst, du könntest dich nicht erinnern, aber über gewisse Umstände des Unfalls kannst nur du uns alle aufklären.« Er drückt mich an sich, doch ich denke nur an Joshua, das Kind, das durch die Windschutzscheibe geflogen ist. »Ich habe versucht, nichts zu sagen, Chloe, der Polizei keine unnötigen Informationen zu geben, aber die Tatsachen sprechen für sich.« Er schüttelt den Kopf. »Mein Gott, Chloe, du warst so bestürzt. Du hast dir die Schuld an Andrews Tod gegeben. Meintest immer wieder, dass alles deine Schuld sei, dass du ihn nicht hättest verlassen dürfen. Das ist ein weiterer Grund, warum ich dir nicht die Wahrheit gesagt habe: Ich wollte nicht, dass du um einen Mann trauerst, um den du schon mal getrauert hast.« Mir ist das alles zu viel. Ich kann ihm nicht mehr folgen. »Die Staatsanwaltschaft wird auf unschuldig plädieren, doch der Verteidiger wird dir eine Mitschuld zusprechen wollen, um das Urteil für den anderen Fahrer zu mildern. Er wird behaupten, dass du viel zu schnell gefahren bist. Für uns ist das auch alles ganz schrecklich. Ich will dich doch nur beschützen, Chloe.«

Was sagte er da? Ich habe doch nichts falsch gemacht. Wenn mich ein anderer Fahrer von der Straße gedrängt hat, warum zweifelt mein Vater denn an mir? Doch vorhin unter der Dusche hat sich die Vergangenheit plötzlich in mein Bewusstsein gedrängt. In dem Flashback habe ich geweint, bin viel zu schnell gefahren. War verzweifelt, konnte vor lauter Regen nichts mehr sehen. Bin ich nicht doch zu waghalsig unterwegs gewesen?

»Dad, ich glaube, an ein paar Dinge aus der Nacht kann ich mich erinnern.«

Mit großen Augen sieht er mich an. »Ach ja?«

»Ja, ich saß am Steuer, und es hat geregnet.« Mit dem Ärmel wische ich mir die Tränen aus den Augen. »Ich bin so schnell gefahren und …«

Er schüttelt den Kopf, ich spüre den Druck seiner Finger auf meiner Schulter. Im Schlüsselbein pocht ein leichter Schmerz. »Ich glaube nicht, dass du dich wirklich an was erinnerst, Chloe. Unser Gehirn produziert Bilder und versucht Zusammenhänge herzustellen, wenn wir selbst nicht dazu in der Lage sind. Im Moment mache ich mir eher Sorgen, was wir der Polizei sagen sollen.«

»Aber mir kommen diese Bilder so real vor. Mit deiner Hilfe kann ich mich vielleicht bald an mehr erinnern.« Ich muss es wissen. Wissen, ob ich an dem Unfall schuld bin. »Zusammen können wir vielleicht herausbekommen, was wirklich passiert ist und …«

Er lässt mich nicht ausreden. »In der Ehe gibt es einfach manchmal Probleme. Eure war besonders schwierig. Ich weiß genauso wenig wie du, was an dem Abend passiert ist. Du bist aber in einer schrecklichen Verfassung hier aufgebrochen. Die Polizei ist skeptisch, was deine Absichten angeht.«

»Meine Absichten?«

»Du hast gesagt, dass du dir nie vergeben würdest. Dass du mit der Schuld nicht leben könntest.« Mein Vater krümmt sich bei der Erinnerung daran. »Du warst so bestürzt.«

»Was meinst du damit, Dad?« Meint er, dass ich nicht mehr fahrtüchtig war, oder dass ich mit Absicht verunglückt bin? »Willst du damit sagen, dass ich mit Ab…«

»Sprich's nicht aus. Stell es dir gar nicht erst vor. Und was den Unfallabend angeht, ist es leichter, den anderen Fahrer dranzukriegen, wenn du dich an nichts erinnerst. Er hätte bleiben können. Er hätte dir helfen können. Aber diese Flashbacks« – dabei malt er Anführungszeichen in die Luft, um mir zu bedeuten, dass er nicht daran glaubt – »bringen uns nicht weiter. Besonders nicht im Umgang mit der Polizei. Es wäre besser, wenn du dich an nichts erinnerst, so kannst du dich auch nicht belasten.«

Ich bin wie vor den Kopf geschlagen. Stimmt es, was mein Vater andeutet? Habe ich den Unfall mit Absicht herbeigeführt? Mit meinem Kind im Wagen? Welche Mutter würde so etwas tun?

»Ich habe recht, Chloe, das weißt du. Und das werden wir auch bei der Polizei sagen, einverstanden? Nachdem du jetzt die Wahrheit kennst, kann ich ihnen ja auch sagen, dass es dir gut genug geht, um mit ihnen zu sprechen. Aber wir müssen dabei bleiben, dass du dich an nichts erinnerst. Weder an das, was vor, während oder nach dem Unfall geschah. Wir wollen doch nicht, dass sie falsche Schlüsse ziehen. Wir wollen ihnen keinen Grund geben, dich vor Gericht zu stellen.«

»Vor Gericht?« Mir bleibt die Luft weg.

»Natürlich. Wenn sie dich für verantwortlich halten, warum sollten sie dich dann nicht vor eine Jury stellen?

Kannst du dir vorstellen, Joshuas Todesumstände wieder und wieder zu hören? Es wäre viel einfacher, wenn du dich an nichts erinnerst.«

Ich verstehe das alles nicht. »Mir ist schlecht.« Mein Magen verselbstständigt sich, will seinen Inhalt loswerden. Ich sehe meinen Sohn durch die Windschutzscheibe fliegen und auf dem nassen Boden landen. Wie in meinen Träumen kleben ihm Blätter am Körper. Echt oder eingebildet? Ich weiß es nicht. Meine Schuld? Mein Entschluss? Damit komme ich nicht klar.

»Du musst dich hinlegen. Komm, ich helfe dir.«

Mit seiner Hilfe schaffe ich es die Treppen hoch. Ich lege mich auf das Bett, das Licht ist gedimmt, der Regen klopft sanft gegen das Fenster. Ich starre auf das Familienfoto auf dem Nachttisch, das ich vorhin aus dem Album genommen habe. Was soll ich noch glauben?

Im Album wirkten wir so glücklich. Das Leben auf den Fotos passt so gar nicht zu Dads Schilderungen. Bin ich mit Absicht gegen einen Baum gefahren? Ich kann es einfach nicht glauben. Will es nicht glauben. Doch wenn das stimmt, verstehe ich, warum mich meine Eltern anlügen. Denn wenn ich tatsächlich versucht habe, mich und meinen Sohn umzubringen, und ich auch noch für den Tod meines Mannes verantwortlich bin, verdiene ich es nicht, mich an sie zu erinnern.

7.

Wie viele Tage sind vergangen, seitdem ich erfahren habe, dass ich Mutter gewesen bin? Keine Ahnung. Seither steht die Zeit still wie ein fauliger Tümpel, in dem kein Leben mehr gedeiht. Ich vegetiere im Bett vor mich hin, falle in unruhigen Schlaf, träume von meinem toten Sohn und lausche dem familiären Treiben, das weiterläuft, als wäre nichts geschehen.

Sie bringen mir Medikamente und Essen, setzen sich zu mir auf die Bettkante und versuchen, mir armselige Häppchen einzuflößen. Der Teller mit dem Essen von gestern Abend steht noch unangetastet neben dem Bett. Leute kommen, die Klingel geht, der Fernseher und das Radio plärren. Gestern Abend erklang Gelächter im Treppenhaus, die Haustür fiel ins Schloss. Als ich aufstand und aus dem Fenster sah, ging Dr. Thurwell gerade mit einem Stapel Akten unter dem Arm den Weg hinunter.

Vor ein paar Wochen hatte er mich im Krankenhaus gefragt, ob es mir besser ginge. Ob ich mich freute, nach Hause zu kommen und das Gefühl hätte, Fortschritte zu machen. Ob mir alles zu viel wäre und ich an Selbstmord dächte? Damals fand ich es seltsam, dass er anscheinend fürchtete, mir könnte es so schlecht gehen, dass ich nicht mehr leben wollte. Nachdem ich doch alles getan hatte, um zu überleben. Doch jetzt ist mir klar, dass es gar nicht seltsam war. Er muss ja gedacht haben, ich wäre mit meinem Sohn absichtlich in einen Baum gerast. Als ich ihn gestern vom Fenster aus beobachtet habe, hat er sich umgedreht und mir zugewunken. Sofort habe ich mich in die Dunkelheit hinter den Vorhängen zurückgezogen. Ich wollte nicht gesehen werden.

Doch heute Morgen findet die selbstauferlegte Isolation ein Ende. Schwere Schritte vor meinem Zimmer, kurzes Anklopfen, die Tür geht. Mein Vater steht im Türrahmen, sein Gesicht hebt sich dunkel gegen das sanfte gelbe Flurlicht ab.

»Du weißt, was heute für ein Tag ist?«

Ich nicke. Er lässt die Schultern hängen, ihm ist nicht wohl dabei. Die Polizei hat uns informiert, dass zwei Beamte jetzt, nachdem es mir besser geht, mit mir sprechen wollen. Allein der Gedanke, dass mein Vater mich hier so lange vor ihnen versteckt hat, macht mich nervös. Mir zittern die Hände.

»Ich kann sie dir nicht länger vom Hals halten, Chloe. Denk einfach dran, was wir besprochen haben. Du kannst dich an nichts erinnern.«

Nach dem Frühstück verschwindet Mum kurz, um sich die Haare machen zu lassen. Nach einer Stunde kommt sie hübsch frisiert zurück, bereit für die Polizei. Ihre Ankunft wird mit einer Spannung erwartet, die sich seit dem Aufwachen durchs ganze Haus zieht. Die anderen sehen so aus, als hätten sie auch nicht viel geschlafen. Die Eingangshalle wurde gewischt, der beste Anzug meines Vaters ist von der Reinigung zurück und hängt an seinem Bügel über der Tür seines Arbeitszimmers. Der Duft von Winterrosen zieht in Wellen an mir vorbei. Raumspray. Mir wird schlecht davon.

Ich bleibe auf dem Sofa sitzen und lege den rechten Fuß auf einen Schemel, während meine Mutter um mich herumwuselt, die Kissen aufschüttelt und ein Feuer im Kamin entzündet, als würden wir uns für Heilig Abend rüsten. Staub tanzt durch die Luft. Jess setzt sich zu mir, im Hintergrund läuft der Fernseher, auf *This Morning* wird eine Sondersendung über Wintermode gezeigt. Jess fragt mich, wie mir die Outfits gefallen, findet, dass Polokragen die Models mollig machen. Meine Schwester will durch Smalltalk ihre Lügen verschwinden lassen. Aber ich kann mich nicht auf die Sendung konzentrieren. Ich bin nicht sauer auf Jess, auch wenn sie das vielleicht denkt. Dazu fehlt mir die Energie. Vielleicht habe ich vorgehabt, mich und meinen Sohn zu töten. Nur das bewegt mich.

Mein Vater steckt den Kopf durch die Tür, sieht uns besorgt an. Er kommt herein und stellt sich vor Jess, verbaut ihr die Sicht auf den Fernseher. Erst dann bequemt sie sich, ihn anzusehen.

»Wir müssen den richtigen Eindruck vermitteln, Jessica«, sagt er mit Blick auf ihren Schlabberpyjama. »Bitte geh nach oben und zieh dich vernünftig an.« Jess will sich rechtfertigen, doch Dad hebt die Hand als Zeichen, dass er nicht mit sich reden lässt. Nachdem Jess davongeschlichen ist, stellt er den Fernseher aus.

Den ganzen Morgen überlege ich schon, was ich tun soll. Soll ich der Polizei sagen, dass ich mich an nichts erinnern kann, so wie Dad es will? Oder soll ich ihnen sagen, was ich zu wissen glaube? Dass ich vielleicht schuld bin. Dass ich vielleicht leichtsinnig gefahren bin. Dass ich womöglich mit Absicht gegen den Baum gefahren bin.

Mein Vater hat mir gestern Abend dreimal und heute Morgen noch einmal versichert, dass diese Flashbacks reine Fantasien seien, dass er sowas bei seinen Patienten schon x-mal erlebt habe. Doch die Erinnerung an jenen Abend im Wagen ist so real. Fast greifbar. Standbilder wie aus einem alten Film oder ein kurzes Aufflackern längst vergangener Erlebnisse. Wie Sterne, die man noch sieht, obwohl sie längst verloschen sind.

»Man nennt das False-Memory-Syndrom, Chloe. Das sind Scheinerinnerungen, der Versuch des Gehirns, mit dem Erlebten umzugehen«, sagt mein Vater. Nur, dass ich ihm kein Wort mehr glaube.

Er setzt sich neben mich, inspiziert mich, fummelt an meinem Kopfverband herum, bevor er mich richtig ansieht. Ich weiche vor ihm zurück, er tut mir weh. »Geht es dir gut, Chloe?«

Ich drücke gegen den Verband, um mir Erleichterung zu verschaffen. »Mir tut der Kopf weh«, sage ich barsch. Mit ihm will ich genauso wenig reden wie mit der Polizei.

»Bist du nervös, weil die Polizei heute kommt?«

»Nein.« Er wirkt zufrieden mit der Antwort, auch wenn er mir die Lüge sicher nicht so ganz abkauft. »Ich gehe hoch und ziehe mich auch um.« Ich will aufstehen, doch er schüttelt den Kopf und hält mich am Arm zurück.

»Du bleibst lieber, wie du bist.« Dabei richtet er den Kragen meines Morgenmantels. Er wuschelt mir die Haare zurecht und schiebt die Wollmütze so, dass der Verband für alle sichtbar ist. Ich rücke von ihm ab, funkle ihn an. »Du musst doch deine Verletzungen nicht verbergen, Chloe. Soll die Polizei doch sehen, wie schlecht es dir geht und dass du keine zuverlässige Zeugin bist.« Frustriert lässt er von mir ab. »Und sieh mich jetzt nicht so an. Ich weiß, dass du sauer bist, aber ich habe das alles nur zu deinem Besten getan.«

Er geht, greift nach dem Anzug an der Tür und ruft nach meiner Mutter, sie solle ihm die Manschettenknöpfe bringen. Die silbernen mit den Rubinen. Als er die Treppe hochgeht, dreht er sich noch einmal nach mir um, schüttelt enttäuscht den Kopf. Ihm ist nicht klar, dass ich Angst habe, Angst, dass er recht haben könnte. Dass ich den Unfall verursacht und meinen Mann durch die Trennung in den Selbstmord getrieben haben könnte. Angst, weil ich nicht weiß, wie ich weiterleben soll, wenn mein Sohn und mein Mann meinetwegen tot sind.

8.

Meine Mutter lässt die Polizisten herein. Ich höre, wie sie ihnen die Mäntel abnimmt und Tee anbietet, den sie aber dankend ablehnen. Mir klopft das Herz bis zum Hals. Was soll ich denen nur sagen? Vor ein paar Tagen war ich bloß eine Frau, die sich von einem Autounfall erholt. Nun bin ich womöglich eine Frau, die versucht hat, sich mit ihrem Kind im Wagen das Leben zu nehmen. Was bin ich bloß für ein Mensch?

»Einfach geradeaus durch«, sagt meine Mutter. »Da finden Sie sie dann gleich.«

Die Schritte werden lauter. Der Geruch von draußen, der faulige Dunst von Nebel und Winter, der sich in der Brust festsetzt und Krankheiten bringt, dringt noch vor den Besuchern herein. Kurz darauf erscheinen zwei Beamte in der Tür. Ihr Haar ist feucht, die Wangen leuchten rosig in den weißen Gesichtern, die Nasen rot wie Cocktailkirschen. Eine Frau und ein Mann.

Der Mann ist schmal von Statur, jedoch übergewichtig. Dadurch wirkt er irgendwie unproportioniert, wie eine Schwangere schiebt er den Bauch vor. Habe ich in der Schwangerschaft auch so gestanden? Denke ich deshalb daran? Ich habe den Mann im Krankenhaus schon mal gesehen, an den strengen Scheitel und das weißgraue Haar erinnere ich mich. Er nickt meinem Vater zu. »Guten Morgen, Dr. Daniels.«

»Guten Morgen.« Mein Vater geht auf ihn zu und schüttelt ihm die Hand. Danach lächelt er die Frau an, die hinter ihrem Kollegen ins Wohnzimmer tritt. Sie ist ein ganz anderer Typ, hochgewachsen, jung, mit feinen Zügen. Bei ihrem hellblonden Haar muss ich sofort an Andrew und Joshua denken. Ihr Gesicht ist schmal und kantig, sie wirkt kalt. Weder lächelt sie noch macht sie den Mund auf, ihr Blick ist so durchdringend, dass ich die Augen abwende. »Officer Barclay, nicht wahr?«, fragt mein Vater.

»Detective Constable Barclay.« Sie gibt meinem Vater die Hand. »Guten Morgen, Chloe«, sagt sie zu mir. Ihr Ehering drückt sich in meine Haut, als sie mir die Hand schüttelt. Dabei fällt mir ein: Wo ist eigentlich mein Ehering? »Schön, dass es Ihnen endlich so gut geht, dass wir mit Ihnen sprechen können.« Noch immer lächelt DC Barclay nicht. Sie verunsichert mich, so wie sie vor mir steht, beide Füße fest am Boden. Ich ringe die Hände, damit sie nicht mehr so zittern.

»Ich heiße Sie beide herzlich willkommen«, sagt mein Vater. »Können wir Ihnen vielleicht Tee oder Kaffee anbieten? Draußen ist es ja eisig heute.« Mein Blick wandert aus dem Fenster. Der Boden draußen ist mit Raureif überzogen, dichter Nebel hängt in der Luft. Man kann nicht mal bis zum Swimmingpool sehen. Die feuchte Kälte ist ins Haus gekrochen, trotz des knisternden Feuers kommt keine Gemütlichkeit auf, dafür sind die Räume zu weitläufig. Ich schaue hinüber zu Jess, die, ganz dem Wunsch meines Vaters entsprechend in enger Jeans und schicker Bluse auf einem Schemel hockt und am Daumen kaut.

»Nein, vielen Dank.« Der Beamte lächelt mich herzlich an. »Guten Morgen, Chloe. Ich bin Detective Sergeant Gray.« Beim Versuch, mich aufzurappeln, habe ich wie immer Probleme mit dem Gleichgewicht. Jess springt herbei, und mit ihrer Hilfe komme ich auf die Beine und ergreife DS Grays Hand. Sie fühlt sich kalt und verschwitzt gleichzeitig an. »Bitte, setzen Sie sich wieder«, sagt er.

Als ich dem nachkomme und den Morgenmantel um die Knie schlinge, bemerke ich die Geste meines Vaters, der auf mein Bein zeigt. Ich lege es zurück auf den Schemel. Keine Ahnung, ob das meiner Gesundheit dienen oder nur Theater für die Polizei sein soll.

»Mein Vater meint, wir seien uns schon mal begegnet«, sage ich.

»Ja, zweimal schon, im Krankenhaus.« DC Barclay zieht sich neben mir einen Stuhl heran. »Erinnern Sie sich nicht mehr an uns?«

»Chloe hat schwere Zeiten durchgemacht«, mischt sich mein Vater ein. »Sie hatte ein Epiduralhämatom. Wäre fast gestorben.«

Ohne meinen Vater anzuschauen sagt sie: »Über

Chloes Verletzungen sind wir bestens informiert, Dr. Daniels. Deshalb hat es so lange gedauert, bis wir endlich ihre Version des Unfallhergangs erfahren können.«

DS Gray entschärft die Situation. »Natürlich verstehen wir, dass solche Dinge Zeit brauchen. Aber ich muss schon sagen, Sie sehen deutlich besser aus als im Krankenhaus, Chloe.« Wenn ich mich so anschaue, kann ich das eigentlich nicht bestätigen. Ich riskiere einen Blick auf meinen Vater. Ist er ein klein wenig enttäuscht über die Bemerkung? »Wir sind froh, dass wir endlich die Gelegenheit haben, mit Ihnen über den fraglichen Abend sprechen zu können. Wir hoffen, in dem Fall voranzukommen, zu verstehen, was wirklich geschehen ist.« Ich nicke, mir sitzt ein dicker Kloß im Hals. »Zunächst möchte ich Ihnen sagen, wie leid es mir tut, dass Sie Ihren Sohn verloren haben.« Darauf sage ich nichts, kann nicht mal den Blick heben. Offenbar spürt DS Gray, dass die Anspannung wieder steigt, deshalb springt er schnell zum nächsten Punkt. »Wir wollen uns einfach Klarheit darüber verschaffen, an was genau Sie sich erinnern.«

Ich denke an meine Träume, die Flashbacks. Bin im Grunde überzeugt, dass sie die Wahrheit widerspiegeln. Doch dann wiederum denke ich an das, was mein Vater zu glauben scheint, dass ich den Unfall mit Absicht herbeigeführt habe.

Nach kurzem Zögern, so wie mein Vater es mir eingebläut hat, antworte ich: »Ich kann mich an nichts erinnern.« Ihr Urteil könnte ich ohnehin nicht ertragen.

DC Barclay holt Block und Stift heraus, schlägt die Beine übereinander, klackert mit dem Absatz wie ein Metronom. Klack, klack, klack. Dabei schaut sie mich sekundenlang an. Mit gespitztem Stift und ausdrucksloser Miene.

»Weder was vor dem Unfall noch was danach passiert ist«, füge ich hinzu.

DS Gray lächelt, als hätte ich ihn mit meiner Aussage vollkommen zufriedengestellt. »Natürlich verstehen wir das, Chloe. Aber es ist unsere Aufgabe, gegen die Person zu ermitteln, die allem Anschein nach den zweiten Wagen gefahren hat. Dafür ist uns jedes Detail willkommen, auch wenn es Ihnen noch so unwichtig erscheint.«

Ich nicke, möchte es ihnen recht machen, mir etwas einfallen lassen. Ein seltsamer Effekt, den die Polizeibeamten haben. Wie eine Schülerin komme ich mir vor, die unbedingt die richtige Antwort geben will.

Als meine Mutter mit einem Tablett mit Tee hereinkommt, bin ich dankbar für die Unterbrechung. Sie stellt es auf dem Tisch ab, schenkt zwei Tassen ein, gibt einen Spritzer Milch dazu. Schweigend, als würden wir einer feierlichen Zeremonie beiwohnen, sehen wir zu.

»Das wärmt schön durch«, sagt sie und reicht den beiden Beamten einen Tee. Die wiederum danken ihr und nehmen einen Schluck, bevor sie die Tassen abstellen.

Beifall heischend sieht sich meine Mutter zu meinem

Vater um und erntet ein kurzes Nicken. Während sie sich neben Jess drapiert, wendet sich DS Gray wieder mir zu. »Ich würde Ihnen einfach gerne ein paar simple Fragen stellen, vielleicht können wir Ihrem Gedächtnis ja auf die Sprünge helfen. Einverstanden?« Wieder nicke ich. Beim Lächeln entblößt er seine schiefen, fleckigen Zähne. DC Barclay scheint jede meiner Bewegungen zu notieren, denn ihr Stift fliegt nur so übers Papier, auch wenn ich nichts von Belang von mir gebe. Ich versuche, ganz ruhig zu bleiben, mir nichts anmerken zu lassen. Irgendwie verhalte ich mich, als wäre ich schuldig. »Können Sie sich an die Zeit kurz vor dem Unfall erinnern? Wo wollten Sie hin? Was haben Sie auf der Ditchling Road gemacht?«

Ich denke an Brighton und all die Straßen, die ich immer wieder entlanggefahren sein muss. Ich denke an die Rückfahrt vom Krankenhaus, wo mir nichts bekannt vorkam. Im Grunde weiß ich nur, was mein Vater mir gesagt hat, also dass ich vollkommen aufgelöst hier losgefahren bin. »Nein, tut mir leid. Wie ich eben schon gesagt habe, ich weiß nichts mehr.« In meinem Kopf pulsiert es, es fühlt sich an, als pochte mein Hirn gegen die gebrochene Schädeldecke.

»Wissen Sie noch, ob Sie wütend oder aufgebracht waren, als Sie ins Auto stiegen? Mich würde einfach interessieren, in welcher Verfassung Sie waren.« DS Gray blättert in seinem Notizblock. »Ihr Vater hat angegeben, dass Sie am frühen Abend, genauer gesagt um kurz nach sieben, hier losgefahren sind. Stimmt das?«

»Wenn mein Vater das sagt, wird es so gewesen sein.«

»Und Sie können sich gar nicht mehr erinnern, wo Sie hinwollten? In welcher Verfassung Sie waren?«

»Ähm …« Ich schaue hinüber zu meinem Vater, der sich hinter den Beamten an den Kamin lehnt. Unmerklich schüttelt er den Kopf. Ich weiß, was ich sagen soll. Stille. »Nein, tut mir leid.«

»Können Sie sich noch an den anderen Wagen erinnern?«

»Nein, ich glaube nicht.«

»Ob er sie angefahren hat?«

»Nein.« Mit einer Hand massiere ich mir die Schläfe. Ich ringe nach Worten. Die Fragen kommen zu schnell. Die Erinnerungen, dass ich leichtsinnig gefahren bin, drängen sich mir auf. DC Barclays Fuß steht nicht still. Klack, klack, klack. Die Sekunden dehnen sich schmerzhaft aus. Ihr Stift kratzt über das Papier.

»Alles in Ordnung, Chloe?« Die Stimme meines Vaters. Ich senke den Blick, nicke. Jess rückt näher, drückt mir die Hand, mir fehlt die Kraft, die Geste zu erwidern. Du Lügnerin, denke ich. Du wusstest, dass ich einen Sohn hatte und hast mir nichts gesagt. Jess lächelt, doch ich verziehe keine Miene. Ihr seid alle Lügner, denke ich.

»Chloe?«, fragt DS Gray.

»Alles gut.« Ich schaue erst zu ihm, dann zu DC Barclay. »Es tut mir leid, dass ich Ihnen nicht weiterhelfen kann.«

DS Gray nimmt einen Schluck Tee, und DC Barclay

übernimmt. »Wissen Sie noch, ob Sie zwischendurch woanders gewesen sind? Oder sind Sie direkt von hier zum Unfallort gefahren?«

»Kann ich nicht sagen.« Wieder sehe ich mich durch den Regen fahren. Wo wollte ich hin? Habe ich geweint? Ich glaube, dass ich geweint habe.

»Und was ist mit Damien Treadstone? Sagt Ihnen der Name was?«

»Nein.« Die Antwort kommt prompt. Die Frau macht mich nervös, ich will es hinter mich bringen. Der Name Damien Treadstone sagt mir gar nichts. Doch als ich im Krankenhaus aufgewacht bin, wusste ich nicht mal meinen eigenen Namen. »Wer ist das?«

»Damien Treadstone ist als Halter des zweiten Wagens eingetragen, der am Unfallort gewesen sein muss. Ihm wird gefährliches Fahrverhalten vorgeworfen. Es gibt Hinweise darauf, dass er an einer riskanten Stelle überholen wollte.« Ihr Fuß klackert in einem fort, mein Herz schlägt schneller und heftiger. Mir ist schlecht.

»Was für Hinweise?«

»Reifenspuren. Und an Ihrem Kotflügel wurden Lackreste von seinem Wagen gefunden. Er ist auf Bewährung draußen und bestreitet alle Vorwürfe. Aber er hat kein Alibi für die Tatzeit. Und deshalb ist Ihre Version des Unfalls so wichtig für uns, Chloe. Ihre Aussage könnte entscheidend sein. Eine BMW 3er Limousine, schwarz, denken Sie nach.« Ich trockne mir mit einem Taschentuch die Augen und schüttle den Kopf. »Es steht außer Frage, dass er Sie angefahren hat. Wenn

Sie sich doch nur an irgendwas erinnern könnten, das würde uns helfen.«

Mir schnürt sich die Kehle zusammen. »Ich kenne ihn nicht, und ich habe keine Ahnung, was passiert ist.«

»Und Sie sind sich ganz sicher, dass Sie mit Mr. Treadstone in keinerlei Beziehung standen?«

»Was denn für eine Beziehung?«, fragt mein Vater ungläubig. Keiner geht auf ihn ein.

»Ich weiß doch nicht mal, wer das ist«, sage ich.

DC Barclay greift in ihre Tasche und fördert ein Polizeifoto zutage. Darauf ist ein junger Mann zu sehen, übernächtigt, mit wildem Haar. Ich gebe es ihr zurück.

»Ich kenne den Mann nicht.«

»Und Sie können uns auch nicht sagen, was Sie abends auf der Ditchling Road zu suchen hatten?«

»Nein.«

DC Barclay saugt die Luft scharf ein. Das Feuer knistert. »Verheimlichen Sie uns was? Wollen Sie jemanden schützen?«

Plötzlich tritt mein Vater vor und stellt sich zwischen mich und die Polizisten. Jess nimmt mich in den Arm, als ich zu weinen anfange. Ihre Umarmung tut mir gut. Ich weine, weil DC Barclay recht hat. Ich schütze jemanden. Mich.

»Das reicht jetzt«, sagt mein Vater. »Sehen Sie nicht, was Sie bei ihr anrichten?«

»Gut, dann belassen wir es dabei.« DS Gray erhebt sich, wendet sich seiner Kollegin zu, die ihr Notizbuch wegsteckt. Beide wirken verärgert. DC Barclay sieht extrem unzufrieden aus, ihre Mundwinkel sind nach unten gezogen. Ihre schmalen Lippen sind wie dafür geschaffen, Widerwillen auszudrücken. Und dass sie mich nicht leiden kann und mir kein Wort glaubt, ist auch klar. »Tut mir leid, dass wir Sie mit diesen Fragen behelligen mussten, aber die Staatsanwaltschaft sitzt uns im Nacken. Sie wollen Anklage erheben, da ist jedes Detail von Nutzen.« DS Gray lächelt mich an, um mir zu verstehen zu geben, dass er zumindest theoretisch auf meiner Seite ist. »Es muss Sie ganz schön erwischt haben.«

Ich kämpfe mit den Tränen. »Das sagen alle.« Gerade habe ich das Gefühl, dass mein Kopf explodiert.

»Dann werden Sie mal ganz in Ruhe gesund. Aber wenn Ihnen noch was einfällt, lassen Sie es mich wissen. Ihr Arzt meinte, dass es manchmal einfach Zeit braucht. Sie erreichen mich auf dem Revier, Chloe.« Er gibt mir seine Visitenkarte, bevor er mit dem Finger auf Jess zeigt: »Und Sie kümmern sich gut um Ihre Schwester.« Ich stecke die Karte ein.

Die Polizisten wenden sich zum Gehen und verschwinden durch die Eingangshalle. Als ich sie an der Haustür höre, stemme ich mich vom Sofa hoch und laufe ihnen nach. Jess folgt mir besorgt. DC Barclay ist schon draußen auf der Einfahrt und in Nebel gehüllt. DS Gray will gerade das Haus verlassen.

»DS Gray«, rufe ich. Er bleibt stehen und dreht sich zu mir um. Kalte Luft schlägt mir ins Gesicht und trocknet meine Tränen. »Können Sie mir was über ihn sagen?«

Er presst die Lippen zusammen. »Damien Treadstone?« Ich nicke. »Achtundzwanzig Jahre alt. Pharmareferent. Verheiratet. Kommt nicht von hier. Lebt in Maidstone, Kent.«

»Hat er Kinder?«

DS Gray wendet den Blick ab, weiß nicht, was er sagen soll. Mir scheint, dass er ein gutes Herz hat und mir nicht unnötig wehtun will. »Ja, einen zweijährigen Sohn.«

Nachdem sie abgefahren sind, kommt mein Vater ins Wohnzimmer zurück, löst die Krawatte und atmet sichtlich auf. Meine Wangen sind vom Feuer gerötet, doch sonst ist mir kalt. Ich setze mich aufs Sofa. Mir geht der Name Damien Treadstone im Kopf herum. Ich bin hin- und hergerissen zwischen Wut und Trauer. Wessen Schuld war es? Seine oder meine?

Mein Vater lässt sich auf der Sofalehne nieder, schaut zu meiner Mutter, die mit den Händen im Schoß schweigend dasitzt. »Das lief doch ganz gut«, meint er, und sie nickt wie ein gehorsamer Dackel. Betrübt wird mir klar, dass es logisch ist, dass sie sich so verhält. Jess hat schon recht. Zwischen den beiden ist es nicht einfach, war es nie, weil mein Vater immer alles beherrscht. Schwer legt er mir eine Hand aufs Knie. Als ich zu ihm aufschaue, lächelt er erleichtert. Er zwinkert mir zu, drückt mich kurz an sich. »Das war ein guter Anfang, Chloe.«

Wir nehmen das Abendessen schweigend ein. Die geschmacklose Pampe aus überbackenem Rinderhack mit Kartoffelbrei bleibt mir fast im Hals stecken. Niemand weiß, was er sagen soll, und mir wird mit jedem Bissen übler. Immerzu muss ich daran denken, dass ich mal ein Leben hatte, von dem ich nichts mehr weiß. Und die Leute, die mir eigentlich helfen sollten, haben mich bislang bloß angelogen. Meine Familie hat versucht, meine Vergangenheit geheim zu halten. Wie kann ich ihnen da meine Zukunft anvertrauen?

Mum räumt den Tisch ab, ihre Hände zittern, sie wirkt neben der Spur, aber anders kenne ich sie gar nicht mehr. Unter den wachsamen Blicken meines Vaters leert sie noch ihr Weinglas und geht leicht taumelnd aus dem Zimmer. Offenbar steigt ihr der Wein zu Kopf. Seit die Polizei hier war, kommt sie nicht zur Ruhe. Nervös wandert ihr Blick umher. Jess ist ebenfalls aufgesprungen, um ihr mit den Servietten und den Gedecken zu helfen. Sie gehen mir aus dem Weg, um sich nicht rechtfertigen zu müssen. Sie schämen sich, haben ein schlechtes Gewissen.

Kurz darauf bin ich mit meinem Vater allein.

»Ich weiß, dass du noch sauer bist, weil wir dir die Wahrheit verschwiegen haben, Chloe.« Mir fehlen die Worte. Sauer? Glaubte er wirklich, dass es so einfach war? Im Moment durchlebe ich alle möglichen Gefühle. Ich weiß eigentlich gar nicht, wie ich mich fühlen soll. »Aber sieh es doch auch mal von unserer Seite. Es war eine schreckliche Situation für uns alle.« Er lehnt sich im Stuhl zurück, nimmt die Brille ab. Mit der Hand klopft er auf den Tisch. »Du musst lernen, uns zu vergeben, Chloe, damit wir dir helfen können. Schließlich«, fügt er mit einem seltsam gezierten Lächeln hinzu, »sind wir die einzige Familie, die du noch hast.«

9.

Es ist ein schrecklicher Gedanke, dass es das für mich gewesen sein soll, dass ich von nun an nichts mehr zu erwarten habe. Habe ich das mir zugedachte Leben schon gelebt und darf nun nur noch in einer Art Hölle vor mich hin vegetieren?

Mein Vater kaut auf seiner Brille, während er noch immer auf eine Antwort wartet. »Es geht doch nicht nur darum, dass du mir nichts von ihnen erzählt hast, Dad. Selbst nachdem ich ihre Fotos gesehen habe und weiß, dass es sie gegeben hat, habe ich keinen Bezug zu ihnen.«

Seither versuche ich mich an unser Leben als Familie zu erinnern. An Joshuas Geschrei, an den Geruch seiner frisch gewaschenen Haut. An Andrews Hand auf meiner. Aber es ist alles weg. Selbst das Bild von mir in der Kirche mit einer Bibel in der Hand, das ja tatsächlich eine Erinnerung sein könnte, lässt sich nicht scharfstellen, gibt nichts von meinem Sohn preis.

Mein Vater zieht die Brauen hoch, setzt die Brille wieder auf. »Zeit, Chloe. Die Zeit heilt alle Wunden. Und mit der Zeit wirst du dich auch wieder an sie erinnern.«

»Hoffentlich.« Dass die Zeit Wunder wirkt, steht außer Frage, dafür brauche ich mir nur meinen Körper anzuschauen. Ich bin immer noch ziemlich im Eimer, bin mit Narben übersät, habe wegen der Rippenbrüche noch Probleme beim Atmen und laut meines Neurochirurgen zwei Jahre lang ein erhöhtes Risiko für Krämpfe und kognitive Beeinträchtigungen. Doch mit der Zeit habe ich wieder laufen und zusammenhängend zu sprechen gelernt, konnte das Krankenhaus verlassen. Doch ohne Therapie wäre nichts passiert. Wenn ich mich erinnern will, muss ich aktiv werden. Und das tue ich nicht nur für mich, sondern auch für Joshua. Sobald ich die Wahrheit über mein altes Leben aufgedeckt habe, weiß ich, ob ich mit Absicht gegen den Baum gefahren bin. Ob ich meinen Sohn auf dem Gewissen habe. »Aber Dad, ich muss was tun, damit es mir besser geht. Ich kann doch nicht den Rest meines Lebens in diesem Haus rumsitzen.«

Dad schenkt sich Wein nach, nippt daran. Er wirkt ganz entspannt. »Da stimme ich dir voll und ganz zu, deshalb hast du morgen auch Physiotherapie. Außerdem können wir noch eine weitere Sitzung abhalten, vielleicht erinnerst du dich dann an dein Leben. An deine Jungs.«

Ich atme tief durch, denn ihm wird nicht gefallen, was ich zu sagen habe. »Mit Physiotherapie und Reden ist es nicht getan, Dad. Um mich an die Vergangenheit zu erinnern, muss ich an die Orte zurückkehren.« Als eine leichte Brise die Vorhänge erfasst, verschränkt er die Arme vor der Brust. Das Feuer knistert im Kamin. »Ich will nach Hause. In mein Zuhause, Dad. Selbst wenn es nur für einen Tag ist.«

Er schiebt die Finger unter die Brillengläser und reibt sich die Augen. »Das haben wir doch schon besprochen, Chloe.« Er seufzt. »Mehrmals.«

»Weiß ich. Aber du willst nicht begreifen, wie sehr es mir helfen würde. Alles, was mir von meinem Haus geblieben ist, sind die paar Sachen, die ihr gepackt habt.« Angewidert zerre ich an dem grauen Strickjäckchen, das ich trage. »Ich habe das Gefühl, kein eigenes Leben mehr zu haben. Ich fühle mich so allein.«

Seit ich dahintergekommen bin, dass ich verheiratet war und ein Kind hatte, hat mir mein Vater mehr über mein Leben erzählt. Dass ich in London Jura studiert und anschließend für eine karitative Einrichtung gearbeitet habe, die sich um Menschen mit Suchtproblemen kümmert. Dass ich das ganze Jahr über im Meer geschwommen bin. Doch nichts davon fühlt sich real an. Das sind alles Bestandteile eines Lebens, das mit mir nichts mehr zu tun hat. Weder kann ich zurück zur Arbeit, noch an den Strand und in die Wellen tauchen. So schön die Ideen auch sind, sie sind nicht umsetzbar. Ich muss herausfinden, wer ich war und noch bin. Und welche Rolle ich in diesem Schlamassel gespielt habe.

»Ich fühle mich so abgeschnitten von meiner Familie. Ich muss in mein Haus zurück.«

»Wir sind deine Familie«, sagt er. Doch er weiß, dass

es sinnlos ist. Stumm greift er über den Tisch nach meiner Hand. »Wir müssen uns auf die Zukunft konzentrieren, Chloe.« Er klingt wie ein Fremder, wenn er mit seiner Arbeitsstimme spricht. So redet er auch mit mir, wenn ich auf dem Sofa liege und ihn in meine Gedanken lasse. Mit dieser Stimme besänftigt er mich, während er in den Tiefen meines Schädels gräbt. »Damit fängst du am besten hier bei uns an.«

»Aber ich entsinne mich an nichts. Ich muss in mein altes Haus. Willst du denn nicht, dass ich mich an meinen Sohn erinnere?«

Er streicht mir mit dem Daumen über die Wange. Durch den Druck schießt mir ein stechender Schmerz in die Kopfwunde. »Ich will, dass du Folgendes bedenkst.« Er redet langsam, zieht jedes Wort in die Länge, verhalten wie ein Tier, das aus dem Winterschlaf erwacht. »Und was ist, wenn du nach Hause zurückkehrst und dich noch immer nicht an Joshua erinnerst? Was dann? Hast du dir das schon mal überlegt?« Regungslos sitze ich da und denke nach. »Im Moment kannst du dich noch entschuldigen, weil du unbewusst glaubst, dass der Unfall riesige Lücken in deine Erinnerung gerissen hat. Aber wenn du das Haus siehst, in dem ihr zusammen gewohnt habt? Wo du ihn gebadet, gestillt und umsorgt hast, wenn er krank war? Was, wenn Joshua dann bei dir immer noch nichts auslöst? Wie würdest du dich dann fühlen? Ich versuche nur, dich zu beschützen, Chloe. Du bist sehr zerbrechlich. Wir dürfen nichts überstürzen.«

In dem Moment kommt meine Mutter mit einem Apfelkuchen herein. Der süße Geruch wirkt deplatziert. Jess folgt ihr mit vier Schüsseln und einem Becher Stracciatella-Eis, dabei pfeift sie ein viel zu fröhliches Lied. Sofort bemerken beide die angespannte Stimmung.

Ängstlich stellt meine Mutter den Kuchen ab, schiebt eine kleine Kerze aus dem Weg. Sie beißt sich auf die Lippen und versucht, keinen von uns anzusehen. Jess bleibt zögernd im Türrahmen stehen.

»Was ist los?«, fragt Mum schließlich.

»Nichts, um das du dir Sorgen machen musst, Evelyn.« Mein Vater zieht ein Taschentuch aus der Hose und reicht es mir. Erst da merke ich, dass ich weine, aber ich will das Taschentuch nicht.

»Sie ist traurig«, sagt meine Mutter, ohne mich anzuschauen.

»Halb so wild.« Er zieht an ihrem Arm, damit sie sich setzt. »Chloe will in ihr Haus. Sie beruhigt sich gleich wieder.« An mich gewandt sagt er: »Es wäre einfach keine gute Idee. Noch nicht.«

Eigentlich hätte ich es mir auch denken können. Dennoch muss es irgendwie vorwärtsgehen, deshalb ändere ich die Taktik. »Vielleicht hast du recht. Vielleicht ist es zu riskant. Aber ich kann hier nicht so herumsitzen, als wäre nichts geschehen. Ich muss mich damit auseinandersetzen, dass sie fort sind. Wenigstens sollten wir uns doch um die Beerdigung kümmern. Wir könnten sie in Rusperford abhalten. Dann könnten sie auf dem hiesigen Friedhof begraben werden. Hier ganz in der Nähe.«

Meine Mutter hält mitten im Schneiden des Kuchens inne. Jess stellt die Schüsseln ab und setzt sich still auf ihren Platz.

»Bitte, Dad«, sage ich. »Ich muss endlich anfangen, mal was anzupacken. Es hilft mir sicher, die Situation anzunehmen, in die Zukunft zu blicken.« Hört er mir überhaupt zu? Mit leichtem Kopfschütteln starrt er meine Mutter an. Ihr Blick ist auf ihren Schoß geheftet. Ihre Hände zittern, als hätte sie etwas falsch gemacht. »Dad.« Ich strecke die Hand nach ihm aus. Abrupt fährt er zu mir herum. »Sag mir, wo die Leichen aufbewahrt werden, damit ich mich darum kümmern kann.«

Bei dem Wort Leichen zuckt meine Mutter zusammen. Sogleich stellt sie das Weinglas, das sie gerade in die Hand genommen hat, wieder ab und hält sich am Tisch fest. Ruhig wendet sich mein Vater mir zu.

»Chloe, du bist sehr krank gewesen. Du hattest eine Gehirnblutung, es ist einfach kein …«

»Aber es ist doch meine Familie. Mein Sohn. Meine Verantwortung.«

Jess schiebt den Stuhl zurück und läuft aus dem Zimmer. »Wo willst du hin?«, fragt mein Vater. »Jessica, ich habe dir nicht erlaubt, den Tisch zu verlassen.« Er ruft ihr nach: »Wir sind noch nicht mit Essen fertig.«

»Ach, Thomas, jetzt sag's ihr doch.« Meine Mutter ist aufgestanden, ihre Stimme klingt verzweifelt. »Nun mach endlich Schluss mit dem Theater. Ich halte es nicht mehr aus. Ich kann nicht mehr. Ich gehe noch zugrunde.« Sie bricht in Tränen aus, das Blut schießt ihr in die Wangen, bis sie knallrot im Gesicht ist, ihr Brustkorb hebt und senkt sich sehr schnell, sie hyperventiliert.

»Evelyn, ich …« Selbst meinem Vater gehen die Worte aus. Er wischt sich die Hände an der Serviette ab und dirigiert meine Mutter zurück auf den Stuhl. Nachdem er ihr Wein nachgeschenkt hat, leert sie das Glas in einem Zug. »Alles in Ordnung, Evelyn«, sagt er. Mein Vater hat die Situation wieder im Griff, spricht mit Therapeutenstimme. »Entspann dich. Es wird alles gut.«

Meine Mutter murmelt etwas vor sich hin, sieht mich an. »Tut mir so leid, Chloe.«

Aber auf ihre Entschuldigung kann ich verzichten. Ich will wissen, was er mir vorenthält. »Was soll er mir sagen, Mum?«

»Chloe, nein …«

»Nein, Dad.« Ihm steht ein Schweißfilm auf der Stirn. Ich werfe meiner Mutter noch einen Blick zu, doch sie hat panische Angst. Wovor? Vor meinem Vater oder vor der Wahrheit? »Was hat Mum gemeint, Dad? Schlimmer kannst du es jetzt auch nicht machen.«

»Also schön«, stammelt er mir heiserer Stimme. Meine Mutter vergräbt den Kopf in den Händen. »Chloe, du kannst die Beerdigung nicht organisieren, weil sie längst stattgefunden hat.«

10.

Ich bin fassungslos. Mir fehlen die Worte. Damit ist mir auch noch die letzte Möglichkeit genommen, meine Familie zu ehren. Andrew und Joshua sind nicht nur tot, sondern fort. Für immer. Es ist vorbei.

»Wir wollten warten, wollten dass du dabei bist, aber alles stand auf Messers Schneide. Wir dachten, wir würden dich auch noch verlieren. Man hat uns geraten, uns aufs Schlimmste gefasst zu machen.« Nun steigen auch meinem Vater die Tränen in die Augen. Wie mir. »Aber ich verspreche dir, in einem Monat sprechen wir noch mal über einen Besuch bei dir zu Hause. Sobald du so weit bist. Komm schon, Chloe.« Er greift nach meiner Hand. »Bitte sag doch was. Versuch uns zu verstehen.«

Doch ich stehe vom Tisch auf und gehe. Aus dem Kamin sprühen mir Funken an die Hacken, als wollte selbst das Feuer mich zurückhalten. Schatten tanzen über die Wände. Ich schlüpfe in meine Turnschuhe, öffne lautlos die Haustür und haste hinaus in den dichten Nebel, der sich über das Anwesen gelegt hat, seit es vorhin aufgehört hat zu regnen.

Ich kämpfe mich durch die Schwaden über die gewundene Auffahrt bis hin zum Friedhof, der an unser Grundstück grenzt. Dort ist das Gras weich und nass, hinterlässt einen feuchten Film auf meinen Schuhen. Vor mir ragen Grabsteine empor, graue, von Efeu umrankte Steinklumpen mit schwarzen Stockflecken von der feuchten Abendluft. Sind sie hier begraben? Werde ich sie hier finden? Wie kann es sein, dass ich die Beerdigung meines Sohnes verpasst habe? Doch als ich nach ihren Namen suchen will, versperrt mir der Zaun den Weg. In meiner Verzweiflung bin ich einfach losgelaufen, habe ganz vergessen, dass ich von allen Seiten eingeschlossen bin.

Hinter mir dröhnt die Stimme meines Vaters, ich höre schnelle Schritte auf der Auffahrt. Ich stolpere weiter in den Nebel hinein, schlängle mich zwischen einer Reihe riesiger Eichen hindurch, will um jeden Preis den Kegeln der beiden Taschenlampen ausweichen, die über den Boden schweifen.

»Chloe!«, ruft er.

»Chloe!«, wiederholt meine Mutter. »Wo bist du?«

Ich kauere mich hinter einen Baum, lasse sie vorbeiziehen, graue Schemen in der Ferne. Mir ist kalt, und ich zittere, meine Arme sind nass, und ich habe eine Gänsehaut. Ich weiß, dass ich zurück ins Haus muss, aber wie soll das gehen, wenn sie mich so anlügen? Wie kann ich Teil ihres Lebens bleiben, wenn sie meinen Sohn ohne mein Wissen einfach beerdigt haben? Mich damit um die Chance gebracht haben, mich zu verabschieden.

Als ich ein Geräusch höre, drehe ich mich um, von der Kirche schleicht etwas durchs feuchte Gras auf mich zu. Erst denke ich, ein Fuchs oder ein Kaninchen schnüffelt über den Boden. Doch rasch wird mir klar, dass die Schritte zu schwer und zu langsam für ein leichtfüßiges Tier sind. Es ist ein Mensch, aber weder mein Vater noch meine Mutter. Das Geräusch kommt von der anderen Seite des Zauns, außerdem sehe ich die Taschenlampen meiner Eltern ein Stück von mir entfernt.

»Chloe?« Eine Männerstimme. Jemand scheint mich zu kennen. Ich verberge mich hinter einem Baum. Mich packt die Angst. Ich schaue mich um, aber außer den hängenden Trieben der Trauerweiden kann ich im Nebel nichts erkennen. Dann höre ich die Stimme wieder, sanft und vorsichtig diesmal.

»Ich muss mit dir reden, Chloe.« Ich presse mich an die raue Rinde des Baums. »Hab keine Angst.«

Für Angst ist es jetzt zu spät. »Ich kann Sie nicht sehen. Wo sind Sie?« Als ich auf den Zaun zugehe, streckt sich mir eine Hand entgegen, eine Gestalt erscheint, das Gesicht noch im Schatten. Auf einmal aber blitzen rechts und links Taschenlampen auf, folgen dem Klang meiner Stimme, und der Fremde taucht im Nebel unter.

Eilig hasten meine Eltern über den Kiesweg. Kurz darauf verspüre ich den schlüpfrigen Griff meines Vaters am Arm. Meine Mutter ist nur ein paar Schritte hinter ihm.

»Oh Gott, Chloe. Sieh dich nur an.« Sofort untersucht er meine Kopfwunde, dreht mein Kinn hin und her. »Mit wem hast du gesprochen? Bist du verletzt?« Er reißt sich die Jacke vom Leib und legt sie mir um. Ich habe das Gefühl, dass mein Kopf jeden Moment explodiert.

In der Ferne wird ein Wagen gestartet, Reifen quietschen. Blitzschnell dränge ich mich an meinem Vater vorbei, sehe noch zwei rote Rücklichter, verschwommen wie Tuscheklekse. Meine Eltern halten mich beide fest.

Wer war das? Was wollte er?

»Bring sie ins Haus«, sagt meine Mutter mit panischer Stimme. »Schnell, Thomas.«

»Es war jemand hier.« Ich drehe mich noch mal um, während mich meine Eltern wie eine Gefangene abführen.

Kaum sind wir im Haus, knallt mein Vater die Tür zu und legt die Kette vor. Regen schlägt gegen die Scheibe. Von oben dringt Jess' Musik zu uns herunter. Ich sehe mich im Spiegel, die Lippen blau verfärbt, das Haar hängt mir in nassen Strähnen ins Gesicht. Meine Mutter hält meine triefnasse Mütze umklammert. Als ein Donnerschlag die Stille zerreißt, werde ich auf die unterste Treppenstufe gesetzt.

Meine Mutter zieht mir die schlammigen Schuhe aus und rennt ins Wohnzimmer. Kurz darauf kommt sie mit einer dicken Karodecke zurück. Eiskalte Tropfen gehen auf mich nieder, als mir mein Vater seine nasse Jacke abnimmt. »Da war jemand auf dem Friedhof«, sage ich wieder. »Ein Mann, der wusste, wie ich heiße. Er kannte mich.«

»Denk nicht mehr darüber nach.« Ihm klebt das nasse Hemd an der Haut. Er reibt mir über die Arme, hält nach Verletzungen Ausschau. »Das liegt am Friedhof. Da kann man schon mal das Gruseln kriegen. Da war niemand.« Doch trotz seiner Beharrlichkeit weiß ich, dass er nicht die Wahrheit sagt.

Meine Mutter setzt sich neben mich, legt mir die Decke um, drückt mich an sich. Sie reicht mir ein Gläschen mit Hochprozentigem, das ich runterstürze. Kognak, glaube ich, jedenfalls brennt es. Sie wiegt mich, versucht mich zu beruhigen. Und sobald ich den Rhythmus ihres Atems spüre, bin ich wieder Kind. In dem Moment erinnere ich mich daran, wie ich die Treppe hinuntergefallen bin und mir den Knöchel gebrochen habe. Ich sehe sogar die Stelle, wo ich gelandet bin, das Geländer ist vom Sturz ein wenig in Mitleidenschaft gezogen. An dem Tag hat mich meine Mutter auch so in den Armen gehalten, während wir auf meinen Vater gewartet haben. Auch wenn es nicht ihre Schuld war, dass ich gestürzt bin, geschah es doch in ihrer Obhut, und sie übernahm die Verantwortung, ertrug das Urteil meines Vaters.

Ich schaue meine Mutter an. Sie hat mich gestillt, meine Windeln gewechselt und mir Gutenachtlieder vorgesungen, noch bevor ich überhaupt wusste, dass es so was wie Erinnerung gibt. Sie hat mich geprägt, etwas von ihr ist auch Teil von mir. Manchmal kann nur eine Mutter helfen. Doch diese Erkenntnis beschert mir überwältigenden Kummer: Nach allem, was mein Vater sagt, konnte ich mein Kind nicht nur nicht retten, sondern muss die Möglichkeit in Betracht ziehen, dass ich den Tod meines Sohnes gewollt habe.

In diesem Augenblick inniger, mütterlicher Bindung bin ich überzeugt davon, dass sie mich versteht. »Da draußen war ein Mann, Mum. Er hat mich angesprochen.« Sie zieht meinen Kopf noch enger an sich. »Er kannte mich«, sage ich mehr zu mir selbst.

»Halluzinationen«, sagt mein Vater. »Warum bist du nur so plötzlich weggelaufen?« Ungeschickt fingert er an meiner Schulter herum, die wieder wehtut. »Wir können dir helfen, aber nur, wenn du uns vertraust. Stimmt's Evelyn?«

»Ja, natürlich.« Meine Mutter schenkt mir Kognak nach, und ich trinke ihn aus. »Das tut ihr gut«, sagt sie schnell, als mein Vater missbilligend schnalzt. Dann nimmt sie das Glas, füllt es erneut und kippt es selbst hinunter.

»Morgen reden wir weiter. Hier, das hilft dir, dich zu entspannen.« Mein Vater reicht mir eine Tablette, und in meiner Verwirrung spüle ich sie mit einem weiteren Schluck Kognak hinunter.

»Aber das Auto«, sage ich. »Ich habe ein Auto gesehen.« Ich schaue zu meiner Mutter. Ihrem Verhalten am Abendbrotstisch heute nach zu urteilen, will sie mir doch helfen. Will, dass ich die Wahrheit erfahre. Sie würde mich doch nicht anlügen, oder? Nicht schon wieder. »Hast du nicht das Auto wegfahren sehen?«

»Welches Auto?«, mischt sich mein Vater ein. »Da war kein Auto. Sag es ihr, Evelyn.«

Ihr linkes Auge zuckt, die Krähenfüße ziehen sich bis zu den Wangen. Sie streichelt mir übers Gesicht, schenkt mir ein Lächeln. Mein Kopf fühlt sich an wie Watte. Was hat mir mein Vater nur gegeben? »Nein, Chloe«, sagt sie ruhig. »Ich habe kein Auto gesehen.«

Deine Eltern sind verlogen, hast du gesagt, wären sie nur ehrlicher miteinander, wäre es von Anfang an leichter gewesen. Als wäre es ihre Schuld, dass du so geworden bist; als wärst du mit einem Makel behaftet, als hätten sie dich bis ins Innerste verdorben.

Da muss ich dir aber widersprechen, Chloe, denn ohne sie wärst du anders. Und dann hätte ich dich nicht so geliebt. Ich liebe dich mit all deinen Fehlern und Schwächen. Darin ergänzen wir uns perfekt. Damals hast du gelächelt, aber mir ist klar geworden, dass du damit nur deine wahren Gefühle verbergen wolltest. Ich glaube, du hast mich bemitleidet. Hast mich für schwach gehalten, weil ich mir meine Fehler zugestehe. Du wolltest gegen deine ankämpfen, vor deinem wahren Wesen davonlaufen. Du hast immer gehofft, bei dir sei alles anders.

Doch ich habe nie versucht, etwas zu verbergen. Wieder und wieder habe ich dir gesagt, wie es in mir aussieht. Für mich wurdest du immer spürbarer, wie ein Tumor, der in mir wächst. Nein, das ist ein falsches Bild. Wie ein lebenswichtiges Organ, von dem ich nichts ahnte und ohne das ich am Ende nicht mehr leben konnte. Mit jedem Herzschlag, mit jeder Faser meines Körpers habe ich dich gespürt. Du wurdest mein Leben. Mein Daseinsgrund.

Ohne dich war ich leer.

Es tut mir leid, dass ich gedroht habe, dein Leben zu zerstören. Das meinte ich nicht so. Das war Blödsinn, ehrlich. Ich bin einfach verzweifelt. Bringt das die Liebe nicht mit sich? Vergiss, dass ich gesagt habe, ich würde dir alles wegnehmen. Das habe ich auch nicht so gemeint. Lass uns noch mal von vorne anfangen. Ich vergebe dir auch. Ich will doch nur, dass du glücklich bist. Du liebst mich, hast du mal gesagt, und ich weiß, das tust du immer noch. Solange wir nur zusammen sind. Und du mir versprichst, dass du für immer mir gehörst, wird alles gut.

II.

Damit wir alle wieder trocken werden, setzen wir uns ins Wohnzimmer vor den Kamin, und mein Vater erzählt von der Beerdigung. Ganz schlicht, sagt er, sie haben die Asche von beiden von der Seebrücke in Brighton ins Meer gestreut. Ein furchtbar trauriger Tag. Dann haben sie Blumen in die Wellen geworfen, rosa und violette Gerbera, manche gelb wie die Sonne. Er verspricht, mit mir dorthin zu fahren, damit ich mich richtig verabschieden kann. Und Blumen nehmen wir auch mit. Sobald es mir besser geht. Sobald ich bereit bin.

Aus der Hosentasche zieht er einen schlichten Goldring und legt ihn auf den Tisch. »Mein Ehering.« Zitternd stecke ich ihn an den Finger, nur um ihn gleich wieder abzunehmen; es fühlt sich seltsam an, wenn man keinen Bezug dazu hat. Wobei mir schlagartig mein Hochzeitstag vor Augen steht: Andrew wartet vorm Altar auf mich.

Mein Vater nimmt mir den Ring ab und legt ihn auf den Kaminsims. »Fürs Erste lassen wir ihn hier liegen, dann kannst du ihn dir jederzeit nehmen, wenn du so weit bist.« Mein Vater versichert mir, dass bald alles ganz normal sein wird, dass auch die Halluzinationen aufhören werden. Mir wird es besser gehen. Ich werde mein Leben weiterführen. »Nun leg dich aufs Sofa, Chloe. So ist's gut, Füße hoch.«

Meine Mutter wuselt um uns herum, deckt mich zu. Mir werden die Augen schwer, der Kopf tut weh. Ich bin gar nicht ganz da. Drifte weg.

»Schließ die Augen und hör nur auf meine Stimme. Ich werde dich zurückführen. Ich möchte, dass du mir sagst, an was du dich erinnerst … Was meinst du?« Redet er mit mir? Habe ich etwas gesagt? »Ja, natürlich Evelyn.« Er spricht mit meiner Mutter. »Sie schläft schon fast. Hör auf, hier so eine Hektik zu verbreiten und lass mich in aller Ruhe die Sache wieder in Ordnung bringen.«

In der Nacht schlafe ich unruhig, kämpfe mit einem wiederkehrenden Traum. Ich renne durchs Unterholz, suche im dichten Wald nach Joshua. In der Dämmerung finde ich ihn erst nicht. Ich bleibe mit dem Kopf an Dornen hängen, die mir die Haut aufritzen. Regen rinnt mir in die Augen. Und plötzlich liegt er vor mir, auf einem Bett aus feuchten, klebrigen Blättern. Dem Tode nahe. Sein Gesicht blutüberströmt. Ich sehe meinen Wagen, am Baum zerschellt, so als würde ich den Unfall noch mal aus der Ferne erleben, als würde ich von Weitem zuschauen, wie mein Sohn auf dem modrigen Waldboden verblutet.

Sobald ich die Augen schließe, habe ich dieses Bild

vor mir, so geht es die ganze Nacht. In der Nacht zuvor hatte ich den gleichen Traum, doch diesmal habe ich ein anderes Gefühl beim Aufwachen. Als hätte ich den Traum über die Schwelle vom Schlafen zum Wachen gerettet. Noch immer fühle ich die Kälte auf der Haut, rieche den Regen. Spüre die winzigen Schnittwunden im Gesicht, weiß, dass ich sie mir bei meinem Sturz im Unterholz zugezogen habe. Heute Nacht erscheinen mir meine Träume real.

Ich reiße die Bettdecke weg und springe auf, mein Kopf ist schwer wie nach einem Kater. Schauder überlaufen mich, als ich die Vorhänge beiseiteschiebe und nach draußen spähe. Die Dunkelheit starrt zurück, in der Ferne leuchtet nur die Straßenlaterne bei der Kirche. In ihrem Lichtkegel rollt der Nebel heran wie kleine schaumgekrönte Wellen, die sich an einer Felsküste brechen.

Als ich die Hand an die kalte Scheibe presse, rinnt das Kondenswasser daran herunter wie zerfließende Sternschnuppen. Wünsch dir was, denke ich, bloß was? Mein altes Leben zurück? Seltsam, sich etwas zu wünschen, von dem man gar nicht weiß, wie es war. Ich habe keine Ahnung, wie sich mein altes Leben angefühlt hat. Soll ich mir eine Ehe mit einem Mann zurückwünschen, den mein Vater als Versager beschreibt, den ich schon vor dem Unfall verlassen hatte? Soll ich mir etwa wünschen, wieder die Frau zu werden, die ich vor dem Unfall war? Wozu? Vielleicht wollte sie ihren Sohn umbringen. Die will ich nicht sein.

Ich ziehe mir den alten Bademantel meiner Mutter über, schlüpfe in ein Paar ihrer Hausschuhe. Heute fühlt sich mein Bein besser an, es tut kaum weh, als ich die Treppen nach unten schleiche.

In der Halle zieht es durch die Haustür, im Vorbeigehen spüre ich den Luftzug an den bloßen Knöcheln. Möglichst lautlos drücke ich die Klinke zum Arbeitszimmer meines Vaters hinunter. Als mir der Muff alter Bücher entgegenschlägt, überfällt mich eine Erinnerung. Es ist Winter. Ich sitze am Schreibtisch meines Vaters, mache Hausaufgaben, draußen liegt Schnee, und eine Krähe ruft. Wie man sich plötzlich wieder erinnert. Allein dieser Geruch reichte aus.

Ich setze mich auf seinen Sessel, spüre das kalte Leder. Der Schreibtisch ist alt, wie das Kapitänspult auf einem Schiff der königlichen Marine. Am Rand steht eine klobige Glasfigur, unten ist der Name meines Vaters eingraviert, dazu die Widmung: *Roberta-Preis für herausragende Leistungen*. Daneben ein Foto von uns vieren, mein Vater hält die Figur in der Hand. Mir kommt es bekannt vor, keine Ahnung, warum. Ich betrachte mich auf dem Foto, mein Haar ist heller, mein Gesicht voller, und insgesamt bin ich runder. Unten auf der Statue steht das Datum, erst sechs Monate ist es her. Wie schnell sich meine Welt verändert hat.

Ich schalte den Computer ein und warte im Schein des kalten, blauen Lichts. Der Bildschirm wirft mein Gesicht verschwommen zurück. Irgendwo habe ich mich schon mal so gespiegelt, in einem Küchenschrank, während ich am Herd Milch warm gemacht habe. Im Hintergrund ein kariertes Sofa, das Geschrei eines Babys. Ich als Mutter? In meinem alten Haus? So muss es wohl sein, dennoch bleibt die Erinnerung nebulös, ein Windhauch aus einem früheren Leben, den ich nicht zu fassen bekomme.

Auf dem Bildschirm erscheint ein Fenster zur Eingabe eines Benutzer-Kennworts. Ich probiere es mit unseren Namen, in Klein- und Großschreibung und in verschiedenen Kombinationen, aber nichts funktioniert. Ich gebe die vier Ziffern vom Code für das Tor ein, ohne Erfolg. Ich würde ja Geburtstage versuchen, wenn ich mich nur erinnern könnte. Wann habe ich Geburtstag? Wann hatte Joshua?

»Was machst du da?« Ich erschrecke. Als ich über den Bildschirmrand linse, lehnt mein Vater im Türrahmen. Er trägt einen blauen Bademantel mit roten Paspeln, sein Haar steht kreuz und quer ab. Ich fühle mich ertappt, als wäre ich unerlaubt in das Privatleben eines Fremden eingedrungen.

»Tut mir leid.« Ich stehe auf. »Ich konnte nicht schlafen, wollte mal ein bisschen im Internet rumsurfen.«

»Zum Rumsurfen ist dieser Computer aber nicht gedacht.«

Ich nicke. Die Schamesröte schießt mir in die Wangen. Beim Anblick meines Vaters muss ich wieder an gestern Abend denken, ein Abend, an dessen Ausgang ich mich nicht mehr erinnern kann. Was hat er mir da bloß für eine Tablette gegeben? Hat er mit der Therapiesitzung angefangen, bevor ich eingeschlafen bin? Alles ein einziger Nebel.

»Du weißt wohl nicht mehr, dass du einmal fast alle meine Dateien gelöscht hast?«

»Ehrlich?«

»Ja, ich habe große Teile meiner Arbeit verloren. Du hast eine E-Mail geöffnet. Irgendwas mit Pokémon, wenn ich mich recht entsinne. Muss ein Virus gewesen sein. Ich bin ausgerastet«, sagt er mit schuldbewusster Miene. Mir stellen sich die Nackenhaare auf. Mit der Erinnerung kann ich nichts anfangen. War er wirklich so sauer? »Seither sichere ich meine Dateien immer doppelt und dreifach.«

»In Zukunft benutze ich deinen Computer nicht mehr. Tut mir leid.« Mit einem Mal habe ich das unbändige Bedürfnis, das Arbeitszimmer zu verlassen. Doch mein Vater versperrt mir mit seinem überdimensionalen Körper den Weg. Als er noch die Hand auf den Sessel legt, bleibt mir nichts anderes übrig, als zu bleiben, wo ich bin. Er deutet zum Computer.

»Bist du reingekommen?«

»Nein. Ich kenne dein Passwort ja nicht.«

Er dreht mich zu sich herum, gräbt mir die Finger in die Schultern. Das linke Schlüsselbein pocht.

»Das enttäuscht mich aber, Chloe.« Damit schiebt er mich ganz an den Schreibtisch heran, sodass die Armlehnen mit dem Tisch abschließen und ich eingeklemmt bin. Er beugt sich über mich und streckt einen Finger nach der Tastatur aus. Sein Bart kitzelt mich unangenehm an der Wange. »Du hättest doch wissen müssen, was mir das Wichtigste auf der Welt ist.« Dann tippt er das Wort FAMILIE. »Siehst du. Bitte öffne keine Dokumente. Darunter sind vielleicht Dateien mit vertraulichen Informationen über meine Patienten, das wäre nicht okay.« Als er mir auf die Schulter klopft, durchfährt mich ein heftiger Schmerz, der sich bis in den Arm zieht. Durch die feuchte Luft verschlimmern sich meine Beschwerden immer zusätzlich. »Und egal, was du machst«, sagt mein Vater mit einem Augenzwinkern, »öffne keine Mails.«

Während er in die Küche geht, rufe ich Google auf. Was suche ich überhaupt? Etwas über mich, über die Menschen, die ich verloren habe? Etwas über den Mann, der vielleicht für den Tod meines Kindes verantwortlich ist? Zunächst gebe ich meinen eigenen Namen ein.

Ich erhalte ganz unterschiedliche Treffer, die meisten von Facebook. Offenbar gibt es mehrere Chloe Daniels, aber ein zu mir passendes Profil finde ich nicht. Dann probiere ich es mal mit dem Namen meiner Schwester, die hat sicher ein Profil, und wir sind garantiert befreundet. Ich durchsuche die Liste. Keine Chloe Daniels. Aber letztendlich finde ich mein Profil, nur dass ich Chloe Jameson heiße. Nicht mal mein Name stimmt. So was Einfaches enthalten sie mir vor. Nur warum wollten sie mir meinen anderen Namen nicht sagen?

Und da ist ein Foto von mir und Joshua, nackte Schultern vor blauem Himmel. Das intensive Blau lässt vermuten, dass es im Urlaub aufgenommen wurde. Es ist neueren Datums, glaube ich. Jedenfalls ist Joshua bestimmt um die acht, in dem Alter ist er gestorben.

Viel ist von meinem Profil nicht einzusehen, das meiste ist privat, so auch die Freundesliste. Nur eine Handvoll Daten aus meinem Lebenslauf sind öffentlich. Ein paar Fotos von mir gibt es allerdings, auch welche von Joshua, als er kleiner war, und von Andrew. Darauf sieht er ganz frisch aus, nicht wie der Trinker, den mein Vater beschrieben hat. Und wir sehen auch nicht aus, als wollten wir uns jeden Moment trennen. Auf einem Foto von vor acht Monaten halten wir uns lächelnd im Arm. Schwer vorstellbar, dass sich hinter diesen glücklichen Gesichtern Probleme verbergen, die so gravierend waren, dass ich die Ehe verlassen wollte. Ihn verlassen. So schlimm, dass wir uns beide das Leben nehmen wollten?

Mein Vater kommt mit zwei Tassen Tee zurück. Er reicht mir eine, zieht sich einen Stuhl heran und lässt sich neben mir nieder. »Wovon bist du wach geworden? Von der Kälte? Schlechte Träume?«

»Wahrscheinlich beides.« Ich fröstle. Durch das alte Fenster hinter mir zieht es wie Hechtsuppe, die Vorhänge wehen beiseite. »Warum ist es hier drinnen so kalt?«

»Die Heizung springt erst um halb sieben an. Normalerweise ist um die Zeit keiner wach.« Auf der Computeruhr ist es nicht mal fünf. »Wovon hast du denn geträumt? Magst du es mir erzählen?«

»Ach, das Übliche.« Mein Vater verschränkt die Arme vor der Brust und wartet. »Vom Unfall. Ich habe Joshua auf dem Boden liegen sehen und konnte ihm nicht helfen.«

Er holt tief Luft. »Das ist wohl meine Schuld, ich hätte dir nicht so viel von dem Unfall erzählen sollen. Dein Kopf macht Überstunden, will alle Einzelheiten zusammenfügen. Aber mach dir keine Sorgen wegen der Träume, Chloe. Das hört irgendwann auf. Im Schlaf versucht man alles zu verarbeiten. Deshalb haben wir dir anfangs auch etliche Informationen vorenthalten. Akzeptanz ist ein schwieriger Prozess.« Er deutet zum Computer. »Hast du was Interessantes erfahren?«

Auch wenn ich meinem Vater nicht richtig traue und unsicher bin, ob ich überhaupt mit ihm reden sollte, ist er eine der wenigen Verbindungen zu meiner Vergangenheit. Durch ihn erfahre ich vielleicht was Wichtiges. »Ich suche nach Antworten, versuche zu begreifen, wer ich bin. Oder zumindest, wer ich war.«

»Du bist der gleiche Mensch wie zuvor, Chloe. Und warst du bei deiner Suche erfolgreich?« Er linst zum Bildschirm. »Facebook? Ich wusste nicht mal, dass du bei Facebook bist.«

»Offenbar schon. Chloe Jameson.« Darauf reagiert er nicht. »Ich weiß das Passwort nicht, also kann ich auch nicht sehen, was auf meiner Seite ist. Ich schaue mir nur ein paar Fotos an, ob die mir auf die Sprünge helfen.«

»Und?«

»Bislang noch nicht.«

»Lass dir einfach Zeit. Wir kommen da noch hin.«

Nachdem ich mir das Bild von mir und Andrew noch mal angesehen habe, blicke ich meinen Vater an. »Ich glaube nicht, dass ich mich je wieder normal fühlen werde. Normal war, eine Ehefrau und Mutter zu sein. Und beides ist vorbei. Was habe ich jetzt noch für Ziele?«

»Das Leben, Chloe. Die Arbeit. So wie wir alle.«

Ermutigt durch seine Bemerkung sage ich: »Und wie ist mein Leben so, Dad? Wer sind meine Freunde? Warum hat sich keiner bei mir gemeldet? Was ist mit meinem Job? Darauf weiß ich keine Antwort, und du und Mum seid nicht gerade mitteilsam. Hier werde ich zunehmend noch verwirrter.« Langsam steigere ich mich in eine Wut hinein. In meinem Facebook-Profil stecken Antworten, die die Leerstellen füllen könnten, dennoch bleiben sie mir schmerzlich verschlossen.

»Von deinem Job habe ich dir doch schon erzählt. Du hast für *Fresh Start* gearbeitet, eine Wohltätigkeitsorganisation. Nach deinen Erfahrungen mit Andrew wolltest du helfen. Es ist ein Rehabilitationszentrum. Für Alkoholiker.« Er trinkt seine Tasse aus, stellt sie zurück aufs Tablett. »Setz dich nicht so unter Druck. Lass dir Zeit, das kann ich dir nur immer wieder sagen. Nach einer Weile wird es dir besser gehen. Für mich ist es noch ein wenig früh. Ich lege mich noch eine Runde aufs Ohr. Verausgab dich nicht, okay?« Er steht auf und drückt mir einen Kuss aufs Haar. Da entdeckt er das Foto von mir und Joshua. Lauter Knitterfältchen entstehen um seine Augen, als er lächelt. »Was für ein schönes Foto!«

Mich regt es nach wie vor auf, dass er sich beim kleinsten Druck immer sofort zurückzieht. Doch in diesem Augenblick kann ich mir fast einbilden, dass er bloß ein Vater ist, der seine Tochter liebt und ihr helfen will. »Ich weiß nicht, wo es entstanden ist.«

»Das kann ich dir sagen«, ruft er fröhlich, als wäre es das Einfachste von der Welt. »Am Strand von Brighton.« Er deutet auf eine Holzkonstruktion im Hintergrund, schwarze, gekreuzte Linien, die aus dem Wasser ragen. »Das ist der West Pier, der abgebrannt ist. Im Flur hängt ein Bild davon. Ihr sitzt bloß ein paar Minuten von eurem Haus entfernt.« Bevor er geht, tätschelt er mir noch den Arm.

Das Foto löst eine Erinnerung bei mir aus. Ich sehe Joshua am Ufer, er grinst, ihm fehlt ein Schneidezahn. *Guck mal, was ich gefunden habe, Mummy*, sagt er. Als Nächstes steht er im Wasser, sanft umspülen die Wellen seine Knöchel. Er zeigt auf etwas, einen Seestern, die Ränder verschwimmen unter Wasser. Ich warte, dass sich die Szenerie verändert, dass sich Joshua wie in meinen Träumen ins Meer stürzt und mit den Wellen kämpft. Doch es passiert nichts. In dieser Erinnerung geht es nur um Joshua und mich. Eine schöne Erinnerung.

»Warte noch mal kurz, Dad.« Er dreht sich um, eine Hand am Türrahmen. »Glaubst du, er weiß, wo ich bin?«

Mein Vater lehnt sich vor. »Wer?«

»Damien Treadstone.« Er presst die Lippen aufeinander, die Muskeln der Kiefer treten hervor, und er streicht sich über den Bart. »Der Fahrer von dem anderen Wagen.«

»Ich weiß, wer das ist. Gibt es da ein Problem?«

»Gestern Abend war jemand auf dem Friedhof und hat mich angesprochen.« Bevor er widersprechen kann, rede ich schnell weiter. »Mir will es nicht aus dem Kopf gehen, weil ich die Stimme erkannt habe. Vielleicht war es Damien Treadstone. Vielleicht wollte er mir in der Nacht des Unfalls ja helfen. Vielleicht habe ich die Stimme deshalb erkannt.«

Mein Vater nimmt einen zittrigen Atemzug. Ich mache ihn nervös. »Wenn er dir hätte helfen wollen, hätte er ja wohl die Polizei gerufen. Man hat dich auf dem Fahrersitz deines Wagens gefunden. Du warst bewusstlos, wahrscheinlich seit dem Aufprall. Was du gestern erlebt zu haben meinst, war zweifellos eine Halluzination, das habe ich dir doch schon erklärt.«

»Warum hat es sich dann so real angefühlt?« Doch es ist nicht die Stimme allein. Auch die Träume, dieses Gefühl, draußen im Wald zu sein … Ich bin einfach überzeugt davon, dass ich nach dem Unfall nicht die ganze Zeit im Wagen verbracht habe. Gestern Nacht habe ich geträumt, dass ich durch den Wald renne und nach Joshua suche. Ein kaputter Wagen klebte an einem Baum. Es hat sich so echt angefühlt, nicht wie ein Traum, eher wie eine Erinnerung.

»Gut, nehmen wir an, du hast recht. Was zum Teufel sollte er von dir wollen?«

»Vielleicht will er mich überzeugen, dass er zur Unfallzeit nicht am Tatort war. Hat er das nicht bei der Polizei angegeben?«

Kopfschüttelnd wendet mein Vater den Blick ab und schaut in die Nacht hinaus. »Weißt du nicht mehr, dass Dr. Gleeson uns vor derlei Halluzinationen gewarnt hat?« An so ein Gespräch erinnere ich mich nicht. »Da war niemand auf dem Friedhof. Sonst hätten deine Mutter und ich doch auch was gehört.« Etwas sanfter fügt er hinzu: »Du wärst nicht die Erste, die nach einer Hirnblutung Dinge sieht, die nicht da sind.«

»Aber ich habe ihn ja nicht bloß gesehen. Ich habe seine Stimme gehört.«

»Ich bin zwar kein Neurochirurg, aber wenn man visuelle Halluzinationen haben kann, warum nicht auch akustische?« Er tippt mit dem Finger auf den Schreibtisch. »Zeit, Chloe. Wie gesagt. Und viel Schlaf. Du darfst nichts übers Knie brechen.«

Ich nicke einvernehmlich. Daraufhin schenkt er mir ein Lächeln und zieht sich zurück. Mit hängendem Kopf und gebeugten Schultern sehe ich ihn die Treppe hinaufschlurfen. Mir kommt er vor, als wäre er mindestens hundert.

Nachdem die Schlafzimmertür ins Schloss gefallen ist, wende ich mich wieder dem Computer zu und gebe »Damien Treadstone« in die Suchmaschine ein. Damien Treadstones gibt es wie Sand am Meer, doch schon das zweite Bild zeigt einen verängstigten Mann, ganz sicher das gleiche Fahndungsfoto, das mir DC Barclay gezeigt hat.

Ich klicke es an: Bartstoppeln, die kräftige Schatten bis zum Jochbein verursachen, buschige Augenbrauen, dunkle Ringe unter den Augen. Das Haar ungekämmt. Ich male mir aus, wie ihn ein Beamter aus dem Bett zerrt und ihm seine Rechte vorliest, während ein anderer ihm die Handschellen anlegt. Irgendetwas an ihm kommt mir vertraut vor, keine Ahnung was.

Doch Treadstone hat es an dem Abend nicht mal bis ins Bett geschafft. Man hat ihn ein paar Stunden nach dem Unfall im Zentrum von Brighton aufgelesen, ohne Wagen oder Schlüssel, die Hose schlammbespritzt. Er hatte getrunken, weit mehr als erlaubt, und hatte kein Alibi, um seine Unschuld zu beweisen. Ich wappne mich für das, was jetzt kommt: Wie man mich bewusstlos aufgefunden hat, wie die Fahrt ins Krankenhaus ein Wettlauf um Leben und Tod war, wie man meinen Sohn gefunden hat …

Weiter komme ich nicht. Für blutige Details bin ich noch nicht bereit, und ich möchte mich auch noch nicht der unumstößlichen Tatsache stellen, dass ich jetzt ganz allein bin. Ich fahre den Computer herunter. Als ich aufstehe, reiße ich mit dem Sessel einen Stapel Zeitschriften um, die auf den Boden fallen. Ich bücke mich, um sie aufzuheben und wieder ordentlich hinzulegen.

Und da sehe ich auf dem Schreibtisch einen Umschlag liegen, der unter all den Zeitschriften und Artikeln begraben war. Er ist an mich adressiert, an meine Adresse in Brighton, aufgerissen und zerknittert, also wurde er gelesen. Als ich den Brief herausziehe und den Inhalt studiere, bleibt mir die Luft weg.

Es ist eine Vorladung vor Gericht. Das Schreiben stammt von Damien Treadstones Anwalt. Sie rufen mich als Zeugin der Verteidigung.

12.

Danach wälze ich mich unruhig im Bett hin und her, meine Füße verheddern sich dauernd in der Decke. Irgendwann muss ich wohl doch eingeschlafen sein, denn ich wache auf, als die Haustür kurz vor halb neun ins Schloss fällt. Zunächst wandert mein Blick zum Foto von Andrew und Joshua auf dem Nachttisch. Ich trete ans Fenster, höre meine Mutter nach Jess rufen und sehe sie zum Auto laufen. Wieder einmal frage ich mich, wo die beiden hinwollen.

Als ich nach unten gehe, fällt bleiches Licht durch die Fenster in der Eingangshalle. Aus dem Wohnzimmer dringt Zeitungsrascheln, und im Kamin knackt und knistert frisches Holz. Mein Vater hört mich kommen, denn als ich im Türrahmen stehe, faltet er bereits die *Times* zusammen. Draußen grollt der Donner durch eine tiefhängende graue Wolkendecke.

»Was machst du denn noch hier?«, frage ich. Es riecht stark nach Feuer. »Musst du denn nicht zur Arbeit?« Ich setze mich direkt vor den Kamin, die Hitze versengt mir fast die Füße.

Mein Vater legt die Zeitung auf den Sessel und strahlt

mich an. In seinen Manschettenknöpfen, den silbernen mit den Rubinen, die er auch trug, als die Polizei bei uns war, fängt sich das Deckenlicht. »Ich habe heute frei. Deine Mutter und Jess müssen ein paar Besorgungen machen, da dachte ich, es wäre schön, wenn wir zwei den Tag zusammen verbringen.«

»Wo sind sie hin?«

»Brighton.« Sofort denke ich an mein Haus, den bilderlosen Ort, an dem ich einst zu Hause war. Sind meine Mutter und meine Schwester dorthin gefahren? Auf dem Rückweg vom Krankenhaus fuhr mein Vater an der Promenade entlang, damit wir frische Seeluft tanken konnten. Mithilfe dieser rudimentären mentalen Schnappschüsse, versuche ich mir den Strand vorzustellen. »Jessica braucht ein paar Bücher fürs nächste Semester.« Er schüttelt irritiert den Kopf. »Was sie an Chemie findet, ist mir ein Rätsel. Ich habe das Fach immer gehasst.«

Ich schlinge mir den Morgenmantel um die Beine. »Ich wäre gerne mitgefahren. Alle zusammen, das wäre schön gewesen.«

Er sieht mich über die Brille hinweg an, legt die Stirn in Falten. »Ich glaube nicht, dass du für Brighton schon bereit bist. Für dich ist das kein sicherer Ort.«

Ich schnaube. Heute fühle ich mich stark. Als hätte ich nichts mehr zu verlieren. »Wie? Und hier schon?«

Vor Schreck verstummt er. Mit der rechten Hand reibt er sich die Knöchel der linken. »Du fühlst dich hier nicht sicher?«

Darüber habe ich lange nachgedacht, nachdem ich mir Damien Treadstones Gesicht heute Morgen angeschaut und die Vorladung gelesen habe. Und ich bin zu der Erkenntnis gekommen, dass ich mich hier tatsächlich nicht sicher fühle. Aber nicht, weil Damien Treadstone hier gewesen ist, oder weil er meine Hilfe vor Gericht möchte. Eher frage ich mich, warum er in der Unfallnacht dort gewesen ist? Warum wir beide dort gewesen sind? Und dann will ich vor allem wissen, warum er mir nicht geholfen hat? Ist schon klar, dass mein Vater die Sache mit dem Friedhof als Hirngespinst abtun will, aber nachdem ich Damien Treadstone im Internet gesehen und erfahren habe, dass er gegen Kaution auf freiem Fuß ist, glaube ich nicht, dass ich mich geirrt habe. Er war hier und wollte mit mir reden, und allmählich bezweifle ich auch, dass es Zufall war, dass er zur selben Zeit wie ich in der Ditchling Road gewesen ist. Ich muss herausfinden, was er dort wollte.

»Nein, Dad. Ich fühle mich nicht sicher. Ich habe keine Halluzinationen. Es ist jemand auf dem Friedhof gewesen, davon bin ich überzeugt.«

Mein Vater lächelt, schüttelt den Kopf. Dann geht er zum Kamin, greift sich den Schürhaken und stößt einen großen, glühenden Holzscheit um. Die Flammen lodern rot auf, das Holz brennt orangerot. Als ich aufschaue, sehe ich meinen Ehering noch immer auf dem Sims liegen. Sollte ich ihn wieder tragen?

»Da war keiner, Chloe.« Selbstgefällig lehnt er mit

einem Arm am Kamin. »Ich verstehe nicht, warum du so überzeugt …«

»Weil ich ihn gehört habe, Dad.« Ich lasse ihn nicht ausreden. Wie kann er so sicher sein? »Und gesehen habe ich ihn auch. Das war keine Einbildung.«

Mein Vater legt den Schürhaken weg und setzt sich. Er legt mir die Hand aufs Knie. Sofort zieht sich die Narbe an meinem Bein schmerzhaft zusammen, und mich verlässt der Mut.

»Chloe, er darf gar nicht mit dir in Kontakt treten. Er wartet auf seinen Prozess. Es wäre unklug von ihm.«

Aus der Tasche meines Morgenrocks ziehe ich das Schreiben hervor, das ich aus seinem Arbeitszimmer mitgenommen habe. Ich reiche es ihm. Er streicht das Papier glatt und wirft einen flüchtigen Blick darauf, bevor er den Kopf hängen lässt. Um zu wissen, was darin steht, braucht er den Brief nicht erst zu lesen.

»Woher hast du das?«

»Spielt das eine Rolle? Ich bin als Zeugin geladen. Warum hast du mir das nicht gesagt?«

»Wir wollten dich nicht beunruhigen.«

»Mich beunruhigen? Spinnst du?« Ich brülle, bin aufgebracht. Ich verstehe ihn einfach nicht. Viel weiß ich nicht mehr über den Anwaltsberuf, aber ich weiß, dass man nicht einfach einen Gerichtstermin schwänzen kann, zu dem man als Zeuge geladen ist. »Was hättest du denn gemacht, wenn der Prozess beginnt? Es mir nicht gesagt? Mir bleibt da keine Wahl. Es ist keine Einladung, die ich ablehnen kann.«

»Weiß ich.« Er schüttelt den Kopf, lässt den Brief fallen. Von den Hitzewellen des Feuers bekommt das Papier Auftrieb. »Tut mir leid.«

Doch das reicht mir als Antwort nicht. Und jetzt bin ich nicht mehr zu bremsen. »Damien Treadstone weiß, dass ich mich an den Unfall nicht mehr erinnern kann, und sein Anwalt glaubt nun, wenn er mich vor Gericht mürbe macht, wird die Anklage fallen gelassen.« Darauf sagt mein Vater nichts, aber er denkt garantiert das Gleiche, deshalb hat er die Sache auch für sich behalten. »Vor Gericht werden sie mich fragen, ob ich mich daran erinnere, ihn am Unfallort gesehen zu haben, und wenn ich wahrheitsgemäß antworte, muss ich nein sagen.«

»Wir wissen noch gar nicht, was die vorhaben.«

»Und ob wir das wissen, Dad. Das liegt doch auf der Hand. Er streitet die Tat ab, und wenn ich ihm nicht das Gegenteil beweisen kann, wird er damit durchkommen, nicht wahr?«

Mein Vater holt tief Luft, er ist gereizt. Doch meine Angst vor ihm ist verflogen. Allerdings drängt sich einmal mehr der Gedanke auf, dass ich vielleicht doch schuld an allem bin. Dass es kein Unfall war. Sondern Absicht.

»Und weißt du, was ich noch denke? Warum sollte er auch nicht freigesprochen werden? Keiner von uns weiß, was sich an dem Abend wirklich zugetragen hat, warum sollte er also für ein Verbrechen büßen, für das er womöglich nicht verantwortlich ist? Du hast selbst gesagt, dass die Polizei sich fragt, ob ich nicht mit Absicht gegen den Baum gefahren bin. Wenn ich mir tatsächlich das Leben nehmen wollte, kann man das ja wohl kaum Damien Treadstone in die Schuhe schieben. Aber so oder so wünschte ich, ich wäre beim Unfall gestorben, dann hätte ich jetzt alles hinter mir.«

Mein Vater fällt vor mir auf die Knie. Mit dem einen Fuß schiebt er den Brief bedenklich nah ans Feuer. »Sag das nie, nie wieder. Das lasse ich nicht zu. Es ist ein Wunder, dass du überlebt hast.« Eindringlich schüttelt er mich. »Du hast eine zweite Chance bekommen, Chloe. Wirf sie nicht einfach weg.«

»Eine Chance ohne Mann und Sohn.«

»Ich habe dir schon mal gesagt, dass auch vor dem Unfall nicht alles Gold war.« Während er das sagt, lässt er mich los. Allein, dass ich meinen Mann erwähnt habe, ist ihm schon zu viel. Hat er Andrew so gehasst? Sein Atem geht schneller, er hat die Stimme erhoben. Nun steht er auf und stemmt die Arme in die Hüften. »Du weißt es natürlich nicht mehr, aber ich habe acht Monate lang die Hypothek für euer Haus bezahlt. Wir haben gegeizt und geknausert, damit du dein Haus nicht verlierst, Chloe. Andrew hat einen Job nach dem anderen verloren, hat es dir überlassen, alles zusammenzuhalten. Den Großteil des Jahres hat er gar nicht gearbeitet, und du hast es nicht mehr ausgehalten. Deine Ehe war eine einzige Katastrophe. Ohne ihn bist du besser dran.«

Mit beiden Händen hält er sich am Kaminsims fest. Nun hat er sich in Rage geredet, all die Wut, die sich über die Jahre angestaut hat, entlädt sich. »Du denkst, dass du ihn geliebt hast, aber Andrew war ein Säufer. Ihm konnte man nicht über den Weg trauen. Ich lasse nicht zu, dass du vor Kummer um einen Mann vergehst, der dich so schlecht behandelt hat.«

»Du vergisst wohl, dass er mir Joshua geschenkt hat? Hast du deinen Enkel nicht geliebt?«

Mein Vater schließt die Augen und fährt dann mit leiser, gedämpfter Stimme fort, was mich noch mehr auf die Palme bringt. »Natürlich haben wir Joshua geliebt.«

»Dann solltest du Andrew dankbar sein, statt froh, dass ich mich nicht mehr an ihn erinnern kann.«

Noch immer kann mein Vater mich nicht ansehen. »Chloe, versuch doch zu verstehen.«

»Nein.« Ich zittere, meine Stimme bebt. »Ich muss meinen Mann doch geliebt haben.«

»Hast du nicht!«, brüllt er. Mit der Hand wischt er alles vom Kaminsims. Zwei Kerzenständer und eine Vase gehen zu Bruch.

Ich habe den Impuls, in den Garten hinaus zur alten Mühle zu laufen. Das muss wohl mein motorisches Gedächtnis sein, eine Art Instinkt. Immer wenn ich es zu Hause nicht mehr ausgehalten habe, wenn es zwischen meinen Eltern Streit gab, bin ich zur alten Mühle gerannt. Durch den Wutausbruch meines Vaters weiß ich es wieder. Doch diesmal gehe ich nirgendwo hin. Ich bleibe, schaue meinem schnaufenden Vater in die weitaufgerissenen Augen.

»Du hast ihn nicht geliebt, Chloe. Du wolltest weg von ihm, hast es aber nicht geschafft. Und nun schau dich an! Ich will nicht, dass du den Rest deines Lebens unter dieser Tragödie leidest. Lass Treadstone bezahlen, damit niemand den wahren Grund für Joshuas Tod erfährt.«

»Was meinst du mit dem ›wahren Grund‹?« Mein Vater wendet sich ab. Wieder hängt dieser Vorwurf in der Luft. Weil ich einen Fehler nach dem anderen gemacht habe, ist mein Kind jetzt tot. »Wie kannst du wollen, dass Damien Treadstone dafür den Kopf hinhält, wenn du im Grunde mich für Joshuas Tod verantwortlich machst? Niemand weiß doch, was war. Wie kannst du da behaupten, dass es meine Schuld ist?«

Als er mich endlich ansieht, wirkt er entschlossen. »Weil es die Wahrheit ist, Chloe. Du mit deinen schlechten Entscheidungen hast uns das alles eingebrockt. Wenn du Andrew gleich beim ersten Mal verlassen hättest, wäre Joshua vielleicht noch am Leben.«

Ängstlich weiche ich zurück, als er einen Schritt auf mich zumacht. Er ist knallrot im Gesicht, hat die Kiefer fest aufeinandergepresst. Gleich schlägt er mich, denke ich. Doch im letzten Moment stürmt er aus dem Zimmer, lässt mich zitternd und allein vor dem runterbrennenden Feuer zurück.

13.

Unten schrillt das Telefon, bettelt um Gehör. Gedämpft erklingt die düstere Stimme meines Vaters, der in irgendetwas einwilligt. Ich höre ihn die Treppe heraufkommen, die Stufen ächzen unter seinem Gewicht. Er klopft an meine Tür und öffnet sie, ohne eine Antwort abzuwarten.

»Ich muss zur Arbeit, Chloe. Was Wichtiges mit einem meiner Patienten.«

Darauf sage ich nichts, was soll ich auch sagen? Ich starre angestrengt auf die florale Spitzenbordüre des Kopfkissenbezugs. Kurz darauf fällt die Haustür ins Schloss, und zum ersten Mal seit Tagen bin ich allein.

Als ich nach unten gehe, lehnt das Schreiben von Treadstones Anwalt auf dem blanken Kaminsims, hinter dem Schutzgitter glimmt noch ein schwaches Feuer. In einem Haufen am Boden zusammengefegt liegen die Trümmer von Dads Wutanfall. Ich hocke mich hin und suche zwischen den Scherben und welken Blumen nach meinem Ehering. Vergeblich. Ich schnappe mir einen Mantel und gehe durch die Hintertür nach draußen.

Als ich durch den Garten laufe, wabert der Nebel

umher und ändert ständig seine Form, als würde die Erde atmen und ihn hin und her pusten. Manchmal muss ich stehen bleiben, weil ich den Weg hinunter zum Fluss aus den Augen verliere. Das Licht in der Küche habe ich angelassen, damit ich wieder zurückfinde, aber wenn ich mich umschaue, bin ich nicht sicher, dass ich es noch sehen kann.

Ich treibe mich weiter an, vorbei an der Koppel und dem Unterstand der Pferde.

Nachdem ich ein paar Minuten lang halb blind durch den Wald gestolpert bin, komme ich an eine Stelle, wo sich die Bäume lichten. Es geht sacht hinunter zu einem Fluss, der schnell dahinfließt. Nur hier ist der Zaun unterbrochen.

Eine Weile stehe ich einfach da und schaue in den reißenden Fluss, der einzelne Schilfhalme wie wehende Seidentücher mit sich reißt. An dieser Stelle ist der Fluss breit und wird in der Mitte von einem Wehr geteilt. Von hier zur alten Mühle führte mal eine Holzbrücke, ihre verrotteten und vermoosten Überreste hängen tief ins Wasser. Die übrigen Bohlen sind schwarz wie verkohlte Holzscheite. Ich trete so nah wie möglich an die reißende Strömung, um mir die Brücke aus der Nähe anzusehen, aber sie ist nicht mehr begehbar.

Ich beschließe, dem Fluss zu folgen. Bestimmt gelange ich flussaufwärts irgendwo hinüber. Als ich durch den Wald gehe, kommen Bilder in mir hoch. Das muss an der düsteren Umgebung liegen; an dem feuchten Film auf meiner Haut, dem Haar, das mir am Kopf klebt und in die Augen hängt. Ich erinnere mich wieder an den Unfallabend, beinahe kann ich spüren, wie mir die Zweige ins Gesicht peitschen und die scharfen Äste die Haut aufritzen. Und dasselbe Gefühl hatte ich auch beim Aufwachen heute Morgen, als ich die kalte Regenluft so intensiv wahrgenommen habe. Einzelheiten des Unfallhergangs kehren zurück, wie mein Vater es prophezeit hat. Meine Träume sind nicht bloß Träume, sondern Erinnerungen aus meinem alten Leben. Aus der Nacht, in der ich meinen Sohn verloren habe.

Ein Stückchen weiter finde ich, verwoben im grünbraunen Unterholz, einen verfallenen Zaunübergang, der den Beginn des öffentlichen Fußwegs markiert. Ich klettere darüber und bahne mir einen Weg durch überhängende Äste und dichte Vegetation. Und als hätte ich es gewusst, fließt der Fluss hier langsamer, verengt sich wie eine kranke Arterie. Behutsam balanciere ich über die Trittsteine, rutsche auf der glitschigen Oberfläche weg und lande mit dem linken Fuß im kalten Wasser. Ich schleppe mich auf die andere Seite. Kurz darauf kommt schon die Mühle in Sicht.

Ich lasse den Blick über die zerfallenen Mauern und das alte Mühlrad schweifen, dessen grünes Unterteil zur Hälfte aus dem Wasser ragt. Die Mühle ist so baufällig, dass sie bei einer falschen Bewegung wie ein Kartenhaus in sich zusammenfällt. Mir schlägt der Geruch von feuchtem Holz und Algen entgegen. Durch ein Loch im Dach dringt Wasser, rinnt die Wände hinunter. Die oberen Etagen sind so zerfallen, dass sie den

Blick auf den Himmel freigeben. Zu meinen Füßen türmen sich haufenweise gammelige Dielen. Aus den Ritzen in den Wänden wachsen Pflanzen, und von allen Seiten fällt Licht hinein wie in einem Laser-Labyrinth.

Vorsichtig betrete ich die Mühle, hangle mich an den riesigen verstaubten Zahnrädern entlang, bis ich mit einiger Mühe auf die andere Seite gelange, wo die Welle aus den Mühlsteinen in die Höhe ragt. Als ich nach oben durch das Loch im Dach schaue, tropft mir eiskaltes Wasser ins Gesicht. Im Halbdunkel sieht man nicht gut, doch allmählich gewöhnen sich meine Augen an das Schummerlicht, das durch die Baumkronen dringt. Und dort, direkt neben der Welle, finde ich das, was bisher nur eine vage Erinnerung war.

In der Ecke liegen alte Mehlsäcke am Boden. Der verblichene Aufdruck Willow's Mill erinnert an die einstige Funktion dieser Ruine. Darüber ist ein schmutziges, mit Blumen bedrucktes Bettlaken gebreitet, das die alte Chloe von zu Hause mitgebracht hat. Der Saum ist angeschimmelt, und das Laken ist durch die jahrelange Feuchtigkeit mit Stockflecken übersät. Trotzdem tauche ich unter einem dicken Holzbalken hindurch und setze mich darauf, ruckle mir eine Mulde zurecht. Und nachdem ich es mir gemütlich gemacht habe, erinnere ich mich wieder, was mir dieser Ort bedeutet hat, dass ich hier mit Andrew hergekommen bin. Ich erinnere mich daran, dass er, gerade mal ein Junge, meine Zuflucht vor dem Leben mit meinen Eltern war. Hierher bin ich geflohen, wenn ich Unterschlupf brauchte.

Die Mauern bröckeln schon, zwei Seiten sind offen und nur von riesigen Holzbalken begrenzt, insgesamt hat die Nische die Größe eines schmalen Doppelbetts. Auf einem der Balken liegt altes Besteck, das ich von zu Hause habe mitgehen lassen, daneben steht ein blauer Plastikbecher. An einem Holzsplitter hängt ein altes Abzeichen vom Ponyclub. Eine verschlossene Saftpackung mit einem in Plastik verschweißten Strohhalm, der sich von der Packung gelöst hat, weil der Klebstoff vertrocknet ist, klemmt auch noch da. Ich nehme die Packung in die Hand und drehe sie um. Das Verfallsdatum liegt zehn Jahre zurück. Ich stelle den Saft wieder auf den Balken, neben eine verblichene Chipstüte. Diese Dinge sind Zeugen meiner Zeit hier, so wie mein Name, der in einen Holzbalken geritzt ist. Chloe Alice Daniels. Und daneben zwei Initialen in einem unförmigen Herz vereint: *CD* und *AJ*.

Als Mädchen habe ich Andrew meist kurz angerufen, damit er sich hier mit mir trifft. Auch wenn ich erst fünfzehn war, als wir uns kennenlernten, erinnere ich mich daran, wie sicher ich mich immer gefühlt habe, wenn ich mich in der kühlen feuchten Mühle an ihn gekuschelt habe, den Kopf an seine Schulter gelehnt. Damit bin ich dem ewigen Krach zu Hause entflohen. Mit Andrew war immer alles so einfach. Damals jedenfalls.

Doch nun weiß ich, dass ich ihn verlassen habe, und dass diese Entscheidung zu seinem Tod geführt hat. Ich habe sein Blut an den Händen, schmecke es auf der Zunge.

14.

Ich lasse die Mühle und die Geister der Vergangenheit hinter mir und gehe zurück zum Fluss. Über dem Wasser hängt dichter Nebel. Auf der anderen Uferseite schlage ich den Weg nach Hause ein, kämpfe mich durch den Wald. Doch alles ist so dicht bewachsen, dass ich beschließe, umzukehren und den leichter begehbaren Pfad übers Dorf nach Hause zu nehmen.

Im Dorf ist alles ganz still, als hielten die Bewohner Winterschlaf. Ich bin dankbar für die Einsamkeit. Bestimmt sehe ich schlimm aus, mit Zweigen im Haar und Blättern an den Schuhen.

Außer meinen Schritten ist nur ein Wagen zu hören, der hinter mir fährt und mich mit seinem Fernlicht in grelles Licht taucht. Der Fahrer wirkt ängstlich, vielleicht fährt er wegen des Wetters so langsam. Ich lege einen Zahn zu, um ihm aus dem Weg zu gehen, aber als er mich schließlich doch überholt, stolpere ich über den Bordstein, knicke um und falle.

Eine Erinnerung schiebt sich über den Moment. Ich liege so wie jetzt auf der Straße, spüre den Rollsplit unter mir, ein Wagen braust mit quietschenden Reifen davon. Vielleicht bin ich in einem Park gewesen, in der Ferne brummt ein Rasenmäher. Heckenrosen ragen um mich empor, ihr Duft erfüllt die feuchtheiße Sommerluft. Ist das eine Erinnerung vom Tag des Unfalls?

Ich rapple mich auf und laufe nach Hause. Als das Tor und die Eichen im Nebel vor mir auftauchen, bleibe ich stehen. Ein Mann fummelt am Schloss herum, neben sich einen Aktenkoffer. Er drückt unentwegt auf den Klingelknopf.

Als er mich hört, dreht er sich um und begrüßt mich mit einem strahlenden Lächeln. Feine Fältchen ziehen sich um seine Augen, als hätte er den Sommer am Strand verbracht. Er nimmt seinen Koffer und kommt winkend auf mich zugeschlendert. Für die Witterung ist er viel zu leicht bekleidet, trägt bloß ein leichtes Sommersakko und einen Schal, den er sich lässig um den Hals geschlungen hat. Ich friere ja noch in dem dicken Wollmantel meiner Mutter.

»Hallo«, sagt er. »Wie geht es Ihnen?«

Da erkenne ich ihn. Es ist der Arzt, der an einem der letzten Abende hier war, der mit meinem Vater zusammenarbeitet und mich auch im Krankenhaus besucht hat.

»Hallo. Dr. Thurwell?«

»Stimmt. Ich wusste nicht, ob Sie mich wiedererkennen würden.«

»Sie sind der einzige Mensch, den ich außer meiner Familie in den letzten Wochen gesehen habe.« Ich schenke ihm ein Lächeln. »Waren Sie nicht neulich Abend erst hier?«

»Ja. Ihr Vater und ich treffen uns häufig noch nach der Arbeit, um wichtige Fälle zu besprechen. Das gehört zu meiner Ausbildung dazu.« Er hält inne, als er mich vor Kälte bibbern sieht. »Chloe, wie lange sind Sie schon draußen, wenn ich fragen darf? Sie sehen ganz verfroren aus.«

»Ich bin spazieren gegangen.« Ich schaue an mir hinunter. Meine Klamotten sind nass, auf dem Mantel ist ein Schlammfleck. »Ich bin hingefallen.«

Dr. Thurwell zieht sich das Sakko aus, ganz langsam und vorsichtig, als wollte er mir signalisieren, dass er mir nichts Böses will. So wie man sich einem streunenden Hund nähert, dem man zwar helfen möchte, von dem man aber auch nicht gebissen werden will. »Ich möchte Ihnen wirklich nicht zu nahetreten, aber ich glaube, es ist nicht gut für Sie, hier draußen rumzulaufen.« Er deutet auf meinen Kopf. »Darf ich Ihnen vielleicht ins Haus helfen?«

Ich brauche mehrere Anläufe, um den richtigen Code für das Tor einzugeben. Kurz darauf stehen wir in der trüben Eingangshalle, mein Gesicht ist eiskalt, meine Finger blau. Ich gebe ihm das Sakko zurück, und er zittert ein wenig, als er in die Ärmel schlüpft. Um sich zu wärmen, reibt er sich die Hände, und ich tue es ihm gleich.

Sein kurzes, kastanienbraunes Haar lockt sich durch die feuchte Winterluft. Aus der Nähe sieht er viel jünger aus, wahrscheinlich ist er Mitte dreißig. Der Anzug erinnert mich an meinen Vater, ein klassischer Schnitt, der ihn wohl älter und seriöser wirken lassen soll. Er sieht nett aus, hat weiche Züge. Irgendwie gefällt er mir. Ging mir schon im Krankenhaus so. Muss wohl an seinem Lächeln liegen.

Als er sich im Spiegel sieht, macht er zum Spaß ein entsetztes Gesicht. Streicht sich rasch das Haar glatt, fährt sich mit den Fingern durch die dichten Locken. Ich bleibe an der Tür stehen, beobachte ihn. »Ist Ihr Vater zu Hause?«

Ich schüttle den Kopf. »Er musste zur Arbeit.« Ich hänge den Schlüssel zurück an den Haken und werfe den Mantel übers Geländer. »Vor anderthalb Stunden oder so.«

Enttäuscht presst er die Lippen aufeinander. »Da komme ich gerade her. Ich dachte, er hätte sich den Tag freigenommen.« Er sieht mich an. Sicher sehe ich furchtbar aus. Und ich weiß nicht, ob ich mir bei dem Sturz irgendwo eine Wunde geholt habe. Sein Blick wandert zu meinen Händen. »Sie haben sich verletzt«, sagt er.

Ich halte ihm die Hände hin. Als er sie inspiziert, fällt sein Schatten über mich, meine Hände verschwinden in seinen. Meine Finger sind schmutzig, und unten an den Handballen habe ich zwei nässende Schürfwunden. Seine Berührungen sind ganz sanft, und mir klopft das Herz, als er mir so nahe kommt.

»Wie sieht es aus?«, frage ich.

»Die Schürfwunden an den Händen müssen wir auswaschen.« Sein After Shave ist intensiv und würzig. Ich senke den Blick, bin mir seiner Nähe bewusst. Abermals knöpft er sich meine Hände vor, deutet auf eine schwarze Erhebung am Handgelenk. »Da ist ein Stein drin. Den müssen wir rausspülen.«

In der Küche dreht er den Wasserhahn auf und prüft die Temperatur. Er hält meine Hände unter den Strahl, wäscht die kleinen Steinchen unter dem warmen Wasser weg. Mit der Fingerspitze fährt er über meinen Ringfinger, wo der Ehering eigentlich sein sollte. Er nimmt ein paar Lagen Küchenkrepp und bandagiert mir damit die Hände.

»Keine Sorge«, sagt er. »Nur leichte Abschürfungen. Aber wenn du eine entzündungshemmende Salbe hast, könnten wir ein wenig davon auf die verletzten Stellen schmieren.«

Verlegen lächeln wir uns an. Da tritt er einen Schritt zurück, als wäre ihm eben klargeworden, dass er den Bogen vielleicht überspannt hat. Mir ist das peinlich, ich bekomme heiße Wangen. Nicht weil er hier bei mir ist. Auch nicht, weil er mich berührt hat. Eher weil ich so verletzlich, so abhängig bin. Im Grunde ist er ein Fremder, und dennoch bin ich auf seine Hilfe angewiesen. So wenig ist von mir übrig.

»Ich erinnere mich auch an unsere Begegnung im Krankenhaus. Kurz nachdem ich aufgewacht bin, kamst du und hast mir Fragen gestellt.«

Weiß er das noch? Ein verlegenes Lächeln erscheint

auf seinem Gesicht. Ist es ihm peinlich? »Das weißt du noch? Stimmt. Es ging um ein Gutachten.«

»Aber du bist doch kein Neurologe. Warum warst du bei mir?«

Er windet sich unter meinem Blick, vergräbt die Hände in den Taschen. »Ach, nichts weiter. Wir wollten nur wissen, wie es dir allgemein so geht.«

Es dauert eine Weile, bis der Groschen bei mir fällt und ich verstehe, warum mich ein Psychiater begutachten wollte. »Es war ein Selbstmordrisikotest, nicht wahr? Weil man dachte, ich könnte mit Absicht gegen den Baum gefahren sein.«

Dr. Thurwell holt tief Luft, schaut an die Decke. Dann sieht er mich an. »Ja«, sagt er leise. »Aber ehrlich gesagt war das nur Teil des Prozederes. Ich habe es keinen Moment geglaubt.«

15.

Ich setze mich an den Küchentisch, während er sich die Hände am Geschirrhandtuch trocknet. Traurig sieht er mich an. »Ich möchte dir nur noch sagen, wie leid mir das alles tut. Ehrlich, ich kann mir nicht vorstellen, was du gerade durchmachst.«

»Danke.«

Verlegen tritt er von einem Bein aufs andere, steckt wieder die Hände in die Taschen. Ich deute auf seinen Aktenkoffer, den er neben der Küchentür abgestellt hat. Gerade will ich mal nicht in der Vergangenheit graben und mir den Kopf zerbrechen, ob ich alles mit Absicht gemacht habe.

»Wolltest du was für meinen Vater dalassen?«

»Ja. Morgen haben wir eine Abteilungsversammlung, dafür muss er sich noch ein paar Aufzeichnungen ansehen. Er bat mich, sie vorbeizubringen. Offenbar wusste er nicht, dass er noch in die Klinik muss. Ist er bald wieder zurück?«

»Keine Ahnung.« Wenn ich an seinen Wutanfall heute Morgen denke, bin ich nicht besonders scharf darauf, ihn so bald wiederzusehen. »Willst du ihn mal anrufen?« Er nickt und holt sein Handy hervor. »Nimm doch unser Telefon. Mit dem Handy hast du hier oft schlechten Empfang.«

Ich warte in der Küche, während er zum Telefonieren in den Flur geht. Nach ein paar Minuten kehrt er zurück.

»Dein Vater kommt bald. Er bat mich, solange bei dir zu bleiben. Tut mir leid, aber ich habe gesagt, dass du draußen gestürzt bist und da … na ja …« Ihm ist klar, dass er mich reingeritten hat. »Bestimmt hat er ein schlechtes Gewissen, dass er zur Arbeit gegangen ist und dich ganz allein hier zurückgelassen hat.«

»Sicher hast du noch andere Sachen zu tun, ich komme schon zurecht.«

Guy atmet tief durch. »Du hattest eine Hirnblutung. Dein Vater hat recht, so besorgt zu reagieren.«

»Wirklich. Ich komme zurecht.«

Doch er schüttelt den Kopf, nimmt den Schal ab und berührt mich sanft am Arm. »Ich leiste dir gerne Gesellschaft.« Mit dem Kopf deutet er zum Wasserkocher. »Ich trinke ihn mit Milch und einem Stück Zucker.«

Ich schalte den Wasserkocher ein und hole Tassen aus dem Schrank. Die Handgriffe wecken Erinnerungen an eine andere Küche, in der ich Tee für jemanden gemacht habe. Wer war da bei mir? Andrew? In unserem alten Haus, als zwischen uns noch alles in Ordnung war?

Offenbar entgeht Guy nicht, dass es mit meiner Koordination nicht zum Besten bestellt ist, denn als sich der Wasserkocher ausschaltet, ist er sofort zur Stelle und unterstützt mich. Für die stille, unaufdringliche Hilfe bin ich ihm dankbar, und wir setzen uns gemeinsam an den Küchentisch, wo er mir von dem Risikotest erzählt. Er sagt, ihm sei ganz schnell klargeworden, dass das reine Zeitverschwendung sei.

»Ich wusste gleich, dass du nicht der Typ Frau bist, der mit Absicht gegen einen Baum fährt. Obwohl die Chancen schlecht standen, hast du dich zurück ins Leben gekämpft. Du bist kein Mensch, der einfach aufgibt.«

Ich kann kaum in Worte fassen, wie erleichtert ich bin.

Nur ein paar Minuten später ruft mein Vater an und will Guy sprechen. Am Ende wird er nun doch in der Klinik gebraucht. Er soll die Aufzeichnungen auf den Schreibtisch legen und sich so schnell wie möglich auf den Rückweg machen.

Ich öffne die Tür zum Arbeitszimmer, und beim Eintreten umfängt uns der vertraute muffige Staubgeruch. Guy lässt den Blick über die Bücher und Stapel mit Papieren wandern. Als er die braune Mappe auf dem Schreibtisch ablegt, fällt ihm die Auszeichnung ins Auge.

»Ich habe mich immer gefragt, was Leute wohl damit machen, nachdem sie ausgezeichnet wurden.« Er nimmt die Glastrophäe in die Hand, stellt sie aber sogleich wieder ab, als er daneben das gerahmte Foto von meinen Eltern, meiner Schwester und mir bemerkt. »Wow, schau dich nur an!« Lächelnd nimmt er das Bild hoch. »Was für eine Aufnahme!«

Ich nehme ihm das Foto aus der Hand und lege es mit der Bildseite nach unten auf den Schreibtisch. So soll er mich nicht sehen. Er soll nicht denken, dass ich jetzt bloß noch ein Schatten, eine minderwertige Version meiner selbst bin. Ihm ist die Situation offensichtlich peinlich.

»Tut mir leid«, sage ich.

»Nein.« Ergeben hebt er die Hände. »Mir tut es leid. Ich wollte dich nicht kränken. Es ist einfach ein wunderschönes Foto.« Meine Hand liegt noch auf dem Bild, dennoch greift er danach, berührt mich. Er will es sich noch einmal ansehen. »Darf ich?«, fragt er.

Ich lasse los, wende den Blick ab, während er das Gesicht der Frau betrachtet, die ich einmal gewesen bin. Nach einer Weile stellt er das Foto an seinen Platz zurück. »Ein wunderschönes Foto«, sagt er noch einmal. »Keine Sorge. Bald wirst du wieder sein wie früher.«

»Hoffentlich.«

»Natürlich. Dein Vater wird dir dabei helfen. In Sachen Gedächtnis ist er ein Experte. Wenn dir jemand helfen kann, dann er.«

Ich sitze auf der Schreibtischkante. Guy schaut noch immer auf das Bild.

»Ein Experte in Sachen Gedächtnis?«

»Ja«, antwortet Guy überrascht, als müsste ich das doch wissen. »Das ist quasi sein Spezialgebiet. Experimentelle Psychiatrie. Besonders Gedächtnis und Gedächtnisbildung. Dafür hat er ja auch den Roberta-Preis gewonnen. Für einen Aufsatz über die Bildung falscher Erinnerungen, und wie man sie im klinischen Umfeld nutzen kann, um die Folgen einer Traumatisierung zu mildern. Dem Patienten wird statt der realen eine alternative Geschichte mit kleinen Abweichungen eingegeben, um dem Trauma die lähmende Kraft zu nehmen. Mit der Zeit nimmt der Patient das konstruierte Gedächtnis als sein eigenes an und kann so schließlich das Trauma hinter sich lassen.« Guy seufzt. »Unglaubliche Sache.«

»Klingt für mich nach Science-Fiction.« Das muss ich erst mal sacken lassen.

Er lacht. »Ja, ist es aber nicht. Es ist erwiesen. Man macht es unentwegt selbst. Wenn man zum Beispiel seine Schlüssel verliert, könnte man Stein und Bein schwören, sie an einem bestimmten Ort abgelegt zu haben, und dann tauchen sie plötzlich ganz woanders wieder auf. Der Geist ist formbar. Offen für Suggestionen. Laut der Theorie deines Vaters ist es möglich, jemandem unter Hypnose falsche Erinnerungen einzupflanzen. Und nicht nur das, man kann ihn auch dazu bringen, Dinge zu vergessen, die tatsächlich passiert sind.«

»Was?« Mir läuft eine Gänsehaut über die Arme. »Hypnose?«

»Ich weiß. Dein Vater ist ein bemerkenswerter Mann. Jetzt muss ich aber wirklich los.«

Guy nimmt seinen Aktenkoffer und geht zur Tür. Auf der Uhr in der Eingangshalle sehe ich, dass er fast eine Stunde hier war. Er tritt hinaus unter den Blauregen, der sich kahl um das Vordach rankt. Regen prasselt immer stärker vom Himmel, sammelt sich in trüben Pfützen auf der Auffahrt.

»Dein Vater meinte, dass deine Mutter bald zu Hause sein wird. Geh lieber rein. Hier ist es ja eisig. Du musst mir nur die Zahlenkombination für das Tor verraten, sonst komme ich nicht raus.«

Ich sehe ihm noch hinterher, wie er die Auffahrt hinunterläuft und den Kragen hochschlägt, um sich vor dem Regen zu schützen. Bevor er im Nebel untertaucht, dreht er sich noch einmal um und lächelt mir zu. Kurz darauf verschwinden die Rücklichter seines Wagens in der Ferne. Die feuchte Kälte sticht mir in die Augen.

Ich schließe die Haustür und gehe ins Wohnzimmer, betrachte die Scherben am Boden. Ich habe nie gefragt, was mein Vater beruflich genau macht. Aber ein Gedächtnisspezialist? Ist es möglich, dass er an mir seltsame Behandlungen vornimmt, von denen ich nichts ahne? Ich muss einfach wieder mehr Verantwortung für mich übernehmen. Bislang war ich nur ein Schatten meiner selbst.

Als Erstes suche ich im Scherbenhaufen nach meinem Ehering. Ich will ihn wiederhaben, diese Verbindung zu meinem alten Ich, der strahlend schönen Frau auf dem Foto, die allein durch ihr Aussehen Menschen für sich eingenommen hat. Nachdem ich den Ring nicht finden kann, nehme ich das Schreiben vom Kamin, um Damien Treadstones Anwalt anzurufen. Ich will ihn warnen, dass sein Mandant hier bei mir war, bevor mein Vater mir in der nächsten Therapiesitzung wieder einredet, dass es eine Halluzination war.

Als ich auf den Umschlag mit meiner alten Adresse starre, kann ich meine Gedanken kaum sortieren. Ich erinnere mich nicht an mein altes Zuhause. Außer ein paar Flashbacks habe ich keinerlei Anhaltspunkte, wie es dort aussieht. Warum kann ich mich nicht mehr an die alte Chloe erinnern? An meinen Sohn? An meinen Mann? An mein Leben?

Ich wähle die Nummer der Kanzlei. Eine Sekretärin meldet sich, sagt, Damien Treadstones Anwalt sei gerade zu Tisch. Ich bitte um Rückruf, gebe ihr die Nummer, die auf dem Apparat steht. Schon beim Auflegen ist mir klar, dass er mich nicht anrufen wird. Ob mein Kontaktversuch vor Gericht einen schlechten Eindruck machen könnte?

Ich sehe mich im Spiegel in der Eingangshalle. Irgendwoher kommt Blut. Ich nehme die Mütze ab und sehe eine Wunde an der Schläfe, die mir bisher entgangen ist. Ich nehme mir ein Taschentuch und presse es auf die Wunde. Das Telefon klingelt. Ich schnappe mir den Hörer.

»Hallo?«

»Spreche ich mit Chloe?« Eine Frauenstimme. Kommt mir nicht bekannt vor. »Ich bin Alison.«

Alison? Habe ich eine Freundin, die so heißt? Kenne ich die Frau von früher? Mir kommt nichts in den Sinn.

»Alison von der Anwaltskanzlei?«

Sie lacht. »Nein, Chloe. Ich rufe von *The Argus* an und würde gerne mit Ihnen sprechen, wenn Sie kurz Zeit haben? Ich möchte Sie für unsere Zeitung interviewen. Wir machen eine Reportage über Sie und Damien Treadstone. Haben Sie Lust, uns zu erzählen, was an dem Abend passiert ist?« Ich schaue hinüber zum Zeitschriftenständer, dort steckt eine alte Ausgabe von *The Argus*. »Vielleicht würden Sie uns ja gerne Ihre Version der Geschichte erzählen. Wäre schließlich nur fair, wenn Sie auch Gelegenheit bekämen, sich zu äußern, bevor der Artikel erscheint. Und dann sollen Sie den Täter auch noch vor Gericht entlasten, obwohl SIE das eigentliche Opfer sind. Oder ist Treadstone hier das Opfer?«

Ich lege auf oder versuche es zumindest. Keine Ahnung, ob die Wunde an der Schläfe doch größer ist als gedacht und ich zu viel Blut verloren habe oder ob ich einfach zu geschockt bin, ich verfehle jedenfalls die Gabel und spüre, wie mir die Beine wegsacken. Und als würden sich meine Augen mit Tränen füllen, sehe ich alles durch einen Schleier. Blut rinnt mir übers Gesicht. Ich habe Angst, ohnmächtig zu werden, halte mich am Tisch fest. Kurz darauf kippe ich um, das zerknüllte blutige Taschentuch auf dem Parkett ist das Letzte, was ich sehe.

16.

Als ich auf dem Boden liege, kommt eine Erinnerung zurück, mein altes Leben kreuzt das neue. Durch den Sturz ist womöglich wieder etwas zurechtgeruckelt worden. Ich bin in meinem alten Haus, in meinem alten Bett. Das Laken neben mir ist kalt, und ich bin allein. Die Morgensonne schiebt sich über den Horizont, ihre Strahlen erhellen das Zimmer. Von draußen ertönt das Gezeter der Möwen, die sich im seichten Wasser um die Fische streiten.

Das kleine Haus, in dem ich bin, hat zwei Zimmer in der oberen Etage und eine offene Küche im Erdgeschoss, die in den Essbereich und in ein großes Wohnzimmer übergeht, und es liegt an der Küste. Ich sehe die Küche vor mir. In den Schränken spiegelt sich die Sonne, hier habe ich die Milch warm gemacht. Durch das hintere Fenster sieht man einen schmalen Streifen Meer, eingerahmt von den beiden Nachbarhäusern. Und morgens steht der Himmel in Flammen, wenn die Sonne über der Seebrücke aufgeht und das Wasser in goldenen Dunst hüllt. Eigentlich ist es wunderschön, doch ich bemerke die Schönheit solcher Tage längst nicht mehr. Andrew sollte schon lange zu Hause sein. Keine Ahnung, wo er wieder steckt.

Der Boden ist übersät mit Plastikspielzeug und Matchbox-Autos. Ich sammle einige ein, werfe sie in den großen Korb unter der Treppe. Durch so ein Auto ist gestern der Streit entbrannt. Andrew ist auf einen Kipplaster getreten, die scharfe Kante hat ihm in den Fuß geschnitten. Wutentbrannt ist er aus dem Haus gestürmt und nicht wiedergekommen.

Obwohl es noch früh ist und ich kaum geschlafen habe, bin ich hellwach. So geht es mir fast jeden Morgen. Wie ein kleiner Soldat, der sein Nachtlager in Feindesland aufgeschlagen hat und nie weiß, ob heute der Tag ist, an dem er beim Aufwachen in einen Gewehrlauf blickt. Kaum habe ich die Augen aufgeschlagen, bin ich wachsam wie ein Gladiator.

Ich wecke Joshua und helfe ihm beim Anziehen. Dann sehe ich ihm bei seinem täglichen Ritual zu: Er kontrolliert jedes Zimmer, schaut unter die Betten, in die Schränke. Nie fragt er, wo sein Vater ist. Nicht mehr. Er macht seinen eigenen Rundgang durchs Haus, lässt dabei kein Zimmer aus. Wenn er ihn bei uns im Bett findet, ist es ein guter Tag, das Sofa gibt Anlass zur Sorge. Wenn er ihn gar nicht findet, ist er am stillsten.

Als wir an dem Morgen über die Küstenstraße fahren, brechen sich die Wellen an der Seebrücke und rollen sanft ans Ufer. Ideales Badewetter, ein herrlicher Tag. Die aufgehende Sonne taucht das Meer in glitzerndes Weiß.

Auf der anderen Seite ragen stuckverzierte Hotels und Villen in die Höhe, die ersten Urlauber flanieren über die Promenade, Möwen bringen ihnen ein Ständchen. Als ich an einer Ampel halte, lausche ich dem Hämmern, das vom Strand kommt. Jemand baut einen Windschutz auf.

Ich setze Joshua an der Schule ab und fahre weiter zur Arbeit. Stapel von Aktenordnern erwarten mich bei *Fresh Start*, als ich das stickige Büro betrete, in dem sich schon jetzt die frühsommerliche Hitze staut. Ich setze mich, reiße das Fenster möglichst weit auf und atme die kühle Luft tief ein. Es riecht nach fettigen Fritten und der salzigen Luft des Ärmelkanals. Ich schaue hinüber zu den Kollegen. George winkt mir zu. Von den anderen kommt keine Reaktion. Sie kommen sowieso nie auf ein Schwätzchen vorbei oder verraten mir den neuesten Klatsch. Ich bleibe für mich. So ist es einfacher, so brauche ich nicht ständig alles zu erklären. Alle wissen über meine Probleme mit Andrew Bescheid. Ist wohl unmöglich, am Büroklatsch teilzuhaben, wenn man selbst das Opfer ist.

Mittags verlasse ich das Büro, hole mir ein Sandwich mit Pastrami im italienischen Feinkostladen, zu dem ich täglich gehe. Ich laufe hinunter zum Strand, ziehe das geblümte Kleid aus. Darunter trage ich einen schlichten schwarzen Badeanzug. Ich gehe ins Wasser, und sobald meine Füße in den ersten Wellen verschwinden, entspanne ich mich. Tief atme ich die Seeluft ein, wate weiter hinein, bis das kühle Wasser die Dehnungsstreifen an meinen Oberschenkeln umspült, die sich Mitte der Schwangerschaft eingestellt haben.

Über mir kreisen die Möwen, während ich schwimme. Es tut so gut, mit dem Kopf durchs Wasser zu tauchen. Endlich werde ich die Kopfschmerzen los, die ich seit heute Morgen habe. Doch das Wetter kippt, über dem Meer braut sich ein Sturm zusammen, am Horizont ziehen graue Wolken auf, und es wird wohl ordentlich was runterkommen. Ich spüre den Sturm, der Himmel verdunkelt sich, und der Wind frischt auf, als ich in ein Handtuch gewickelt am Strand sitze.

Mir hat die Unbeständigkeit der Küste immer gefallen, die Kraft des Meeres. Ich habe es immer als beruhigend empfunden, den Wandel der Jahreszeiten zu erleben, den Gang der Zeit. Ich erinnere mich daran, dass ich selbst an den kältesten Tagen mit Joshua hierhergekommen bin, eingemummelt in dicke Winterjacken. Dann haben wir uns auf eine Bank gesetzt, wo man noch die Gischt spürt, haben heißen Kakao aus der Thermoskanne getrunken und der unermüdlichen Brandung der Wellen zugesehen. Ich erinnere mich an alle diese Gelegenheiten. Andrew ist nie dabei gewesen.

»Die Welt erfindet sich jeden Tag neu, Joshua«, meinte ich an einem dieser Tage, als ich das Gefühl hatte, er trüge eine große Last auf seinen Schultern. Die Last eines Kindes, dessen einer Elternteil trinkt und mitunter tagelang verschwindet. »Glaub ja nicht, weil ein Tag schlecht war, dass der nächste wieder schlecht wird.«

Als er aufschaute, lief ihm eine Träne über das sommersprossiges Gesicht. »Aber jeder Tag ist gleich, Mummy. Daran ändert sich nie was.«

17.

Ich werde von einem verzweifelten Schrei geweckt.

»Oh, Chloe«, jammert meine Mutter, ihr Gesicht ist tränenüberströmt. »Was ist passiert?«

Im ersten Augenblick weiß ich es selbst nicht genau. Der Traum von Joshua am Strand ist noch so frisch, dass ich beinahe das Meer riechen kann. Mein altes Leben schimmert noch immer durch die Oberfläche, und ich bin zuversichtlich, dass ich mich mit ein wenig Mühe an noch mehr Einzelheiten erinnern werde. Doch als ich das vertraute rote Haar meiner Mutter über dem Telefonhörer hängen sehe, den sie sich ans Ohr presst, zerfällt die Erinnerung zu Staub.

»Peter?«, kreischt sie in den Hörer. »Peter, Chloe ist verletzt. Sie blutet. Sie …« Meine Mutter hält inne. Keine Ahnung, wer dieser Peter ist, aber bestimmt sagt er ihr gerade, sie solle sich beruhigen. »Weiß ich nicht. Woher soll ich das wissen? Bitte komm einfach her und sieh sie dir an.« Meine Mutter wird immer verzweifelter. »Bitte, Peter. Ich kann ihn nicht erreichen und weiß nicht, ob ich den Krankenwagen rufen soll. Er wird erst in ein paar Stunden zu Hause sein. Du musst kommen.

Chloe, rühr dich nicht. Leg dich wieder hin. Peter ist auf dem Weg.«

Peter erkenne ich sofort wieder. Ihm gehört die Arztpraxis hier in Rusperford. Mit solchen geröteten Wangen und strubbeligen Haaren habe ich ihn schon einmal gesehen. Nachdem er damals suspendiert wurde, hat das ganze Dorf über ihn geredet. Genauso rotgesichtig wie jetzt kam er zu uns und verlangte, meinen Vater zu sprechen. Ich erinnere mich noch, dass sich die beiden auf der Auffahrt angeschrien haben und meine Mutter die beiden Streithähne trennen musste, sonst wäre es noch zu einer Schlägerei gekommen. Am Ende brüllte Peter, mein Vater habe an allem Schuld. Danach stritten sich meine Eltern, und meine Mutter behauptete, die Anschuldigungen seien unberechtigt. Es ging um gefälschte Rezepte und den Missbrauch von Opiaten.

»Hallo, Chloe. Wie fühlst du dich?« Er nimmt meiner Mutter das vollgesogene Tempotaschentuch ab, das sie mir an die Schläfe gehalten hat, und führt mich ins Wohnzimmer zum Sofa. »Weißt du noch, was passiert ist? Hat dir das jemand angetan?«

Ich schüttle den Kopf. »Den Schnitt habe ich mir offenbar vorhin beim Spazierengehen geholt. Ich bin gestolpert und hingefallen. Dabei muss ich mich irgendwo geschnitten haben. Hier zu Hause bin ich dann einfach ohnmächtig geworden.« Ich versuche mich aufzurichten, doch ich fühle mich wie benebelt, als wäre ich halb im Delirium. Ich sehe meine Mutter an. »Vorhin hat eine Journalistin angerufen, die mit mir sprechen wollte. Ehrlich, mir geht es gut. Du hast mir ja keine Chance gegeben, das alles aufzuklären.«

»Aber was hat das denn zu bedeuten?«, fragt sie und zeigt auf den Scherbenhaufen am Boden.

»Das ist eine andere Geschichte«, sage ich. Meine Mutter und Peter tauschen Blicke. Schon klar, dass beide wissen, wer dafür verantwortlich ist. Danach stellen sie mir keine Fragen mehr.

Peter öffnet seinen schwarzen Arztkoffer, holt frische Tupfer heraus und reinigt damit meine Wunde. »Gibst du mir mal die Kochsalzlösung, Evie?« Meine Mutter reicht ihm eine kleine Ampulle. Nach einem kurzen Blick auf das Etikett knickt er die Öffnung um und spritzt mir die Lösung auf die Wunde. Die Flüssigkeit rinnt mir übers Gesicht, ein paar rosa Tropfen fallen auf meine Jeans. »Und ich glaube, Chloe könnte ein Glas Wasser vertragen. Holst du ihr bitte eins?« Meine Mutter verschwindet in der Küche.

»Tut mir leid, aber ich musste sie wegschicken«, flüstert Peter. Er holt ein kleines Päckchen aus dem Koffer. »Der Schnitt ist ziemlich tief. Der muss genäht werden. Bist du tapfer?« Meine fehlende Gegenwehr deutet er offenbar als gutes Zeichen, zieht eine halbmondförmige Nadel und eine Pinzette aus der sterilen Verpackung. Als er mir mit der Nadel die Haut durchbohrt, beiße ich die Zähne zusammen. Und als meine Mutter mit dem Wasser zurückkommt, hat er die Wunde mit drei Stichen genäht und frisch verbunden. »Das sollte reichen«, sagt er. »Der Faden löst sich von selbst auf, aber du kommst am besten in ein paar Tagen noch mal in der Praxis vorbei, damit ich einen Blick drauf werfen kann …«

»Hast du sie etwa genäht?«, schreit meine Mutter auf und verschüttet das halbe Glas. »Oh mein Gott. War es wirklich so schlimm? Ich hätte hier sein müssen. Ich hätte nicht …«

»Alles in Ordnung, Evie. Entspann dich. Chloe hat gar nichts gemerkt, nicht wahr?« Ich schüttle den Kopf. Im Vergleich zu den Schmerzen im Krankenhaus, war das nichts.

Nachdem er mir ein paar Fragen zu Tag und Uhrzeit gestellt, meinen Blutdruck gemessen und mir ein Rezept für Antibiotika – eine reine Vorsichtsmaßnahme, wie er mir versichert – ausgestellt hat, verabschiedet er sich. Meine Mutter begleitet ihn nach draußen. Sehen kann ich die beiden vom Sofa aus nicht, aber ich höre sie leise miteinander flüstern. Bestimmt reden sie über mich, und weil ich genug von all den Geheimnissen habe, stehe ich auf und schleiche ihnen nach.

Kurz vor der Tür zur Eingangshalle bleibe ich stehen. Die frühabendliche Wintersonne lässt die Szene in perlmuttfarbenem Licht erstrahlen. Meine Mutter wirkt besorgt, traurig lässt sie den Kopf hängen. Meinetwegen? Ist meine Verletzung schlimmer als gedacht? Aber dann streichelt ihr Peter sanft über die Wange. Nur ganz kurz, eigentlich ist es gar nichts. Nur dass ich so gar nicht damit gerechnet habe. Es hat etwas Verbotenes an sich.

Auch wie sie jetzt seine Hand nimmt, als könnte sie es nicht ertragen, dass er geht. Aber die Szene erschüttert mich auch deshalb, weil sie in mir etwas wachruft. Ich bin in der gleichen Situation gewesen, auch mir hat jemand mit zärtlicher Geste Trost gespendet. Und dieser jemand war nicht mein Mann. Bei dem Gedanken brennt mir die Wunde. Ich schlüpfe zurück ins Wohnzimmer aufs Sofa.

Kurz darauf kommt meine Mutter dazu. »Du hast mir einen ordentlichen Schrecken versetzt.« Darauf sage ich nichts, in meinem Kopf herrscht noch Chaos. In welcher Situation habe ich das Gleiche erlebt? Wer war diese andere Person? Doch mir wollen keine Einzelheiten in den Sinn kommen. Mir bleibt die Wahrheit verschlossen. »Ich glaube, wir können beide eine schöne Tasse Tee vertragen. Was meinst du?« Ich nicke und ringe mir ein Lächeln ab.

Weißt du eigentlich, dass ich jede Nacht von dir träume, Chloe? In meinen Träumen sind wir zusammen, nur du, ich und Joshua. Tun alltägliche Dinge. Gestern Nacht habe ich von Weihnachten geträumt, dass Joshua die Treppe herunterkommt und seine Geschenke öffnet. Muss an den Lichterketten liegen, die ich gesehen habe, die haben mir die Idee eingegeben. In einer anderen Nacht, bevor du Schluss machen wolltest, habe ich von uns dreien am Strand geträumt. Du weißt doch, wie Joshua die Steine immer zu winzigen Haufen stapelt, so wie ein Wanderer, der sich den Weg markiert.

Ich habe einmal zugesehen, wie er mit den Steinen am Strand gespielt hat. Er hat fünf verschiedene Stapel gelegt, die dich über den Strand unter die Seebrücke geführt haben. Erinnerst du dich noch? Es war Juni, glaube ich. Vielleicht auch Anfang Juli. Du hast mir nie erzählt, wohin Joshua dich gelotst hat, aber nachdem ihr weg wart, habe ich unten am Strand einen Seestern gefunden. Mir gefällt der Gedanke, dass er dir den Seestern gezeigt hat, an diesem strahlend schönen Tag, an dem du so betrübt warst. Was hat dich traurig gemacht? Warum durfte ich dich nicht trösten?

Das hat mir wehgetan, dich so zu sehen und nichts dagegen tun zu können. Ich habe mich so nutzlos, so ohn-

mächtig gefühlt. Also habe ich den Seestern behalten, ihn zu Hause in einer Schublade getrocknet. Jedes Mal, wenn ich ihn ansehe, muss ich daran denken, dass ich nicht immer für dich da war, wenn du traurig warst. Das wird nie wieder geschehen. Wenn wir erst mal wieder zusammen sind, werde ich dich nie mehr loslassen. Versprochen.

18.

Eine Viertelstunde später trägt meine Mutter ein silbernes Tablett mit einer dampfenden Teekanne ins Wohnzimmer. Sie schenkt ein und reicht mir eine Tasse.

»Geht es deinem Kopf schon besser?«

Mir tut noch alles weh, aber darüber denke ich gar nicht nach. Ich muss immerzu an die Szene in der Halle denken. Aber wie soll ich das ansprechen? Was sagt man da? Mir sind so viele Dinge unklar, ich habe so viele Fragen. Ich schaue meine Mutter an, sie beißt sich auf die Lippe und fummelt am Knopf ihres Rocks herum.

»Und?«, fragt sie.

»Alles gut, Mum.« In dem Moment bringe ich nicht mehr heraus.

»Sicher? Weil, wenn du noch Schmerzen hast, kann ich jederzeit Peter …«

»Nein«, fauche ich. Wenn ich mir den Scherbenhaufen am Boden ansehe, ist klar, dass wir Peter hier nicht gebrauchen können. Ich weiß wieder, wie ich mich früher als Kind gefühlt habe. Mein Vater hat mit seinem herrischen Wesen alle dominiert. Spätabends haben meine Eltern immer gestritten in dem Glauben, wir würden es nicht hören. Um was es ging, weiß ich nicht mehr, nur dass ich am liebsten wegwollte. Mir kommt wieder der Traum in den Sinn, den ich hatte, kurz bevor meine Mutter zurückkam: Die Erinnerung daran, wie sehr Joshua unter Andrews Verschwinden gelitten hat. Die dysfunktionalen Familienstrukturen haben ihren hässlichen Stempel hinterlassen. Allmählich fügt sich die Vergangenheit zusammen, ein Bild entsteht. Doch was ich sehe, gefällt mir nicht.

»Mum, ich bin müde. Ich muss mich hinlegen.« Meine Mutter nickt, sieht mir lächelnd nach.

Ich bin schon auf halbem Weg die Treppe hoch, da ruft sie: »Ich weiß nicht, was du glaubst, gesehen zu haben, aber es ist nicht, wie es aussieht.« Als ich mich zu ihr umdrehe, sieht sie mich mit großen Kinderaugen an. Bettelt um Verständnis. »Ich wusste gleich, dass du uns gesehen hast. Aber es ist nicht so, wie du denkst.«

»Und wie ist es dann?« Sie senkt den Blick. »Ich habe doch gesehen, wie er dich berührt hat. Glaubst du, ich weiß nicht, was das …« Ich bremse mich. Weiß ich wirklich, was es zu bedeuten hat?

Meine Mutter lässt sich auf der untersten Stufe nieder. »Als ich dich am Boden gefunden habe, bin ich in Panik geraten. Peter war der Erste, der mir in den Sinn kam. Aber das alles ist schon lange vorbei.«

»Für mich sah es nicht sehr vorbei aus.«

»Es hatte ja kaum angefangen«, sagt sie schnell. »Es dauerte nur kurz. Du gingst noch zur Schule.« Sie zupft sich den Blusenkragen zurecht. »Aber solche Gefühle sterben nie, Chloe. Die bleiben, auch wenn es schlecht endet.«

Ich gehe nach unten und setze mich neben sie. »Hat es schlecht …«

»Zwischen uns ist nichts. Aber ich muss wissen, ob du es deinem Vater sagst.«

»Vielleicht weiß er es schon.« Wenn ich an den Streit damals zwischen meinem Vater und Peter denke …

»Die Affäre meine ich nicht. Ich meine, dass Peter heute da war. Deinem Vater wäre es nicht recht, wenn er in seinem Haus gewesen wäre.« Heißt das, mein Vater wusste von der Affäre? »Tut mir leid, Chloe, aber wenn du dich erinnern könntest, wie es zwischen mir und deinem Vater die letzten Jahre gewesen ist, würdest du verstehen, warum ich frage.«

Ich rücke näher zu ihr heran. Ich habe den Impuls, sie zu trösten, aber irgendetwas hält mich davon ab. Seit ich zurück bin, hat sie mir nur Lügen aufgetischt, mir die Wahrheit vorenthalten. Ich frage mich nun, ob aus eigenen Stücken oder auf Druck meines Vaters.

»Auch wenn ich mich an Einzelheiten nicht erinnere, weiß ich, was du meinst. Jedenfalls erinnere ich mich noch, dass ich hier nur wegwollte, immer weggelaufen bin, eine Zuflucht gesucht habe.«

»Und die hast du in Andrew gefunden. Deshalb hast du ihn geheiratet, um ein Leben weg von uns zu führen. Ich habe meine Zuflucht in Peter gefunden, wenn es auch nur kurz währte.«

Mir ist schwindelig, was mit der Kopfverletzung nichts zu tun hat. So ging es mir auch, als mein Vater mir erzählte, dass mein Mann und mein Sohn tot sind. Es ist das Bewusstsein, dass etwas unwiederbringlich vorbei ist. Nach den letzten Worten ist nichts mehr, wie es war. Ich habe meine Zuflucht verloren, habe sie noch vor dem Unfall aufgegeben. Dieser Gedanke erschreckt mich. Jemanden zu verlassen, zu dem man jederzeit zurückkehren kann, ist nicht weiter schwer. Weitaus schwerer ist es, sich vorzustellen, dass die Probleme unüberbrückbar waren, wenn jemand tot ist. Ob Andrew und ich wohl wieder zusammengefunden hätten, wenn er nicht gestorben wäre?

»Mit Weglaufen löst man keine Probleme, Mum.«

Sie nickt. »Ich weiß«, sagt sie und sieht beschämt weg. »Aber manchmal ist Vergessen einfacher, als den Tatsachen ins Auge zu blicken.« Sie beginnt zu weinen, ihre geröteten Wangen sind eingefallen und faltig. Mir kommt es vor, als würde ich auf die Scherben meiner eigenen Ehe blicken. »Dein Vater war früher ein Tyrann, Chloe. Er hat mir für alles die Schuld gegeben.« Sie schüttelt den Kopf. »Manchmal habe ich mich selbst nicht wiedererkannt.«

»Und mit Peter schon?« Daraufhin schluchzt sie noch lauter, also ja.

Nach einer Weile steht sie auf, trocknet sich das verquollene, rote Gesicht. »Ich brauche frische Luft, Chloe. Ich werde ausreiten.« Regen trommelt gegen die Scheibe. »Komm doch mit. Du kannst ja einfach eines der Pferde führen. Ich helfe dir dabei. Habe ich mit Joshua auch immer gemacht. Er war so gerne hier.«

Erwartungsvoll sieht sie mich an. Ich muss wieder an all ihre Lügen und Halbwahrheiten denken. Doch ich weiß, wie sehr sie unter meinem Vater gelitten hat, deshalb habe ich nicht die Energie, weiter böse auf sie zu sein.

»Mum«, sage ich schnell. »Ich werde nichts sagen.« Auf ihrem Gesicht spiegelt sich eher Traurigkeit als Erleichterung. »Eine Sache muss ich dich aber fragen, damit ich es verstehe.«

»Okay«, sagt sie mit gesenktem Kopf.

»Hast du ihn geliebt?«

Eine Weile schweigt sie. Dann schluckt sie schwer, hebt den Blick und sieht mich an. »Ja.« Sie streicht sich das Haar aus dem Gesicht. »Ich liebe ihn.« Und in dem Moment wird mir klar, dass wir beide nicht wissen, wen wir jeweils meinen.

An dem Nachmittag führe ich eines der kleineren Pferde auf der Koppel herum. Meine Mutter reitet neben mir auf einem Pferd namens Prince, ihre grüne Wachsjacke ist dunkel vom Regen. Ich bin schon bis auf die Haut durchgefroren. Reden tun wir kaum, den Spuren im weichen Untergrund nach zu urteilen, hält meine Mutter bewusst Abstand.

Abends essen wir allein, nur Mum, Jess und ich. Dad arbeitet noch. Und ich bin froh darüber. Wie soll ich ihm gegenübertreten, nachdem ich einiges vor ihm zu verbergen habe? Ich frage mich auch, ob er sich für seinen Wutausbruch schämt oder sich fürchtet, weil er mich so angelogen hat? Wie soll es jetzt mit uns weitergehen? Den ganzen Abend denke ich darüber nach, was Guy mir über die Experimente erzählt hat, über die mein Vater seine Abhandlungen geschrieben hat. Über gelöschte und neu geschaffene Erinnerungen. Um mehr Klarheit zu bekommen, schreibe ich alles auf. So weiß ich morgen wenigstens, dass mein Wissen von heute Hand und Fuß hat. Obwohl wir beim Abendbrot ziemlich wenig reden und mir eine Menge durch den Kopf geht, ist es zu dritt einfach viel entspannter. Unterschwellig bin ich zwar nach wie vor sauer auf die beiden, dennoch höre ich interessiert zu, als Jess über ihre neuen Bücher spricht, und ich selbst erzähle, wie sich Mum halb zu Tode erschrocken hat, als sie mich bewusstlos in der Halle gefunden hat. Auf einmal finden beide das urkomisch.

Doch als ich nachts im Bett liege, dem Regen und den vereinzelten Schreien der Möwen lausche, denke ich nicht an meine Mutter oder Andrew, nicht mal an Joshua. Meine Gedanken gelten Damien Treadstone und seiner Familie. Für mich liegt die Ursache allen Übels bei meinen Eltern; ihre Probleme haben mich geprägt. Deshalb habe ich mich in eine Ehe mit einem Alkoholiker geflüchtet. Deshalb hatte Joshua unter unserer Ehe zu leiden. Und am Ende hat er den Preis für Probleme bezahlt, die von Generation zu Generation weitergegeben wurden. Darf ich es zulassen, dass diese Zerstörung auch auf Damien Treadstones Familie übergreift? Nachher ist er gar nicht verantwortlich? Vielleicht war er gar nicht vor Ort?

Auch wenn ich nicht genau weiß, was passiert ist, kommen mir zunehmend Zweifel. Irgendwann muss ich bei Bewusstsein gewesen sein, sonst könnte ich mich nicht so lebhaft an diesen Wald erinnern. Zwischendurch habe ich den Wagen verlassen. Ich habe ja auch Joshua leblos auf der Erde liegen sehen. Das war nicht bloß ein Traum oder Albtraum. Wie ich wieder auf dem Fahrersitz meines Wagens gelandet bin, kann ich nicht erklären, aber so viel weiß ich: Ich war zwischendurch bei Bewusstsein, und Damien Treadstone war nirgendwo in meiner Nähe.

Da kann ich nicht einfach so tun, als wüsste ich von nichts, auch wenn mein Vater sich das wünscht. Ich habe die Nase voll von all den Lügen und Halbwahrheiten, selbst wenn ich am Ende als Schuldige dastehe. Es darf nicht zur Verhandlung kommen. Wenn ich schuld an dem Unfall bin, muss ich die Verantwortung übernehmen und nicht wieder weglaufen. Ich darf nicht zulassen, dass noch eine Familie zerstört wird.

Ich stehe auf und hole mir die Visitenkarte von DS Gray aus dem Morgenrock. Mit dem Finger fahre ich über die blaue Schrift. Morgen gehe ich zur Polizei und sage, was ich weiß.

19.

Ich renne, rutsche auf nassem Laub aus, Zweige schlagen mir ins Gesicht. Ich stürze eine Böschung hinunter, frische Baumrinde bohrt sich mir ins Bein, schlitzt es vom Knöchel bis übers Knie auf. Joshua liegt vor mir auf der Erde, regt sich kaum, Regen fällt auf ihn. Er ruft mich.

Mummy.

Zitternd und schweißgebadet erwache ich, fühle mit den Fingern über die dicke, rote Narbe am Bein. Von dieser Verletzung habe ich geträumt. Diese Träume sind Bruchstücke jenes Abends. Ich muss mein altes Leben wieder zusammensetzen, vielleicht kann DS Gray mir dabei helfen.

Ich schlüpfe durch die Hintertür, benutze den Code fürs Tor und rufe mir im Dorfladen ein Taxi. Als wir übers Land fahren, mache ich die Augen zu. Nach monatelanger Enge überwältigt mich die Weite der Welt. Ich fühle mich verloren. Dann betrachte ich wieder DS Grays Visitenkarte. Alles ist besser, als nach draußen zu sehen. Wo liegt wohl die Ditchling Road, in der ich meinen Sohn verloren habe? Ich weiß es nicht, aber noch bin ich dafür auch nicht bereit.

Bis Brighton ist auf den Straßen nichts los, begleitet werden wir nur vom anhaltenden Regen. Der Taxifahrer hält vor der Polizeiwache, und ich reiche ihm die 20-Pfund-Note, die ich beim Verlassen des Hauses aus dem Portemonnaie meiner Mutter genommen habe.

Das Taxi fährt weg, und ich schaue mir die Wache an. Es ist ein Gebäude mit vielen Ecken und Kanten, groß, weiß und kalt. Als sei es eigens dafür entworfen worden, einen jeden brutal einzuschüchtern. Beim Blick in die Wolken rinnt mir das Wasser übers Gesicht. Der Regen zwingt den Passanten den Kampf mit dem Schirm auf, treibt sie unter Lauben und Windfänge. Ich eile zum Eingang der Polizeiwache.

Ein schmächtiger Beamter in Uniform führt mich durch einen engen, düsteren Gang, in dem ich Beklemmungen bekomme. Ich hefte den Blick auf seinen Hinterkopf, den sauberen Haaransatz, die akkurat sitzenden Klamotten. Der Anblick seines Nackens bringt die Erinnerung an einen anderen Mann ans Tageslicht, dessen blonde Locken in fettigen Kringeln über den Kragen hängen. Als er sich umdreht und lächelt, erkenne ich Andrew. Das Lächeln wirkt traurig, enttäuscht. Ein Flashback vom Ende. Getrübte Erinnerungen. Wahrscheinlich hatte er zu der Zeit schon seinen Job verloren. Eine Weile glaubte ich, dass er nur einen neuen Job bräuchte, und alles wäre wieder gut. Dass, wenn er arbeiten ginge, er mit dem Trinken aufhören würde. Darauf hatte ich alle Hoffnungen gesetzt.

In den Tiefen des Korridors pocht mein Herz immer

schneller, die Wände scheinen auf mich zuzukommen. Auch hallt es immer mehr. Die Schuhe des Beamten dröhnen mit jedem Schritt. Von allen Seiten stürmen Leute vorbei, mir bleibt jedes Mal fast die Luft weg. Bin ich damals auf der Arbeit auch so herumgehetzt, habe Ansprüche gestellt und Anweisungen ausgeführt? War mein Leben auch so erfüllt?

Vor einer blauen Tür bleiben wir stehen, und der Beamte, der mich begleitet, klopft zweimal an. Ich höre wie DS Gray uns hereinruft, und alle Gedanken an meinen alten Job verdampfen wie Wasser in der prallen Sonne.

Im Büro haben nur ein Schreibtisch und ein Besucherstuhl Platz, so klein ist es. Es riecht nach Kaffee und Schweiß. Im Aktenregal an der Wand türmen sich die Ordner bis unter die Decke. Der Rest liegt auf Stapeln am Boden. Zu viel Arbeit. Der junge Beamte schließt die Tür hinter mir, und DS Gray fordert mich auf, Platz zu nehmen.

In dem Raum gibt es keine Fenster, deshalb klingt hier alles so dumpf wie in einem winzigen Pariser Hotelzimmer. Warum denke ich das? War ich schon mal in Paris? Post-it-Sticker und Fotos bedecken die Wände. Jemand hat sich die Mühe gemacht, über einem Plakat für eine Weihnachtsfeier eine Lamettagirlande aufzuhängen. War das etwa DS Gray? Was für ein Aufwand an diesem unwirtlichen Ort, irgendwie macht es ihn mir sympathisch. Die Feier soll im *Fountainhead* stattfinden, das mir vage bekannt vorkommt.

»Ist ein nettes Lokal«, höre ich ihn sagen. Ich wende den Blick ab, als mir bewusst wird, dass er mich ansieht. »Sonntags kann man da lecker Braten essen.« Kopfschüttelnd schaut er zu der grünen Lamettagirlande. »Da haben sie wieder einen Dummen gefunden. Ich bin für die Organisation verantwortlich.« Ich lächle, weiß nicht, was ich sagen soll. »So, Mail verschickt.« Mit einer dramatischen Geste drückt er die Enter-Taste. »Nun bin ich ganz Ohr.«

Er lehnt sich im Stuhl zurück, schlägt unbeholfen die Beine übereinander und quetscht den Oberschenkel gegen den massigen Bauch. Das wirkt unbequem. DS Gray passt nicht so recht in den Stuhl. Nach einigem Hin und Her findet er endlich eine passende Stellung und faltet die Hände über dem massigen Leib. Er schnippt die Daumennägel gegeneinander.

Man kann hören, wie die Leute durch den Flur eilen, lachen. »Es geht um Damien Treadstone.« Ich habe DS Gray so viel zu erzählen, dass ich nicht weiß, wo ich anfangen soll, aber mir ist klar, dass ich vorsichtig sein muss. »Ich bin als Entlastungszeugin geladen.«

Er kippelt mit dem Stuhl. »Ich weiß.«

Allein der Gedanke, vor Gericht zu erscheinen, treibt mir Schauder über den Rücken. »Ich kann mich doch an nichts erinnern, was erwarten die da von mir?« Sofort habe ich ein schlechtes Gewissen, weil ich DS Gray nicht die volle Wahrheit sage. Mir gehen so viele Möglichkeiten durch den Kopf, was passiert sein könnte. Entscheidend ist wohl, dass ich überzeugt bin, irgendwann mal den Wagen verlassen zu haben. Doch ich muss mich langsam vortasten. Erst mal will ich wissen, was dieser Damien Treadstone von mir will, bevor ich zu viel preisgebe. Die wenigen Informationen, die ich habe, werde ich hüten wie meinen Augapfel.

»Zunächst einmal können Sie nicht bezeugen, dass er dort war. Wahrscheinlich hofft er, dass Sie, wenn Sie ihn vor Gericht sehen, zugeben werden, ihn nicht am Unfallort gesehen zu haben. Das wäre sehr gut für seine Verteidigung.«

Ich denke an Damien Treadstones Sohn, und daran, was seiner Familie alles bevorsteht, wenn er schuldig gesprochen wird. »DS Gray, glauben Sie Mr. Treadstone, dass er nichts mit dem Unfall zu tun hatte?«

Noch immer schnippt er mit den Daumennägeln, kaut auf der Unterlippe. »Es ist nicht mein Job, ihm zu glauben oder nicht zu glauben. Mein Job ist es, Beweise zu sammeln. Das Gericht entscheidet dann, ob er schuldig ist.«

»Aber wenn er die Wahrheit sagt und unschuldig ist, ist er sicher verzweifelt, nicht wahr? Da würde er doch alles tun, damit ich ihm helfe.«

»Und das wäre?«

»Irgendwie mit mir in Kontakt zu kommen.«

Er schüttelt den Kopf. »Offiziell ist es ihm untersagt.«

»Und inoffiziell?«

Er lehnt sich vor, stützt den Ellenbogen auf den Tisch und legt das Kinn in die Hand. Kaut an einem schon abgeknabberten Fingernagel. »Wollen Sie mir sagen, dass er versucht hat, mit Ihnen in Kontakt zu treten?«

»Er ist zum Haus meiner Eltern gekommen.«

Eine Weile überlegt er, reibt sich dann übers Gesicht. »Das ist eine schwere Anschuldigung, Chloe. Haben Sie ihn eindeutig erkannt?«

»Er war nebenan auf dem Friedhof. Ich bin im Garten spazieren gegangen. Als meine Eltern dazukamen, ist er weggelaufen und mit dem Auto davongefahren.«

»Aber haben Sie sein Gesicht gesehen?«

»Ich habe eine Männerstimme gehört. Ich bin sicher, dass er es war.« Ich denke an den Moment zurück, als die Rücklichter im Nebel verschwanden. Hätte ich doch bloß sein Gesicht gesehen. Mir ist klar, dass ich nicht eindeutig sagen kann, dass er es gewesen ist. Als ich aufschaue, blickt mich DS Gray erwartungsvoll an. Ich schüttle den Kopf. Er steht auf, setzt sich auf die Schreibtischkante und verschränkt die Arme. Mit dem Hinterteil schiebt er einen Stapel Papiere beiseite. Mir ist heiß, ich schwitze, zerre am Pulloverkragen. Hier bekomme ich keine Luft.

»Was Sie mir hier erzählen, ergibt keinen Sinn. Abgesehen davon, dass Sie Damien Treadstone nicht eindeutig identifizieren können und nur mehr das Gefühl haben, er könnte es gewesen sein, warum sollte er Sie erst als Zeugin vorladen lassen und dann mit Ihnen in Kontakt treten? Damit würde er sich nur schaden.«

»Ich habe ja gar nicht behauptet, dass es Sinn ergibt.«

DS Gray wühlt unter den Papierhaufen, bis er eine

Packung Nicorette-Kaugummis gefunden hat, von denen er sich eines in den Mund ploppt. Auf einmal verspüre ich große Lust nach einer Zigarette. Habe ich früher geraucht?

»Ich weiß, dass Sie eine schwere Zeit durchmachen«, sagt er kauend. Ein leichter Pfefferminzgeruch schwebt durch die Luft. »Sie haben einen schlimmen Verlust erlitten. Aber Sie sind doch eine kluge Frau, Chloe. Sie waren früher Anwältin.« Schon wieder ein Hinweis darauf, dass mein altes Leben vorbei ist. Waren. Früher. Aus. »Damien Treadstone mag ja verzweifelt sein, aber dumm ist er sicher nicht.«

Er beugt sich über den Schreibtisch, öffnet eine Schublade und holt eine Mappe heraus. Daraus entnimmt er ein Foto und reicht es mir. Damien Treadstone mit einer Frau, die wohl seine Ehefrau ist. Zwischen den beiden ein kleiner Junge, dessen gesichtslose Existenz mich plagt, seit ich mich entschlossen habe, das Richtige zu tun und zur Polizei zu gehen. Sieht nett aus, Damien Treadstones Frau. Adrett lächelt sie in die Kamera. Sein Sohn ist pummelig und fröhlich. Nach dem ersten Kind gehen die Leute für so ein Bild zum Fotografen. Glückliche Gesichter vor weißem Hintergrund. Habe ich auch solche Bilder? Bestimmt. Irgendwo.

»Warum zeigen Sie mir das?« Ich knalle das Bild auf den Schreibtisch.

»Chloe, Damien Treadstone ist ein junger verheirateter Mann mit einem kleinen Sohn, den Sie hier sehen. Er arbeitet als Pharmavertreter für Meditec und beliefert Krankenhäuser im Südosten Englands mit Kathetern und Stoßwellentherapiegeräten. Er ist nicht vorbestraft und hat beruflich und privat einen ausgezeichneten Ruf. Er engagiert sich in seiner Kirchengemeinde, hat vor zwei Jahren ein halbes Jahr in Uganda als Missionar gearbeitet. Der hat keinen Dreck am Stecken, da kann ich mich auf den Kopf stellen. Damien Treadstone ist ein verdammter Heiliger.«

Mir rinnt ein Schweißtropfen den Rücken hinunter. »Also glauben Sie mir nicht, dass er bei mir zu Hause war?«

»Es geht nicht darum, dass ich Ihnen nicht glaube, ich will Ihnen einfach nur deutlich machen, mit wem wir es hier zu tun haben.« Er kaut beherzt. »Sie wissen ja, dass Damien Treadstone behauptet, nicht im Wagen gesessen zu haben. Dass er ihm vor dem Unfall gestohlen wurde.«

Ich verliere den Boden unter den Füßen, treibe hilflos im Ozean, sehe kein Land. Ich ertrinke wie der Junge im Traum, so kommt es mir vor. »Gibt es dafür denn Beweise?«

»Na ja, er hat kein Alibi. Zur fraglichen Zeit will er in Kemp Town gewesen und sich dort in einer Bar betrunken haben, nachdem er gemerkt hat, dass sein Wagen weg war. Aber Treadstone taucht auf keinem Überwachungsvideo auf, und die Angestellten in der Bar können sich nicht an ihn erinnern. Sein Wagen wurde am Tatort sichergestellt. Die Schlüssel steckten. Wir haben sie auf Fingerabdrücke untersucht, nichts. Interessanterweise waren nicht mal Damien Treadstones darauf. Aber als wir ihn aufgegriffen haben, war er alkoholisiert, seine Hose war verdreckt, und er hatte sich die Stirn aufgeschnitten. Hinten am Heck Ihres Autos auf der Fahrerseite haben wir Lackspuren von seinem Wagen gefunden, was die Theorie stützen würde, dass es einen Zusammenprall gegeben hat, bevor Sie von der Straße abgekommen sind.«

»Spricht nicht alles gegen ihn?«

»Ja, dennoch behauptet er steif und fest, nicht dort gewesen zu sein. Und abgesehen davon, dass Sie nicht bezeugen können, ihn am Unfallort gesehen zu haben, werden sich seine Verteidiger auf andere Beweise stützen. Zum Beispiel auf Ihr Verletzungsmuster.«

Als ich meinen Mantel enger ziehe, um mein linkes Bein zu verdecken, fällt DS Grays Blick sofort darauf. Er weiß um die Male unter meinem Mantel.

»Das fängt schon mal damit an, wie wir Ihren Wagen gefunden haben. Sie saßen angeschnallt am Steuer. Offenbar sind Sie von der Straße abgekommen und fünfzehn Meter tief eine Böschung hinuntergestürzt, bevor Sie gegen einen Baum geprallt sind. Logischerweise waren Sie dabei angeschnallt, sonst wären Sie wie Joshua aus dem Wagen geschleudert worden.« Er hält kurz inne. Offenbar ist es ihm unangenehm, meinen Sohn erwähnt zu haben, und das rechne ich ihm hoch an. »Doch im Krankenhaus ließen sich keine Verletzungen durch den Sicherheitsgurt feststellen. Keine Abschürfungen, keine gebrochenen Rippen. Nicht einmal eine Prellung im Brustkorb.«

Und in dem Moment sehe ich mich im Auto, wie ich versuche, den Gurt zu lösen, um auszusteigen. Als ich da zu Bewusstsein gekommen bin, war ich garantiert angeschnallt, wie DS Gray sagt.

»Dann stellt sich die Frage nach Ihrem Ziel. Sie behaupten, nicht mehr zu wissen, was geschehen ist, nachdem Sie das Haus Ihres Vaters verlassen haben. Aber als sich der Unfall ereignet hat, waren Sie auf dem Weg zum Haus Ihres Vaters. Es hat den Anschein, als wären Sie in Brighton gewesen. Aber was haben Sie da gemacht? Mit wem haben Sie sich getroffen?«

Er schüttelt den Kopf, schiebt sich einen weiteren Kaugummi in den Mund. »Es gibt Ungereimtheiten, und die lassen uns an Damien Treadstones Schuld zweifeln. Genau aus diesem Grund werden Sie als Zeugin gerufen. Dabei geht es weniger darum, was Sie erklären können, sondern was Sie alles nicht erklären können.« Er greift nach einem Becher Kaffee, der offenbar kalt geworden ist, und verzieht das Gesicht, als er ihn hinunterkippt. »Mal ehrlich, alles, was Sie uns bislang erzählt haben, ergibt keinen Sinn. Doch nicht nur das.« Mit den Fingern trommelt er auf den Schreibtisch. »Eine Sache gibt es, die sich keiner von uns erklären kann. Da hatten wir sehr auf Ihre Mithilfe gehofft, aber Sie haben ja keine Erinnerung an den Unfall.«

»Was denn?«, frage ich. Und als er keine Antwort gibt, stehe ich auf. »Bitte, Mr. Gray, sagen Sie es mir.«

Als er tief durchatmet, weht eine widerliche Mischung aus Kaffee und Pfefferminz zu mir herüber. Er schluckt. »Das Kleid, das Sie an dem Abend getragen haben, war blutgetränkt.«

»Das ist ja auch kein Wunder! Ich habe mir den Kopf aufgeschlagen. Das Bein.« Doch ich verstumme, als er mich unbewegt ansieht. Angst packt mich.

»Wenn wir Blut kriminaltechnisch untersuchen«, sagt er langsam, »schauen wir uns an, welche Muster es hinterlässt. Wenn es Ihr Blut gewesen wäre, wäre es von Ihrer Kopfwunde nach unten gelaufen und hätte, wie wir es nennen, passive Blutflecken hinterlassen. Was wir aber auf Ihrem Kleid gefunden haben, waren Flecken, die durch Kontakt übertragen wurden.« Er gibt mir einen Moment, die Information zu verarbeiten. »Aber Chloe, es war nicht nur das Muster, sondern auch das Blut selbst. Es war nicht Ihr Blut. Es tut mir leid, es Ihnen sagen zu müssen, aber das Blut auf Ihren Sachen war von Ihrem Sohn Joshua.«

20.

Für eine sehr lange Zeit fehlen mir die Worte. DS Gray hilft mir zurück auf den Stuhl, von dem ich in meiner Aufregung aufgesprungen bin. Reglos sitze ich da, nur der allgemeine Trubel auf der Wache stört die Stille. Irgendwann stößt DC Barclay zu uns, doch DS Gray verscheucht sie wieder. All die Tränen, die ich geweint habe, weil ich dachte, mein Sohn sei allein gestorben, ohne dass ich ihn in seinem Schmerz trösten konnte. Nun sagt mir DS Gray, dass er wahrscheinlich in meinen Armen gestorben ist.

Das Blut, das wir gefunden haben, war Joshuas.

»Darf ich Ihnen was zu trinken anbieten?« Unbeholfen kommt er angetapst, verlagert das Gewicht von links nach rechts in diesem winzigen Kabuff. Hinter mir rauscht Wasser, klirrt Glas. Er drückt mir ein kleines Wasserglas in die Hand und führt sie mit dem Glas an meine Lippen.

»Danke«, sage ich. Er setzt sich wieder auf die Schreibtischkante, diesmal näher zu mir. Aus der Hosentasche zieht er ein Taschentuch und reicht es mir.

»Verstehen Sie jetzt, dass das alles für uns keinen

Sinn ergibt? Weder Ihre, noch Damien Treadstones Geschichte, und die Fakten helfen uns da auch nicht weiter. Was ich gerne machen würde …«

»DS Gray, ich weiß wieder, was passiert ist.«

Wie beim Stopptanz hält er mit offenem Mund mitten im Satz inne. Mit großen Augen beugt er sich vor.

»Sie erinnern sich?«

Ich hole Luft, schiebe die Hände unter die Knie, rutsche auf meinem Stuhl herum. Ich versuche, meine Gedanken zu sortieren.

»Nicht an alles, aber an manches. Davon habe ich Ihnen bislang noch nichts erzählt.«

Er steht auf und öffnet eine Schublade in seinem Schreibtisch. Er nimmt einen Bogen Papier heraus und greift sich einen Stift.

»Ich erinnere mich daran, im Wald zu sein und meinen Wagen zu sehen. Und wie ich nach Joshua suche. Erst habe ich es für einen Traum gehalten, aber inzwischen bin ich sicher, dass es sich so zugetragen hat. Ich sehe Joshua auf der Erde liegen und eile zu ihm.«

DS Gray nimmt eine Aktenmappe in die Hand und blättert sie durch. Dann zieht er ein Foto heraus und legt es vor mich. Ein Bild vom Unfallort. Was wohl noch so in dieser Akte ist? Steckt die Wahrheit zwischen diesen Aktendeckeln? Geht daraus hervor, ob ich mich und meinen Sohn umbringen wollte?

»Sicher ist das jetzt sehr schwer für Sie, aber können Sie mir sagen, wo Joshua in Ihrer Erinnerung gelegen hat? Wo, glauben Sie, haben wir ihn gefunden?«

Ich schaue mir das Foto an. DS Gray wendet den Blick ab, vielleicht aus Respekt. Tropfen für Tropfen wie der Regen an jenem schrecklichen, dunklen Abend kehren meine Erinnerungen zurück. Ich zeige auf ein kleines Stück Wiese neben einer Felsnase. »Hier.« Mit dem Finger fahre ich über die Stelle, wo Joshua gestorben ist. »Die Füße haben zum Baum gezeigt.«

Peinlich berührt nickt er und steckt das Foto zurück in die Akte. »Sie können davon ausgehen, dass Ihre Erinnerung real ist. Genau dort haben wir ihn gefunden.« Er notiert sich etwas, unterstreicht es. Entziffern kann ich es nicht, seine Handschrift ist ein einziges Gekritzel. Vielleicht mit Absicht. »Was noch? Erinnern Sie sich daran, ausgestiegen zu sein? Wie kommt es, dass Sie am Ende wieder im Auto saßen?«

»Nein, daran erinnere ich mich nicht. Nur dass ich gerannt bin. Es hat geregnet, wurde immer dunkler. Dann bin ich eine Böschung hinuntergestürzt und habe mir das Bein aufgeschnitten. Um Ihnen das zu sagen, bin ich eigentlich heute hier. Ich wollte Ihnen sagen, dass ich mich irgendwann außerhalb des Wagens aufgehalten habe und Damien Treadstone dabei nicht gesehen habe. Ich weiß wirklich nicht, ob er da war.«

Er nickt, holt Luft. »Ich danke Ihnen, für Ihre Ehrlichkeit. Für uns ist jedes Detail von Belang.« Er reibt sich wieder mit den Händen übers Gesicht. »Bitte erzählen Sie mir doch noch mal, wie Ihre Beziehung zu Ihrem Mann vor dem Unfall gewesen ist. Tut mir leid, dass ich das fragen muss.«

Ich seufze. Wie soll ich das ehrlich beantworten? Alles, was ich weiß, habe ich von meinen Eltern. »Kompliziert, glaube ich. Ich weiß eigentlich nur, was meine Eltern mir erzählt haben. Die sagen, dass er Alkoholiker war und ich mich von ihm getrennt habe. Dass ich mit Joshua zu ihnen gezogen bin.«

»So schätze ich die Situation auch ein.« Er schreibt sich wieder etwas auf, kaut auf dem Stift herum. »Glauben Sie, Ihr Mann war sauer, dass Sie ihn verlassen haben?«

»Möglich. Aber wohl eher unglücklich, jedenfalls sagt mein Vater das.« Zuzugeben, dass sich Andrew vermutlich deshalb das Leben genommen hat, fällt mir schwer. »Wahrscheinlich wollte er mich nicht verlieren.«

»Und dennoch hat er sie verloren.«

Mir schießt das Blut in die Wangen, mir ist schwindelig. DS Gray scheint auch zu glauben, dass es meine Schuld ist. Dass es Andrew den Rest gegeben hat, dass ich ihn verlassen habe. »Mein Vater meinte, dass die Probleme zwischen mir und Andrew so groß waren, dass ich es nicht mehr ausgehalten habe.«

»Ich mache Ihnen da keine Vorwürfe, Chloe.« Er lächelt. »Ganz im Gegenteil.« DS Gray wirft einen Blick auf seine Notizen. »Die Szene am Unfallort, der aufgewühlte Boden, der zweite Wagen, alles deutet darauf hin, dass eine weitere Person zugegen war. Und wenn es nun nicht Damien Treadstone war? Wenn es vielleicht jemand anders war, der viel mehr Grund hatte, dort zu sein? Jemand, der wütend auf Sie war? Ihr Mann vielleicht? Das würde eine Menge erklären.« Er legt den Stift weg.

Ich schüttle den Kopf. »Unmöglich.«

»Warum? Wie gesagt, Ihr Mann hatte ein Motiv, Ihnen zu folgen. Sie haben selbst gesagt, dass er Sie nicht verlieren wollte. Er behauptet zwar, ein Alibi zu haben, aber bislang konnten wir es noch nicht bestätigen. Das heißt also, es ist fragwürdig.«

»Fragwürdig? Wie kann es fragwürdig sein?«

»Jedes Alibi ist fragwürdig, Miss Daniels.«

Ich lehne mich vor, lege die Hand auf den Schreibtisch. »Aber mein Mann ist tot, DS Gray.«

Als er sich zurücklehnt, ächzt der Stuhl unter seinem Gewicht. »Wie bitte?«

»Andrew.« Nun brülle ich fast. »Er ist eine Woche vor dem Unfall gestorben. Deshalb war ich am Abend des Unfalls so durch den Wind. Ich habe mir die Schuld an seinem Tod gegeben.«

»Wer hat Ihnen denn das erzählt?«

»Mein Vater.«

DS Gray schüttelt den Kopf. »Ich habe erst vor zwei Wochen mit Andrew Jameson gesprochen.« Mit offenem Mund lehne ich mich zurück und lausche seinen Ausführungen. »Mr. Jameson behauptet, dass Sie am Abend des Unfalls verabredet gewesen seien, nur dass Sie nicht aufgetaucht sind. Wenn Damien Treadstone also die Wahrheit sagt, weiß ich schon, wer mein nächster Verdächtiger ist.«

Was hast du dir nur dabei gedacht? Dass mit ein paar Lügen alles vergessen ist? Ich vergessen bin? Du hast ja keine Ahnung, Chloe.

Wobei ich eines immer noch nicht richtig verstehe: Wem hast du eigentlich was vormachen wollen? Mir oder vor allem dir selbst? Ich spüre doch, wie du auf mich reagierst. Sehe es an deinem Blick, wenn ich näher komme, dich berühre. Und beim letzten Mal hast du dich im Bett umgedreht und mir eine einfache Frage gestellt: Wie können wir zusammen sein? Die Worte haben mir ins Herz geschnitten. Ich dachte, du kennst die Antwort längst, doch ich habe mir auf die Zunge gebissen und mit einem Lächeln geantwortet. Ich habe dir die reine Wahrheit gesagt: Nichts einfacher als das. Du hast mir offenbar nicht geglaubt.

Aber dass du Schluss machst, damit habe ich so gar nicht gerechnet. »Vorbei« hast du lapidar gesagt. Dass du gehst und bei deinen Eltern leben wirst, dass ich mich nicht melden darf. Wie konntest du mir das nur antun? Wie konntest du es einfach beenden? Ich hätte für dich da sein können, Chloe. Und für Joshua. Du wolltest nicht begreifen, dass ich ein guter Vater hätte sein können. Trotz aller Versprechungen wolltest du es nicht verstehen. Eine Chance, mehr hätte ich nicht gebraucht. Aber irgendwie scheinst du zu glauben, dass du alleine besser dran bist.

Doch ohne dich überlebe ich das nicht, Chloe. Ohne dich könnte ich genauso gut tot sein.

21.

Andrew lebt. Andrew lebt und ist tatverdächtig. Vor der Wache habe ich mich auf einer Mauer niedergelassen. Ich zittere, bekomme kaum noch Luft. Mir will das alles nicht in den Kopf. Wie kann er noch am Leben sein, wenn meine Familie mir doch gesagt hat, dass er tot ist? Und überhaupt, wo zum Teufel steckt er? Warum sucht er mich nicht? Der Regen prasselt auf mich nieder, und irgendwann bleibt eine Frau mit einem großen Regenschirm vor mir stehen.

»Entschuldigung, kann ich Ihnen vielleicht helfen?«

»Nein, alles gut.« Skeptisch geht sie weiter. Ich schaue mich um, es sind noch mehr Menschen in der Nähe. Ich kann hier nicht bleiben.

Ich ziehe kleine Kreise auf dem Bürgersteig, versuche in meinem Kopf krampfhaft alles zusammenzusetzen, was ich über den Tag des Unfalls weiß. Schließlich suche ich Schutz in einem Bushäuschen, dort hocke ich mich auf den Rand der nassen Bank. Auf einmal erinnere ich mich wieder an eine Parkbank. Saß ich dort am Unfallabend? Mir kommt es vor, als hätte ich auf jemanden gewartet. Nur auf wen? Auf Andrew vielleicht?

Dann verändert sich das Bild, und ich sehe mich durch den Regen fahren. Durch den Wald rennen. Meinen Sohn suchen. Die Bäume, die Dunkelheit. Joshua. Aber was ist dann passiert? Wie bin ich bloß wieder in meinem Wagen gelandet?

Zu keinem Zeitpunkt sehe ich Andrew oder Damien Treadstone vor mir. Und mir ist es auch nicht möglich, die Geschehnisse in eine sinnvolle Reihenfolge zu bringen. Wie ich meinen Sohn verloren habe, bekomme ich nicht zusammen. Doch zunehmend wird mir klar, dass ich nicht die Absicht hatte, den Wagen mit Joshua an einen Baum zu fahren. Schon die ganze Zeit hatte ich Zweifel daran, dass ich dazu fähig gewesen wäre. Nun weiß ich, dass ich ihn irgendwann an diesem Abend im Arm gehalten habe, um alles wiedergutzumachen. Ich hatte nie vor, mich und meinen Sohn umzubringen. Sonst würde mir der Verlust nicht so fürchterlich weh tun.

Und ich weiß noch etwas. Mein Vater belügt mich nach wie vor. Mein Mann Andrew ist am Leben. Unmöglich, dass mein Vater nichts davon wusste. Er hat ja sogar behauptet, Andrews Beerdigung ausgerichtet und Blumen ins Meer geworfen zu haben. Meine Mutter und Jess müssen es auch wissen. Meine ganze verdammte Familie. Wie können sie mich in so wichtigen Dingen anlügen? Ging es bei dem Streit meiner Eltern neulich darum? Wollte meine Mutter, dass mein Vater mir die Wahrheit sagt?

Ich verlasse die Bushaltestelle und wandere ziellos

umher. Mir tut das Bein weh, ich komme an Läden, Leuten und Orten vorbei, die mir unbekannt sind. Hätte ich doch bloß den Brief des Anwalts dabei, dann könnte ich zu mir nach Hause gehen. Wenn ich das Haus fände, würde ich es nie wieder verlassen. Würde mich da einschließen und für immer bleiben, so tun, als existierte die Welt außenrum nicht. Nur weiß ich leider nicht, wo ich gewohnt habe. In der Nähe vom Strand, hat mein Vater gesagt, als er das Foto auf Facebook sah, aber unter all den Straßen kommt mir keine bekannt vor.

Der Regen prasselt unbarmherzig auf mich nieder, ich bin bis auf die Haut nass. An der Promenade stelle ich mich unter die Markise eines kleinen Lädchens, in dem man Steine aus Brighton kaufen kann. Doch lange kann ich hier nicht bleiben, die Besitzerin beobachtet mich schon die ganze Zeit. Wo soll ich nur hin? Zu wem? Ich habe niemanden. Keinen einzigen Freund, den ich anrufen könnte. Nach all den Lügen und Täuschungen kann ich unmöglich zurück zu meinen Eltern. Und zu mir nach Hause kann ich auch nicht, weil ich nicht weiß, wo das ist. Gibt es für mich überhaupt noch ein Zuhause?

Inzwischen bin ich auf dem Palace Pier neben einem Kiosk gelandet, der Essig-Pommes in Tüten mit Holzpieker verkauft. Über mir flackern grellbunte Lampen, in der feuchten, trüben Luft erscheint die Brücke dennoch in milchigem Licht. Die Wellen brechen sich am Strand, hallen unter meinen Füßen, als ich über die Planken laufe. Auf einem Schild werden die Attraktionen eines Rummels angepriesen. Ich komme an alten

Buden vorbei, überall blättert die Farbe ab. Es riecht nach verrottetem Holz. Um mich herum ist scheußliches Remmidemmi, ein Lied nach dem anderen ertönt, dazu noch das Gegröle und Gelächter der Spielautomaten. Ein einsamer Mann steckt Münzen in einen Glücksspielautomat. Ein anderer wirft Körbe. Vom Himmel stoßen die Möwen im Sturzflug herab. Mühsam stolpere ich vorwärts. Auf einmal prasseln die Erinnerungen so erbarmungslos auf mich nieder wie der Regen.

Wollen wir uns die Zukunft voraussagen lassen?

Ich höre Andrews Stimme in meinem Kopf, sehe ihn vor mir, wie er damals aussah. Sein sonnengebleichtes Haar, der Geruch seines Pullis, an den ich mich schmiege. Ein Teenager. Vor mir der Kiosk, bei dem wir immer saßen, die alte Zigeunerin mit ihrem Kopftuch, der Kristallkugel und den vielen Armreifen, die bei jeder Bewegung klirrten. Andrew stand total darauf. Und er liebte auch den Automaten, bei dem man sich aus einem Penny eine Münze mit der Silhouette von Brighton prägen lassen konnte. Das haben wir bei jedem Besuch gemacht. Ich erinnere mich daran, als wäre es gestern gewesen. Wo sind bloß all die alten Münzen hin? Verschwunden nebst all den anderen Erinnerungsstücken. Ich wünschte, ich könnte mich an mehr erinnern als an ein paar Schnappschüsse aus meiner Vergangenheit.

Ich laufe an Horatios Bar vorbei zu einer großen Rutsche und einem Karussell mit bunten Pferden und immer weiter. Am Ende der Seebrücke halte ich mich an der Reling fest. Die Wellen werden lauter. Ich schaue aufs Meer hinaus, wo angeblich Joshuas Asche verstreut wurde. Stimmt das überhaupt? Meinem Vater glaube ich gar nichts mehr.

Doch die Lügen reichten ihm noch nicht. Oh, nein. Er hat mir auch noch weismachen wollen, dass ich an allem schuld bin. Durch die Blume hat er mir gesagt, dass sich Andrew meinetwegen umgebracht hat und Joshua durch mich umgekommen ist. Wie konnte er mir das nur antun? Seiner eigenen Tochter? Ein Vater sollte sein Kind doch beschützen und es nicht manipulieren und anlügen. Ich sollte glauben, dass ich vorhatte, meinen Sohn zu töten. Unvorstellbar, aber wahr. Ich schaue über das Geländer. Weiße Schaumkronen tanzen auf den Wellen, die Gischt spritzt mir ins Gesicht. Und während der Wind an mir zerrt, frage ich mich, ob es nicht einfacher wäre, hier und jetzt einen Schlussstrich zu ziehen.

Doch stattdessen lasse ich mich auf den Boden gleiten, lege mich flach auf die feuchten Bohlen. Mit einer Hand greife ich durch die Reling ins Wasser zu Joshuas Asche. Sie hätten mit der Bestattung warten sollen, denke ich bei mir. Sie hätten warten sollen, damit ich mich verabschieden kann.

Sie hätten mir die Wahrheit sagen sollen.

Als ich die Seebrücke verlasse, nimmt das Licht schon ab, eine neue Wetterfront ist im Anmarsch, über dem Meer ballen sich schwere, graue Wolken. Ich muss meinen Vater konfrontieren. Dann kann er mich nicht länger belügen. Ich laufe durch die Straßen, frage mich zur Klinik durch, in der er arbeitet. Es ist eine stattliche viktorianische Villa. Ich gehe an der verwaisten Rezeption vorbei und folge den Hinweisschildern zum Büro meines Vaters. Auf dem Weg die Treppen hinauf, spüre ich keinen Schmerz im Bein, ich fühle überhaupt nichts mehr. Doch bevor ich sein Büro erreiche, entdecke ich Guy in Begleitung einer Schwester im Flur.

»Chloe?« Im ersten Moment lächelt er, in der Hand einen Stapel Notizen. »Was machst du denn hier?« Dann bemerkt er mein bleiches Gesicht und die roten Augen. Ich zittere vor Kälte. Vielleicht auch vor Wut. Guys Lächeln erstirbt. »Was ist los?«

»Wo ist mein Vater?« Er reicht der Schwester die Notizen und zieht mich beiseite.

»Er ist schon weg«, sagt er leise. »Hals über Kopf. Offenbar gab es ein Problem zu Hause.« Mir schießen die Tränen in die Augen. Ich will endlich die Wahrheit erfahren, und nun ist mein Vater nicht einmal hier. »Chloe, was hast du denn? Was machst du hier ganz allein?«

»Er belügt mich.« Guy dirigiert mich zu einem Stuhl. »Nein!«, brülle ich. Auf einmal sind die Augen aller Schwestern um uns herum auf mich gerichtet. Bestimmt halten die mich für eine Patientin, so wirr wie ich aussehe. »Ich muss zu ihm. Er soll mir die Wahrheit sagen.«

Ich stehe kurz vor dem Zusammenbruch, deshalb lasse ich mich von Guy auch mit sanftem Griff abführen. »Nicht in dem Zustand«, flüstert er. »Lass uns irgendwo ungestört reden.«

Nachdem wir eine Weile durch die Flure gegangen sind, setzen wir uns in einer Ecke auf ein Fensterbrett. Eine Gruppe fröhlicher Menschen zieht an uns vorbei. Ihr Anblick schlägt mir aufs Gemüt. Ich habe so viel verloren, bin so heftig belogen worden. Nachdem sie um die Ecke verschwunden sind, sieht Guy mich an.

»Nichts als Lügen. Er hat mir nichts als Lügen erzählt.«

»Wovon redest du?«

»Mein Mann ist am Leben. Mein Vater hat behauptet, er hätte sich meinetwegen umgebracht.«

Guy macht einen Schritt zurück, fährt sich mit den Fingern durchs Haar. An den Schläfen schimmern schon ein paar graue Strähnen durch. Dann nimmt er meine Hand und zieht mich sanft hoch. »Hier können wir nicht darüber reden. Nicht, wenn es um deinen Vater geht. Erzähl mir einfach alles im Wagen.«

Guy führt mich über eine ruhige Hintertreppe nach draußen. Es stürmt, der Regen hat etwas nachgelassen. Wir laufen über einen Parkplatz und setzen uns in sein Auto. Und bevor ich es verhindern kann, ruft er meinen Vater an und sagt ihm, dass ich bei ihm sei. Dass wir auf dem Weg nach Hause seien. Zu diesem Haus, diesem Ort, wo mich alle vor der Wirklichkeit abgeschottet haben. Wirklichkeit, denke ich lachend. Was ist das überhaupt? Für mich hat es keine Bedeutung mehr.

22.

Zu meiner Überraschung biegt Guy nach dem Ortsschild von Rusperford nicht hinter der Kirche links zu meinen Eltern ab. Stattdessen fährt er rechts auf den Parkplatz des Old Ghyll Hotels, das aussieht, als hätte sich die Spätgotik am Dorfrand noch ein letztes Mal aufgebäumt. Laut Jess haben wir zu Weihnachten manchmal hier gegessen.

Guy öffnet das verwitterte Holztor. Es schabt über den unebenen Schieferboden. Sofort weiß ich, dass ich dieses Geräusch kenne. Wir setzen uns an einen Tisch vor dem prasselnden Kamin, der Geruch von verbranntem Holz steigt mir zu Kopf. Hinter mir blinkt ein Weihnachtsbaum, der mit üppigen Goldschleifen und mit von Glöckchen verzierten Tannenzapfen geschmückt ist. Unter dem Baum liegen namenlose Geschenke, es herrscht eine Atmosphäre der Zufriedenheit: Teller klappern, Gläser klirren, das Feuer knistert, und der Wind treibt die Flammen den Schornstein hinauf. Zu meiner Enttäuschung kommt mir keine konkrete Erinnerung in den Sinn, obwohl ich garantiert schon einmal hier war.

»Ich weiß, dass du mit deinem Vater reden willst, Chloe, aber lass uns erst mal kurz zur Ruhe kommen.« Guy stellt zwei Gläser Rotwein vor uns hin. »Ich wusste nicht, was du willst.«

Kaum habe ich am Glas genippt, spüre ich auch schon die Wirkung des Alkohols. Die Hitze der Flammen aus dem Kamin kribbelt auf meiner Haut. Nach all den Stunden in der Kälte tut mir das gut. Guy hängt meinen Mantel an einen Haken an der Wand, damit er über dem Feuer trocknet. Er zieht den Stuhl nahe zu mir heran. »Was ist denn überhaupt passiert? Vorhin im Krankenhaus bin ich nicht aus dir schlau geworden. Und dein Vater war am Telefon ganz außer sich.«

»Wo soll ich anfangen?« Sofort rege ich mich wieder auf. Guy legt seine Hand schwer und warm auf meine. Die Geste fühlt sich fast beschützend an.

»Erzähl einfach von heute.«

Anfangs stocke ich noch. Doch nachdem ich berichtet habe, wie ich aus dem Haus geschlichen bin, platzt alles nur so aus mir heraus. Ich erzähle ihm, dass mein Vater gesagt hat, dass mein Mann tot ist und ich schuld daran bin, weil ich ihn verlassen habe. Dass er mir vorenthalten hat, dass ich als Zeugin geladen bin. Und ich sage auch, dass ich von DS Gray erfahren habe, dass es Unstimmigkeiten gibt, was den Tatort angeht, dass die Polizei Zweifel hat, und dass Andrew noch am Leben ist. Dass Joshuas Blut an meinen Kleidern gefunden wurde. Dass mein Vater mich hat glauben lassen, dass ich für Joshuas Tod verantwortlich bin, dass ich ihn getötet habe.

Guy kippt den Wein hinunter. Ich fummle an meinem Haar herum, versuche den Verband unter der Wollmütze zu verbergen. Wie nach einer Beichte fühle ich mich unendlich erleichtert. Nun mache ich mir bloß Sorgen, wie Guy reagieren wird.

Er reibt sich übers Kinn, lehnt sich im Stuhl zurück, faltet die Hände zu einer Schale. »Das sind ziemlich viele Infos. Warum sollte er dich so dermaßen belügen? Irgendwann kommt es ja doch raus. Immerhin bist du vor Gericht geladen!«

Ich nicke. »Warum denkt er sich überhaupt so was aus? Er hat mir gesagt, dass Andrews Asche im Meer verstreut worden sei. Dass es eine Beerdigung gegeben hätte.«

Guy fährt sich durchs Haar. Er sieht verwirrt aus. »Ich weiß nicht, aber du hast ja selbst schon mal gesagt, dass dein Mann wahrscheinlich ein schwieriger Mensch war. Dass es Probleme gab und er getrunken hat. Vielleicht wollte dein Vater dich nur schützen. Wenn dein Mann im anderen Wagen gesessen hat, ist das ja vielleicht auch gar nicht so unberechtigt.«

Ist es möglich, dass Andrew mir gefährlich werden könnte, dass ich Schutz brauche und mir mein Vater deshalb diese Lügen aufgetischt hat, damit ich nicht nach Andrew suche? In keinem der Flashbacks habe ich bislang Angst vor meinem Mann gehabt. Allerdings erinnere ich mich auch an fast gar nichts aus der Zeit.

»Aber es ist ja nicht nur das, was mein Vater gesagt

hat. Auch das, was die Polizei meinte: dass der Unfall keinen Sinn ergibt.«

»Wie meinst du das? Was genau hat dieser DS Gray gesagt?«

»Dass ich meinen Verletzungen nach keinen Sicherheitsgurt getragen haben kann, dass ich aber angeschnallt war, als man mich gefunden hat. Dass Joshuas Blut an meinen Kleidern war. Für mich ist das alles rätselhaft. Aber das Unheimlichste daran ist, dass ich weiß, dass der Beamte recht hat. Ich bin an dem Abend aus dem Wagen gestiegen. Ich erinnere mich, wie ich im Regen durch den Wald gelaufen bin. Ich sehe Joshua vor mir auf der Erde liegen …«

Ich verstumme. Guy wartet geduldig, bis ich mir die Nase geputzt und die Tränen weggewischt habe.

»Am logischsten erscheint mir, dass dieser Treadstone nach einem Strohhalm greift«, sagt er. »Sein Wagen war da. Die Schlüssel steckten. Soll er dich doch als Zeugin rufen. Soll er dir doch alles und jedes vorwerfen. Ich glaube nicht, dass das Gewicht hat, denn du brauchst nur zu sagen, was du weißt. Es gibt genügend Beweise, die ihn mit dem Tatort in Verbindung bringen.«

»Hätte ich lieber nicht zur Polizei gehen sollen?«

»Das habe ich nicht gesagt. Aber du kannst dich nicht einwandfrei erinnern. Und wenn Treadstone schuldig ist, soll er auch dafür bezahlen. Es wäre unfair, wenn er ungeschoren davonkommt, bloß weil du dich nicht erinnern kannst. Von dem, was du mir erzählt hast, scheint die Beweislast gegen ihn überwältigend.«

Und auch wenn das alles logisch klingt, was er sagt, und ich vor ein paar Stunden noch zugestimmt hätte, frage ich mich jetzt, ob es nicht doch Andrew war, der mir auf dem Friedhof nachgestellt hat.

»Wahrscheinlich hast du recht.« Ich schaue an meinen alten abgetragenen Sachen und nassen Schuhen hinunter. Guy wirkt dagegen wie aus dem Ei gepellt, ein ordentliches Hemd mit einem Pullover darüber. Sicher wundern sich die Leute, was er mit mir will. Ich sehe aus, als hätte man mich gerade japsend aus dem Wasser gefischt. »Ich komme mir so blöd vor, dass du mich jetzt nach Hause bringen musst.«

Er schüttelt den Kopf. »So sehe ich das gar nicht. Ich habe gerne geholfen. Ich weiß, wie das ist, wenn man jemanden verliert, den man liebt. Ich weiß, wie wichtig es ist, ausgiebig um das zu trauern, was man nicht mehr haben kann. Was man nicht ändern kann.« Er bekommt glasige Augen, und ich greife ganz instinktiv nach seiner Hand. Das bringt ihn zurück, und er sieht mich an. »Mein Bruder ist gestorben, als ich noch klein war. Es war schwer, darüber hinwegzukommen. Jahre später tut es noch weh.«

»Das tut mir wirklich leid.« Ich mag die Nähe, diese wenn auch noch so kleine Verbindung zu einem anderen Menschen. Gleichzeitig wird mir bewusst, wie viele Leute um uns herum sind. Das Hotel ist voll. Beobachten die uns? Darf ich das überhaupt, wo ich doch jetzt weiß, dass mein Mann noch am Leben ist?

»Ich bin dir wirklich sehr dankbar für deine Hilfe.

Echt nett von dir. Aber ich muss jetzt wirklich mit meinem Vater reden. Ich muss ihn konfrontieren.«

»Klar.« Er nickt, trinkt sein Glas aus und erhebt sich. »Komm, ich fahre dich. Und falls du noch was brauchst, ruf einfach an. Okay?« Er sucht in seinen Taschen nach einem Stift und schreibt seine Nummer auf einen Bierdeckel. »Hab keine Scheu. Selbst wenn du nur mal einen Freund zum Reden brauchst. Ich glaube, du kannst einen Freund gebrauchen.«

Er hält mir den Mantel hin. Mit den Händen streicht er den Wollstoff über den Schultern glatt. Und zu meiner Überraschung verspüre ich Lust. Es ist schon lange her, dass mich jemand Fremdes berührt hat, ich die Hände eines Mannes auf der Haut gespürt habe. Ich kann mich kaum noch an das Gefühl erinnern. Ich muss wieder an meine Mutter und Peter denken. Wer war der letzte Mann, den ich geküsst habe? War es wirklich mein Ehemann?

Verlegen unterbreche ich den Kontakt und stecke den Bierdeckel in die Tasche. Kurz darauf sitzen wir wieder in seinem Wagen und fahren zu meinen Eltern.

Als wir vorfahren, steht das Tor offen, und ein Streifenwagen parkt in der Einfahrt. Das Blaulicht erinnert mich an den Unfall. Im Arbeitszimmer und im Esszimmer sind die Fenster erleuchtet. Offenbar hat jemand Guys Wagen gehört, denn als wir halten, steht mein Vater schon in der Tür.

»Oh, Chloe, wir haben uns ja solche Sorgen gemacht«,

brüllt er, stürmt auf uns zu und nimmt mich in die Arme. Er drückt mich so sehr, dass ich kaum Luft bekomme. Ich versuche vergeblich mich aus seiner Umklammerung zu lösen.

»Guten Abend, Dr. Daniels«, sagt Guy beim Aussteigen.

Mein Vater hält mich auf Armeslänge von sich, beachtet Guy gar nicht. »Warum bist du einfach ohne ein Wort gegangen? Wir waren verzweifelt. Wie bist du überhaupt rausgekommen?«

Ich mache mir erst gar nicht die Mühe, auf seine dämliche letzte Frage zu antworten. Wie bin ich rausgekommen? Wurmt es ihn, dass ich ihn ausgetrickst habe? Ist das sein Problem? »Ich habe mit der Polizei gesprochen. Dann bin ich zu dir in die Klinik gegangen. Guy hat mich zufällig aufgelesen.«

»Ach ja?«, meint er empört. Noch ahnt er nicht, dass ich über seine Lügen Bescheid weiß, sonst würde er sich nicht trauen, sauer zu sein. Von Guy nimmt er nach wie vor keine Notiz. »Das mit der Polizei haben wir schon gehört. Worum ging es denn da? Die beiden wollen uns nichts sagen.« Er zeigt auf zwei uniformierte Beamte, die aus dem Haus treten. »Sie ist zurück«, ruft er. Einer der Beamten nickt müde. Meine Amnesie steht denen sicher schon sonst wo. Mein Vater dankt ihnen, und nachdem sie sich überzeugt haben, dass ich unversehrt bin, steigen sie in ihren Wagen und fahren davon.

»Oh, Chloe, du bist wieder da.« Meine Mutter eilt

auf mich zu. Doch ich wende mich von ihr ab. In dem Moment wirkt sie furchtbar enttäuscht. Sicher dachte sie, wir wären uns durch unser letztes Gespräch nähergekommen. Aber man kann nicht auf zwei Seiten gleichzeitig kämpfen. Man muss sich entscheiden.

Um die Situation wieder in den Griff zu kriegen, wendet sich mein Vater nun an Guy. »Vielen herzlichen Dank«, sagt er und schüttelt ihm die Hand. »Was für ein Glück, dass Chloe auf Sie gestoßen ist. Ich würde Sie ja gerne auf ein Glas reinbitten, aber Chloe ist sicher müde.« Doch so wie mein Vater mich aus den Augenwinkeln ansieht, weiß er, dass was im Busch ist. Er wirkt längst nicht mehr so selbstsicher.

»Kein Problem. Ich muss ohnehin nach Hause.« Guy winkt mir zu, verabschiedet sich mit einem Nicken von meinem Vater. »Bis morgen, Dr. Daniels.«

Als wir reingehen, umfängt mich sofort wieder kühles Licht und kalte Luft. Das gesamte Haus ist eine einzige Lüge. Und es spielt keine Rolle, was Guy über meinen Vater gesagt hat, dass er die besten Absichten hatte und mich beschützen wollte. Es spielt auch keine Rolle, dass meine Beziehung zu Andrew am Ende war. Als ich aus dem Koma erwacht bin, hätte ich vor allem eines gebraucht: die Wahrheit.

Mein Vater sieht mich an und schließt die Tür hinter mir. »Evelyn, bring mal eine Decke.« Dann versucht er mich aus dem Mantel zu pellen, doch in seiner Hektik kommt er mit dem Reißverschluss nicht klar. »Du bist ja vollkommen durchgefroren. Evelyn«, brüllt er diesmal. »Eine Decke, wird's bald.« Und dann murmelt er in seinen Bart, dass das Ganze nie passiert wäre, wenn er heute Morgen zu Hause gewesen wäre.

Ich stoße ihn von mir. »Was ist denn, Chloe?«

Ich sehe ihm direkt in die Augen. »Du bist ein Lügner, Dad.«

Er erstarrt. Angst überkommt ihn. Ihm bleibt die Luft weg.

»Was?« Mit den Händen sucht er Halt am Tisch.

»Ich habe gesagt, du bist ein Lügner. Du hast mir erzählt, Andrew sei tot.« Mein Vater öffnet den Mund, um zu widersprechen, überlegt es sich aber anders. Ihm wird klar, dass es keinen Zweck mehr hat, es abzustreiten. Dass ich es weiß. »Er ist am Leben. Die Polizei hat vor zwei Wochen mit ihm gesprochen. Warum hast du mich angelogen?«

Er löst sich vom Tisch, schleppt sich zur Treppe und setzt sich auf die unterste Stufe. Mein Mutter kommt aus der Küche dazu. »Was ist denn?«, fragt sie. »Was geht hier vor sich?«

Wo ist Jess? Die soll mir hier auch Rede und Antwort stehen. Hat sie nicht behauptet, ich könnte ihr trauen? Dabei hat sie mich auch vom ersten Tag an belogen.

»Ihr habt mich alle angelogen. Andrew ist noch am Leben.« Meine Stimme schwillt an, erreicht ihren Höhepunkt, als ich mich wieder meinem Vater zuwende. »Warum habt ihr das getan? Warum habt ihr behauptet, er sei tot?«

Mein Vater atmet tief durch. Meine Mutter sieht mich mit Tränen in den Augen an. Jess steht plötzlich in der Wohnzimmertür und senkt beschämt den Kopf. Schließlich ergreift mein Vater das Wort.

»Weil ich wünschte, er wäre es.«

Das Dumme war, dass ich irgendwann anfing, die Schuld bei dir zu suchen, Chloe. Und da habe ich dich gehasst. Zwischen Liebe und Hass liegt ein schmaler Grat, sagt man das nicht so? Ich sehe das anders. Für mich sind Liebe und Hass eins, mal schlägt die Waage mehr nach der einen, mal nach der anderen Seite aus. Schuld sind die Erwartungen. Denn wenn man jemanden liebt, beginnt man, Erwartungen zu haben, Ansprüche zu stellen. Und werden die dann enttäuscht, verwandelt sich die Liebe. Man glaubt, dass der Mensch, der einen liebt, einen auch beschützt. Aber du warst nie da, wenn ich dich gebraucht habe. Du hast mich immer im Stich gelassen. Du bist immer weggelaufen. Deshalb sind wir ja auch in dieser Scheißlage, aus der es anscheinend keinen Ausweg gibt.

Denn jetzt willst du mich hinter dir lassen, wie Dreck, den man sich von den Schuhen kratzt. Da ist nichts mehr, kein Grund für dich zu bleiben. Woran liegt das? Hat das Neue seinen Reiz verloren, sich abgenutzt, ist verpufft wie ein bengalisches Feuer? Ist es so? Liegt es an mir, an meinen Problemen? Ich glaube schon. Ich habe gespürt, dass du dich beim letzten Mal nicht mehr so eng an mich geschmiegt hast. Nachdem wir uns geliebt hatten, lag dein Bein hölzern neben meinem, sonst hast du es immer seidig mit meinem verschlungen.

Aber ich ertrage es nicht, von dir getrennt zu sein, Chloe. Ich schaffe es nicht allein, nicht mehr. Jedes Mal, wenn du gehst, hasse ich dich, und dann vermisse ich dich wieder und liebe dich mehr als zuvor.

Jedenfalls fast.

Und da ist sie wieder, die Waage.

Liebe und Hass. Liebe. Hass.

Nun warte ich wieder, allein, bis du zurückkommst. Ich weiß wirklich nicht, welches Gefühl überwiegt.

23.

»Was?« Mir zittern die Hände. Ich fasse es nicht. »Du wolltest, dass Andrew tot ist, und deshalb hast du es mir so verkauft?« Meinem Vater passt es ganz offensichtlich nicht, dass er überführt wurde. Ihm scheint es kein bisschen leidzutun, er wirkt eher schicksalsergeben.

»Das verstehst du nicht, Chloe.«

»Nein. Das verstehe ich wirklich nicht.« Ich habe einen trockenen Mund, einen Metallgeschmack auf der Zunge. In meinem Kopf hämmert es. »Warum wünschst du dir, dass er tot wäre?«

Reglos steht meine Mutter daneben, als mein Vater tief Luft holt. »Da gibt es so viel, an das du dich nicht mehr erinnerst. Ständig war Andrew verschwunden … und wenn er da war, gab es nur Probleme. Weißt du, wie oft du mich verzweifelt angerufen hast?« Wenn er von mir Verständnis erwartet, hat er sich geschnitten. »Erinnerst du dich denn gar nicht mehr?« Nun bettelt er geradezu. »Wie oft musste ich kommen und dich vor Andrew in Sicherheit bringen, weil er betrunken und wütend nach Hause gekommen ist. Er war ein schlimmer Säufer. Und habe ich dir nicht gesagt, dass ich schon die ganze Zeit die Hypothek für euer Haus bezahle?« Trotzig sieht er mich an. »Ich habe eine Chance gesehen, dir zu helfen, einen klaren Schnitt zu machen. Die habe ich ergriffen.«

»Mir zu helfen? Du hast behauptet, er hätte sich meinetwegen das Leben genommen«, sage ich angeekelt. Und zum ersten Mal während dieses Gesprächs sehe ich einen Anflug von Scham. Offenbar zweifelt er doch ein wenig an sich. Er lässt den Kopf hängen.

»Ein Fehler.«

»Ein Fehler? Mehr hast du dazu nicht zu sagen? Warum hast du das getan?« Daraufhin schweigt er. Allmählich verlassen mich die Kräfte, das zeigt sich auch an meiner Stimme. »Wie konntest du mich das glauben lassen?«

»Ich … ich habe eine Möglichkeit gesehen, die Sache zu beenden. Ich dachte, wenn du dich für seinen Tod verantwortlich fühlst, würdest du nicht weiter nachfragen. Und die Sache auf sich beruhen lassen. Ich wollte, dass du in die Zukunft schaust.«

Ich laufe in der Halle auf und ab, hinterlasse nasse Fußspuren. »Dad, Andrew ist mein Ehemann. Es war mein gutes Recht zu erfahren, dass er noch lebt. Dass ich verheiratet bin. Und es stand dir nicht zu, es vor mir zu verheimlichen.«

»Weiß ich doch, Chloe. Aber ich wollte dich doch nur beschützen, mehr nicht. Ich habe es dir zuliebe getan.«

»Mir zuliebe? Vor wem wolltest du mich denn beschützen?«

Sein Blick wandert zu meiner Mutter, dann zum Boden. Als er wieder aufblickt, wirft er sich in die Brust, macht sich groß. Vielleicht kann er sich nur so selber davon überzeugen, das Richtige getan zu haben. »Vor einer Ehe, die dir nur noch mehr Unglück gebracht hätte«, sagt er leise.

Und dann kommen die Erinnerungen zurück, Bruchstücke der Vergangenheit stürmen auf mich ein. Während mein Vater sein Geständnis ablegt, bin ich vollkommen davon überzeugt, dass er Andrew von Anfang an nicht leiden konnte, schon damals nicht, als er uns in der alten Mühle überraschte. Da waren wir fast noch Kinder.

Es war an einem Freitagabend. Ich war oben in meinem Zimmer und habe Englischhausaufgaben gemacht. Im Zusammenhang mit Shakespeares *The Tempest* sollten wir einen Aufsatz über Vergebung schreiben. Die Stereoanlage spielte leise *Joshua Tree* von U2. Ich hörte meinen Vater schimpfen und meine Mutter irgendetwas entgegnen. Ihre Stimmen waren gedämpft, keine Ahnung, worum es ging. Aber Streit war an der Tagesordnung, das ging die ganze Woche so. Ich drehte die Musik auf, legte mich aufs Bett und hörte mit geschlossenen Augen *With or Without You*. Dann rief ich Andrew an, und wir verabredeten uns für eine Stunde später in der alten Mühle.

Ich vergrub den Kopf im Kissen. Zwanzig Minuten später klopfte es an meiner Tür. Musste mein Vater sein, sonst klopfte nämlich keiner. Seit ich Brüste bekommen hatte, kam er nicht mehr ungebeten in mein Zimmer. Eine natürliche und unüberbrückbare Hürde, für die ich dankbar war. Ich setzte mich im Bett auf und drehte die Musik leiser.

»Komm rein.«

Als er die Tür öffnete, war ich sprachlos. Er sah völlig fertig aus, hatte rote Augen. Ich hatte meinen Vater noch nie weinen sehen, aber er musste geweint haben. Das Haar war zerzaust, die Wangen gerötet. In seinem Hemd war ein Riss, durch den die Haut schimmerte.

»Ich brauche deine Hilfe«, sagte er. Weil ich von seinem Aussehen so geschockt war, folgte ich ihm ohne zu fragen. Mit großem Unbehagen trabte ich hinter ihm her, ich konnte kaum noch schlucken, so trocken war mein Mund.

Zu dem Zeitpunkt hatte ich meine Mutter schon in allen möglichen Verfassungen erlebt: mit dem Kopf in der Kloschüssel, tagelang im Bett liegend, mit blutigen Verletzungen, weil sie gestürzt war. Momente, in denen deutlich wurde, wie zerbrechlich unser Leben war. Auch wenn sich meine Mutter meistens zusammenriss, wusste selbst Jess mit ihren vier Jahren, dass hinter jeder Ecke schon die nächste Katastrophe wartete. Es konnte einem jederzeit passieren, dass man einen Schrank öffnete und statt Waschzeug oder Lebensmitteln Alkohol fand. Wir kannten das schon, schoben die Flasche beiseite, taten so, als wäre nichts.

Durch das große Giebelfenster sah ich in die Dämmerung hinaus. Es war kalt, die Sonne versank hinter Willow's Wood. Der Himmel war so klar, dass sich schon die ersten Sterne zeigten. Es wehte kein Lüftchen, es war so still, dass ich auf die Entfernung River Mole rauschen hörte. Wie ich mich nach dem Fluss sehnte. Doch stattdessen stand ich mit meinem Vater vor der Schlafzimmertür meiner Eltern. Mein Vater packte die Klinke so fest, dass die Handknöchel weiß hervortraten, und drehte sich zu mir um.

»Du musst was für mich tun.« Dann ließ er den Türgriff los und richtete erst mal seinen Manschettenknopf. »Du musst mit deiner Mutter reden.«

»Worüber?« Im Moment sprachen wir nicht viel miteinander, tauschten uns eher über die Entfernung aus, das schien sicherer. Ich schrieb Zettel mit der Information, wann ich am Wochenende vom Klavierunterricht abgeholt werden sollte, und legte sie in die Küche. So musste ich mich nicht mit ihren extremen Stimmungsschwankungen herumschlagen.

»Deine Mutter packt ihre Koffer.« Mein Vater trat einen Schritt zurück und musterte sich im Flurspiegel. So wie er den Kopf schüttelte, gefiel ihm wohl nicht, was er sah. »Sie will uns verlassen, Chloe. Offenbar hat sie was Besseres gefunden. Aber das dürfen wir nicht zulassen. Sie darf das Haus nicht verlassen. Darf dich nicht verlassen. Sie ist deine Mutter. Sie gehört hierher.«

Obwohl ich die ganze Zeit verständig mit dem Kopf genickt hatte, fand ich die Idee gar nicht so schlecht. Nicht, dass ich sie los sein wollte. Aber irgendwie tat ihre Anwesenheit hier keinem gut. Inklusive ihr selbst.

Was Beziehungen anging, war mir vieles unklar. Ich konnte mir keinen Reim darauf machen. War der Einzelne schlecht und voller Probleme, oder lag es an der Kombination zweier Menschen, die zum Streit führte? Wenn meine Mutter ging, würde sie dann mit dem Trinken aufhören? Oder würde sie einfach so viel trinken, wie sie wollte, weil keiner mehr da war, der sie aufhalten konnte? Würde mein Vater netter werden, oder würde sich seine Wut und Kontrollsucht gegen jemand anderen richten? Gegen mich vielleicht? Oder, schlimmer noch, gegen Jess?

»Was soll ich denn da machen?«

»Du sollst ihr sagen, dass sie bleiben muss. Dass du uns beide brauchst. Dass du ohne sie nicht klarkommst.«

Das war nun echt gemein, für wen sollte ich mich entscheiden, für mich oder für sie. Im Grunde war sie es ja, die nicht klarkam. Vielleicht musste sie uns verlassen, um sich selbst zu retten. Das verstand ich ein wenig. Doch ich war auch egoistisch und hatte keine Lust, im Alltag ohne sie auszukommen.

»Und sag ihr, dass Jess auch nicht klarkommen würde.« Seine Stimme war nunmehr ein Flüstern. Mit dem Kopf deutete er zur Tür, öffnete sie und schob mich ins Zimmer, ohne meine Zustimmung abzuwarten. Interessierte es ihn überhaupt, was ich wollte?

Im Schlafzimmer waren Geräusche zu vernehmen. Auf dem Bett stand eine Tasche, überall lagen Klamotten verstreut, als hätte es eine Explosion gegeben. Auf dem Nachttisch stand eine halbleere Flasche mit einer klaren Flüssigkeit. Ich schaute mich um, konnte meine Mutter nirgends entdecken. Eine halbhohe Lampe schien quer durch den ganzen Raum und tauchte das Bett in blutrotes Licht. Und da entdeckte ich sie in der hintersten Zimmerecke.

Auf allen vieren kam sie angekrochen wie ein Tier und war kaum noch als meine Mutter zu erkennen. Als mein Vater das Deckenlicht einschaltete, versuchte meine Mutter, dem grellen Strahl zu entkommen. Ich drehte mich zu ihm um. Mit verbissenem Gesichtsausdruck stand er da. In dem Moment war mir klar, dass er sie mit dem Licht blenden, sie einschüchtern wollte. Sich rächen.

»Los, sag schon, was du sagen wolltest!«

Daraufhin machte ich ein paar Schritte ins Zimmer. »Mum?« Ich fragte, als sei ich nicht sicher, ob sie es wirklich war. Ihre Augen waren vom Weinen verquollen, das Make-up verlaufen.

»Chloe?« Als sie mich erkannte, schien Leben in sie zu kommen. Hilfesuchend sah ich mich zu meinem Vater um, doch der hatte den Blick abgewandt. Ich hockte mich neben sie und nahm sie in den Arm. Schwankend versuchte sie, auf die Beine zu kommen. »Was willst du mir denn sagen?« Ihre Worte klangen verwaschen, ihr brach die Stimme.

Sanft zog ich sie auf den gelben Plüschteppich und setzte mich neben sie. Aus der Nähe war ihr Atem beißend.

»Du darfst nicht gehen, Mum.« Mann, fühlte ich mich schlecht. »Bitte bleib doch.«

Meine Mutter streckte die Hand nach mir aus, strich mir über die Wange. Ihre Hand war warm und klebrig. Dann fing sie an zu weinen. »Chloe, ich …«

Doch ich fiel ihr ins Wort. Wollte, dass sie blieb. Brauchte sie. In dem Moment habe ich mein Leben über ihres gestellt. Ich schaute zu der Tasche auf dem Bett und wusste, dass ich sie umstimmen musste. »Ich brauche dich hier, Mum. Jess braucht dich. Du kannst uns nicht verlassen.«

»Ohne mich seid ihr besser dran«, schniefte sie. »Ich muss gehen, das ist das Beste für alle.«

Und dann begann ich zu weinen. »Bitte, Mum. Ich schaffe es nicht allein.« Sofort wusste sie, was ich meinte. Dass ich nicht allein mit ihm bleiben wollte. »Bitte?«

Und mehr bedurfte es nicht. Nur das Wort eines Kindes an seine Mutter. Sie nickte, eine Träne fiel ihr auf den Rock, ein dunkler Fleck auf cremefarbenem Leinen. »Gut, Chloe. Aber hör bitte auf zu weinen. Ich bleibe, versprochen.«

Dann hörte ich, wie sich mein Vater aufs Bett setzte. »Chloe, wenn du nichts dagegen hast, möchte ich jetzt mit deiner Mutter allein sprechen.« Als hätte ich eine Wahl und könnte mich ihm widersetzen.

Meine Mutter nickte, strich mir sanft übers Bein, und ich erhob mich. Mit gesenktem Kopf ging ich zur Tür. Als ich mich noch einmal umdrehte, sah sie mich an. War sie nun erleichtert oder verbittert, dass ich sie zum Bleiben überredet hatte? Vielleicht von beidem etwas. Während ich die Schlafzimmertür schloss, hörte ich sie sagen: »Wie konntest du mir das antun?« Ich hoffte, dass es meinem Vater und nicht mir galt.

Ich lief zur Treppe, musste weg hier. Als ich die ersten Stufen hinunterging, hörte ich hinter mir eine Tür klappen. Eigentlich wollte ich mich nicht umdrehen, aber dann ertönte ein kleines Stimmchen.

»Kann ich mitkommen?« Jess stand in der Kinderzimmertür. Sie war in Schuhen und Mantel, sah mich mit großen Augen bettelnd an.

Ich schüttelte den Kopf. »Nein, Jess. Geh wieder zurück ins Bett. Es ist schon längst Schlafenszeit.«

Jess kam ein paar Schritte näher. Kinderhandschuhe baumelten ihr an einer Kordel um den Hals. »Aber ich bin fertig angezogen.« Zum Beweis hielt sie die Hände hoch.

»Ich habe nein gesagt. Ich treffe mich jetzt mit Andrew. Das ist nichts für kleine Kinder.« Und damit rannte ich die Treppen hinunter und durch die Hintertür davon.

Es war eisig, als ich in die Nacht hinausstürmte, ich bekam eine Gänsehaut. Als ich durch den Garten lief, konnte ich meinen Atem sehen. Ich ging über die Brücke zur alten Mühle, wo ich unter das Laken kroch und auf meinen Retter wartete. Ein paar Minuten später kam er schon. Er stellte keine Fragen, sondern schlüpfte einfach zu mir unters Laken. Ich schmiegte mich in seine

Arme, genoss seine beruhigende Nähe. Keine Ahnung, wie lange wir dort lagen.

Irgendwann erzählte ich ihm dann, was passiert war. Er hörte mir ungläubig zu, zog mich noch enger an sich. Den Kopf in seiner Halsbeuge vergraben, spürte ich seinen Puls. Im Wald schrie eine Eule.

»Im Gegensatz zu deiner Familie kommt mir meine fast normal vor.« Er lachte, aber nicht ohne Schmerz, denn so ganz stimmte das nicht. Ich war schon bei ihm zu Hause gewesen und wusste, dass seine Familie alles andere als normal war.

»Was soll ich nur machen?«, fragte ich. Bestimmt wusste er eine Antwort darauf.

Und tatsächlich. Warm spürte ich seine Lippen auf meiner Haut, kalt seine Hände, die ungeschickt an meinen Klamotten herumfummelten. Ich trug noch die Schuluniform, also zog er mir den Pullover aus und schob mir seine eisigen Hände unter die blaue Bluse. Ich schrie auf. Er hielt inne, sah mir in die Augen und flüsterte: »Bleib bei mir. Zusammen wird alles gut.«

Auch wenn es eine leere Versprechung war und bezeichnend für das, was noch kommen sollte. In dem Moment aber war es genau das, was ich brauchte.

Kurz darauf waren wir beide halb nackt, ich lag unter ihm auf den Mehlsäcken. Hatte die Augen geschlossen, krallte mich an seinen Schultern fest, während er sich auf mir bewegte. Es war unser erstes Mal. Ich zitterte, aber diesmal nicht vor Kälte. Mit den Lippen schmeckte ich das Salz auf seiner Haut. Ich fühlte mich warm und geborgen. Und dann ertönte ein lautes Klicken, ich riss die Augen auf.

»Runter von ihr«, sagte mein Vater und bedeutete Andrew mit einer Waffe, von mir abzulassen. Ich erkannte sein Jagdgewehr. Tontauben und Wildgeflügel schoss er damit. Andrew glitt von mir herunter, knöpfte sich eiligst die Hose zu. Mein Vater packte mich am Arm und zerrte mich auf die Beine, während ich mich mit der halboffenen Bluse zu bedecken versuchte. Erschrocken und angewidert wandte er den Blick von meiner entblößten Brust. Ich wollte nur noch weg. Vor allem wollte ich meinen Vater dort wegschleifen, aber der hielt noch immer das Gewehr auf Andrew gerichtet. Er drückte ihm den Lauf an die Stirn. Andrew erstarrte. Aus der Ferne erklang das Wiehern der Pferde.

»Bitte, Dad.« Doch ich konnte bloß zusehen, wie er die Waffe noch fester umklammerte. Er schob mich beiseite, und ich stolperte rückwärts gegen einen Balken.

»Wenn du ihr noch einmal zu nahe kommst, bringe ich dich um.«

Andrew sagte nichts. Rührte sich nicht. Auch mein Vater verzog keine Miene. Eine Weile standen wir alle reglos da, die Dielen knarzten unter unserem Gewicht. Dann wandte sich mein Vater an mich: »Geh zurück nach Hause.«

Ich schüttelte den Kopf. Wollte mich weigern. Andrew beschützen, so wie er versucht hatte, mich zu beschützen. »Was hast du vor?«

Leise und ruhig sagte mein Vater: »Du sollst zurück

nach Hause gehen, habe ich gesagt.« Ich schaute zu Andrew, der nickte. So trotzig hatte ich ihn noch nie erlebt. Er wirkte nicht mal ängstlich. Vielleicht war er auch Tyrannen gewöhnt.

Mit meinen Kleidern unter dem Arm trat ich den Rückzug an, wartete auf der anderen Seite der Brücke, wo ich mich hektisch anzog. Kurz darauf erschien mein Vater, zog die Waffe am Boden hinter sich her. Er baute sich vor mir auf. »Du wirst diesen Jungen nie wiedersehen.«

Ich nahm all meinen Mut zusammen. »Dad, ich …«

Er schlug mir so heftig ins Gesicht, dass ich hinfiel. Meine Wange brannte wie Eis und Feuer zugleich. Er hatte mich noch nie geschlagen.

»Wenn du dir einbildest, dass ich zulasse, dass du so eine Schlampe wie deine Mutter wirst, die den Männern hinterherrennt, hast du dich aber getäuscht.« Unbarmherzig riss er mich auf die Füße und schleifte mich nach Hause. Ich wollte zu Mum, wollte ihr sagen, dass wir abhauen müssen, ihn gemeinsam verlassen sollten. Aber nachdem ich sie gerade zum Bleiben überredet hatte, konnte ich sie schlecht bitten, ihn nun meinetwegen doch zu verlassen.

In der Nacht sah ich von meinem Fenster aus, wie er die Brücke mit Benzin überschüttete und anzündete, mir meinen Fluchtweg nahm. Von da an hatte er alles wieder fest unter Kontrolle.

Später, als die Flammen schon erloschen waren und

bloß noch weißer Rauch von der Zerstörung meiner Zufluchtsmöglichkeit und dem Beginn einer neuen Herrschaft kündete, stand mein Vater plötzlich in der Tür. Ich gönnte ihm die Genugtuung nicht und stellte mich schlafend. Von jetzt an wollte ich gar nichts mehr für ihn sein. Und mein Vater machte seine Position klar, indem er mich am Arm packte. Er drückte fest zu, um mir zu zeigen, wer hier das Sagen hatte. Er tat mir mit Absicht weh.

Leise und völlig emotionslos sagte er: »Ich würde alles tun, um dich zu beschützen, Chloe. Vergiss das nie.« Und damit küsste er mich auf die Stirn und verließ das Zimmer.

24.

Das Geschrei und Geheul, Gejammer und Gebrüll dauert bestimmt zwei Stunden. Ich knöpfe mir jeden von ihnen einzeln vor, beschuldige sie und drohe ihnen. Drohe, dass ich sie verlassen und sie mich nie mehr wieder zu Gesicht bekommen werden. Drohe, dass ich zu mir nach Hause gehen werde. Die ganze Zeit über hat mich mein Vater glauben lassen, dass ich für Andrews Tod verantwortlich bin, dass ich meinen Wagen mit Absicht gegen einen Baum gefahren und dabei meinen Sohn getötet hätte. Alles Quatsch. Schlimmste Lügen.

»Ich bleibe hier nicht länger«, sage ich mehr zu mir selbst. »Ich kann nicht mehr mit euch zusammen sein.«

»Sei nicht albern, Chloe. Draußen ist es eisig kalt.« Mein Vater rennt an mir vorbei zur Haustür und stellt sich davor. »Du kannst doch nirgendwo hin.«

»Ich habe mein eigenes Zuhause, Dad.« Im Hintergrund weint meine Mutter. »Ich hatte ein eigenes Leben.«

»Da kannst du nicht hin. Bleib bei uns, Chloe. Ich helfe dir, versprochen.« Mein Vater macht einen Schritt auf mich zu. »Außerdem kannst du nicht alleine bleiben.«

»Warum nicht? Ihr lasst mich doch die ganze Zeit alleine. Und vielleicht bin ich auch gar nicht allein, vielleicht ist Andrew ja da. Tot ist er ja offenbar nicht, oder?« Ihm steht die Scham ins Gesicht geschrieben. Doch diesmal erkenne ich, dass er im Grunde nur bedauert, dass seine Lügen aufgeflogen sind. Und da kommt mir ein Gedanke. Was, wenn ich zu mir nach Hause gegangen und dort auf Andrew gestoßen wäre? Was hätte mein Vater dann getan? »Wie hast du dir das eigentlich weiter vorgestellt?«

»Wie meinst du das?«, fragt mein Vater.

»Wie wolltest du die Lügen aufrechterhalten? Irgendwann hätte ich es doch rausbekommen.«

Nach einer Weile hebt er die Hand. Obwohl ich vor ihm zurückweiche, umschließt er mein Kinn mit seiner Pranke. »Du Arme. Du hast echt keine Ahnung, wen du da geheiratet hast. Wenn die betreffende Person mitmacht, lässt sich eine Lüge ganz leicht aufrechterhalten.«

Ich schnappe nach Luft. »Was willst du damit sagen?«, frage ich leise, denn ich glaube, ich weiß schon, was er sagen wird. Nur will ich es nicht wahrhaben. »Ich mache da nicht mit.«

»Dich meine ich nicht, Liebling. Andrew. Mit einem Blankoscheck war die Sache erledigt.« Er schüttelt den Kopf. »Aber es ist mir jeden Pfennig wert, wenn ich dir damit deine Freiheit zurückgekauft habe.«

Das ist mehr, als ich verkraften kann. Mir verschwimmt alles vor den Augen, mein Kopf fühlt sich an wie mit Watte gefüllt. Ich habe keine Energie, keinen Kampfgeist mehr. Erschöpft sinke ich zu Boden. Meine Mutter stürzt zu mir. Nachdem sie eine Weile um mich herumgewuselt ist, tritt mein Vater wieder zu mir.

»Es war eine Gelegenheit, einen klaren Schnitt zu machen, nachdem dieser Mann dein Leben ruiniert hat. Es war zu deinem Besten, Chloe. Ohne ihn bist du besser dran.«

Widerstandslos lasse ich mich von ihm hochheben und ins Bett tragen. Dort liege ich stundenlang allein in der Dunkelheit. Zwischendurch klopft meine Mutter ein paarmal an die Tür, bittet um Einlass. Irgendwann kommt sie einfach herein, kühlt mir den Kopf mit einem nassen Tuch, deckt mich zu, küsst mich auf die Wange. Als mir die Manschette des Blutdruckmessgeräts den Arm einschnürt, stehen mir lebhaft Bilder aus dem Krankenhaus vor Augen. Ein Mann beugt sich über mich, befühlt meinen Kopf. Es ist mein Vater, ich erkenne ihn am Bart. »Ich mache alles wieder gut, Chloe. Versprochen.« Dann schlafe ich wieder ein. Das Licht geht immer mal wieder an. Doch ich dämmere erneut weg.

Als die Dielen vor meinem Zimmer knarren, werde ich wieder wach. Ich glaube, es ist Jess, meine Mutter bewegt sich nicht so schnell, und mein Vater hat nicht so einen leichten Schritt. Jess klopft erst gar nicht an. Sie kommt einfach herein, schließt die Tür hinter sich. Dann setzt sie sich zu mir aufs Bett, durch ihr Gewicht sinkt die Matratze ein.

»Tut mir leid, Chloe. Ich habe nicht mit Absicht gelogen.« Wie kann sie es wagen? Von wegen, nicht mit Absicht! Als ich ihr von dem Jungen in meinen Träumen erzählt habe, hat sie mir ins Gesicht gelogen. Da hätte sie mir von Joshua erzählen können, hat sie aber nicht. Aber ich bin so durcheinander. Kriege meine Gedanken nicht so weit zusammen, dass ich ihr sagen könnte, wie es in mir aussieht. Mich schaudert, Jess hat die Kälte von draußen mitgebracht. Sie wischt sich eine Träne aus dem Gesicht. »Anfangs haben die mich auch angelogen. Und als ich dann die Wahrheit herausbekommen habe, war es zu spät, da wollte ich's für dich nicht noch schlimmer machen.«

»Du hast gelogen«, sage ich, als ich endlich die Sprache wiederfinde. Ein wenig wirr stoße ich die Worte hervor, aber für mich klingt es plausibel. »Und zwar mit voller Absicht. Du hättest mir die Wahrheit sagen können, hast dich aber für seine Seite entschieden.« Ergeben nickt sie, steht auf und geht zur Tür. Als sie die Klinke ergreift, sage ich: »Von ihm bin ich die Lügen ja gewohnt. Ich weiß auch wieder, wie herrschsüchtig er immer schon war. Aber von dir? Du meintest, dass wir uns immer alles erzählt haben. Dass du hoffst, dass ich dir wieder vertraue. Wie soll ich dir vertrauen, wenn du mich in solch entscheidenden Dingen belügst?« Jess kämpft mit den Tränen, hält sich an der Türklinke fest. »Du hättest mir sagen sollen, was du weißt.«

Sie sieht mich an. »Und hättest du mir dann auch alles gesagt, Chloe?« Ihre Worte lassen mich verstummen.

»Ich habe dich mit Dad gehört. Ich habe mitbekommen, dass du dich teilweise wieder an den Unfall erinnerst, dass du nach deinem alten Leben suchst, als würdest du Andrew noch lieben. Du bist auch nicht ehrlich, also kannst du es auch von mir nicht verlangen.«

»Ich habe Andrew geliebt.« Ich setze mich auf.

Gereizt schüttelt sie den Kopf. »Wie du meinst. Aber du solltest am ehesten verstehen, dass es manchmal besser ist, nicht alles zu wissen. Dass Lügen manchmal weniger schmerzen.« Und damit macht sie die Tür hinter sich zu und lässt mich im fahlen Licht der Nachttischlampe allein.

Meine Mutter kommt am nächsten Morgen ins Zimmer, während ich noch schlafe. Sie zieht die Vorhänge zurück und blickt strahlend aus dem Fenster, als hätte ich den gestrigen Abend ganz falsch in Erinnerung. Habe ich das? Meine Mutter dreht sich mit einer Tasse Tee zu mir herum, der Dampf steigt vor ihr auf.

»Guten Morgen.« Irgendwie wirkt sie überdreht, trommelt mit den Fingern gegen die Tasse. Und obwohl es noch so früh ist, ist sie frisiert und geschminkt. Um die Augen hat sie einen dunklen Lidstrich gezogen, und ihre Lippen glänzen rosa. Ein Netzwerk aus vielen Fältchen zeugt in ihrem Fall weniger von einem Leben an der frischen Luft, sondern vor allem von einem Alltag unter der Knute meines Vaters. »Es ist ein herrlicher Tag draußen.«

»Das Wetter interessiert mich nicht.« Unter der Decke ziehe ich die Knie an die Brust. »Ich verlasse euch heute.«

Lächelnd schüttelt sie den Kopf. Offenbar hält sie mich für total naiv. »Überleg doch mal, Chloe. Gestern Abend warst du außer dir, wolltest weglaufen. Aber das war gestern, heute geht es dir besser, das sehe ich doch. Und draußen erwartet dich ein neuer Tag. Jeder Tag ist ein …«

Ich unterbreche sie, denn ich weiß schon, was kommt. Ich erinnere mich, wie meine Mutter hier an meinem Bett gesessen hat und mir die gleichen leeren Versprechungen gemacht hat. »… ein neuer Anfang. Ja, Mum, das kenne ich schon.« Das war ihr Mantra nach jenem Abend gewesen, an dem ich sie zum Bleiben überredet hatte. Später habe ich es mir zu eigen gemacht und damit Joshua getröstet, wenn Andrew mal wieder zu tief ins Glas geschaut hatte. Doch es kam kein neuer Anfang, und Joshua wusste es. Was für ein Leben! Lauter Versprechungen, die dann immer wieder von dem Menschen gebrochen werden, der einen vermeintlich am meisten liebt.

»In dem Fall solltest du mir endlich glauben.« Mit einem Lächeln setzt sie sich zu mir aufs Bett und stellt den Tee auf den Nachttisch.

»Dir glauben? Du machst wohl Witze? Ich verlasse euch heute. Ihr habt mich angelogen. Ihr alle. Ich kann hier keinen Tag länger bleiben.« Meine Mutter wendet beschämt den Blick ab. »Er hat mir gesagt, dass ich meinen Ehemann auf dem Gewissen habe.«

»Ich weiß, und es tut mir auch so leid.« Sie legt ihre Hand auf meine. »Ich habe ihn gedrängt, dir die Wahrheit über Andrew zu sagen. Wirklich.« Für einen kurzen Moment schöpfe ich Hoffnung, doch es folgt eine winzige Pause. Gleich kommt ein »aber«. »Aber als mir dein Vater noch mal vor Augen geführt hat, was du alles mit Andrew durchgemacht hast, dachte ich, dass es vielleicht besser wäre, wenn du dich nicht mehr erinnerst. Du kennst ja deinen Vater, Chloe. Ich habe mich einfach nicht getraut, mich gegen ihn zu stellen.«

Auf ihrer Stirn glänzen Schweißperlen. Wie kann ich ihr das verübeln? Mein Vater hat uns beiden mit seiner Kontrollsucht das Leben schwer gemacht.

»Vielleicht hast du es tatsächlich für das Beste gehalten, aber das war es nicht. Und es wäre jetzt gut von dir, wenn du mir sagst, wo Andrew ist.«

»Aber er hat das Geld genommen, Chloe. Warum willst du nach ihm suchen?«

»Ich muss wissen, was an dem Unfallabend passiert ist. Warum ich nicht zum verabredeten Treffen gekommen bin. Weißt du, dass er unter Verdacht steht?«

Überrascht sieht sie mich an. »Andrew? Ein Verdächtiger?« Ihr Blick wandert zu Boden, sie überlegt. »Na ja, er war immer ziemlich sprunghaft. Er hat von Anfang an nichts getaugt.«

Doch das stimmt nun wirklich nicht. Ich weiß inzwischen wieder Dinge über den Mann, den ich geheiratet habe. Die Momente in der alten Mühle, unsere Ausflüge zur Seebrücke. Viel ist es noch nicht, aber zumindest genug, um zu wissen, dass nicht alles schlecht war. Und als ich gestern von der Seebrücke zur Promenade hinüberblickte, fiel mir wieder dieser Traum ein, in dem ich mit Joshua am Strand saß und aufs Wasser sah. Ich bin überzeugt davon, dass ich mich noch am gleichen Tag entschieden habe, Andrew zu verlassen. Es war der Tag, an dem Joshua zu mir sagte, dass jeder Tag gleich wäre und sich nie etwas ändern würde. In der Nacht ist mein Entschluss gefallen. Doch ich habe Andrew nicht verlassen, weil ich ihn gehasst habe. Ich habe ihn verlassen, weil wir etwas Besseres verdient hatten. Allen voran Joshua.

»Verdächtiger hin oder her, es gibt wichtigere Dinge, um die wir uns jetzt kümmern müssen. Steh auf und zieh dich an. Dein Vater wartet unten auf dich.«

»Ich gehe nicht …«

Doch sie lässt mich nicht ausreden. »Du musst, Chloe.« Und in dem Moment ist von dem Teamgeist, den sie gestern Nacht noch beschworen hat, nichts mehr übrig. »Wenn du nicht gehst, kommt er hoch. Also gehst du besser gleich.«

25.

Erst dachte ich, Mum stünde unter seinem Bann, würde aus Angst mitziehen. Doch so eingeschüchtert kommt sie mir gerade gar nicht vor. Ängstlich sehe ich ihr hinterher, als sie das Zimmer verlässt. Ich fürchte mich vor dem, was hier gerade passiert. Dass ich darauf keinen Einfluss habe. Ich traue meiner Mutter nicht, auch wenn sie mir versichert, dass alles gut wird, wenn ich mir nur helfen lasse. Ich traue ihr nicht, auch wenn sie behauptet, auf meiner Seite zu sein, dass mein Vater alles zu verantworten hätte und sie nur seinen Anweisungen gefolgt sei.

Ich ziehe mir warme Sachen und ein Paar feste Turnschuhe an. Unten erwartet mich ein ziemliches Chaos, was zu dem passt, was mir meine Mutter in der Nacht zuvor erzählt hat. Hier scheint die Ordnung abhandengekommen zu sein: verwelkte Blumen liegen auf dem Tisch in der Halle verstreut. Ich entdecke einen Wasserfleck, den niemand weggewischt hat. Mehrere Mäntel hängen schlaff über dem Geländer, meiner liegt in einem dreckigen Haufen am Boden.

»Wo sind die anderen?«, frage ich, als mein Vater

von der Zeitung aufblickt. Er sitzt auf dem Samtsofa, auf dessen Kissen ein brauner Schmutzfleck noch von Peters Behandlung und meinem Blut zeugt. Im Kamin knistert ein Feuer. Mein Kopf fühlt sich wie ein Luftballon an, den man mit Helium gefüllt hat. Wahrscheinlich sind das die Nachwirkungen des Zeugs, das mir mein Vater gestern Abend verabreicht hat. Erst durch das Herumlaufen merke ich, dass ich gar nicht richtig bei mir bin.

»Jess trifft sich mit einer Freundin.« Ich weiß noch, dass sie gestern Nacht bei mir war und mir unterstellt hat, ich würde Geheimnisse vor ihr haben. Was sie wohl jetzt denkt? »Und deine Mutter bringt nur kurz einen Brief zur Post. Sie ist gleich wieder da. Setz dich doch. Es ist wichtig, dass wir zusammenarbeiten, dass du dich nach dem kleinen Ausbruch gestern wieder beruhigst.«

Ich hocke mich auf eine Stuhlkante. »Mein Mann lebt, obwohl du behauptet hast, er ist tot. Was erwartest du da von mir?«

»Wir haben nie damit gerechnet, dass du es herausfinden würdest«, antwortet er ohne jede Scham. »Schließlich hat Andrew unser Geld genommen, Chloe. Er hat dich verlassen.« Mein Vater seufzt und schüttelt den Kopf, als würde er über so viel Schlechtigkeit nicht hinwegkommen. »Aber natürlich war es sehr bedauerlich, dass du es so erfahren musstest.«

»Das ist ja wohl ein bisschen untertrieben, meinst du nicht?«

Er schließt kurz die Augen und sagt emotionslos:

»Eigentlich nicht. Schließlich sind wir nur dem vereinbarten Behandlungsplan gefolgt. Aber ich kann dir helfen, dass du dich besser fühlst. Es lief eigentlich ganz gut, bis deiner Mutter der Fehler mit dem Foto unterlaufen ist und sich die Polizei eingemischt hat.« So sanft und schicksalsergeben seine Worte auch wirken mögen, klingen sie dennoch wie eine Drohung. Er hat den Ellenbogen auf die Sofalehne gestützt, das Kinn in die Hand gelegt. »Wir müssen wieder in die Spur kommen, Chloe.«

Was schlägt er mir hier vor? Mir schießen alle möglichen Gedanken durch den Kopf. Anfangs dachte ich, er hat einfach die Gelegenheit meines Gedächtnisverlusts genutzt, um mir den Kummer um meinen Sohn zu ersparen und mir einen schwierigen Mann vom Hals zu schaffen. Doch jetzt klingt es, als verfolgte er einen umfassenderen Plan. Wieder in die Spur kommen? Was soll da vereinbart worden sein? Damit will ich nichts zu tun haben.

»Ich habe gehofft, wir könnten deiner Mutter eine freudige Botschaft überbringen, wenn sie zurückkommt. Wir sollten sofort anfangen. Es hat doch keinen Zweck, noch mehr Zeit zu vergeuden. Aber du weißt, dass die Rekonsolidierung nur funktionieren kann, wenn du auch bereitwillig mitmachst. Bist du bereit, Chloe?«

»Wofür bin ich bereit?« Wovon redet er? »Was ist denn Rekonsolidierung überhaupt?«

Frustriert seufzt er. »Das weißt du doch alles. Darüber haben wir doch im Krankenhaus gesprochen, gleich nachdem du wieder zu dir gekommen warst. Da haben wir eine Vereinbarung getroffen.«

»Davon weiß ich nichts mehr.«

»Das ändert aber nichts an der Tatsache, dass wir darüber gesprochen haben. Rekonsolidierung ist eine bewährte Therapiemethode, um Gefühle, die durch ein Trauma hervorgerufen werden, abzuspalten. Damit du all die Schwierigkeiten hinter dir lassen und nach vorne schauen kannst.«

Das klingt ein wenig wie der Klappentext von Selbsthilfebüchern. Falsche Versprechungen. »Spar dir den Mist, Dad.«

Er presst die Zähne aufeinander, steht auf, legt die Zeitung auf den Stuhl zurück. »Rekonsolidierung erleichtert den Umgang mit posttraumatischem Stress, Chloe. Der Patient lernt dadurch, seine Ängste zu überwinden und sich von den blockierenden Erlebnissen zu befreien. Wir haben alle Möglichkeiten durchgesprochen, und du hast es für das Beste befunden, dich an nichts mehr zu erinnern. Bei manchen Patienten kann man das traumatische Ereignis sogar komplett aus dem Gedächtnis löschen.«

»Das soll ich mir ausgesucht haben? Dem hätte ich niemals zugestimmt.«

»Das hast du aber, das versichere ich dir. Ist das nicht leichter, als mit dem Verlust fertigwerden zu müssen? Mit dem Schmerz?« Er schenkt Wasser in ein kleines Glas und öffnet die Schublade des antiken Sekretärs.

Daraus fördert er ein Döschen mit kindersicherem Verschluss hervor, holt eine Tablette heraus und reicht sie mir. »Lass uns keine Zeit mehr verschwenden.«

»Was ist das?«

In seinem Gesicht spiegelt sich Enttäuschung. Dann hält er mir die Tablette ein weiteres Mal erwartungsvoll hin. Schließlich gibt er nach. »Es ist Propranolol. Du hast es immer vor jeder Sitzung genommen«, sagt er mit einem Seufzer. »Es senkt einfach nur den Blutdruck, beschleunigt die ganze Sache bloß. Nun komm schon, leg dich aufs Sofa.«

»Ich will das nicht.«

»Und was willst du dann?« Ein kleiner Brüllanfall bevor er sich wieder in den Griff bekommt. »Abhauen?«, fragt er höhnisch, als handelte es sich um eine Mutprobe. »Das hast du deiner Mutter doch gesagt, nicht wahr? Und wohin willst du? Mit wem? Du bist noch nicht imstande, das Haus zu verlassen, Chloe. So kurz nach der OP kannst du nicht allein bleiben. Nun komm endlich. Höchste Zeit, dass wir anfangen.«

»Na schön.« Er reicht mir die Tablette und das Glas Wasser. Ich lege sie mir auf die Zunge. Als ich dann aber das Glas an die Lippen setze, schiebe ich die Tablette gegen die Zähne, und nehme einen Schluck Wasser, ohne die Tablette hinunterzuschlucken.

»Endlich nimmst du wieder Vernunft an, Chloe. Wir haben dich bald wieder in der Spur. Es ist wirklich so viel besser, wenn du dich an keinen von beiden erinnerst.«

»Dad.« Während er damit beschäftigt ist, es sich bequem zu machen, nehme ich die Tablette schnell aus dem Mund und stopfe sie zwischen die Sofapolster. »Könntest du mir vorher noch kurz einen Gefallen tun?«

»Was denn?«

»Ich friere. Auf dem Bett oben liegt noch mein Pulli. Könntest du ihn mir holen?« Ich massiere mir das vernarbte Bein. »Ich würde ja selbst gehen, aber mein Bein macht mir heute zu schaffen.« Lächelnd tätschelt er mir über den Kopf, seine Hand ist kalt und feucht.

Als ich die Treppenstufen knarzen höre, schnappe ich mir das Anwaltsschreiben vom Kaminsims und laufe in die Halle. Dort stecke ich mir die Münzen aus der kleinen Schale auf dem Tisch ein, schnappe mir meine Jacke, tauche unter dem Blauregen nach draußen und renne so schnell ich kann die Auffahrt hinunter. Binnen einer Minute bin ich aus dem Tor hinaus und auf dem Weg nach Rusperford. Aus der Manteltasche hole ich den Bierdeckel mit Guys Nummer. Er hat doch gesagt, ich könne ihn anrufen, wenn ich Hilfe brauche, und die brauche ich mehr denn je.

26.

Ich warte vor dem Dorfladen, verberge mich hinter einer Hecke. Das schöne Wetter hat sich verzogen, und es regnet wieder in Strömen. Mein Haar ist schon total nass, der Verband löst sich allmählich vom Kopf. Nach einer Viertelstunde höre ich, wie ein Wagen das Tempo verlangsamt und am Straßenrand hält. Wasser schwappt über den Bordstein. Die Wagenfenster sind beschlagen, die Motorhaube dampft.

Zuerst bin ich nicht sicher, dass es wirklich Guy ist, denn durch den Regenschleier kann ich nichts erkennen. Meinen Vater habe ich auch schon langsam vorbeifahren sehen, also warte ich hinter der spärlichen Ligusterhecke. Im Wagen reckt sich eine Gestalt zur Beifahrertür. Als dann eine Hand das Fenster freiwischt, erkenne ich Guys dunkles Haar. Erst zögert er noch, aber als ich ins Freie trete, macht er die Beifahrertür auf.

»Ich war nicht sicher, ob du es auch wirklich bist«, sagt er, als ich mich ins Auto zwänge. »Hast du schon lange gewartet?« Er schiebt den Ärmel hoch, um auf die Armbanduhr zu sehen. »Ich bin so schnell wie möglich gekommen.«

»Nein, alles gut.« Ich habe so viele Fragen an Guy, über das Medikament, das mir mein Vater verabreichen wollte, über die Hypnosetechnik. Aber obwohl ich ihn ja angerufen habe, weiß ich nicht, inwieweit ich ihm trauen kann. Es besteht immerhin die Möglichkeit, dass er umkehrt und mich zurück zu meinem Vater fährt. So wie neulich.

»Mein Gott, du bist ja vollkommen durchnässt. Komm, ich helfe dir.« Seine Wangen sind rot vor Kälte, das Haar eine wilde Lockenmähne. Guy hilft mir, den Mantel unter mir vorzuziehen, und wirft ihn auf den Rücksitz. Während ich mich anschnalle, lässt er sich in den Sitz zurücksinken und nimmt mich in Augenschein. Worauf wartet er noch? »Du siehst schon besser aus«, sagt er nach einer Weile. Dann setzt er den Blinker und fährt los. Gott sei Dank. Endlich weg von hier.

Wir lassen Rusperford hinter uns und fahren durch graue Landschaft. Hier in Südengland sind alle Bäume kahl, Skelette im Vergleich zum Sommer, die Äste knorrig und die Zweige Nester aus spindeldürren Fingern. Den Heckenrosen geht es nicht besser, ohne ihre Blätter wirken sie nackt. So wie die Landschaft fühle auch ich mich: leer, aller Kraft und Lebendigkeit beraubt. Die Natur vegetiert vor sich hin bis die neue Jahreszeit kommt und Früchte bringt. Doch bis zu den ersten Sprösslingen im Frühling wird es noch Monate dauern.

Wir nehmen die A23 nach Süden. Der Gegenverkehr zischt an uns vorbei, Regen kommt aus allen Richtungen. Wir fahren durch Dörfer, deren Hausdächer im Spritzwasser nur vage hinter den Zäunen auszumachen sind. »Wie geht's dir?«, fragt Guy.

»Gut.« Als ich ihn vom Münztelefon aus anrief, hatte ich ihn gebeten, meinem Vater nichts von dem Ausflug zu erzählen, weil er es für verfrüht hielt, ich es aber dennoch unbedingt wollte. Guy meinte, er könne das verstehen. Und nun sitze ich in seinem Wagen auf dem Weg zu meinem alten Haus. Auf einmal packt mich die Panik, erlebe ich einen Flashback des Unfalls, denn da herrschten ähnliche Bedingungen, da hat es auch so heftig geregnet. Ich will jetzt aber nicht an den Unfall denken, den ich mit meiner leichtsinnigen Fahrweise womöglich verschuldet habe. »Aber mir ist auch mulmig. Ich habe Angst, was uns da erwartet.«

»Glaubst du, dein Mann ist da?«

»Hoffentlich.« Guy tritt aufs Gaspedal. »Andererseits fürchte ich mich auch davor.«

Das scheint ihn zu überraschen. »Warum?«

»Weil es noch mehr Fragen aufwirft. Zum Beispiel, warum er das Geld meines Vaters angenommen hat? Warum ich ihm so wenig bedeute?«

Natürlich frage ich mich unterwegs, was Guy wohl von meinem Plan hält, mich auf die Suche nach einem wiederauferstandenen Mann und einem verlorenen Leben zu machen und in mein altes Zuhause zurückzukehren. Bestimmt labern ihn seine Patienten schon genug mit ihrem komplizierten Leben voll, aber ich möchte nicht, dass er mich als Patientin sieht. Denn

Guy geht mir auch aus ganz anderen Gründen durch den Kopf. Mir gefällt es, wie er mich ansieht, wie er mich im Hotel berührt hat, dass er in mir Lust auslöst. Ich habe zwar ein schlechtes Gewissen, aber diese Gefühle und Gedanken sind ja nur menschlich. Ich wünsche mir, dass er mich mag und mir nicht bloß aus Mitleid hilft. Auf mich wirkt er so heil und ganz. So möchte ich auch sein, statt in einem Netz aus Täuschungen und Lügen zu stecken. Es ist nicht unbedingt etwas Sexuelles. Nicht nur. Mir reicht es schon, hier neben ihm im Auto zu sitzen. Seit Monaten fühle ich mich das erste Mal wieder lebendig.

Ich beobachte ihn, während wir durch die South Downs brausen, eine Landschaft in sanften Grüntönen mit einem leichten Silberstich vom Regen. Guy hat einen stark ausgeprägten Unterkiefer. Seine Augen sind dunkelbraun mit langen schwarzen Wimpern. Nach einer Weile bemerkt er meinen Blick. »Alles wird gut«, sagt er wie ein verlässlicher Freund.

Als wir Brighton erreichen, hält Guy am Straßenrand. Busse und andere Autos sausen an uns vorbei. Über uns kreischen wütend die Möwen. Ich lasse das Fenster einen Spalt herunter und atme die Luft ein. Seltsam, ich dachte, ich würde mich ganz anders fühlen, nachdem ich doch weiß, dass mein Haus nur einen Katzensprung entfernt liegt. Ich habe erwartet, dass ich eine Mordswut im Bauch haben würde, vor allem auf meinen Vater, und mich fragen würde, was ich alles verloren habe. Aber gerade überkommt mich große

Traurigkeit und auch furchtbares Mitleid für die Frau, die ich mal gewesen bin. Denn mir wird klar, dass ich in einem kleinen Haus irgendwo hier ganz in der Nähe ein Leben geführt habe, das ich vor lauter Problemen nicht zu schätzen wusste. Und nun ist Joshua tot und alles unwiederbringlich vorbei.

»Hast du gehört, was ich gesagt habe?«, fragt Guy. Offenbar redet er mit mir, aber ich war so in Gedanken. Ich drehe mich zu ihm um. Er schaut auf sein Handy. »Ich meinte gerade, dass mich dein Vater in den letzten zwanzig Minuten fünfmal angerufen hat. Offenbar sucht er dich.«

Ob er mir die Nervosität ansieht? »Willst du ihn anrufen und ihm sagen, wo ich bin?«

Er lehnt sich im Sitz zurück. In den nächsten bangen Augenblicken schaut er mich nicht an. »Sollte ich eigentlich.«

Ich gehe volles Risiko. »Aber das tust du nicht?«

»Wenn du es nicht willst, dann nicht. Aber Chloe, willst du mir nicht endlich sagen, was los ist?«

Während um uns die Wellen rauschen und der Verkehr rumpelt, erzähle ich ihm, was ich glaube. Was ich weiß. Und erst, als ich es in Worte fasse, wird mir das Ausmaß bewusst.

Das muss er erst mal verdauen. Als er mich ansieht, sagt er: »Das ist ja wirklich allerhand, und es gehört auch eine Portion Fantasie dazu.«

Ich sehe es in seinem Kopf rattern. *Ist sie verrückt, riskiere ich meinen Job, oder hat sie womöglich recht?*

»Schauen wir erst mal, ob dein Mann da ist. Denk nicht weiter drüber nach, was dein Vater angeblich vorhatte. Ich weiß, dass er Fehler gemacht hat, aber ich kann mir nicht vorstellen, dass er deine Erinnerungen verändern wollte.«

»Meinst du das wirklich?« So wie er meinem Blick ausweicht, glaubt er selbst kein Wort von dem, was er gerade gesagt hat. »Meinst du wirklich, er will mir nur helfen, auch wenn es sich für mich gar nicht so anfühlt?«

»Was denn sonst? Er ist dein Vater. Er liebt dich. Niemand, der dich liebt, würde dir schaden wollen.«

Stimmt das? Ist Liebe schwarz oder weiß? Oder gibt es da vielleicht eine Waage, die zwischen Freude und Enttäuschung, Selbstlosigkeit und Egoismus hin- und herschwankt?

»Ich kann es nicht mehr beurteilen. Ich bin so durcheinander. In meinem Kopf herrscht das reinste Chaos.« Eine Weile sitzen wir schweigend nebeneinander, keiner weiß, was er sagen soll. Bereut er es schon, mitgekommen zu sein? »Ich denke mir nichts dabei, wenn ich einfach so drauflos rede. Mir fällt es einfach schwer, nicht wütend auf meinen Vater zu sein.«

»Verstehe ich. Aber versuch es auch mal aus seiner Perspektive zu sehen. Er wusste, dass dein altes Leben schwierig war, und dann wachst du auf und kannst dich an nichts mehr erinnern. Er hat gehofft, dass jetzt was Besseres für dich kommt. Jemand Besseres vielleicht auch.« Ich runzle die Stirn. »Du hast ihn doch verlassen, oder? Erinnerst du dich? Du wolltest ein neues Leben beginnen. Womöglich wollte dir dein Vater bloß dabei helfen.«

Ich denke an den Traum zurück, den ich hatte, als ich allein im Bett in unserem gemeinsamen Haus aufgewacht bin. Hatte ich da nicht auch mit dem Gedanken an einen anderen Mann geliebäugelt? An einen Partner, der wie ich die gleichen Dinge wollte? Vor dem Unfall erschien mir das wie die Erfüllung aller Träume, warum sträube ich mich auf einmal so dagegen?

Die Fenster beschlagen wieder. Guy wischt mit dem Ärmel das Kondenswasser weg und schaut zum nicht existenten Horizont. Nicht weit entfernt brechen sich die Wellen am Kieselstrand, rufen die Möwen. Ich erinnere mich daran, wie ich morgens bei Tagesanbruch immer durch ihr Gezeter geweckt wurde. Erinnerungen an ein leeres Bett, an meinen Sohn, der seinen Vater sucht. Alles hat gleich hier um die Ecke stattgefunden. Zu Hause. Wenn ich noch eine zweite Chance hätte, was würde ich machen? Würde ich bleiben und daran arbeiten oder mir was Besseres suchen? *Einen* Besseren suchen, wie Guy es formuliert hat. Ich weiß es einfach nicht mehr.

Guy wendet sich mir zu und legt mir die Hand aufs Knie. »Es ist nur eine Frage der Zeit, bis du dich wieder an dein altes Leben erinnerst, dann kannst du deine Zukunft selbst gestalten. So oder so.«

Es ist einfach, sich zu einer moralischen Lebenseinstellung zu bekennen, wenn man glücklich ist, Chloe. Und ich weiß noch, dass du mich dafür verspottet hast, aber ich habe mich immer für einen moralischen Menschen gehalten. Natürlich habe ich auch Fehler gemacht, aber ich habe immer dafür bezahlt. Und wie. Jetzt lachst du vielleicht darüber, doch das war nicht immer so. Ich habe dir etwas bedeutet, und unser Leben zusammen auch.

Aber du hast keinen Schimmer, oder? Du stehst weiter Tag für Tag auf, gehst zur Arbeit oder zum Schwimmen und beklagst dich über deine Ehe, aber wie schwer es für mich ist, darüber machst du dir keinen Kopf. Was es heißt, allein zu sein. Wieder das Leben zurückhaben zu wollen, mit der Frau, die man liebt. Ich will dich bloß zurück, Chloe. Existiere ich in deiner Welt überhaupt noch?

Ich bin für dich da gewesen. Habe dich geliebt, als es sonst niemanden gab. Als du über dein verkorkstes Leben geweint hast, habe ich dir die Tränen getrocknet. Für mich gibt es nur dich, Chloe. Du bedeutest mir alles. Dir ist wohl nicht klar, was du aus mir gemacht hast. Weißt du das? Du hast mir versprochen, dass wir für immer zusammenbleiben werden, und ich habe dir geglaubt. Nun willst du mir alles wegnehmen, willst mich verlassen. Wie kannst du auch nur daran denken? Wie kannst du es verflucht noch mal wagen?

Also, es tut mir leid, aber ich kann das nicht. Ich kann dir nicht fernbleiben. Ich werde dir nicht fernbleiben. Wir sind füreinander geschaffen, Chloe. Ich liebe dich. Warum willst du das nicht begreifen? Du. Ich. Joshua. Perfekt.

Ich lasse es nicht zu, dass du dich falsch entscheidest und alles beendest. Unsere Beziehung. Wenn du das noch einmal versuchst, wenn du versuchst, uns zu töten, dann töte ich dich.

27.

Am Fußgängerüberweg warten wir auf das Signal und kämpfen uns dann durch die Menschenmassen, die aus Sainsbury's strömen. In diesem Supermarkt habe ich Brot und Milch gekauft und Schmerztabletten, falls Andrew mal wieder eine harte Nacht hinter sich hatte. Daran erinnere ich mich sofort. In einer engen Seitengasse riecht es intensiv nach Fleischbällchen aus irgendeinem Imbiss. Überall Menschen, die es eilig haben. Wir bahnen uns einen Weg über das unebene Pflaster, das wie ein dreckiges Patchwork-Quilt aussieht. Von den umliegenden Häusern blättert schon die Farbe. Zum Teil ist auch der Putz weggebröckelt, sodass man die Steine darunter sieht.

Wir landen vor der Haustür eines deprimierend kleinen Häuschens. Es ist schmal und alt, daneben ist eine Bar namens West End Nights. Ein Riss zieht sich durch die Fassade. Ich schaue vom tintenschwarzen Fenster über der Tür zu dem Anwaltsschreiben in meiner Hand. Natürlich erkenne ich dieses heruntergekommene, dringend renovierungsbedürftige Haus wieder. Doch die Zeit hat eine Distanz zwischen uns geschaffen.

Wie bei alten Freunden, die man längere Zeit nicht gesehen hat, und bei denen man kaum glauben kann, wie sie sich verändert haben. Oder wenn in einer Beziehung die Liebe nachlässt und man auf einmal all die Fehler des anderen sieht, die man sonst ausgeblendet hatte. Habe ich wirklich in dieser trostlosen Bruchbude gewohnt? Um mich zu vergewissern, schaue ich Guy an, der meine Hand nimmt. Wusste ich es doch. Das Haus vor mir ist mein Zuhause.

An der Vorderseite hat das Haus nichts Einladendes wie einen Vorgarten, nur einen schmalen geteerten Streifen, der in die Straße übergeht und durch zwei gelbe Linien abgegrenzt ist. Davor parken zwei Fahrzeuge mit eingeschalteten Warnblinklichtern und versperren damit die Durchfahrt. Neben der Eingangstür hängt eine Blumenampel mit einer verdorrten Klematis, die im Wind hin und her raschelt. Über uns kreist eine Möwe, stößt im Sturzflug nach unten und fliegt dann über die Dächer wieder Richtung Meer davon.

Guy lehnt sich an die Hauswand, die Hände in den Hosentaschen. Seine Haare kräuseln sich in der salzigen Seeluft zu eigenwilligen Locken. Ich klopfe an die Tür. Warte. Keine Schritte, kein Licht. Ich klopfe erneut, nichts zu hören. Niemand zu Hause.

»Vielleicht sollten wir später noch mal kommen«, sage ich.

Doch Guy lehnt sich dicht an die Tür und lässt einen Schraubenzieher aus dem Ärmel gleiten. Er blickt sich einmal kurz um, bevor er die Klinge auf Höhe des

Schlosses zwischen Tür und Rahmen ansetzt. Eine Wagentür schlägt zu, und als ich mich umsehe, fährt einer der geparkten Wagen davon. Ich wende mich wieder dem Haus zu. Die Eingangstür steht sperrangelweit auf.

»Bist du etwa eingebrochen?« Ich schaue in den dunklen Flur.

Guy tritt lächelnd einen Schritt zurück. »Ist dein Haus, schon vergessen?«

Ich trete über ein paar Holzsplitter in den engen Flur. Guy schließt die Tür hinter uns, die so weit noch intakt ist. Langsam bewege ich mich durch den dunklen Tunnel, mir steigt ein fauliger Geruch in die Nase. Hier ist alles abgestanden. Hier zu sein ist schwerer, als ich dachte, mein Atem geht schneller. Guy knipst einen Lichtschalter an, aber wir bleiben im Dunkeln. Als wäre dieser Ort befleckt, gezeichnet von den Dingen, die hier geschehen sind. Das Haus ist zum Mausoleum geworden, hier liegen die Überreste meines alten Lebens begraben.

»Der Strom ist wohl abgeschaltet«, sagt Guy und geht in die Küche, die vom Wohnzimmer nur durch einen Küchenblock getrennt ist. Er macht den Kühlschrank auf und nimmt ein verschimmeltes Brot heraus. Der Geruch von gegorener Milch hängt in der Luft. »Das ist jedenfalls nicht mehr gut.« Er wirft das Brot in einen Mülleimer, wedelt die schlechte Luft vor der Nase weg. Bestimmt hat es da über drei Monate gelegen.

Ich stehe im Wohnzimmer, habe die Hand auf das karierte Sofa gelegt, spüre den Stoff. Wie oft muss ich hier gesessen haben! Dennoch fühlt es sich nicht an, als wäre es meins. Aber als ich eines der Sofakissen am Boden liegen sehe, erinnere ich mich wieder, dass Andrew oft hier geschlafen hat. Manchmal bin ich nachts aufgewacht und habe ihn an genau dieser Stelle vollkommen betrunken gefunden. Das Bild ist mir fest ins Gedächtnis gebrannt. Und beim Gedanken, Andrew vielleicht nie wiederzusehen, zieht sich mir der Magen zusammen.

Guy nimmt den altmodischen Telefonhörer von der Gabel und lauscht. »Hat noch Empfang.« Er tritt hinter mich, und ich fahre zusammen, als er mich berührt. »Alles okay? Was hast du denn?«

»Hier stinkt es.« Vor ihm mag ich nicht zugeben, was mir alles wieder in den Sinn kommt, der Gestank nach Blut und Kotze, die Sauereien, die ich habe wegmachen müssen. Guy streicht mir über den Nacken die Arme hinunter. Einen Moment lang genieße ich seine Körperwärme, bevor er an ein Fenster tritt und es öffnet.

Ich gehe einmal durchs Haus nach hinten, drehe den Schlüssel in der Hintertür zum Hof und öffne sie. Der Wind bläst eine Handvoll Blätter und eine McDonald's-Verpackung zu uns rein. Doch die frische Luft bringt nicht nur Müll, sondern auch den Duft der See. Wieder rufe ich mir den Moment mit Joshua am Strand ins Gedächtnis, als ich mich entschlossen habe, Andrew zu verlassen. Mir wird klar, dass ich meinen Sohn weder im Leben noch im Tod habe beschützen können. Ich schließe die Tür wieder, drehe den Schlüssel im Schloss.

»Keiner da.«

Guy setzt sich aufs Fensterbrett, verschränkt die Arme vor der Brust. »Tut mir wirklich leid«, sagt er leise. »Aber so wie es aussieht, hat hier schon lange keiner mehr gewohnt. Hier finden wir Andrew sicher nicht.«

Aber wenn er hier nicht ist, wo steckt er dann?

Ich steige die Treppe nach oben, Guy folgt mir. Im Schlafzimmer finde ich Kleider von mir und eine Parfümflasche. Ich sprühe mir etwas aufs Handgelenk. Es ist der Geruch meines alten Lebens, meines alten Ichs. Auf unliebsame Weise werde ich daran erinnert, wie weit ich mich von diesem Leben entfernt habe. Mit dem Handgelenk reibe ich mir über die Hose, um den Geruch loszuwerden. Ich inspiziere die Schränke, aber da gibt es nichts, was Andrew mal gehört haben könnte.

Dann gehe ich zum zweiten Zimmer, streiche mit den Fingern über die Holztür, in der zwei ausgefranste Löcher prangen. Ich sehe ein Namensschild vor mir, das hier mal hing: *Joshuas Zimmer* stand da in bunten Regenbogenfarben. Jemand hat es abgenommen. Ich spüre Guy hinter mir, der will, dass ich die Tür öffne.

Als ich mich in dem Zimmer umsehe, wird mir speiübel. Mir sitzt ein Frosch im Hals, ich schlucke und schlucke, aber ich werde ihn nicht los. Stattdessen habe ich das Gefühl, es schnürt mir die Kehle zu, als ich zu dem blauen Bett mit der abgeplatzten Farbe schaue, der blanken Matratze. Neben dem Bett steht ein kleiner blauer Schrank, dessen Farbe sich ebenfalls abschält. Leer. Die Vorhänge am Fenster hängen schlaff herunter, die Elefanten darauf sind alt und verblichen. Ich blicke zum einzigen Bild an der Wand, auf dem mit ABC-Bausteinen sein Name gelegt ist: JOSHUA. Ich weiche zurück, stoße gegen das Bett. Mir kommen die Tränen. Ich weiß nicht, ob ich um Joshua weine, weil er sein Leben verloren hat, oder um mich, die ihn verloren hat. Womöglich beides.

Guy zieht die Vorhänge auf und öffnet das Fenster so weit es geht. Ein kalter Wind pfeift herein, erfasst die Vorhänge. Das Tuckern eines Busses und das Reden der Leute auf der Straße übertönen den Wind.

»Das war sein Zimmer«, sage ich. Ich ziehe eine Schublade auf. Leer. »Aber all seine Sachen sind weg.« Wer hat die denn weggenommen? Meine Eltern? Andrew?

Guy bleibt am Fenster stehen. Einen Moment lang scheint er unschlüssig, ob er sich mir nähern soll. Er reibt sich die Stirn und dann, als hätte er sich in letzter Minute doch noch überlegt, das Richtige zu tun, kommt er auf mich zu und legt die Arme um mich.

In seinen Armen fühle ich mich so gut, so sicher und geborgen. Die Wärme seiner Berührung, der Rhythmus seines Atems geben mir Trost. Noch nie habe ich den Verlust meines Sohnes und meiner selbst so stark gespürt wie hier am Übergang zu meinem alten Leben. Und ohne Guy wäre ich in diesem Moment verloren. Genau wie damals mit Andrew in der alten Mühle, da konnte nur er mich in meinem Kummer trösten.

»Vielleicht haben deine Eltern das Haus ausgeräumt, als du im Krankenhaus warst.«

Er wischt mir eine Träne aus dem Gesicht, ich schaue ihn an. Eine Weile sehen wir uns in die Augen, unsere Gesichter nur eine Handbreit voneinander entfernt. Zögerlich streicht er mir über den Rücken. In diesem Augenblick scheint alles möglich. Ich erstarre, weiß nicht, was ich will. Nicht mal, was ich brauche.

Dann packt er fester zu, und ich lasse mich von meinem Instinkt treiben. Er drückt mich gegen den Schrank, seine Bewegungen sind langsam, aber sicher. Mit der Hand fährt er mir durchs Haar, lehnt sich dabei an mich. Er küsst mich, erst ganz vorsichtig und dann immer leidenschaftlicher. Mir geht es durch und durch, als mir die Bartstoppeln über die Haut reiben und er sich an mich presst.

Es ist schon so lange her, dass mich jemand so gehalten, so begehrt hat. Selbst Andrew hatte am Ende das Interesse verloren. Jedenfalls glaube ich das. Ich küsse Guy zurück, genieße die Nähe, den Hautkontakt. Ich zerre an seinen Klamotten, küsse gierig seinen Hals. Unsere Körper passen so gut zusammen, denke ich, als er mich auf die Kommode hievt. Für mein schmerzendes Bein ist die Aktion aber etwas zu viel. Als Guy mir ins Haar greift, um meinen Kopf zurückzuziehen, kommt mir diese Bewegung bekannt vor, dieses Kribbeln auf der Kopfhaut und dann eine Hand, die durch mein dichtes, widerspenstiges Haar fährt. Plötzlich mache ich einen Rückzieher. Dieser Mann ist nicht mein Ehemann.

»Ich kann das nicht«, sage ich und löse mich von

ihm. »Das ist nicht richtig.« Auch wenn ich Guy begehre, will ich meinen Mann nicht betrügen. Bin ich denn noch verheiratet? Und selbst wenn, zählt es dann?

Guy tritt einen Schritt zurück, streicht sich die Kleider glatt. »Tut mir leid, ich hätte dich nicht herbringen dürfen. Es ist meine Schuld.« Ihm ist die Sache unangenehm, zumal er nach wie vor erregt ist. »Du kannst nichts dafür, Chloe, es ist bloß …« Er hält inne und schaut zur Tür. »Psst«, flüstert er mit einem Finger an den Lippen. »Hast du das gehört?«

Erst höre ich gar nichts außer den Leuten draußen und den stets präsenten Möwen. Stumm warten wir noch ein wenig ab, dann klopft es an der Tür. Jemand ruft mich.

Guy ist als Erster auf dem Weg, stopft sich das Hemd in die Hose. Ich richte mir das Haar so gut es geht, vergewissere mich, dass der Verband noch an Ort und Stelle ist. Dann folge ich Guy die Treppe hinunter. Wieder ruft die Stimme.

»Chloe, bist du das?« Eine Männerstimme. »Chloe, bist du nach Hause gekommen?«

28.

Ängstlich frage ich mich, wer das sein kann. Andrew? Damien Treadstone? Sofort kommt mir wieder die Begegnung auf dem Friedhof in den Sinn, die mir DS Gray nicht so ganz abkaufen wollte. Aber ich habe das sichere Gefühl, dass es weder Andrews noch Damien Treadstones Stimme ist. Denn sie klingt alt, schwach. Nicht so wie die Stimme auf dem Friedhof.

»Chloe«, ruft es wieder. »Bist du das?« Erneutes Klopfen. Ich gebe Guy ein Zeichen, die Tür zu öffnen.

Vor uns steht ein alter, gebeugter Mann, schwer auf einen Metallstock mit vier Plastikfüßen gestützt. Wäre es ein knorriger Krückstock gewesen, hätte ich den Alten glatt für eine Märchengestalt gehalten. In der anderen Hand hält er einen roten Regenschirm mit fliegenden Vögelchen. Das graue Haar ist seitlich über den kahlen Schädel gekämmt. Ein paar Strähnen hängen ihm ins Gesicht. Ich erkenne ihn im Nu wieder.

»Cecil?« Anfangs klingt meine Stimme noch fragend. »Cecil«, sage ich diesmal bestimmter. Als ich auf ihn zugehe, entspannt auch Guy sich, der dem Besucher bislang wie ein Türsteher den Weg versperrt hatte.

»Schön, dich zu sehen, meine Gute«, sagt Cecil und verpasst Guy einen Stupser mit dem Stock, damit er ihm Platz macht. Im Vorbeigehen wirft er einen Blick auf das demolierte Schloss und die Holzsplitter, sagt aber nichts. »Ich habe dich auf der Treppe gehört. Habe deine Stimme erkannt.« Als er vor mir steht, streckt er mir sein zerbrechliches Händchen entgegen. »Dein Vater hat mir von dem Unfall erzählt. Es tut mir so leid, Chloe.«

»Danke«, sage ich überrascht. Was weiß er? Glaubt er auch, dass Andrew tot ist? Ist Andrew in letzter Zeit überhaupt mal hier gewesen?

Während sich meine Gedanken fast überschlagen, bedeutet Cecil mir, weiter ins Wohnzimmer zu gehen. Hinter mir höre ich seine vorsichtig schlurfenden Schritte und das Klackern seines Stocks. Guy folgt uns. Als er im Wohnzimmer ankommt, sitzt Cecil bereits neben mir auf dem karierten Sofa.

»Ohne dich ist es ziemlich ruhig hier.« Cecil wischt sich den Regen wie Schuppen von den Schultern. Die glitzernden Tropfen landen auf den polierten Holzdielen. Ich weiß wieder, dass Andrew die Dielen kurz nach unserem Einzug lackiert hat, eine flüchtige Erinnerung an gute Zeiten. »Ich habe dich vermisst. Wann kommst du zurück?«

Unwillkürlich fasse ich mir an den Kopf. Cecil folgt meiner Bewegung mit den Augen, nimmt wohl erst jetzt meine kümmerliche Verfassung wahr. Mir ist klar, dass ich noch immer schlimm aussehe, aber das stört mich weniger. Mir macht eher zu schaffen, dass Cecil mitbekommen haben könnte, was zwischen mir und Guy abgelaufen ist. Noch immer spüre ich das Kribbeln auf der Haut, und sicher ist mein Gesicht von seinen Bartstoppeln noch gerötet.

»Ich weiß es noch nicht. Mein Vater hält es für das Beste, wenn ich noch eine Weile bei ihnen wohne.«

Cecil nickt. »Das klingt vernünftig.« Er betrachtet erneut meinen Kopf. »Er hat mir erzählt, dass es dich ordentlich erwischt hat. Mit so was ist nicht zu spaßen. Als Alice gestürzt ist und sich die Hüfte gebrochen hat, hat sie sich auch den Kopf angeschlagen. Da bin ich tagelang nicht aus ihr schlau geworden.«

Alice? Seine Frau? Ich will nicht zugeben, dass ich nicht mehr weiß, wer sie ist, also rate ich drauflos. »Ist aber schon ein paar Jahre her, nicht wahr?«

»Das stimmt.« Cecils Blick wandert zu seinem Ringfinger, an dem er einen glanzlosen, verschrammten Ring trägt. Der Ring sitzt so locker, dass er sich bei jeder Berührung dreht. Wo ist nur mein Ehering? »Dachte immer, ich würde als Erster gehen, Gott hab sie selig.« Wehmütig schließt er die Augen. »Dennoch können wir dankbar sein. Uns war ein langes gemeinsames Leben beschieden. Dreiundachtzig ist ein stattliches Alter, mehr als der liebe Herrgott deinen Jungs geschenkt hat.«

Meinen Jungs? Der Plural lässt mich aufhorchen. Anscheinend hat mein Vater auch ihm den Bären mit Andrews Tod aufgebunden. Also kann Andrew seit dem Unfall nicht mehr hier gewesen sein.

»Gott sei ihrer Seele gnädig. Ich bete für sie und für dich auch, Chloe.« Cecil schüttelt den Kopf, offenbar weckt das alles Erinnerungen an geliebte Menschen, die er verloren hat. Er zieht ein kleines Kreuz unter seinem Pullover hervor und küsst es zart. Als er die Augen wieder öffnet und sich Guy zuwendet, ist von innerer Einkehr keine Spur mehr. »Und wer sind Sie, wenn ich fragen darf?« Auch sein Ton ist längst nicht mehr so freundlich.

Guy scheint unsicher. Knabbert nervös an seinem Zeigefinger. »Ich bin ein Freund von Chloe und ein Kollege ihres Vaters.« Auch sein Lächeln wirkt aufgesetzt, verlegen. Er lehnt sich gegen die Wand, verlagert das Gewicht von einem Fuß auf den anderen. Nach all dem Gerede über meinen Mann und meinen Sohn hat er wegen der Aktion gerade eben sicher Schuldgefühle. Ich komme mir so dumm vor. Eigentlich bin ich hier, um meinen Sohn zu betrauern und nach meinem Mann zu suchen, und dann knutsche ich ausgerechnet mit dem Mann herum, der mir seine Hilfe angeboten hat.

Cecil starrt Guy eine gefühlte Ewigkeit lang an. Als er sich endlich wieder mir zuwendet, sagt er: »Ist bestimmt eine gute Idee, erst mal bei deinen Eltern zu bleiben. Dein Vater hat es mir letzte Woche erzählt, als er hier war.« Guy und ich sehen uns an. Uns ist beiden klar, dass mein Vater das Haus ausgeräumt haben muss. Wer sonst? Cecil fasst sich irritiert an den Kopf. »Kann sein, dass es auch schon ein paar Wochen her ist. Seit du mir nicht mehr täglich die Milch bringst, habe ich jedes Zeitgefühl verloren. Du fehlst mir. Es war immer so schön, wenn du nachmittags vorbeigekommen bist.« Lächelnd streichelt er mir die Hand.

Auch wenn mir ein Haufen Details aus meinem früheren Alltag noch nicht präsent sind, erinnere ich mich wieder, dass ich jeden Tag bei Cecil vorbeigeschaut habe und ihm eine Tüte Milch gebracht habe.

»Nachdem ich Joshua abgeholt habe, nicht wahr?«

»Genau.«

Dass ich mich so nett um einen hilfsbedürftigen Nachbarn gekümmert habe, freut mich. Vielleicht weil Cecil so alt und gebrechlich war. Oder einsam. Doch im Grunde glaube ich nicht, dass ich es nur deshalb getan habe. Vielmehr war es wohl so, dass *ich* einsam war. Beide hatten wir unsere Ehepartner verloren, wenngleich auf unterschiedliche Arten. Ich denke, ich habe Cecil besucht, weil er mich verstanden hat.

»Kannst du mir vielleicht sonst noch was über mein altes Leben erzählen?«, frage ich. Neugierig kneift er die Augen zusammen, auf seiner Stirn entsteht eine tiefe senkrechte Falte. »Ich kann mich einfach an vieles nicht mehr erinnern, weißt du. Alles, was du mir sagen kannst, würde mir helfen, Cecil. Was habe ich so getan? Wo bin ich gerne hingegangen? Über wen habe ich gesprochen?«

Mit seiner schwieligen, knotigen Hand fährt er sich übers Kinn. Guy setzt sich auf die Lehne eines Sessels und schlägt die Beine übereinander. »Ehrlich gesagt hast du sehr zurückgezogen gelebt, Chloe. Du hattest nicht viele Freunde, aber von diesem Mädchen hast du immer mal erzählt. Sara oder so. Mit ihr hast du eine Zeitlang häufig gesprochen.«

»Ehrlich?«

»Ja, ich glaube, sie war eine Kollegin von dir.«

Ich kann mich an keine Sara erinnern, aber wenn ich mit ihr zusammengearbeitet habe, kann sie ja nicht schwer zu finden sein. Und wenn sie wirklich eine so gute Freundin war, weiß sie vielleicht, wo Andrew steckt, und wie es vor dem Unfall in mir ausgesehen hat.

Entschlossen erhebe ich mich. Ich muss herausbekommen, was sich in den Tagen vor dem Unfall abgespielt hat. Dann verstehe ich vielleicht, wie ich gelebt habe, und kann endlich in die Zukunft schauen. »Cecil, sei mir nicht böse, aber wir müssen weiter.« Ich helfe ihm auf. »Mein Vater erwartet mich zu Hause.«

Nachdem ich Cecil zur Tür gebracht habe, gehe ich ins Wohnzimmer zurück. Guy sitzt immer noch auf der Sessellehne. Irgendwie wirkt er hier total deplatziert. Sein Hemd hängt noch halb aus der Hose.

»Chloe, wegen vorhin. Ich hätte …« Ich falle ihm ins Wort, will nicht wissen, was er sagen will. »Du musst dich nicht entschuldigen.« Mir schießt die Schamesröte in die Wangen. Guy trifft keine Schuld. Ich schaue aus dem Fenster, so viele Leute, so viel Lärm, so viele Leben zum Greifen nah. Keines davon ist meins. »Du schuldest mir gar nichts, Guy.«

»Aber ich …«

Eigentlich will ich nicht laut werden, aber ich kann nicht anders. Hoffentlich ist Cecil schon außer Hörweite. »Nein, Guy. Ich hätte dich nicht küssen dürfen.«

Er nickt, greift sich ins Haar, seufzt. »Lass mich wenigstens ausreden.« Ungestüm tritt er auf mich zu. »Mir ist klar, dass dein Leben gerade ziemlich kompliziert ist und dir eine Menge durch den Kopf geht. Aber ich hätte den Kuss nicht erwidert, wenn ich nicht gewollt hätte. Ich bin erwachsen und weiß, was ich will.«

»Guy, ich bin hier, um nach meinem Mann zu suchen, und wir wären fast im …« Den Rest bringe ich nicht über die Lippen.

»Nein, Chloe. Sag es doch nicht so. Sag es nicht, als müssten wir uns dafür schämen.« Er streckt die Hand nach mir aus, überlegt es sich dann aber wieder anders. »Du weißt doch nicht mal, wo dein Mann überhaupt steckt.«

Am Fenster läuft ein Pärchen Hand in Hand vorbei, sie lächeln sich an. Ob mir das auch noch mal vergönnt ist? »Wir sollten uns schämen, Guy, und es hätte nie passieren dürfen. Ich habe mich für einen Moment vergessen. Können wir es bitte dabei belassen?«

Er atmet noch einmal tief durch, blickt auf den Boden, vielleicht sucht er dort nach Antworten, vielleicht kann er mich auch nur nicht ansehen. Trotz seiner Größe und seiner breiten Schultern wirkt er auf einmal wie ein kleiner Junge. »Willst du das? Es einfach vergessen? Dich an einem Leben festhalten, das es nicht mehr gibt? An eine Vergangenheit binden, an die du keine Erinnerung hast?«

Will ich das? Weiß ich nicht. Auf jeden Fall gibt es andere Dinge, die gerade wichtiger sind, wie zum Beispiel meinen Mann zu finden. Da kann ich mich nicht mit einem Kuss aufhalten, den es nie hätte geben sollen.

»Ohne die Vergangenheit zu verstehen, kann ich nicht neu anfangen. Ich muss herausfinden, wie es zu diesem Unfall gekommen ist, und dafür brauche ich Andrew.«

»Gut. Soll ich dich zurück zu deinen Eltern fahren?«

»Nein, ich will bei meiner alten Arbeitsstelle vorbeischauen. Vielleicht ist Sara da. Die weiß womöglich, wo Andrew steckt.«

»Dann bringe ich dich hin.«

»Nein, ich komme schon allein klar.« Nach allem was passiert ist, kann ich seine Hilfe unmöglich weiter in Anspruch nehmen. »Du hast schon genug für mich getan.«

Doch Guy schüttelt den Kopf. »Sei doch nicht albern. Wie willst du denn da hinkommen? Nach deiner OP solltest du wirklich nicht allein unterwegs sein.«

Er hat ja recht, so ungern ich es mir auch eingestehe. Selbst wenn ich auf eigene Faust zur Arbeit gelange, was dann? Wohin soll ich danach? Hierher zurück? Wieder zu meinen Eltern? Keine Möglichkeit behagt mir.

Wir überqueren die Straße und steigen in seinen Wagen. Dann geht's Richtung Meer, dem Ort, an dem ich immer Trost gefunden habe. Als wir an der Ampel halten, spüre ich Guys Blick auf mir, aber ich sehe ihn nicht an, ich sauge den Anblick der Küste und ihre Geräusche in mich auf. Versuche, mich an das Leben hier zu erinnern. Wenn ich aufs Wasser schaue, kann ich die Kälte auf der Haut förmlich fühlen. Am liebsten würde ich jetzt aussteigen, durch den Sand laufen und in die Wellen tauchen. Das Meer hat mich immer beruhigt, das weiß ich jetzt.

»Ich will dir doch nur helfen, Chloe. Dir helfen, das zu finden, was du suchst. Das ist für mich das Wichtigste.«

»Danke.«

Als die Ampel auf Grün springt, ergreift er erneut das Wort.

»Denn dann wird alles einen Sinn ergeben.«

29.

Wo genau ich gearbeitet habe, weiß ich nicht, aber ich kann mich noch an den Namen der Wohltätigkeitsorganisation erinnern: *Fresh Start.* Guy kennt die Organisation und meint, sie läge nicht weit entfernt von seiner Wohnung in Hove. Mir gehen alle möglichen Gedanken durch den Kopf. Werde ich durch den Besuch im Büro mehr über mein Leben vor dem Unfall erfahren? Wird Sara dort sein? Wird sie mir etwas über Andrew erzählen können, vielleicht sogar, wo ich ihn finden kann?

Wir fahren weiter an der Küste entlang, die Wellen branden gegen den Kiesstrand. »Erinnerst du dich an den Ort hier?«, fragt Guy, als wir an einem großen Hotel vorbeikommen. Bei dem tristen, grauen Wetter wirkt die prunkvolle, rote Backsteinfassade glanzlos. Offenbar braucht sie das Sonnenlicht, um in voller Pracht zu erstrahlen. Unter dem Glasvorbau des Hotels hat sich ein Portier mit polierten Stiefeln und nassem Mantel verschanzt. Oben an der Fassade prangt der Name: Brighton Metropole.

»Nein.« Ich setze mich im Sitz zurück. »Sollte ich?«

Guy zuckt mit den Achseln und schaltet einen Gang runter. »Wenn du kein Epiduralhämatom erlitten hättest, schon.«

An der nächsten roten Ampel berührt Guy mich vorsichtig am Kopf. Unter dem Druck seiner Finger pulsiert die Wunde. Beim letzten Blick unter den Verband war da eine dicke, rot entzündete Narbe. Ich bin nicht scharf auf den nächsten Verbandswechsel. Ich wende mich ab, schaue aufs Meer, wo das Gerippe des West Piers durch den Nebel schimmert.

»Ich habe die CTs gesehen«, sagt er. »Du hattest schwere Blutungen, kein Wunder, dass du noch Probleme hast.«

»Ja.« Er nimmt die Hand weg. Die Ampel springt auf Grün, und wir schwimmen im Verkehrsstrom mit. Über den Unfall will ich jetzt nicht reden. »Was ist denn mit dem Hotel? Warum sollte ich mich daran erinnern?«

»Dort wurde der Roberta-Preis verliehen. An dem Abend wurde das Foto von euch gemacht.« Guy lacht verlegen. Ihm steigt die Röte ins Gesicht. »Eigentlich wollte ich es dir gar nicht sagen, um dich nicht zu verunsichern, aber wir haben uns an dem Abend unterhalten.«

»Ehrlich?«

»Ja, aber das ist ein bisschen peinlich.« Er holt tief Luft, lacht wieder. Offenbar ist er schüchtern. Traut sich nicht so recht, mit der Sprache rauszurücken. »Ich wusste nicht, dass du die Tochter meines Chefs bist und habe einen etwas blöden Anmachspruch gebracht.«

Nun muss ich aber lachen. »Was hast du denn gesagt?«

»Eine so schöne Frau sollte den Abend nicht allein verbringen.« Mir wird heiß. »Ziemlich armselig, oder? Aber das liegt an deinem Haar. Damit fällst du einfach auf.« Sofort werde ich mir meiner roten Lockenmähne bewusst und der rasierten Stelle mit dem Verband. »Und dann taucht ausgerechnet dein Vater auf und fragt mich, ob wir einander schon vorgestellt worden wären. Gott sei Dank war dein Mann nicht dabei. Da hätte ich mich erst recht zum Idioten gemacht.«

Wir fahren weiter am Wasser entlang, vorbei an einem Engel, der in einer Hand einen Olivenzweig, in der anderen eine Kugel hält. Die Statue steht für Frieden, das weiß ich. Mir fällt auf einmal ein, dass ich das auf einem Schulausflug gelernt habe. Damals hat man uns erzählt, dass die Kugel die Ewigkeit symbolisieren soll, etwas, das nie endet. Aber nach allem, was mir widerfahren ist, habe ich einen eher kritischen Blick darauf und halte es für ein reines Fantasiegebilde. Nichts währt ewig.

»Was habe ich denn geantwortet?«, frage ich, als wir rechts in eine Allee mit stuckverzierten Villen einbiegen. Kühl und prachtvoll löst der Vorort die wilde See ab. Auf den Gehwegen laufen Kinder mit ihren Müttern in roten, grünen und blauen Regenmänteln, die in den Scheinwerferlichtern der Autos schillern. Die Schule scheint für heute schon aus zu sein.

»Mir oder deinem Vater?«

»Dir.«

»Dass es der schlechteste Anmachspruch aller Zeiten war. Aber du hast dabei gelacht, also habe ich mich nicht so mies gefühlt. Und zu deinem Vater hast du dann gesagt, dass wir uns schon bekannt gemacht hätten, und mir zugezwinkert. Anschließend habe ich mich ziemlich schnell verdrückt, um meine Wunden zu lecken.«

»Daran erinnere ich mich überhaupt nicht mehr.« Nicht mal die Preisverleihung ist mir präsent.

»Irgendwann kommt die Erinnerung schon wieder. Wenn du magst, können wir zusammen dorthin, durch die Flure laufen, uns an die Bar setzen. Es ist wichtig, Orte der Vergangenheit aufzusuchen. Deshalb wollte ich dir auch heute so gerne helfen. Konfrontationstherapie. Dein Vater hält nicht viel davon, aber ich glaube daran. Es wird dir helfen, verschüttete Erinnerungen ins Gedächtnis zurückzurufen.«

»Meinst du, es würde was bringen, in dieses Hotel zu fahren?«

»Vielleicht.« Und dann verpufft plötzlich alle Heiterkeit. »Aber das schließt auch den Unfallort ein. Irgendwann musst du dich dem stellen, womöglich kannst du dich dann wieder an das erinnern, was dort geschehen ist. Es wird dir helfen, nach vorne zu blicken.«

»So weit bin ich noch nicht.« Das Foto im Polizeirevier hat mir schon gereicht. Der Gedanke, an den Ort zurückzukehren, wo Joshua sein Leben gelassen hat, ist unerträglich.

»Wir könnten auf dem Rückweg zusammen dort vorbeifahren, wenn du …«

»Ich sage doch, ich bin noch nicht so weit.«

Auch wenn ich aus dem Fenster schaue und den Blick über die Häuserreihen gleiten lasse, spüre ich, dass er nickt. »Okay, Chloe. Dann lassen wir das einfach. Sag Bescheid, wenn du bereit bist. Ich helfe dir gerne.« Nachdem ich mich wieder gesammelt habe, sehe ich ihn an, und er lächelt mir zu. »Wir sind da«, sagt er und hält am Straßenrand. Er zieht die Handbremse, schnallt sich ab. »Hier ist es.«

Ich steige aus, der Motor läuft noch, die Motorhaube strahlt Wärme ab. Hier gibt es eine Reihe von Läden, es riecht nach Senf und frisch mariniertem Fleisch. Hinter mir entdecke ich den Feinkostladen aus meinem Traum, in dem ich mir jeden Tag ein Sandwich gekauft habe, bevor ich zum Strand gegangen bin. Als ich unter die Markise tauche, sieht mich der Mann im Laden. Lächelnd winkt er mir zu. Ich winke zurück. Es tut gut, erkannt zu werden.

Ich schaue hinüber zu den Geschäften auf der anderen Straßenseite. Erst kommt ein Frisörladen, dessen Scheibe komplett beschlagen ist. Als Nächstes folgt ein Stoffladen, dort habe ich zu Weihnachten mal eine Tischdecke gekauft. Vor meinem inneren Auge sehe ich plötzlich eine trockene Pute, matschigen Rosenkohl und klebrigen Toffeepudding. Glückliche Erinnerungen an Andrew und Joshua. Ja, ich glaube, diese Zeiten gab es auch. Ein Stück weiter leuchtet das Schild eines Buchladens in der Dämmerung, jemand dekoriert gerade das Schaufenster. Und über dem Buchladen entdecke ich dann das Schild von *Fresh Start* mit Telefonnummer und Website.

Erst als ich mich zu Guy umdrehe, bemerke ich, dass er mir nicht gefolgt ist, sondern noch im Wagen sitzt. Ich gehe die paar Schritte zurück und öffne die Beifahrertür. Regen nieselt mir in den Nacken. »Kommst du nicht mit?«

Er schüttelt den Kopf. »Brauche ich nicht, Chloe. Es sind ja deine Freunde. Geh mal lieber allein.«

Plötzlich werde ich nervös, habe Angst davor, so ganz allein in meine Vergangenheit zu spazieren. Ich schaue hinüber zum Büro. »Soll ich vorher anrufen? Vielleicht ist keiner da.«

»Da oben brennt doch Licht.« Guy hat recht. »Klopf einfach«, sagt er. »Du bist doch da noch angestellt. Ist ja klar, dass du irgendwann wieder auftauchst.« Er reicht mir einen Schirm. »Ich warte hier. Lass dir Zeit.«

Ich schlage die Wagentür zu, atme einmal tief durch und gehe über die Straße. Vor lauter Aufregung klopft mir das Herz bis zum Hals. Ich spanne den Schirm auf, der Regen wird stärker. Dann gehe ich am Schaufenster des Buchladens vorbei und nehme die Feuertreppe, die außen am Haus hinaufführt.

Oben angekommen schmerzt mein Bein. Ich schüttle den Schirm aus und wende mich zur Tür. Da wird mir klar, dass das Licht, das wir gesehen haben, nur die Außenbeleuchtung war. Der Wind oder ein umherfliegendes Blatt hat wohl den Bewegungsmelder ausgelöst. An der Tür ist ein Schild mit den Öffnungszeiten. Das Büro ist bis morgen geschlossen.

Ich kehre zum Wagen zurück, weiche den Pfützen aus, lasse den Schirm geschlossen. Guy raucht, und wie auf der Wache in DS Grays kleinem Kabuff spüre auch ich das Verlangen nach einer Zigarette.

»Ist geschlossen.« Guy wirft die halbgerauchte Zigarette aus dem Fenster. »Dann muss ich wohl morgen wieder herkommen.«

»Okay. Kein Problem.« Eine Weile sitzen wir schweigend im Wagen, keiner weiß so recht, wie es weitergehen soll. Guy ergreift als Erster das Wort. »Wo soll ich dich jetzt hinbringen?«

Und in dem Moment habe ich wirklich keinen Schimmer. Weitab von meinem Vater, am Rande meines alten Lebens habe ich absolut keine Idee, was ich jetzt machen soll. Eigentlich sollte ich doch eine ganze Reihe von Orten oder Menschen im Kopf haben, zu denen ich gehen könnte. Aber es gibt niemanden. Ich will nicht zu meinen Eltern zurück, aber wo soll ich sonst hin? Ich bin heimatlos. Leblos.

»Keine Ahnung.«

»Du bist total durchnässt.« Er nimmt mir den eingeklappten Schirm aus der Hand und wirft ihn auf den Rücksitz. »Wollen wir einfach zu mir? Ich wohne nur ein paar Straßen weiter. Dann kannst du bei mir duschen, und wir können deine Sachen in den Trockner werfen. Uns Pizza bestellen, wenn du magst.«

Eigentlich brenne ich darauf, ja zu sagen. Mir gefällt es, frei und unabhängig zu sein. Es fühlt sich wie Leben an. Aber ist es wirklich eine gute Idee, zu ihm nach Hause zu fahren, nach allem, was passiert ist? »Weiß nicht.«

»Ach, komm schon. Wir haben uns geküsst. Na und? Wir sind doch beide erwachsen. Da können wir doch eine Pizza zusammen essen. Oder willst du etwa eine Hawaii-Pizza?« Guy zwinkert mir zu. »Dann kannst du nicht auf mich zählen.«

Ich nicke, denn sonst kann ich nirgends hin. Er lässt den Wagen an, reiht sich in den Verkehr ein.

»Und dann rufen wir deine Eltern an, sagen ihnen, dass du bei mir bist. Deinem Vater ist das sicher recht, ganz bestimmt. Wir sagen ihm einfach, dass wir uns auf einen Kaffee getroffen haben. Er weiß, dass ich gut auf dich achtgebe, Chloe.«

30.

Guy parkt vor einer viktorianischen Villa. So schmal und hoch wie das Haus ist, hat es bestimmt eine Menge Treppen. Mir tut jetzt schon das Bein weh.

Er stößt die schwere Eingangstür auf und nimmt einen Stapel Post aus dem Briefkasten, klemmt ihn sich unter den Arm. Drinnen ist es warm und kuschelig. Sofort werden meine Arme und Beine wieder durchblutet, die Zehen kribbeln, und es kommt wieder Leben in die Finger. Die Wände sind in einem warmen Gelb gestrichen, wie die Morgensonne. Ich folge ihm zur Treppe. Es ist ein seltsames Gefühl, jemanden bei der Verrichtung ganz alltäglicher Dinge zu beobachten. Allein seine Post zeugt von einer Verbindung zur Außenwelt, die mir fehlt, um mich herum nimmt der Alltag seinen Lauf. Ich bin so weit davon entfernt, dass ich mich frage, ob ich je wieder in die Normalität zurückfinden werde.

»Geh du vor«, sagt er. Obwohl der Flur so breit ist, dass selbst ein Art Déco-Tisch mit einem riesigen Spiegel darüber Platz hat, kommen wir uns nah, als ich an ihm vorbeigehe. »Wenn dein Bein nicht mitspielt, kann ich von hinten etwas nachhelfen.«

Wir setzen uns langsam in Bewegung, im zweiten Stock legen wir eine kleine Verschnaufpause ein. Im dritten Stock schiebt er sich an mir vorbei, um seine Wohnungstür zu öffnen. Es ist so eng hier, mir wird heiß bei der Berührung. Aus der Nachbarwohnung kommt eine Frau in Sportklamotten, Regenjacke, Wollmütze und Ohrenstöpseln. »Hi«, sagt sie und winkt.

»Hi.« Mit so viel Freundlichkeit habe ich gar nicht gerechnet. Ich schaue zu Guy, der mir die Tür aufhält. Er lächelt und begrüßt sie wortlos mit einer kleinen Kopfbewegung.

»Bis bald!«, ruft sie und springt die Treppe hinunter, nimmt immer gleich zwei Stufen auf einmal. Neidisch sehe ich ihr hinterher. Hoffentlich werde ich eines Tages auch wieder solch einfache Dinge verrichten können, wie selbstbewusst meine Wohnung zu verlassen.

Guy schließt die Tür hinter mir, und ich trete in ein großes offenes Wohnzimmer. Hier drinnen ist es ruhig, man hört nichts von der Außenwelt. Keine Heizungsrohre oder Haushaltsgeräte, die röhren. Kein Fernseher oder Radio, die einem vorgaukeln, man wäre nicht allein.

»Setz dich doch.« Guy legt die Post auf einem Tisch ab. Zieht sich den Mantel aus, wirft ihn über eine Stuhllehne und zeigt auf das Sofa an der Wand. Nach all den Stufen schmerzt mein Bein noch stärker, und mir ist ein wenig schwindelig. Sämtliche Muskeln zittern von der Anstrengung. »Ist garantiert bequemer, als es aussieht.«

Wie befohlen setze ich mich auf ein 50er-Jahre-Retro-Sofa aus schwarzem, kaltem Leder, das wirklich nicht sehr einladend wirkt. Guy macht sich in der Küche zu schaffen. Ich schaue mich um. Die weißen Wände werden nur durch ein Fenster und einen großen Flachbildfernseher unterbrochen. Anders als bei meinen Eltern hängen hier keine Bilder. Auf den wenigen Regalen stehen nur ein paar Bücher, ein halb fertiges Modellboot und ein Foto in einem schmalen Silberrahmen, auf dem ein Mann mit zwei Jungen zu sehen ist. Ich stehe auf, ziehe den Mantel aus und lege ihn zu Guys über den Stuhl. Dann schaue ich mir das Foto an. Die Jungen auf dem Bild haben dunkles Haar. Ist einer davon Guy? Ich nehme es in die Hand, sehe mir die Gesichter genauer an, beide wirken glücklich, braungebrannt. Der Mann hinter ihnen hat wie Guy tiefe Lachfalten um die Augen. Als ich Guy kommen höre, stelle ich das Foto schnell wieder zurück.

Er kommt mit zwei Bechern und reicht mir einen, auf dem der Palace Pier abgebildet ist. »Was stehst du denn hier so steif in der Gegend rum? Setz dich doch.«

Ich setze mich zurück aufs Sofa und beobachte ihn. Er stellt seinen Becher auf den Glastisch vor dem Sofa und fummelt am Wandthermostat herum. Sofort springt die Heizung an. Danach tritt er an einen Tisch, der unter dem Fenster steht. Der Himmel ist so weiß, dass ich den Übergang von der Wand zum Fenster ohne den Rahmen gar nicht bemerkt hätte. Bevor Guy in den Flur geht, um die Haustür zu verriegeln, drückt er noch auf den Anrufbeantworter. Nach dem Pfeifton erklingt knisternd eine Frauenstimme.

»Hi Guy, Julia hier. Ich wollte nur fragen, wann wir uns heute Abend treffen wollen und …«

Guy stürzt zum Anrufbeantworter und schaltet ihn aus. Er schlägt sich die Hand vor den Mund. Bis er sich gefangen hat und die richtigen Worte findet, dauert es einen Moment. »Tut mir so leid«, sagt er schließlich.

»Das braucht es aber nicht.« Obwohl er mich ja eingeladen hat, fühle ich mich wie ein Eindringling. Ich habe was mitbekommen, was ich nicht hätte mitbekommen sollen. Ich hocke auf der Sofakante und komme mir total blöd vor. »Ich kann ja auch gleich gehen.« Mir spuken seine Pläne im Kopf herum. Pläne mit einer Frau namens Julia. Wo soll ich jetzt hin? »Ich kann mir auch ein Taxi rufen, dann falle ich dir nicht zur Last.«

Guy winkt ab. »Nein, sei doch nicht albern.« Er setzt sich zu mir aufs Sofa. Weil er sich zurücklehnt, kann ich sein Gesicht nicht sehen. Also lehne ich mich ebenfalls zurück, bleibe aber verkrampft. In seiner Nähe kann ich mich nicht entspannen. »Ich rufe sie nachher an und sage ihr ab.«

»Das musst du nicht tun. Ich habe deine Zeit schon genug beansprucht.«

Guy lacht leise, lümmelt breitbeinig auf der Couch. »Von all den Dingen, die du heute gesagt hast, ist das echt das Albernste.« Auch wenn er sich große Mühe gibt, locker zu wirken, ist ihm die Sache mit dem Anrufbeantworter unangenehm, sonst hätte er kein Problem, mich jetzt anzusehen. »Ist echt kein Ding. Ich bin eh nicht in Stimmung, mich mit ihr zu treffen.«

Durch die Aktion komme ich mir total fehl am Platze vor. Ich gehöre nicht hierher. Ich bin so ziemlich das Gegenteil von diesem sterilen Raum mit den weißen Wänden und monochromatischen Möbeln. Ich bin schmutzig, ungekämmt und zusammengeflickt. Auf einmal wird mir bewusst, wie ich aussehe, und dass ich so einfach in Guys Leben eingedrungen bin. Was habe ich mir nur dabei gedacht, mich auf der Suche nach meiner Vergangenheit von ihm herumkutschieren zu lassen? Vor dem Unfall bin ich eine erwachsene Frau gewesen mit einem Job und einem Mann. Eheproblemen. Einem Auto. Einem Kind, das mich angehimmelt hat, obwohl ich es nicht vor den Alkoholproblemen seines Vaters schützen konnte. Mit der Vorliebe, im Meer zu schwimmen. Alles vorbei. Mir ist nicht klar gewesen, wie locker die Elemente meines Lebens miteinander verbunden waren, bis alles in seine Einzelteile zerfallen ist. Ein loser Faden, und alles hat sich aufgelöst. Und nun stehe ich mit fast leeren Händen da und weiß nicht, wie es weitergehen soll.

»Tut mir jedenfalls leid, dass ich dir den Abend versaut habe.«

»Ach, Quatsch. Du hast mir gar nichts versaut«, sagt er, dabei wird er rot wie eine Cocktailkirsche. »Auf die Gefahr hin, taktlos zu wirken, muss ich jetzt mal ehrlich sagen, dass ich ganz froh bin, dass es heute Abend mit ihr nichts wird. Nun trink mal deinen Tee und geh duschen. Tut dir bestimmt gut, aus den nassen Sachen rauszukommen. Ich suche dir in der Zwischenzeit was zum Anziehen raus. Wenn du willst, kannst du dann anschließend deine Eltern anrufen, um ihnen zu sagen, wo du steckst.«

Guy zeigt mir das Gästezimmer und gibt mir ein sauberes Handtuch. Ich schaue mich im Zimmer um, der Nachttisch blitzt, das Laken auf dem Bett weist keine Falte auf. Alles ist so sauber und ordentlich, dass ich mir nur noch chaotischer vorkomme.

»Hier hast du Shampoo und Duschgel.« Es sind Produkte für Frauen, da muss ich gleich an diese Julia denken. Ist sie hier gewesen? In dieser Dusche, in diesem Bett? Sind das ihre Sachen, die ich hier benutze? »Lass dir ruhig Zeit«, sagt er und lässt mich allein im Bad zurück.

Ich schäle mich aus den nassen Kleidern wie aus einer alten Haut, bis ich nur noch in meiner Unterwäsche dastehe. Unwillkürlich betrachte ich mich in dem großen Spiegel, der bis zum Boden reicht. Ich begutachte die Narbe am Bein, die Schnitte im Gesicht. Ich greife mir ins Haar, das Guy angeblich als Erstes an mir aufgefallen ist. Wenn ich mich so komplett im Spiegel mustere, finde ich auf einmal, dass es gar nicht so schlimm ist, wie ich dachte: Ich sehe besser aus als nach meiner Entlassung im Krankenhaus. Ich habe zugenommen und etwas Farbe bekommen. Klar bin ich lädiert, aber nicht völlig im Eimer. Es macht mir Mut, dass sich mein Leben vielleicht wie mein Körper neu aufbauen lässt.

Unter der Dusche lasse ich das Wasser auf meinen Körper prasseln, schließe die Augen. Sofort fallen mir wieder meine Eltern ein, die mich angelogen und manipuliert, mir die Genesung erschwert haben. Ihr Verhalten ist weder zu erklären noch zu entschuldigen. Dann denke ich aber auch an liebevolle Momente, an meinen Vater, der so gerührt auf das Facebook-Foto von Joshua und mir reagiert hat, an meine Mutter, die mir die Stirn gestreichelt hat. Ich werde daraus einfach nicht schlau.

Ich trockne mich ab, falte das Handtuch fein säuberlich zusammen und schlüpfe in den alten Trainingsanzug, den mir Guy aufs Gästebett gelegt hat. Der Anzug ist kuschlig weich und riecht frisch gewaschen. Gemütlich. Als ich ins Wohnzimmer zurückkehre, sitzt Guy mit einem Laptop auf dem Sofa.

Er schaut auf. »Du siehst viel besser aus. Komm, ich muss dir was zeigen.« Ich setze mich neben ihn, lasse aber etwas Abstand. Er dreht mir den Bildschirm zu. »Ich fand es ganz interessant, was du heute Morgen über die Forschungen deines Vaters erzählt hast. Über dieses Medikament. Ich kenne mich auf diesem Gebiet nicht so gut aus, daher habe ich mal ein wenig nachgeforscht. Propanolol ist ein Betablocker und wird normalerweise bei Bluthochdruck eingesetzt. Aber er findet auch Anwendung in der Psychiatrie. Besonders bei der Behandlung von posttraumatischen Belastungsstörungen.«

Guy klappt den Laptop zu und dreht sich zu mir. »Vor ein paar Jahren gab es eine interessante Studie am Massachusetts Institute for Technology. Dabei sind die Wissenschaftler darauf gestoßen, dass es möglich ist, den Stresslevel zu senken, wenn man dem Patienten vor der Konfrontation mit dem traumatischen Ereignis Propanolol verabreicht. So wird die Vergangenheit als weniger belastend empfunden, und das Trauma beeinträchtigt den Patienten nicht mehr so stark. In der Theorie nennt sich das Rekonsolidierung, wie dein Vater gesagt hat. Eine Art Umstrukturierung der Erinnerungen. Ruft man eine Erinnerung auf, wird sie in einen labilen Zustand versetzt, fast als würde man sie zum ersten Mal speichern, deshalb ist sie empfänglich für Veränderungen.«

»Traust du meinem Vater das zu?«

Unschlüssig schüttelt er den Kopf. »Vermutlich kann man mit dieser Methode nicht nur posttraumatischen Stress mindern, sondern auch Erinnerungen tilgen, die den Patienten blockieren.«

»Glaubst du, er will Andrew aus meinem Gedächtnis löschen? Joshua?«

Guy windet sich unter meinem Blick. »Ich weiß es nicht. Aber momentan solltest du keine weiteren Therapiesitzungen mehr mit ihm machen. Nicht, bevor wir mehr wissen. Ich finde es nicht in Ordnung, wenn man den Patienten über die Behandlung im Unklaren lässt.«

Er bestellt eine Pizza, schenkt sich schon mal einen Drink ein und streift die Schuhe ab. Er legt einen alten

Film aus den 80ern ein, in dem zwei Jungs eine Schaufensterpuppe zum Leben erwecken. Über die schlechten Witze lacht er sich schlapp, der Pizzakarton zwischen uns riecht nach Fett und Käse. Am Ende liege ich mit vollem Bauch auf dem Sofa. Einen Augenblick lang, vielleicht sind es auch nur Sekunden, vergesse ich alles.

Ist es wirklich so schlimm, dass ich Zeit mit Guy verbringe? Dass ich gerne mit ihm zusammen bin? Irgendwie habe ich Schuldgefühle, als würde ich ein doppeltes Spiel treiben. Als wäre es Verrat, mich in Guys Gesellschaft wohlzufühlen, dabei erinnere ich mich kaum an meinen Mann. Doch hier mit Guy geht es mir gut. Er gibt mir das Gefühl, mehr zu sein als nur ein Opfer, mehr als eine Frau, die sich selbst verloren hat. Als wäre ich ein Mensch mit einem richtigen Leben. Kann es einen besseren Grund geben, Zeit mit jemandem zu verbringen? Deshalb braucht man sich doch nicht schuldig zu fühlen.

Nach dem Film wandert mein Blick automatisch zurück zu dem Foto mit den beiden Jungen. Außer dem Modellboot ist es ja auch der einzige persönliche Gegenstand im Raum. Guy stellt den Fernseher leiser und ertappt mich, dass ich auf das Bild starre.

»Tut mir leid, ich will nicht neugierig sein.«

Er geht zum Regal und nimmt das Bild in die Hand. »Bist du nicht.« Er reicht es mir, und ich sehe es mir genau an, passe mit meinen fettigen Fingern auf, während ich die beiden kleinen Jungen betrachte. Jetzt erkenne ich Guy zweifellos wieder, die dunklen Augen, das lockige Haar. Selbst in jungen Jahren sieht man schon die markanten Konturen, den Schmollmund und den hohen Haaransatz. Der andere Junge sieht genauso aus, nur dass er weichere Züge hat.

»Dein Bruder?« Guy hat einen jüngeren Bruder erwähnt, der gestorben ist.

»Ja. Mein Vater ist für sein Leben gern gesegelt.« Guy nippt an seinem Drink. »Hatte ein Boot am Hamble in Holly Beach liegen. Nur so ein kleines Ding«, sagt er fast entschuldigend, als müsste man sich schämen, ein Boot zu besitzen. »Damit ist er dann immer durch die Meerenge zwischen dem Festland und der Isle of Wright bis hoch zu den Needles gesegelt. Kennst du die Nordküste der Isle of Wright?« Ich schüttle den Kopf. »Es ist wirklich schön da. Kleine Fischerdörfer direkt am Wasser, überall Boote. Und aus dem Grün der Küste ragen schneeweiße Klippen empor. Bis zum Leuchtturm der Needles.«

Guy entwirft ein Idyll, so beginnen glückliche Erinnerungen. Schnell stelle ich das Foto auf dem Sofa ab, denn ich ahne, dass es schlimm enden wird.

»Er war ein Jahr jünger als ich, immer ganz erpicht darauf, aufs Wasser zu kommen. Ich nicht so. Obendrein war ich wohl noch etwas waghalsig. Mein Vater hat mich immer Schludrian genannt, weil ich nichts so gemacht habe, wie ich sollte.« Er blinzelt wie verrückt. Mir schnürt sich die Kehle zusammen. »Am Tag, als wir ihn verloren haben, hatte ich den Großbaum nicht richtig festgemacht. Er ist ausgeschwenkt und hat ihn von

Bord gestoßen.« Guy setzt das Glas an die Lippen und leert es in einem Zug. »Er wurde nie gefunden.«

Im ersten Augenblick kann ich gar nichts sagen. Ich denke bloß an den Tod des Jungen. Als ich aufschaue, wirkt Guy einigermaßen gefasst, kaut auf der Unterlippe. »Tut mir so leid«, stammle ich, ich weiß ja selbst am besten, wie hohl das klingt. Und wie wenig es hilft. Aber was soll man auch sonst sagen?

»Danach war alles anders. Auch wenn meine Eltern mir nicht direkt die Schuld gaben, konnten sie mir auch nicht vergeben. Ich bin so früh wie möglich von zu Hause weg. Ich hatte das Gefühl, zu seinem Geist geworden zu sein. Egal wie viele Tränen sie vergossen hatten, egal wie sehr ich mich bemühte, ihnen der perfekte Sohn zu sein, niemand kann die Toten auferstehen lassen. Kannst du dir vorstellen, wie das gewesen ist, noch zehn Jahre mit ihnen unter einem Dach zu leben und für den Tod meines Bruders verantwortlich gemacht zu werden, obwohl ich doch erst acht war?«

Und ehrlich gestanden kann ich das nicht. Denn selbst nach allem, was passiert ist, will mich meine Familie um sich haben, trotz des Unfalls und all der daraus resultierenden Probleme. Ich denke an die Zeit im Krankenhaus, als sie trotz meiner Proteste, weil ich sie nicht erkannt habe, an meinem Bett sitzengeblieben sind, manchmal die ganze Nacht. Ich habe mich immer angenommen gefühlt.

»Es ist schon ziemlich spät, und ich habe getrunken«, sagt er. Als ich auf die Uhr schaue, ist es fast zehn Uhr.

Ich bin schon seit Stunden hier, auch wenn es mir nicht so vorkommt. »Warum schläfst du nicht einfach hier? Das Gästebett ist ja schon gemacht.«

»Okay.« Wo hätte ich denn sonst hinsollen?

Ich liege über eine Stunde lang wach, kann mich in der fremden Umgebung nicht entspannen. Nach einer Weile stehe ich auf und tappe durchs dunkle Wohnzimmer. Ich öffne das Fenster und lausche dem fernen Meeresrauschen. Irgendwo da draußen in der Kälte ist Joshuas Asche. Und irgendwo auch Andrew, ein potenzieller Verdächtiger. Da soll man noch bei Verstand bleiben. Nach einer Weile schließe ich das Fenster und gehe zurück in den Flur, bis ich vor Guys Schlafzimmertür stehe.

»Komm rein«, sagt er auf mein Klopfen. Er sitzt mit einem Kognak im Bett. Das Bettzeug ist zerwühlt, und um ihn herum liegen Fotos. »Alles okay?« Er sammelt die Fotos auf einen Stapel. »Brauchst du noch was?«

»Ich kann nicht schlafen. Hast du noch Lust auf Gesellschaft?« Er nickt, und ich setze mich auf die Bettkante, schiebe die Hände unter die Oberschenkel. Aber Guy rückt zur Seite, bedeutet mir, mich neben ihn zu setzen. Im Grunde weiß ich, dass ich bleiben sollte, wo ich bin, aber schließlich bin ich ja wegen der Gesellschaft gekommen, also rutsche ich weiter zu ihm aufs Bett, während er die restlichen Fotos zusammensucht. In seinem Schlafzimmer ist es heiß, die Luft trocken. »Was guckst du dir an?«

»Ach, nur alte Bilder. Manchmal krame ich sie wieder hervor. Liegt bestimmt daran, dass wir vorhin über meinen Bruder gesprochen haben. Wahrscheinlich suche ich wie du nach Antworten. Frage mich, ob alles hätte anders sein können.« Er lächelt und wiegt den Kopf hin und her. »Ob ich hätte anders sein können.«

»Aber es ändert sich nie was«, sage ich und denke dabei an Joshuas Worte am Strand. Guy wirft noch einen letzten Blick auf ein Foto von seinem Bruder. Als er mir den Kognak reicht, trinke ich, ohne nachzudenken. Mir steigt der Alkohol sofort zu Kopf, die Umgebung verschwimmt.

»Du hast recht. Es bleibt immer gleich. Man kann die Vergangenheit nicht ändern, nur sich selbst.«

»Darf ich dich was fragen?« Erwartungsvoll sieht er mich an. »Wenn du eine Pille nehmen und dich einer Behandlung unterziehen könntest, um alles zu vergessen, würdest du es tun?«

Guy zieht ein Bein zur Brust und schlingt die Arme darum. »Nein, Chloe, würde ich nicht. Man sollte das Leben nicht manipulieren. Das Leben ist ein Geschenk. Wir gehen unseren Weg, begegnen anderen Menschen, erleben Glück und Leid und all die anderen Dinge, die uns zu dem machen, wer wir sind. Und das gehört zum Geschenk dazu. Wie sagt man noch gleich?« Gedankenverloren blickt er zum Fenster, der Wind pfeift. »Der Weg ist das Ziel, darauf kommt es an. So in der Art. Ohne Vergangenheit sind wir nicht mehr wir selbst. Ohne Erinnerungen können wir uns nicht mehr entscheiden. Warum sollte man alles vergessen wollen? Ist es nicht besser, von der Vergangenheit zu lernen und ein besserer Mensch zu werden? Aus dem, was mir widerfahren ist, bin ich gestärkt hervorgegangen, dazu gehört auch der Tod meines Bruders. Mir tut der Fehler nach wie vor weh, aber er ist mir eine Lehre gewesen.«

Unser Gespräch fließt zwischen seinem und meinem Schmerz dahin, ein toter Bruder, ein toter Sohn. »Ich wünschte, ich würde aus allem schlau werden. Könnte mich an mehr als nur Bruchstücke erinnern. Nichts fühlt sich echt an.« Dann denke ich an unseren Kuss, der mich mehr getröstet hat, als alles andere. Bin ich deshalb mit zu ihm gegangen, bin durch die Dunkelheit gewandert, um dann hier bei ihm im Bett zu landen? Um überhaupt etwas zu spüren? Etwas Echtes?

Er nimmt mir das Glas aus der Hand und stellt es ab. Er rückt näher, ich spüre ihn. Seinen Herzschlag. Seinen Puls. »Ich bin echt«, flüstert er. Und dann küsst er mich auf den Mund, seine Bartstoppeln kitzeln mich. Diesmal halte ich ihn nicht zurück. Ich erkunde sein Gesicht, seine Schultern, seine Arme, die sich unter meiner Berührung anspannen. Ich schmiege mich an ihn, genieße den Kuss.

Er hebt meine Arme, ganz sanft, nicht so ungeduldig wie heute Nachmittag. Das war nicht der passende Moment. Guy weiß, dass ich ihn nicht zurückweisen werde. Er braucht sich nicht zu beeilen. Er zieht mir den Pulli über den Kopf, bedeckt meinen Hals mit Küssen. Er hält inne, sieht mich an. Diesmal weiche ich seinem Blick nicht aus. Seine Hände wandern von meinem Gesicht zu meinen Brüsten und weiter zu meinen Hüften. Ich zittere unter seiner zarten Berührung.

»Lass mich dich alles vergessen machen«, sagt er. »Lass uns jetzt nur du und ich sein.« Und da denke ich: Ja, genau das will ich. Vergessen und nur den Moment spüren. Schwer liegt er auf mir, ich schließe die Augen und verliere mich.

31.

Als ich am nächsten Morgen aufwache, ist es noch dunkel. Unter der Decke bin ich nackt, Guy hat die Arme um mich gelegt. Ich spüre seinen Atem im Nacken. Mir tut der Kopf weh, hinter der Narbe pocht es gewaltig. Die Leichtigkeit von gestern Nacht ist verflogen. Ich sollte nicht eng umschlungen mit einem Fremden im Bett liegen. Doch gestern wollte ich mal etwas Neues, habe mir Ruhe und Trost erhofft. Und eine Weile hat es auch funktioniert.

Guy regt sich hinter mir. Die Gelegenheit nutze ich und schlüpfe unter seinem Arm hindurch. Danach wälzt er sich noch ein wenig hin und her, wacht aber nicht auf, vergräbt das Gesicht in den Kissen. Der Regen peitscht gegen das Fenster, als wollte er mich verdammen, verteufeln und anschreien: *Was hast du nur getan, Chloe? Was hast du getan?*

Was habe ich getan?

Was tue ich?

Flashbacks vom Sex. Schuld. Lust. Befriedigung. Beim Aufstehen trete ich auf die Familienfotos, und sofort überkommt mich eine eisige Kälte. Steif und unbeholfen wickle ich mich in das Laken. Durchs Fenster dringt schwaches, graues Licht herein und verleiht allem einen silbernen Glanz, selbst meiner Haut. Mir kommt es vor, als würde die ganze Welt zuschauen, wie ich hier aus diesem Zimmer krieche, als hätte ich etwas Verwerfliches getan. Habe ich das? Ich kann es einfach nicht mehr beurteilen.

Ich gehe ins Bad und spritze mir heißes Wasser ins Gesicht. Im Badezimmerschrank suche ich nach Schmerztabletten, finde aber nur Heftpflaster und eine halbleere Kondompackung. Mit Schrecken wird mir bewusst, dass wir gar nicht verhütet haben. Der Gedanke, ich könnte schwanger geworden sein, macht mir Angst. Wie soll ich ein Kind beschützen, wenn ich nicht mal weiß, wer ich bin?

Meine Klamotten liegen in einem Knäuel im Trockner. Ich ziehe mich schnell an. Im Wohnzimmer stelle ich mich ans Fenster und schaue hinaus aufs Meer und die Wellen, die unermüdlich aufs Land zurollen. Graue, schwere Nebelschwaden hängen in der Luft. Die Umrisse des Riesenrads tauchen gespenstisch im Dunst auf.

Neben mir blinkt die Anzeige des Anrufbeantworters. Fünf neue Nachrichten. Von wem die stammen, male ich mir lieber nicht aus. Als ich mir in der Küche einen Tee mache, finde ich im Schrank eine angebrochene Packung Paracetamol. Ich setze mich an den Küchentisch. Alles ist still. Soll ich jetzt einfach gehen? Nur wohin? Der Gedanke, mich davonzustehlen, ist verlockend, das würde mir einiges an Schmach ersparen. Was habe ich mir nur bei all dem gedacht?

Doch auf einmal höre ich eine Tür gehen, Schritte im Flur. Kurz darauf erscheint Guy nur mit Boxershorts bekleidet in der Küche. Gut sieht er aus, gebräunt und durchtrainiert. Noch immer spüre ich seine Berührungen auf der Haut. Es hat sich so gut angefühlt, dass ich den Blick abwenden muss.

»Guten Morgen.« Er fährt sich durchs Haar.

»Morgen.« Angestrengt starre ich auf den Tisch. »Tut mir leid wegen gestern Nacht.«

»Im Ernst?« Guy wirkt fast enttäuscht. Er schaltet den Wasserkocher ein, greift sich eine Tasse. Dabei spannt er die Bauchmuskeln an, bewegt die Hüfte.

»Ich … ich habe das Gefühl, wir hätten es nicht tun sollen.«

»Warum nicht?« Er setzt sich zu mir an den Tisch, tunkt den Teebeutel immer wieder mit einem Löffel unter. Als ich keine Antwort gebe, sagt er: »Weißt du, Chloe, du wolltest es, und ich wollte es. Was ist denn dabei? Habe ich dich gezwungen, dir wehgetan?«

Ich schüttle den Kopf. »Natürlich nicht.«

»Na siehst du.« Damit scheint das Thema für ihn erledigt zu sein.

Nachdem er sich etwas Milch in den Tee gegossen hat, trinkt er einen Schluck. Guy hat verquollene Augen und verstrubbeltes Haar. Aus irgendeinem Grund kommt mir Julia in den Sinn, die er meinetwegen versetzt hat. Ob er schon nachmittags wusste, was passieren würde? Hat er damit gerechnet? Kennt er mich besser als ich mich selbst?

»Gestern haben wir uns geeinigt, nicht weiter über den Kuss zu reden, daran hat sich nichts geändert«, fügt er hinzu.

Einerseits bin ich erleichtert, dass er keinerlei Erwartungen an mich hat. Ein wenig enttäuscht bin ich trotzdem. Aber ich weiß, dass es besser so ist. Wie soll ich mich auf jemanden einlassen, wenn ich nicht mal mit meinen eigenen Gefühlen klarkomme?

»Als ich allein im Bett aufgewacht bin, dachte ich schon, du hättest die Biege gemacht. Zum Glück hast du das nicht getan.«

Vielleicht hätte ich wirklich gehen sollen. Aber abgesehen davon, dass ich nicht gewusst hätte, wohin, wollte ich auch irgendwie nicht. Die Nacht mit Guy hat mir etwas gegeben. Auch wenn es vielleicht oberflächlich oder rein körperlich war, habe ich mich ihm näher gefühlt als sonst jemandem. Ich bin geblieben, weil ich dieses Gefühl nicht gleich wieder aufgeben wollte.

Er greift nach meiner Hand. Am Ende gebe ich nach und verschränke meine Finger mit seinen. Und als wir Händchen haltend am Tisch sitzen, wird mir bewusst, dass es keinen Ort gibt, an dem ich gerade lieber wäre.

»Du solltest dich bei deinen Eltern melden«, sagt er. »Ruf sie kurz an und sag ihnen, dass es dir gut geht.« Er steht auf, nimmt zwei Schüsseln und stellt sie auf den Tisch. Aus einem Schrank fördert er eine Packung Schoko-Müsli zutage. »Nachdem wir was im

Magen haben, steht uns noch ein Besuch im Büro bevor, oder?«

»Musst du nicht arbeiten?« Ich schaue auf die Uhr. Es ist schon fast acht.

»Ich melde mich krank.« Er schüttet sich Müsli in die Schale, dann sieht er mich lächelnd an. »Ich bin lieber mit dir zusammen.«

32.

Als ich die Tür öffne, schlägt mir warme Heizungsluft entgegen. Eine Frau in rotem T-Shirt sitzt direkt hinter der Tür an einem Schreibtisch und tippt auf der Tastatur eines Computers. Im Büro ist es schwül, die Scheiben sind beschlagen. Ich kenne die Frau mit Namen, ihr Schreibtisch dient hier als Rezeption.

»Dawn?« Die Frau blickt auf. Im ersten Moment kann sie mich nicht einordnen, weiß nicht, wer sich hinter den bleichen, verhärmten Zügen verbirgt. Doch als sie aufsteht, erkennt sie mich doch.

»Oh mein Gott, Chloe.« Sie kommt hinter ihrem Schreibtisch hervor und stürmt auf mich zu. Offenbar will sie mich in den Arm nehmen, doch als sie den Verband sieht, schreckt sie zurück. Das alles endet in einer ungelenken Umarmung, weil keine von uns beiden so recht weiß, wie sie sich verhalten soll. »Wir haben von deinem Unfall gehört. Wir haben nicht geglaubt, dass … Wir haben gehört, dass … Oh mein Gott, Chloe, es tut mir ja so leid.«

Durch Dawns Gewese werden auch die anderen im Büro auf den Plan gerufen, aufgeregt eilen sie herbei, um die Frau anzuschauen, die dem Tod von der Schippe gesprungen ist. Im Nu bin ich von Kollegen umringt und werde mit Fragen bombardiert. Der Name Damien Treadstone ist in aller Munde, ungläubig fragt sich jeder, wie man einfach vom Unfallort flüchten und behaupten kann, nie da gewesen zu sein. Was es für ein Wunder sei, dass ich noch am Leben bin, rufen sie aus. Wie leid es ihnen täte. Obwohl ich mir große Mühe gebe, auf alle Fragen zu antworten, wird meine Aufmerksamkeit immer wieder von den Räumlichkeiten absorbiert.

Als ich mir die Poster mit den Informationsgrafiken und Kampagnen anschaue, die vor übermäßigem Alkoholkonsum warnen, fühle ich mich heimisch. Dieser Ort ist mir vertraut, und vor allem bin ich mir selbst an diesem Ort vertraut. All die Vereinbarungen, die ich unterzeichnet habe, die langen Abende im Büro, die immer präsente Hoffnung, dass jemandes Leben durch meine Arbeit erträglicher wird als mein eigenes. Mein Blick wandert zu einem Schreibtisch in der Ecke, daneben ein schmales Fenster. Von da aus schaut man auf die benachbarte Hauswand, und selbst im Sommer ist es dort zugig. An dem Schreibtisch sitzt eine junge Frau in elegantem Kleid. Sie wirkt durchtrainiert, hat muskulöse Arme, als würde sie regelmäßig ins Fitnessstudio gehen. Obwohl sie den Tumult bemerkt, arbeitet sie unbeirrt weiter. Ich kenne sie nicht.

»Komm mit durch«, sagt einer der Kollegen – George heißt er, glaube ich – und zieht mich von dem

Pulk Leute weg, die, nachdem sich die erste Aufregung über meinen Besuch gelegt hat, nach und nach wieder an ihre Schreibtische wandern. »Janice ist in ihrem Büro. Sie wird sich freuen, dich zu sehen. Geh schon.« Er bugsiert mich zu einer Tür, auf der *Büroleitung* steht. Darunter hat jemand ein DIN A4-Papier mit *Oberboss* geklebt, und um dem Wisch einen offiziellen Anstrich zu verleihen, haben alle aus dem Büro unterschrieben. Unten links habe auch ich unterschrieben, aber nicht so krakelig wie jetzt: *Chloe Jameson*, die Frau, die ich mal war.

Ich atme einmal tief durch und klopfe. »Herein.« Ich öffne die Tür. Janice springt auf und schlägt sich erschrocken die Hand vor den Mund. Ihre Nägel sind sorgfältig manikürt und rot lackiert. Sie nimmt mich in Augenschein, ihr Blick wandert zu meinem Kopfverband. Ich versuche, die Haare darüber zu ziehen. Janice deutet auf einen der tiefen Sessel.

Mir ist sie sofort vertraut. Ich kenne ihre runden Kurven, ihren kurzen, blonden Bob. Die klobige Kette, die aussieht, als hätte man Bonbons aufgezogen. Janice ist schon seit Jahren meine Chefin.

»Ich glaub's nicht, Chloe.« Sie zieht sich einen Stuhl heran und setzt sich mir gegenüber. Dann schaut sie gedankenverloren in die Ferne, bevor sie den Kopf schüttelt und mich wieder ansieht. Abermals nimmt sie meine Verletzungen in Augenschein, sicher hat sie darüber in der Zeitung gelesen. »Ich habe dich immer wieder angerufen, aber es ist niemand rangegangen. Ich war auch bei dir zu Hause, aber da war keiner.« Ergeben zuckt sie mit den Schultern. »Ich wusste nicht, wie ich dich hätte sonst erreichen können.« Offenbar hat sie das Gefühl, mich im Stich gelassen zu haben.

»Macht doch nichts, Janice. Du hast getan, was du konntest.«

»Aber es war nicht genug, oder? Wir haben alle an dich gedacht. Wirklich alle. Und an Joshua. Ich weiß gar nicht, was ich sagen soll, Chloe. Als ich das in der Zeitung gelesen habe …« Wieder schüttelt sie den Kopf, ihre Augen füllen sich mit Tränen. Sie nimmt meine Hand. Seit ich aus dem Koma erwacht bin, ist das wohl die bewährte Geste. »Es tut mir so furchtbar leid.«

»Danke. Das bedeutet mir viel.« Und das tut es auch. Mir hat es gutgetan, so herzlich von den Kollegen empfangen worden zu sein. Schön, dass sich Leute freuen, mich zu sehen. Denn in meinen brüchigen Erinnerungen war ich kaum bei der Sache und gehörte gar nicht richtig zum Team. Heute hatte ich das Gefühl, dass alle mich mögen und ich hier willkommen bin. Als gehörte ich wirklich hierher. Und wenn das so ist, muss ich so schnell wie möglich zurück zur Arbeit. Es wird mir helfen, mich wiederzufinden. Den Menschen, der ich war. »In den letzten Wochen hat sich so viel verändert. Schön, mal wieder in vertrauter Umgebung zu sein.«

»Ich kann mir das alles kaum vorstellen.« Janice lässt meine Hand los und lehnt sich im Stuhl zurück. »Ich weiß nicht, was ich an deiner Stelle tun würde.« Ihre Ehrlichkeit ist erfrischend. Endlich erkennt mal jemand an, was für ein riesiger Berg noch vor mir liegt. »Erzähl mal. Wie nimmt Andrew es auf?«

Das heißt also, sie weiß, dass Andrew lebt. »Keine Ahnung.«

Verwundert sieht sie mich an, dann presst sie die Lippen aufeinander. »Du weißt nicht, wo er ist?«

»Nein.« Ich schüttle den Kopf.

»Aber er weiß, was passiert ist?«

In dem Moment wird mir klar, dass ich das eigentlich gar nicht sagen kann. Ist Andrew bewusst, dass unser Sohn tot ist? So unglaublich es klingt, aber diese Möglichkeit habe ich bislang noch gar nicht in Betracht gezogen. Weiß er von dem Unfall? Bei dem Gedanken, ich müsste ihm womöglich die Botschaft überbringen, rutscht mir das Herz in die Hose.

»Ehrlich gestanden, weiß ich das auch nicht. Mein Vater meinte nur, Andrew hätte Geld von ihm angenommen.« Janice sieht mich verwirrt an. »Und damit eingewilligt, mich in Ruhe zu lassen.«

Sie steht auf und schenkt uns zwei Gläser Wasser aus einer Karaffe ein. Mir zittern die Hände. Janice holt tief Luft. »Was für ein Schlamassel«, sagt sie und setzt sich wieder. »Er hat dich immer wieder im Stich gelassen, aber trotzdem tut er mir jetzt leid. Du und ich waren nicht eng befreundet. Du bist immer sehr für dich geblieben. Hast dir eingebildet, so würde niemand merken, was bei dir zu Hause los ist.«

»Was meinst du?«

»Die Trinkerei, Chloe. Wir wussten alle, wie schwer

es für dich war.« Janice hält inne. »Vielleicht sollte ich lieber meinen Mund halten. Ich habe kein Recht, so über Andrew zu sprechen. Aber du hast diesem Mann so viele Chancen gegeben, da hätten wir alle gerne mal gesehen, dass er sich auch anstrengt. Der hat wirklich alle Unterstützung der Welt von dir bekommen. Wie oft hast du auf dein Handy geschaut, weil du auf einen Anruf von ihm gewartet hast.«

»Im Ernst?«

»Ja«, sagt sie fast schon ärgerlich. »Und jetzt, wo du ihn wirklich brauchst, hat er sich aus dem Staub gemacht. Du hast so vielen Menschen mit deiner Arbeit hier geholfen, aber der eine, dem du wirklich helfen wolltest, hat dich nicht gelassen. Was für eine schlimme Sucht.«

»Ja«, antworte ich leise. Auch wenn Andrew das Geld von meinem Vater genommen hat, wächst mein Mitgefühl für ihn.

»Manchmal habe ich dich in der Mittagspause unten am Strand gesehen. Ganz allein. Du warst so einsam. Ich habe mich echt gefreut, dass du einen Neuanfang machen wolltest.«

»Wie Neuanfang?«

»Na, dass du ihn verlassen hast. Als du es mir erzählt hast, war ich davon überzeugt, dass es eine gute Entscheidung war. Das fanden alle hier. Von dem Geld wusste ich allerdings nichts. Die Chloe vor dem Unfall hätte darüber sicher geschwiegen.«

Allmählich begreife ich, dass meine Ehe eine Katastrophe gewesen war und alle es wussten. So was lässt sich nicht verbergen, Andrews Trinkerei hat alles in den Dreck gezogen. Und nachdem er nicht tot, sondern nur verschollen ist – möglicherweise, weil mein Vater ihn mit Geld abgefunden hat, falls ich meinem Vater überhaupt noch irgendetwas glauben kann –, bin ich zunehmend stolz, dass ich ihn verlassen habe. Immerhin hatte ich die Courage, etwas Besseres für mich und Joshua zu fordern. In dem Zusammenhang ergibt es gar keinen Sinn, dass ich mich am Unfallabend noch mit ihm treffen wollte. Wenn ich doch von ihm loskommen wollte, wieso sollte ich mich mit ihm verabreden?

»An vieles kann ich mich überhaupt nicht mehr erinnern, Janice. Ich versuche, die einzelnen Teile nach und nach wieder zusammenzusetzen, aber dafür brauche ich Andrew.«

Sie nickt. »Lass dir Zeit. Übereile nichts, Chloe.«

»Aber ich muss auch nach vorne schauen.« Auf einmal habe ich das Gefühl, dass die Zukunft zum Greifen nah ist. Wenigstens weiß ich jetzt, dass ich ein Haus und einen Job habe, ein Leben außerhalb der Enge meines Elternhauses. Gestern Nacht erst habe ich Trost in den Armen eines Mannes gefunden. Ich bin imstande, mir ein neues Leben aufzubauen. Was bleibt mir auch anderes übrig? »Ich würde gerne wieder zur Arbeit kommen. Vielleicht ein stufenweiser Einstieg oder so.«

Janice nippt am Wasser, stellt dann das Glas auf einen Untersetzer in Muschelform. Und bevor sie spricht, wirft sie einen neuerlichen Blick auf meinen Kopfverband. »Wie meinst du das mit dem Zurückkommen?«

»Na ja, erst mal müssten die Ärzte natürlich zustimmen, aber so lange …«

Janice fällt mir ins Wort. »Nein, so meine ich das nicht. Als du sagtest zurückkommen, meinst du wieder hier arbeiten?«

»Ja, natürlich. Es tut gut, wieder hier zu sein. Ich möchte so schnell wie möglich wieder in einen Alltag zurückfinden. Vielleicht kann ich erst mal ein oder zwei Tage die Woche kommen oder auch stundenweise.« Im Geiste plane ich einen Umzug zurück nach Brighton, meinem zweiten Zufluchtsort.

Janice fummelt an ihrem Ohrring herum, einem überdimensionalen Fisch. Auf einmal liegt eine Anspannung in der Luft. »Aber, Chloe«, sagt sie schließlich und starrt auf ihren Schreibtisch, »du arbeitest hier gar nicht mehr.«

»Was?« Mir bleibt die Spucke weg. »Wie?«

Ihr Atem zittert, als sie leise sagt: »Du hast gekündigt. Und dann hattest du eine Woche vor Ablauf der Frist deinen Unfall.«

Das fasse ich nicht. »Aber ich habe meinen Job geliebt. Das hätte ich nie getan.«

Janice steht auf und geht hinüber zu einem mit Aufklebern übersäten Aktenschrank. Sie stöbert durch die Ordner und fischt mit ihren perfekt manikürten Händen ein Schreiben heraus. Es stammt vom August und trägt meine Unterschrift, ein Kündigungsschreiben. Ungläubig starre ich darauf. »Du wolltest dein Glück woanders versuchen.«

Immer wieder schaue ich von dem Schreiben auf meinem Schoß zu Janice. »Ich verstehe das nicht. Ich kann mich nicht erinnern, dass ich woanders anfangen wollte.«

»Es tut mir wirklich leid, Chloe, aber ich weiß nicht, was ich dir sonst sagen soll. Du hast dich immer sehr bedeckt gehalten. Hast nie viel von dir preisgegeben. Aber über den Wohltätigkeitsverein wussten wir von Andrews Alkoholproblemen. Als du den Job aufgeben wolltest, dachte ich einfach, du tust das wegen Andrew, um dich zu trennen. Ich wusste, dass du eine Zeitlang bei deinen Eltern gewohnt hast, aber keine Ahnung, was du danach vorhattest.«

»Mit Neuanfang meinst du also, ich wollte reinen Tisch machen, alles hinter mir lassen?« Janice nickt. Ihr scheint es aufrichtig leidzutun. »Irgendjemandem muss ich doch von meinen Plänen erzählt haben.«

»Vielleicht, aber mir nicht. Du hast gesagt, es wäre besser, wenn niemand wüsste, wo du bist, dann könnte auch keiner aus Versehen was ausplaudern. Tut mir leid, dass ich dir nicht mehr erzählen kann, aber so wolltest du es.«

Und dann fällt mir ein, dass Cecil von einer guten Freundin gesprochen hat. Ihr habe ich mich doch garantiert anvertraut. »Was ist mit Sara? Vielleicht habe ich ihr was gesagt. Ist sie da? Kann ich mit ihr sprechen?«

Sie schüttelt den Kopf. »Da kann ich dir nicht helfen, Chloe. Hier arbeitet keine Sara.«

»Aber mein alter Nachbar meinte, dass ich täglich

mit ihr gesprochen hätte. Dass sie eine Freundin gewesen wäre.«

Janice stapelt Unterlagen, hält inne. »Du hast hin und wieder eine Freundin namens Sara erwähnt. Offenbar hast du dich mit ihr in der Mittagspause zum Kaffee getroffen.« Janice wendet den Blick ab, als müsste sie überlegen. »Ich habe dich mal am Strand gesehen. An dem Tag hast du mir erzählt, dass ihr euch treffen würdet. Aber du warst mit einem Mann am Strand.«

»Mit was für einem Mann?«

Janice nimmt mir das Kündigungsschreiben aus der Hand und legt es auf den überfüllten Schreibtisch. Es ist viel zu warm hier drinnen. Ich schwitze unter den Achseln, das Blut schießt mir in die Wangen. Was will sie mir damit sagen?

»Ich weiß bloß, dass es nicht Andrew war. Kurz darauf hast du mir dann gesagt, dass du uns verlässt. Da habe ich einfach zwei und zwei zusammengezählt.«

Als Janice diesmal nach meiner Hand greifen will, weiche ich zurück. Die ganze Zeit habe ich gedacht, dass ich mich wegen Andrews Trinkerei getrennt habe, und nun erfahre ich, dass ich vielleicht einen anderen gehabt habe. Kann das sein?

»Du brauchst kein schlechtes Gewissen zu haben, Chloe. Nach dem, was du mit Andrew durchgemacht hast, kann dir das keiner verübeln.« Ich stehe auf und wende mich zur Tür. »Chloe, warte doch«, sagt Janice, aber da bin ich schon aus dem Büro gestürmt. Hier kann ich nicht länger bleiben.

An der Rezeption holt sie mich ein.

»Ich muss los«, sage ich und versuche, sie abzuwimmeln. Die Kollegen beobachten uns. Auch wenn die Gespräche weitergehen, sind alle Augenpaare auf uns gerichtet. Mir kommt die Situation bekannt vor, das habe ich schon x-mal erlebt. Noch immer bin ich Opfer des Büroklatsches. Wer von den Kollegen hat mich noch am Strand gesehen?

Janice drückt mir die Broschüre einer Entzugsklinik in die Hand. Sie liegt in einem Dorf ganz in der Nähe von Brighton. »Vielleicht sollte ich es dir nicht sagen, aber ich habe gehört, dass Andrew sich dort aufhält. Er macht einen Entzug, versucht trocken zu werden. Womöglich kann er dir helfen, dich zu erinnern.«

Ich kehre zum Auto zurück. Guy schweigt, wartet, dass ich etwas sage.

»Und?«, fragt er schließlich. »Wie war's?«

Ich zerknülle die Broschüre. Was soll ich sagen? Ich schäme mich viel zu sehr, als dass ich ihm etwas erzählen möchte. Was bin ich bloß für ein Mensch? Die ganze Zeit über habe ich alles von mir gewiesen, wollte Andrew finden, dabei hatte mein Vater recht: Ich habe ihn nicht geliebt. Ich habe ihn verlassen und wollte woanders ein neues Leben beginnen. Mit einem anderen Mann. Wie konnte ich das Andrew nur antun, wo er doch so dringend Hilfe brauchte?

»Chloe, wie war's?«, fragt Guy erneut.

Ich drehe mich zu ihm um. Lächelnd wartet er auf

eine Antwort. Noch gestern hat mir dieses Lächeln Mut gemacht. Eine einzelne Möwe schreit. »Meine Chefin hat gesagt, ich könnte jederzeit wieder dort anfangen.«

»Ach echt?« Damit hat er wohl nicht gerechnet. Er reibt sich über die Bartstoppeln und startet den Wagen. »Das ist doch großartig. Bald ist wieder alles normal. Du bekommst dein Leben wieder in den Griff.« Guy tätschelt mir das Knie. Sofort mache ich mich steif. Gestern Nacht fand ich seine Berührungen schön und aufregend, doch jetzt schäme ich mich nur noch für die Frau, die ich war. Und noch immer bin.

Ich denke an all die Dinge, die Janice mir erzählt hat. Dass ich eine Beziehung zu einem Mann hatte. Dass ich meinen Job gekündigt habe. Und nur zwei Tage später rase ich mit dem Wagen in einen Baum. Wie hängt das bloß alles zusammen?

Je mehr ich über die Vergangenheit erfahre, desto weniger verstehe ich mich und auch alles andere. Um weiterzukommen, muss ich möglichst weit zurückgehen, dorthin, wo die Lügen ihren Ursprung haben. Und dabei kann mir nur einer helfen, auch wenn ich mir geschworen habe, ihn nie mehr um Hilfe zu bitten.

33.

Ich rufe meinen Vater an und sage ihm, dass ich auf dem Rückweg bin. Als ich nach Hause komme, ist er schon halb durchgedreht, läuft in den Klamotten vom Vortag in der Eingangshalle auf und ab. Meine Mutter ringt verzweifelt um Fassung, ihr ist anzusehen, dass sie einen Drink braucht. Jess ist auch da und wirkt erleichtert, mich zu sehen. Guy hatte ich gebeten, mich vorne am Tor rauszulassen. Ich wollte nicht mit ihm gesehen werden, dafür schäme ich mich zu sehr.

»Wo zum Teufel bist du gewesen?« Mein Vater gibt mir gar keine Gelegenheit zu antworten. »Was hast du dir bloß dabei gedacht, die ganze Nacht wegzubleiben? Ich habe immer wieder bei Guy angerufen, Nachrichten hinterlassen. Wenn ich ihn in die Finger kriege …« Er ist knallrot angelaufen und zittert richtig. Gestern war ich so sauer auf ihn, nicht nur wegen der Lügerei, sondern auch, weil ich ihn im Verdacht habe, mein Haus ausgeräumt zu haben. Vor ein paar Stunden noch wollte ich ihn nie wiedersehen, aber nun verstehe ich alles ein wenig besser. Nach dem, was ich von Janice erfahren habe, will ich ihm die Gelegenheit geben, mir alles zu erklären.

»Thomas, bitte.« Mum nimmt mir den Mantel ab und hängt ihn über die Brüstung. »Lass sie doch erst mal ankommen. Und außerdem ist Chloe keine Gefangene.« Sie begleitet mich ins Wohnzimmer, wo sich Jess neben mir aufs Sofa setzt. »Willst du uns sagen, was los ist, Chloe? Wir haben uns solche Sorgen gemacht.«

»Ich hatte gestern Abend keine Lust, nach Hause zu kommen.« Ich sehe meinem Vater an, dass er innerlich kocht. Genauso hat er auch geguckt, als er mich damals mit Andrew in der Mühle erwischt hat. Während er vor mir auf und ab tigert, komme ich mir in seinem Schatten so klein und schwach vor. Aber ich lasse mich nicht einschüchtern, sehe ihn an und wappne mich für die Auseinandersetzung. »Ich will wissen, was du mit mir gemacht hast. Was hat es mit dieser Rekonsolidierungstherapie auf sich?«

Mein Vater bleibt stehen, sucht den Blick meiner Mutter. Er kratzt sich am Kopf und kontrolliert seine Jackettasche. Dann verschränkt er die Arme vor der Brust und macht einen Schritt auf mich zu. »Was genau willst du wissen?«

Mit so viel Offenheit habe ich nicht gerechnet. Meine Gedanken überschlagen sich. Aus den tausend Möglichkeiten greife ich eine heraus. »Kann man damit Erinnerungen beeinflussen? Leute dazu bringen, Erlebtes zu vergessen?«

»Ja.« Einfach so antwortet er. Einfach so gibt er zu, dass er mich manipuliert und belogen hat.

»Und hast du versucht, Andrew und Joshua aus meinem Gedächtnis zu löschen?«

Meine Mutter kreischt auf, fasst sich an den Kopf, als würde sie jeden Moment ohnmächtig werden. Mein Vater schnaubt verächtlich. Gleich reißt ihm der Geduldsfaden.

»Wie kommst du auf so unsinniges Zeug? Warum sollte ich das tun? Warum sollte ich wollen, dass du deinen Sohn vergisst?«

»Aus dem gleichen Grund, aus dem du mir seine Existenz wochenlang verschwiegen hast.«

Nun regt er sich richtig auf. »Glaubst du, das hat mir Spaß gemacht? Dass du dich an deinen eigenen Sohn nicht erinnern konntest? Meinen Enkel? Vielleicht war ich froh, dass du dich an deinen Nichtsnutz von Mann nicht mehr entsinnen konntest, aber mir zu unterstellen, dass ich sie aus deinem Gedächtnis löschen wollte … Also wirklich, Chloe, ich habe mein Bestes gegeben, damit du dich wieder erinnerst. An alle beide.«

Lügt er mich an? Woher soll ich das wissen? Wenn er wirklich gewollt hätte, dass ich mich erinnere, wäre er mit mir mal zu unserem Haus gefahren und hätte mir Zugang zu ihren Sachen gewährt. Ich blicke ihm ins Gesicht. »Hast du das Haus ausgeräumt?«

Empört schüttelt er den Kopf, offenbar mache ich alles immer nur noch schlimmer. »Im Haus bist du auch gewesen? Erst behält er dich über Nacht bei sich, und dann fährt er auch noch mit dir zum Haus.« Er sucht den Blick meiner Mutter in der Hoffnung, dass sie ebenso entrüstet ist wie er. Doch sie ist eher bestürzt. »Wenn ich Guy in die Finger kriege, drehe ich ihm den Hals um.« Und dann erst scheint er zu begreifen, was ich ihm da eigentlich vorwerfe. »Wie kannst du so von mir denken, Chloe? Ich bin dein Vater. Ich liebe dich, verdammt.«

»Aber ich bin zu unserem Haus gefahren. Mir kam es vor, als hättest du versucht, die beiden auszulöschen. Und dann auch noch die Therapiestunden, nach denen ich immer komplett durcheinander war. Ich kann mich an gar nichts mehr richtig entsinnen.« Ich spüre, wie meine Kräfte schwinden. Meine Gewissheit löst sich in Rauch auf, verglimmt langsam zu Asche.

Mein Vater reicht mir die Hand, aber ich greife nicht zu. Ich möchte ihn nicht berühren. »Komm mit mir, Chloe.«

Mit zwei Schritten Abstand folge ich meinem Vater aus dem Zimmer. Vor der Kellertür bleiben wir stehen. Wortlos dreht er den Schlüssel im Schloss herum, öffnet die Tür und tastet nach dem Lichtschalter. Nachdem er die Treppe halb hinuntergegangen ist, bleibt er stehen und dreht sich zu mir um. Mein Mund ist trocken, mir zittern die Hände. »Ich dachte, du wolltest unbedingt ihre Sachen haben. Gerade wirkst du aber nicht so entschlossen.«

Von oben kann ich meinen Vater nicht richtig erkennen, er wird von den Schatten verschluckt, die Augen zwei tote, schwarze Löcher. Ich will nicht zu ihm runter. Doch Joshuas und Andrews Sachen anzusehen, sie in den Händen zu halten, kann mir helfen, mich besser an die beiden zu erinnern. Und auch an mich selbst. Vielleicht kann ich dann irgendwann den Schlamassel erklären, den ich angerichtet habe. Vorsichtig, Schritt für Schritt, folge ich meinem Vater in die Dunkelheit.

Unten angekommen zieht mein Vater an einer Kordel, die von der Decke hängt, und erweckt eine Hängelampe zum Leben. In ihrem schwankenden Licht kann ich die Kellerwände erahnen und sehe unsere Schatten tanzen. Staub liegt in der Luft. Mein Vater winkt mich weiter, sein Gesicht leichenblass.

Mich überkommt eine fast fieberhafte Panik. Ich versuche mich damit zu beruhigen, dass ich mich bloß vor dem Keller fürchte, dass ich wie als Kind Angst vor den Monstern habe, die in den Tiefen unseres Hauses lauern. Doch im Grunde macht mir mein Vater Angst, seine Wut, seine geschickten Manipulationen, und dass er viel mehr Dinge weiß als ich. Er hat alle Antworten, während ich nicht mal die richtigen Fragen stellen kann. Er kann mir sagen, wer ich bin, aber nach heute weiß ich nicht, ob ich das wirklich wissen will.

In einem kleinen fensterlosen Kabuff hockt sich mein Vater hin und zieht ein graues Laken von einem Stapel. Hustend und schnaufend stehen wir in einer Staubwolke. Unter dem Laken liegen vier prall gefüllte Müllsäcke, jeder mit einem Kreuz aus braunem Paketklebeband verschlossen. Mein Vater nimmt ein Teppichmesser vom Regal und schneidet den ersten Beutel auf, fährt mit der silbernen Klinge durch das Kreuz. Männerklamotten quellen wie Blätter aus einem verwitterten Laubsack hervor.

Mein Vater richtet sich auf und tritt einen Schritt zurück. »Das wolltest du doch, oder?«

Ich knie mich hin, durchwühle den Beutel, nehme Hemden, Schals und alte T-Shirts in die Hand. Ein leichter Modergeruch hängt in der Luft, manche Klamotten sind mit pelzigen, grünen Flecken überzogen. Irgendwann kommt auch meine Mutter dazu, doch mein Vater scheucht sie wieder weg. Als ich ein altes Holzfällerhemd aus dem Beutel ziehe, fällt ein kleines weißes Kleidungsstück heraus, das mit drei silbernen Druckknöpfen im Schritt geschlossen wird. Ein Strampelanzug. Ich halte ihn mir unter die Nase und schnuppere dran. Nichts. Hier unten im Dunkeln stellen sich keine Erinnerungen an duftende Schaumbäder und Schmusestunden ein, führen keine konkreten Spuren in mein altes Leben.

Mein Vater legt mir die Hand auf die Schulter. Schwerfällig lässt er sich neben mir auf dem kalten Boden nieder.

»Lass mich allein«, sage ich.

»Das kann ich nicht«, antwortet er leise und rutscht zu mir heran. Er ist wie ausgewechselt, als wäre er ein anderer Mensch. Wo ist seine Wut hin, seine Besserwisserei? Als er nach meiner Hand greift, ziehe ich sie zurück. Ich will seinen Trost nicht. Vielleicht habe ich ihn nicht mal verdient.

»Warum, Dad? Warum hast du das alles vor mir verheimlicht?«

Als ich fragend zu ihm aufschaue, blinzelt er wie verrückt. Offenbar kann er es selbst nicht mehr sagen, gleich bricht er in Tränen aus. In dem Moment ist alles wieder da. Ich weiß noch, wie ich in der Halle stand und meinen Eltern von der Schwangerschaft erzählt habe. Mein Vater weinte vor Freude, gleichzeitig sah er mich schon scheitern, bevor es überhaupt losging. In seinen Augen war Andrew ein Versager, und er fürchtete, dass mich das kleine Würmchen, zu der Zeit kaum größer als ein Fingernagel, für immer an ihn binden würde. Wie er sich getäuscht hat. Wie launisch das Leben doch ist, denke ich, während ich hier unten im Keller mit meinem Vater den Tod meines Sohnes betrauere.

»Tut mir so leid«, sagt mein Vater schließlich. Er greift in seine Tasche und fördert meinen Ehering zutage. Er reicht ihn mir. Ich betrachte ihn unschlüssig, drehe ihn hin und her. Was soll ich damit machen? »Ich habe ihn unterm Schemel gefunden.« Mit Blick auf die Mülltüten sagt er: »Ich wollte ihre Sachen nicht wegschmeißen, Chloe. Ich habe sie hier in Sicherheit gebracht.«

Aber was spielt das noch für eine Rolle? Diese Klamotten sind bloß Dinge, Habseligkeiten. Und der Ring ist bloß ein Ring, auch wenn unsere Namen auf der Innenseite eingraviert sind. Darin sind keine Erinnerungen eingeschlossen. Meinen Sohn bekomme ich nie wieder zurück, und was ich mit Andrew hatte, war offenbar schon vor dem Unfall ruiniert. Trotzdem stecke ich mir den Ring an den linken Ringfinger.

»Ich habe ihn verlassen, Dad. Ich habe ihn verlassen und ihm den Sohn genommen. Nun ist Andrew in der Entzugsklinik, Joshua tot, und ich kann es nicht wiedergutmachen.«

Mein Vater drückt mich ganz fest. »Das ist nicht deine Schuld, Chloe. Du konntest doch nicht vorhersehen, was passieren würde. Es war ein schlimmer Unfall.«

Ich löse mich aus der Umarmung. »Am Anfang hast du mir aber was anderes erzählt. Du hast gesagt, es wäre meine Schuld.«

»Ich hatte Unrecht. Es war nur …«

»Nein, du hattest recht. Das begreife ich jetzt.« Ich erinnere mich an all die Male, bei denen ich Andrew weinend zurückgelassen habe; an die Male, bei denen er mich um Vergebung angefleht hat und ich mir bloß Joshua geschnappt habe und abgehauen bin. In seinen dunkelsten Stunden habe ich Andrew das Liebste genommen, unser gemeinsames Kind. Ich habe ihn verlassen, als er mich am meisten brauchte. Was für ein Mensch bin ich nur? Auch wenn ich Joshua beschützen musste, hätte ich doch den Mann, den ich liebte, nicht weiter in die Sucht abstürzen lassen dürfen. »Du wusstest, dass ich eine Affäre habe, nicht wahr? Du hast versucht, es zu verschleiern, indem du mir gar nichts erzählt hast.«

Mein Vater rückt von mir ab, betastet kurz mit beiden Händen seine Hosentaschen. Er antwortet nicht gleich. »Nein, Chloe, das kann nicht sein. Du hast Andrew geliebt. Ich hätte dir nicht das Gegenteil erzählen dürfen.«

»Warum habe ich ihn dann verlassen?«

»Wegen seiner Trinkerei natürlich.« Mit diesem Tonfall will er mich überzeugen. Dieser Tonfall verheißt, dass er es am besten weiß. »So was würdest du doch nie tun, Chloe. Wie kannst du …«

»Doch, würde sie.«

Als wir uns umdrehen, steht Jess in der Tür.

»Und das weißt du auch, Dad.«

Er erhebt sich, macht einen Schritt auf sie zu. »Geh wieder nach oben, Jessica.« In seiner Stimme schwingt ein aggressiver Unterton mit, sodass ich es gleich wieder selbst mit der Angst zu tun bekomme. Jess hält sich am Geländer fest. »Das reicht jetzt.«

Doch sie nimmt allen Mut zusammen und schüttelt den Kopf. »Nein, Dad. Sie muss es erfahren. So hat es keinen Zweck. Sie muss die Wahrheit erfahren.«

»Jessica, ich warne …«

Und dann platzt es aus ihr heraus: »Chloe, du hattest eine Affäre.« Jessica tritt in den Lichtkegel. In dem Moment wirkt sie älter, das Licht wirft Schatten unter ihre Augen und betont ihre hohlen Wangen. Auch Jess leidet. »Zwei Wochen vor dem Unfall bist du zu uns gekommen und hast uns erzählt, dass du Andrew verlassen willst. Dass du jemand anders kennengelernt hast.

Aber dann hat Andrew dir wieder versprochen, dass diesmal alles anders wird. Du meintest zu mir, du wärst dir doch nicht so sicher, ob du mit diesem neuen Mann fortgehen solltest. Dad war am Boden zerstört, weil er dachte, du vertust diese zweite Chance.«

Mein Vater lässt beschämt den Kopf hängen. Er gibt sich geschlagen. Nun gibt es kein Zurück mehr, jetzt kommt die Wahrheit auf den Tisch. Jess ist so angespannt, dass ihre Sehnen am Hals hervortreten.

»Am Abend des Unfalls hast du verkündet, dass du zu Andrew zurückkehrst. Nachdem du deinen Job gekündigt hattest und mit Joshua und dem anderen Mann fortgehen wolltest, hast du deine Meinung plötzlich geändert. Dad hat noch versucht, dich aufzuhalten, aber du bist wutentbrannt losgefahren. Dann hattest du den Unfall und konntest dich beim Aufwachen an nichts mehr erinnern. Nicht mal uns hast du wiedererkannt. Doch du hast immer wieder von dem Abend geträumt. Von dem Unfall. Dad wollte dir doch nur helfen, Chloe.«

Ich blicke zu meinem Vater, der inzwischen neben der Kellertreppe an der Wand lehnt. »Mir helfen?«

Mein Vater trocknet sich die Augen mit einem Taschentuch. Wie gebrochen er auf einmal wirkt, all seine Anstrengungen waren umsonst. »Du hattest solche Schuldgefühle wegen der Affäre, Chloe. Bevor du uns an dem Abend verlassen hast, wolltest du diesem anderen Mann sagen, dass es ein für alle Mal vorbei ist.« Er schüttelt den Kopf, als könnte er selbst nicht glauben, in welche Situation wir uns manövriert haben. »Ich war dagegen, wollte, dass du Andrew verlässt. Aber du meintest, du wünschtest, du hättest dich nie auf diese andere Beziehung eingelassen und könntest die Zeit zurückdrehen. Ich wusste, dass ich dir dabei helfen konnte, wenn du das wirklich wolltest. Ich habe versucht, dir zu helfen, die Umstände des Unfalls zu vergessen, denn nur so würdest du vielleicht auch Damien vergessen.«

»Damien?«

»Ja, Chloe«, sagt er und wendet den Blick ab. »Er war der Mann, mit dem du dich heimlich getroffen hast.«

Einen Moment lang bleibe ich stumm. Versuche, mich an ihn, an uns, zu erinnern. Kann ich nicht. Wie kommt es, dass solch ein wichtiger Aspekt meines Lebens wie ausgelöscht ist? »Bist du sicher?«

»Was hätte er wohl sonst an dem Abend dort zu suchen gehabt?«

Das ist also die Wahrheit. Versucht Damien deshalb alle davon zu überzeugen, dass er nicht am Unfallort war? Hat er deshalb kein nachweisbares Alibi? Erklärt das auch, warum er mir auf den Bildern bekannt vorkam? Weil wir eine Affäre hatten und ich Schluss machen wollte?

Sprachlos wanke ich zur Treppe. Jess sagt etwas, aber ich höre es nicht. Als mein Vater sich mir in den Weg stellt, lasse ich es geschehen. Ich warte, bis er mich durchlässt, was er dann auch tut.

»Chloe?« Ich bleibe stehen und drehe mich noch

einmal um. »Was denn jetzt noch?« Ohne ein weiteres Wort gehe ich.

Ich muss zu Andrew, muss mich der Auseinandersetzung stellen. Denn allein durch mein Handeln, durch meine Entscheidung, eine Affäre zu haben, bin ich für alles verantwortlich. Mir ist nun klargeworden, dass mein Vater von Anfang an recht hatte: Ich bin schuld am Tod meines Sohnes.

Ich weiß nicht, wie du dir das vorgestellt hast. Was hast du denn erwartet, als wir die Feier zusammen verlassen haben? Du hast angefangen, du hast mich geküsst. Und dann hast du mich von der Menge weggelotst und mir gesagt, ich hätte Wichtigeres zu tun. Du, Chloe. Du wolltest, dass ich's dir besorge.

Genau das hast du zu mir gesagt. Hast es mir zugeraunt und mir mit der Zunge übers Ohr geleckt. Du wolltest, dass ich's dir besorge. Dich vögle. Wer hätte schon so ein Angebot ausgeschlagen? Schau dich doch mal an! Du bist schön. So wunderschön. Deine Haut, deine Augen, der Schwung deiner Lippen. Deine Hände, die so zärtlich sein können. Du warst nicht bloß ein One-Night-Stand. Als ich dich das erste Mal berührt habe, wusste ich, dass du die Frau für mich bist. Nein, das ist gelogen. Von jetzt an gibt es nur noch die Wahrheit. Ich wusste es, als ich dich das erste Mal sah.

Andrew schien nur im Weg zu sein, dich runterzuziehen, dir das Leben zur Hölle zu machen. Du hattest was viel Besseres verdient. Joshua hatte was Besseres verdient. Ich wusste, dass ich es euch geben könnte. Ich habe versucht, cool zu bleiben, aber es war schwer. Schwer zu lächeln, als würde es mir nichts ausmachen, wenn du gingst, als hätten wir alle Zeit der Welt. Bloß, welche Welt, Chloe? Mir kam es vor, als lebten wir in zwei unterschiedlichen Dimensionen. Du mit ihm, dann du mit mir. Welches Leben wolltest du? Ich war davon überzeugt, es zu wissen. So verdammt überzeugt. Bin ich noch. Ich weiß, dass du mich noch immer willst.

Sei tapfer, Chloe. Halte noch ein wenig durch. Ich habe mich um alles gekümmert. Ich mache es dir verdammt leicht, so wie du mir in unserer ersten Nacht. So leicht, wie ich dir den Rest deines Lebens machen werde. Du brauchst bloß noch ja zu sagen.

34.

Ich lasse mir ein Taxi rufen und nehme die 20 Pfund, die mir meine Mutter anbietet. Natürlich fragen meine Eltern, wo ich hinwill, doch ich sage nichts. Sie sollen auch nicht wissen, wo Andrew ist, und was ich dort will. Hier geht es um mich, um einen Moment zwischen Mann und Frau. Ich will mich entschuldigen, versuchen, die Dinge wieder ins Lot zu bringen und verlorene Erinnerungen zurückzuholen. Erinnerungen, die mein Vater mir genommen hat. Vor allem aber möchte ich Andrew beschützen, auch wenn es bis vor Kurzem anders ausgesehen hat.

In der Entzugsklinik *New Hope* des kleinen Dörfchens Westmeston brennt noch Licht. Als ich aus dem Taxi steige, riecht es nach Holzrauch. Ein Mann führt seinen Hund spazieren, die Kapuze tief im Gesicht, die Schultern vor Kälte hochgezogen.

»Kommen Sie zurecht?«, fragt der Taxifahrer.

»Ja, keine Sorge.« Ich reiche ihm das Geld durchs Fenster, aus dem Autoradio klingen leise Jazztöne.

Das Taxi fährt los, und ich bleibe allein in diesem unbekannten Dorf zurück. Komme ich wirklich zurecht?

Ich bin drauf und dran, einem Mann gegenüberzutreten, den ich betrogen und so gut wie vergessen habe.

Eine Weile betrachte ich einfach nur die Klinik. Sie besteht aus mehreren Gebäuden, die verstreut stehen, vielleicht war sie mal ein Bauernhof. Welchem Zweck die Gebäude wirklich dienten, ist nicht mehr so klar auszumachen, insofern ähnelt das Ganze der alten Mühle. Auf der linken Seite wurde neu angebaut, weiter hinten auf dem Gelände steht eine zerfallene Scheune mit eingestürzten Mauern und durchlöchertem Dach, durch das in klaren Nächten sicher der Mond scheint. Offenbar dient sie jetzt als Geräteschuppen.

Ich fasse mir ein Herz und laufe über eine Einfahrt mit Schlaglöchern, neben der rechts und links Rosensträucher wuchern. Ihr Anblick ruft mir den Unfallabend ins Gedächtnis. Was haben Rosen mit dem Unfall zu tun? Doch so schnell die Erinnerung gekommen ist, verschwindet sie auch wieder. Ich gehe auf den Eingang zu. Als sich fahles Mondlicht durch die dichte Wolkendecke stiehlt, werden in der Ferne schemenhaft Bäume sichtbar. Ein Riss im Panzer der Nacht, der sich schwer und undurchdringlich über den Himmel zieht.

Abgesehen von einem kleinen Eingangsschild macht das Gebäude einen vernachlässigten Eindruck, wie ein alter, ungepflegter Familiensitz. Die Farbe neben der Tür blättert schon ab, der Rasen wuchert wild. Moos hat sich auf den Wegplatten und dem Sockel des Hauses ausgebreitet. Doch drinnen ist was los: Jubel, Gelächter und Musik. Gerade endet ein altes Stück von George

Michael. Sofort setzt das nächste Lied ein, vielleicht von den Pogues. Weihnachtsmusik, glaube ich. Ich bin heilfroh, dass ich mich an so etwas noch erinnere.

Ich klopfe an die Tür und warte. In letzter Minute bemerke ich noch, dass sich der Verband vom Kopf gelöst hat und in der Brise flattert. Eigentlich brauche ich ihn gar nicht mehr, die Wunde ist längst verheilt. Bislang konnte ich den Anblick der Narbe darunter einfach nicht ertragen, deshalb habe ich ihn dort belassen. Ich reiße den Verband ab, stopfe ihn mir in die Tasche und setze die Narbe den Elementen aus. Kurz darauf erklingen Schritte, eine Stimme, die offenbar gerade ein Gespräch beendet. Ich begutachte mich kurz in der Scheibe. Ich sehe schlimm aus, aber darüber hätte ich mir früher Gedanken machen sollen. Ist auch egal. Die Klinke wird gedrückt, und mir schlägt Hitze entgegen, als eine hochgewachsene Frau mit langem Haar und seidigem Pony die Tür öffnet.

Nachdem sie mich einer eingehenden Musterung unterzogen hat, bin ich noch weiter verunsichert, spiele nervös mit meinem Ehering. Die Frau schließt die Tür hinter mir, damit der Wind nicht ins Haus bläst. »Kann ich Ihnen helfen?«

»Ich bin Chloe. Ich hatte gehofft, mit Andrew sprechen zu können. Andrew Jameson. Ich bin seine Frau.« Ich schlucke schwer. Mir ist bewusst, wie blass ich bin und dass sich eine knallrote Narbe über meine Schläfe zieht. Ohne den Verband fühlt sie sich ungewohnt kühl an.

»Chloe.« Freundlich sieht mich die Frau an, und mir scheint, sie ist im Bilde. »Dann kommen Sie mal rein.«

Sie öffnet die Tür weit, und ich betrete einen dicken roten Plüschteppich im Flur. Auf einem langen Tisch stehen Bücher, ein Blumengesteck und diverser Schnickschnack. Darüber hängt ein großer Spiegel. In diesem unbarmherzigen Licht sehe ich sicher noch grausamer aus als sonst. Ich bin noch nicht bereit, mir die Narbe anzuschauen. Nach wie vor spielen Weihnachtslieder, einige Leute singen mit, Gelächter erklingt im Hintergrund. Die Hitze hier drinnen ist kaum zum Aushalten.

»Dann tragen Sie sich am besten erst mal ein.« Die Frau zeigt auf ein Besucherbuch. Daneben steht ein Karton voller Weihnachtslose. »Wenn Sie hier kurz Platz nehmen wollen. Ich sage Andrew Bescheid, dass Sie gekommen sind.«

Ich nehme den Stift in die Hand, halte ihn übers Papier und atme noch mal tief durch, bevor ich losschreibe. *Chloe Jameson.* Wie merkwürdig sich etwas anfühlen kann, das einem eigentlich ja schon in Fleisch und Blut übergegangen ist. Seit Wochen habe ich nicht mehr so unterschrieben. *Chloe Jameson.* Bin ich das noch? Meine Handschrift ist schon gefälliger als noch vor ein paar Tagen, neigt sich leicht nach rechts, ist im modernen Sinne elegant. Ich setze mich auf einen Stuhl und warte.

Leute gehen an mir vorbei, Frauen und Männer. Alle machen einen guten Eindruck, sehen nett aus, sind manierlich gekleidet, ein paar tragen einen Kittel. Eine stämmige Putzkraft mit verschwitztem Haar und rotem Gesicht wandert mit Feudel und Eimer umher, gefolgt von einem Mann in schwarzem Poloshirt und einer Klappleiter. Beide lächeln mir zu, als hätten sie mich erwartet.

»Kümmert sich jemand um Sie?«, fragt der Mann mit der Leiter und bleibt stehen. Er ist alt, fast schon im Rentenalter, runzlig und wettergegerbt. Als er lächelt, vertiefen sich die Falten und bilden ein beinahe lückenloses Netz über Stirn-, Augen- und Wangenpartie.

»Ja, vielen Dank.« Zufrieden nickt er und verschwindet ein paar Stufen hinunter, wo das Licht heller und freundlicher strahlt. Von meinen Verletzungen schien er gar keine Notiz zu nehmen. Wie unbeschwert und fröhlich er ist, ich beneide ihn um sein Leben. Offenbar wollte er in die Küche, denn dort wird er mit Topfklappern und Kichern begrüßt. Unwillkürlich muss ich lächeln, es erinnert mich an Guys fröhliche Nachbarin. Ob ich je wieder zu solch einer Leichtigkeit zurückfinde?

Doch dann wird mir bewusst, dass ein Mann vor mir steht, und mich überläuft eine Gänsehaut. Als ich aufblicke, sehe ich hellblondes Haar und graue Augen. Ist er es wirklich? Erst als er meinen Namen sagt, reagiere ich.

»Chloe.«

Ich stehe auf, mir bleibt die Luft weg. Reflexhaft wandert mein Blick zur Tür, ich fürchte mich vor seinem Urteil, will am liebsten abhauen. Aber als ich mich endlich überwinde und ihn anschaue, schlägt mir vielmehr Bedauern denn Wut entgegen. Eigentlich lächelt er mich fast an.

»Woher wusstest du, dass ich hier bin?«

Ich atme tief durch. Er wirkt dünner als ich ihn in Erinnerung habe, sieht älter aus. Aber es ist immer noch Andrew, der mir einst so vertraut war. Ich spüre instinktiv, dass ich ihn in- und auswendig kenne, auch wenn ich sonst nichts weiß. »Janice meinte, dass du eventuell hier bist, und ich wollte dich gerne sehen.« Klingt ziemlich dämlich. Doch Andrew zuckt mit den Achseln und breitet ergeben die Arme aus.

»Hier bin ich.«

Ich nicke, weiß nicht, wo ich hinsehen soll. Als er einen Schritt auf mich zukommt, nimmt meine Angst zu. Je näher er mir kommt, desto schlimmer wird es. Ich will ihn tausend Dinge fragen, muss mich bei ihm entschuldigen. Ich weiß gar nicht, wo ich anfangen soll. Mir zittern die Hände, und ich ringe nach Atem. Mir bleiben die Worte im Hals stecken: *tut mir leid, vergib mir, ich wünschte ...* Auf einmal kommt nur ein Wort heraus.

»Joshua ...« Mir bricht die Stimme, und die Tränen laufen mir über die Wangen. Wäre Andrew nicht gewesen, wäre ich gestürzt. Schnell nimmt er mich in die Arme, hält mich fest. Und hier in diesem fremden Flur, mit ihm, fühle ich mich geborgener als zu Hause. Wortlos hält er mich, während ich Rotz und Wasser heule. Wie vertraut mir seine Berührung ist, wie gut unsere

Körper zusammenpassen! Andrew ist die Routine, der Alltag. Erst sehnt man sich danach, dann wird man seiner überdrüssig, und hat man ihn verloren, betrauert man den Verlust. Die Erkenntnis, dass es allen so geht, nimmt mir eine schwere Last von den Schultern.

»Es tut mir so leid, Andrew. Ich weiß gar nicht, was ich sagen soll. Wo soll ich anfangen?« Die Worte purzeln aus mir heraus, als ich mir die Tränen trockne.

Andrew hält mich nach wie vor im Arm. »Lass uns das nicht hier machen.« Auch seine Stimme wird brüchig. Er schaut sich zur Treppe um. »Eigentlich dürfen wir niemanden mit aufs Zimmer nehmen, aber oben können wir ungestört reden. Und das hat wohl Vorrang.«

Andrew steigt eine schmale Treppe hinauf. Er nimmt meine Hand und zieht mich mit sich. Ich fühle mich in die Vergangenheit zurückversetzt. Und in dem Moment erlebe ich eine Verbindung, nach der ich seit dem Koma gesucht habe. Etwas, das sich real anfühlt, Geschichte hat, ohne Lügen und Unwahrheiten. So fühlt sich Heimat an; man weiß, wer man ist, wenn man mit diesem Menschen zusammen ist; ohne dass man erklären kann, warum, fühlt man einfach, dass man zusammengehört. Auch wenn es Probleme gibt, weiß man, dass sich ohne diesen Menschen eine Leere im Leben auftun würde. In diesem Augenblick gibt es nur Andrew und mich. *Nur wir beide, du und ich?* So hat er mich tausend Mal gefragt, wenn er gelitten hat. Natürlich wir beide, nur, wie viel ist von uns noch übrig?

35.

Andrew öffnet die Zimmertür, und wir treten ein. Das Zimmer ist kleiner als gedacht, lang und schmal mit einem Einzelbett an der Wand. Auf dem Boden liegt ein Sisalläufer, der Rest wird von einem Bauernschrank ausgefüllt. An der Wand hängen Bilder: Boote, Brighton früher, und ein großes Schwarz-Weiß-Foto vom Undercliff Walk in Saltdean, der Name steht in fein säuberlicher Schrift darunter. Dort sind wir zusammen gewesen. In mir weckt es Erinnerungen an einen heißen Sommertag im Lido, dem alten Schwimmbad in Saltdean. Landwind kühlte unsere sonnenverbrannte Haut. Im Café mit Blick aufs Wasser aßen wir Eis. Die Wellen rollten an den Strand, und die Sonne versank am Horizont. In unserem jugendlichen Leichtsinn fühlten wir uns unbesiegbar, dachten, wir wüssten alles, dabei wussten wir so wenig. Hat er das Foto aufgehängt, weil es ihn an uns erinnert?

Andrew setzt sich auf die Bettkante und stützt den Kopf in die Hände. Auf den Fotos bei meinen Eltern sieht er nicht so müde und ausgemergelt aus, seine Züge sind vom Alter gezeichnet. Er wirkt ausgelaugt.

So wie ich mich fühle. Er hat frisch geschnittene Haare. Insgesamt sieht er besser aus, als ich erwartet habe. Das Gleiche kann er sicher nicht über mich sagen.

»Tut es noch weh?« Er deutet auf meine Narbe. Ich stehe direkt bei der Tür, als wollte ich mich jeden Moment vom Acker machen.

Mit den Fingern fahre ich über die erhabene Narbe. »Ist noch ziemlich empfindlich, aber sonst ist es okay.« Ich setze mich mit etwas Abstand neben ihm aufs Bett.

»Deine Stimme klingt so ungewohnt.« Andrew steht auf. Erst denke ich, dass er mir vielleicht nicht so nah sein möchte, aber er öffnet eine Schublade und zieht eine Packung Zigaretten heraus. Ich beobachte ihn, wie er sich die Lippen leckt, die Augen reibt und gleich ruhiger zu werden scheint, sobald er etwas in den Händen hält. Vielleicht lenkt es ihn von mir ab. Als er meinen Blick bemerkt und ich wegschaue, sehe ich, dass auf dem Nachttisch ein gerahmtes Foto von uns dreien steht, wie wir dick eingemummelt in Brighton am Strand sitzen. Andrew, Joshua und ich. Es muss im Winter gewesen sein, der Himmel ist bedeckt, mein unbändiges Haar vom Wind zerzaust. Den Anblick halte ich nicht aus, und mir kommen die Tränen. Doch dass er das Bild aufgestellt hat, macht mir Hoffnung.

»Sie mussten mir nach dem Unfall eine Blutung im Kopf entfernen.«

Er nickt, zieht heftig an der Zigarette. »Weiß ich doch, Chloe. Ich war im Krankenhaus.«

»Du warst da?« Kann das sein?

»Natürlich war ich da. Sobald ich davon erfahren habe, bin ich gekommen. Du bist meine Frau.« Doch das Wort Frau bleibt ihm fast im Hals stecken. Wut oder Trauer? »Jedenfalls bist du am Leben, also bist du noch mal glimpflich davongekommen.« Diesmal setzt er sich etwas näher zu mir aufs Bett. Dagegen kann ich nichts sagen. Wahrscheinlich bin ich vergleichsweise wirklich noch glimpflich davongekommen.

Andrew hält mir die Schachtel hin, bietet mir eine Zigarette an. Das Verlangen, das ich immer mal wieder verspürt habe, lässt mich zugreifen, auch wenn ich immer noch nicht weiß, ob ich überhaupt rauche. Aber als ich die Zigarette zwischen den Fingern halte, fühlt es sich vertraut an. Andrew gibt mir Feuer. Rauch flutet meine Lunge. Eine Weile schweigen wir.

»Es tut mir so leid, Andrew.«

»Was tut dir leid?«

»Alles.« Ich wünschte, ich könnte ihm mehr bieten als eine nichtssagende Entschuldigung. Aber sonst habe ich nichts zu geben. Jedenfalls nichts von Bedeutung.

Müde reibt er sich die Augen. »Hör auf, Chloe. Mir tut es leid. Ich weiß, du bist nicht glimpflich davongekommen. Du bist fast gestorben und hast deinen Sohn verloren. Du konntest doch nicht ahnen, wie alles enden würde.« Er wendet sich mir zu. Zum ersten Mal sieht er mich richtig an. Wir sind uns so nah, dass ich die unterschiedlichen Farben in seinen Augen sehen kann. Wie Sonnenstrahlen breiten sich gelbe und braune Streifen fächerartig von der Pupille bis zum dunkelblauen Rand seiner Iris aus. Schön, denke ich. »Auch als die Ärzte mir sagten, wie schlimm es um dich steht, habe ich mir beim besten Willen nicht vorstellen können, dass du mich nach dem Aufwachen nicht wiedererkennen würdest.«

Dass Andrew in der ersten Zeit nach dem Unfall bei mir gewesen ist, überrascht mich angenehm. »Aber ich begreife nicht, warum ich mich nicht daran erinnern kann, dass du im Krankenhaus gewesen bist.«

Mit leisem Kopfschütteln sagt er: »Weil ich nicht da war, als du aufgewacht bist. Ich war kurz zu Hause, um Wechselsachen zu holen. Deine Mutter hat dir scheinbar gesagt, dass ich gleich wiederkomme, dass ›Andrew nicht lange weg ist‹. Daraufhin hast du sie offenbar nur verständnislos angesehen und geantwortet: ›Wer ist Andrew?‹ Du konntest dich an nichts mehr erinnern. Dein Dad dachte, es sei verwirrend für dich, wenn ich dich besuche. Also blieb ich weg und wartete. Wartete auf den geeigneten Moment.« Plötzlich wirkt er wütend, der Blick kalt. »Natürlich kam der nie. Nicht weiter überraschend. Dein Vater wollte mich von Anfang an loswerden. Im Krankenhaus hat er seine Chance gewittert.«

»Warum bist du nicht trotzdem gekommen? Warum hast du auf ihn gehört?«

»Weil ich ihm anfangs geglaubt habe. Ich dachte, ich tue das Richtige, indem ich dir Zeit gebe.«

»Mir hat er zuerst erzählt, dass du ebenfalls tot bist, dann, dass er dir einen Blankoscheck ausgestellt hat, damit du mich in Ruhe lässt.«

Andrew schüttelt den Kopf. »Dieser Mann ist wirklich unfassbar. Hör zu, Chloe, ich streite ja gar nicht ab, dass ich total im Eimer war. Wir hatten unsere Probleme, und du hast mich verlassen. Aber als ich von dem Unfall hörte, habe ich dir zur Seite gestanden. Saß stundenlang an deinem Bett und habe dich angefleht, aufzuwachen, habe dir alles Mögliche versprochen, was ich dafür tun würde. Deshalb bin ich hier. Ich habe mir geschworen, dass ich einen Entzug mache, wenn du wieder aufwachst. Ich wollte mein Leben in den Griff kriegen. Ich bin dir ferngeblieben, wie dein Vater es wollte, weil ich geglaubt habe, es sei das Beste für dich.« Ein trauriges Lächeln umspielt seine Lippen. »Klingt ziemlich dämlich, nicht wahr? Doch dein Vater hat sich mir gegenüber ganz vernünftig gezeigt, mich immer über deinen Gesundheitszustand auf dem Laufenden gehalten. Außerdem hat er mir sehr bei Joshuas Beerdigung geholfen. So hat er mich noch nie unterstützt.« Andrew wischt sich eine Träne weg. »Es war meine Idee, die Asche ins Meer zu streuen. Ich dachte, das würde dir gefallen.«

»Also warst du dabei.«

»Natürlich war ich dabei. Es tut mir leid, dass wir die Beerdigung ohne dich abgehalten haben, aber wir dachten …«

»Schon gut. Das verstehe ich.«

»Womit ich nicht klarkomme, ist, dass Joshua allein gestorben ist. Was muss er für Schmerzen gehabt haben. Was für eine Angst muss er ausgestanden haben.«

Und auf einmal kann ich Andrew doch etwas geben. Vielleicht tröstet es ihn, wenn er erfährt, dass Joshua in meinen Armen gestorben ist. »Joshua war nicht allein, Andrew. Ich war bei ihm.«

Er schüttelt den Kopf, nimmt einen tiefen Lungenzug. Auf einmal kippt die Stimmung. »Warst du nicht. Dich hat man angeschnallt im Wagen gefunden. Joshua lag im Wald. DS Gray hat mir erzählt, was passiert ist.« Andrew schließt die Augen. »Er hat mir die Fotos gezeigt.«

»Das stimmt, aber DS Gray hat mir Details verraten, die keinen Sinn ergeben. Ich kann nicht erklären, was passiert ist, ich weiß nur, dass ich bei Joshua war, als er gestorben ist.« Ich stehe auf. Mir ist es nicht möglich, von dem Unfall zu sprechen, während ich neben ihm sitze. Ich spüre Andrews Anspannung, seinen Fluchtimpuls. Ich will nicht darüber sprechen, und er will es auch nicht hören. Doch wir wissen beide, dass es sein muss. »An dem Abend ist noch irgendwas passiert, Andrew. Ich habe mit der Polizei gesprochen. Es gibt eine Menge Ungereimtheiten.«

»Für mich ergibt das alles eh keinen Sinn. Wo wolltest du überhaupt hin? Wir waren doch auf der Seebrücke verabredet.«

»Das hat mir DS Gray auch gesagt.«

Perplex sieht er mich an. »Weißt du das etwa auch nicht mehr?«

Ich schüttle den Kopf, lehne mich gegen die Tür. Auf einmal sind meine Bewegungen viel fließender. Das liegt an Andrew. Durch ihn fühle ich mich wieder in meinem Körper zu Hause, bin wieder mehr ich. »Ich kann mich nur ganz vage an den Tag entsinnen. Keine Ahnung, warum ich nicht gekommen bin.« Es liegt mir auf der Zunge zu sagen, dass ich mich vielleicht mit jemand anders getroffen habe, doch ich traue mich nicht. »Ich weiß bloß, dass ich irgendwann durch den Wald zu Joshua gerannt bin.« Als ich aufblicke, starrt Andrew mich an, hängt mir an den Lippen. Ich atme tief durch, um mich für die nächsten Worte zu wappnen. »Er lag am Boden, ich habe mich neben ihn gekniet, ihn im Arm gehalten. Die Polizei hat sein Blut an meinem Kleid gefunden. Ich habe ihn nicht alleingelassen. Ich war bei ihm, als er gestorben ist.«

Andrew zieht die Knie an die Brust und blickt aus dem Fenster. Vielleicht schaut er hinüber nach Brighton, erinnert sich an unser Leben in dem kleinen Haus. Ein Haus, das nicht länger unser Zuhause ist. »Wie bist du dann wieder im Auto gelandet?«

»Keinen Schimmer. Aber die Polizei geht davon aus, dass ein zweiter Wagen in den Unfall verwickelt war, und dass dieser Fahrer mich eventuell zurück in meinen Wagen gesetzt hat.«

»Eine Zeitlang hatten sie mich im Verdacht. Gott sei Dank stand ich wie ein Volltrottel auf der Seebrücke und habe auf euch gewartet. Die haben mich auf der Überwachungskamera. Und anschließend war ich dann in einer Bar.« Andrew läuft im Zimmer auf und ab, nimmt noch einen Zug von der Zigarette, bevor er sie ausdrückt. Er öffnet das Fenster, um frische Luft hineinzulassen. »Sag es mir. Warst du mit ihm zusammen?«

Mir dreht sich der Magen um, tiefer kann man nicht sinken. Ich habe mich um das Thema herumgedrückt, mir hat der Mut gefehlt, es ihm zu sagen, dabei wusste er es längst. »Du wusstest davon?«

»Ich habe es am Tag des Unfalls erfahren. Er hat mich angerufen und mir gesagt, du würdest mit ihm fortgehen. Erst habe ich ihm nicht glauben wollen. Eine halbe Stunde zuvor hatten wir nämlich noch telefoniert und ein Treffen ausgemacht. Du wolltest, dass wir gemeinsam weggehen, noch mal von vorne anfangen. Und dann gehe ich ans Telefon, und dieses Arschloch sagt mir, dass du nicht zu mir zurückkommst, dass du stattdessen mit ihm ein neues Leben beginnen wirst. Ich wusste nicht mehr, was ich glauben sollte, Chloe. Ich habe versucht, dich übers Handy zu erreichen, da ging aber immer nur die Sprachbox ran. Ich habe bei deinen Eltern angerufen. Dein Vater meinte, du hättest vollkommen aufgelöst das Haus verlassen, und ich solle nicht mehr anrufen, als wäre alles meine Schuld.«

»Mein Vater wollte nicht, dass wir wieder zusammenkommen wegen deiner Trinkerei.«

»Chloe, ich hatte seit Wochen nicht mehr getrunken, seit du mich verlassen hattest.« Er beißt sich auf die Unterlippe, reibt sich die Augen. »Ich dachte, dass wir an unserer Beziehung arbeiten. Als du mich diesmal verlassen hast, wusste ich, dass es meine letzte Chance ist. Ich habe dir immer wieder versprochen, dass ich mich geändert habe, dass wir es schaffen können. Am Ende warst du einverstanden, es noch mal zu versuchen. Wie gesagt, ich bin davon ausgegangen, dass wir uns auf der Seebrücke treffen. Ich hatte uns für ein paar Nächte in einem Hotel in Eastbourne eingemietet. Dort wollten wir entscheiden, wie es weitergeht.«

Ich spüre seinen Blick auf mir, bin aber außerstande, ihn anzusehen. Wir haben uns beide gegenseitig sehr wehgetan. Haben Joshua wehgetan. All die zurückgekehrten Erinnerungen an meine Einsamkeit und Andrews Trinkerei haben mir doch nicht die ganze Geschichte erzählt. Ich fange an zu weinen.

»Mach dir keine Vorwürfe, Chloe. Ich habe unsere Beziehung kaputtgemacht, nicht du. Ich habe alles getan, um dich wegzustoßen.«

Ich schnappe mir ein Taschentuch vom Nachttisch und trockne meine Tränen. Mein Kopf pulsiert, ich fühle mich wie durch die Mangel gedreht. »War es Damien Treadstone, der dich angerufen hat?«

»Du weißt nicht mehr, wer es war?« Ich schüttle den Kopf. »Sicher bin ich nicht. Doch als ich die Berichte über den Unfall gelesen habe und man Damien Treadstones Wagen am Unfallort gefunden hat, nahm ich an, dass er es war. Die Polizei hat versucht, den Anruf zurückzuverfolgen, aber der Mann hat mich von einem öffentlichen Münzsprecher aus angerufen. Deshalb kann keiner Treadstones Alibi bestätigen, Chloe, denn er war mit dir zusammen und leugnet es nun. Er ist verheiratet und hat ein Kind. Nachdem er dich verloren hat, hängt er nun an seinem alten Leben, während wir mit leeren Händen dastehen.«

Ich drücke die Zigarette in einer kleinen Porzellanschale aus und lehne mich gegen die Wand. Wie kann Andrew nur so nett sein und mich von jeder Schuld freisprechen? »Du warst auf dem Friedhof, nicht wahr? Du hast versucht, mich zu erreichen?«

»Ich wollte dich bloß mal sehen. Dein Vater hat immer gesagt, ich solle warten, aber ich hatte alles verloren. Euch beide. Ich war einfach verzweifelt. Ich hatte mich ja entschlossen, dich in Ruhe zu lassen, damit du gesund werden kannst, aber dann kamen mir langsam Zweifel an deinem Vater.«

»Warum?«

»Weil er ein Lügner ist, Chloe. Er hatte überhaupt nie vor, dir von mir zu erzählen. Das habe ich schon vor einiger Zeit begriffen. Aber du schienst so verängstigt, als ich dich angesprochen habe, dass ich mich entschloss, erst die Therapie hier zu machen, das Haus auf Vordermann zu bringen und mich dann bei dir zu melden. Deine Eltern haben dich ganz schön im Griff.«

Ich ärgere mich maßlos über meinen Vater und auch über mich selbst. Er hatte nie vor, meinem Gedächtnis auf die Sprünge zu helfen, selbst heute, vor nicht mal einer Stunde, hat er mich angelogen. Hat behauptet, er wolle mir nur helfen, die Affäre zu vergessen.

Andrew bedeutet mir, mich neben ihn zu setzen, dann nimmt er meine Hand. »Mach dir keine Vorwürfe. Du hast nicht ahnen können, was passiert. Keiner von uns.«

Eine Weile sitzen wir nebeneinander und teilen uns noch eine Zigarette. Andrew erzählt mir Geschichten von uns von früher, von Joshuas Geburt und den schönen Urlauben. Er erzählt auch von den schlechten Zeiten, an manche Geschichten erinnere ich mich, an andere nicht. Ich sage ihm, dass ich noch weiß, dass ich mit Joshua immer vor ihm an den Strand geflohen bin. Dass es mir leidtut, dass ich immer abgehauen bin, wenn es schwierig wurde. Doch da stimmt er mir nicht zu, schüttelt den Kopf.

»Du bist mit Joshua an den Strand gegangen, weil es ein Ort war, den wir alle geliebt haben. Du meintest, dort fühltest du dich mir nah, auch wenn ich nicht dabei war.« Andrew nimmt das Familienbild vom Nachttisch. »Siehst du. Wir waren immer am Strand. Das Rauschen des Meeres hat dich an den Fluss hinterm Haus deiner Eltern erinnert, an die Mühle und unsere gemeinsame Zeit dort.« Er streicht mir übers Gesicht, wischt mir die Tränen mit dem Daumen weg. »Vielleicht fällt dir die Vorstellung schwer, aber es gab mal eine Zeit, da hatten wir alles zum Glücklichsein. Wäre es uns doch bloß schon damals bewusst gewesen.«

Kurz darauf gehe ich. An der Tür umarmen wir uns noch mal. »Und wie geht es jetzt weiter?«, fragt er.

»Wie meinst du das?«

»Was fängst du jetzt an? Kommst du klar?« Ich schaue

hinaus in die dunkle Nacht. Das Taxi, das ich gerufen habe, steht schon mit laufendem Motor vor dem Haus. Andrew hat mir Geld dafür gegeben.

»Ich muss verstehen, was geschehen ist. Ich muss wissen, welche Rolle ich in all dem gespielt habe, und warum ich Joshua an dem Abend dabeihatte.« Er nickt. »Und was ist mit dir? Kommst du zurecht?«

Andrew lehnt sich gegen den Türrahmen, verschränkt die Arme vor der Brust und schiebt die Hände unter die Achseln. »Ich brauche noch etwas Zeit, Chloe. Nachdem ich euch beide verloren hatte, bin ich etwas entgleist. Im Augenblick muss ich mich auf mich konzentrieren, um wieder in die Spur zu kommen. Aber ich habe schon seit Wochen nicht mehr getrunken. Gerade komme ich so einigermaßen klar. Wer weiß, was danach ist. Jedenfalls bin ich erst mal froh, dass du gekommen bist.«

Auf dem Weg zum Taxi wird mir bewusst, was ich zu tun habe. Ich muss Damien Treadstone ausfindig machen. Hatten wir eine Affäre? Keine Ahnung, dennoch muss ich mich dem stellen. Bei nichts und niemandem finde ich noch Sicherheit, weder auf einem provisorischen Bett in einer alten Mühle in den Armen eines Jungen, der es selbst nicht besser weiß, noch bei irgendeinem anderen Liebhaber. Diesmal finde ich so etwas wie Sicherheit in der Wahrheit.

So hätte es nicht laufen müssen, Chloe. Wir hätten es Hand in Hand und mit einem Lächeln auf den Lippen tun können. Wir hätten Pläne schmieden, es deinen Eltern sagen und zusehen können, wie sich Freude über das Gesicht deines Vaters breitet, dass du diesen Loser von Ehemann endlich los bist.

Stattdessen hast du es uns schwer gemacht. So habe ich es nicht gewollt. Ich wollte, dass du ehrlich bist. Ich wollte, dass du erhobenen Hauptes gehst. Wir hätten einmal mutig sein müssen, und schon hätten wir unser Leben zusammen verbringen können. Warum konntest du das nicht? Warum bist du nicht zur Verabredung gekommen und hast aller Welt gezeigt, wie sehr du mich begehrst? Warum hast du es mir nicht gezeigt? Warum, warum, warum, Chloe?

Dadurch habe ich uns in Frage gestellt. Dich und dein Engagement in Frage gestellt. Ich bin doch kein Ding, das man eine Weile benutzt und dann wegwirft. Ist dir das nicht klar gewesen? Glaubst du, du kannst mich auf dem Rücksitz meines Wagens vögeln, weil du gerade mal eine Abwechslung brauchst, und dann zu deiner Familie zurückgehen, als gäbe es mich nicht? Er hat Probleme, hast du gesagt. Du könntest ihn nicht verlassen. Noch nicht. Nicht jetzt. Wann dann, Chloe? Denn jetzt sage ich dir mal was: Er interessiert mich einen Scheißdreck! Mir geht es um uns!

Nein, sorry, aber ich lasse mich nicht so behandeln. Du hast nicht das Recht, mir wehzutun. Bis ich dich getroffen habe, habe ich noch nie um was gebettelt. Begreifst du denn nicht, wie einzigartig dich das macht? So bin ich eigentlich nicht, Chloe. Ich bin kein Bettler.

Du hast mich lächerlich gemacht. Doch zwischen uns gibt es einen Unterschied, den du nicht zu begreifen scheinst. Du hast es verdient. Ja, genau! Du hast es verdient. Alles, was schiefgelaufen ist, hast du verdient, weil du schwach bist. Zu schwach, dir zu nehmen, was du willst. Was rechtmäßig dir gehört. Unter diesem Chaos, das du zu verantworten hast, sollst du nun leiden. Ich will Tränen sehen. Ich will, dass du völlig verunsichert bist und alles in Frage stellst. Und dann wirst du schließlich so leiden wie ich jetzt.

Aber sobald das passiert ist, komme ich und helfe dir da wieder raus, Chloe. Versprochen.

36.

Im Taxi geht es über schmale Straßen, die sich durch die Landschaft schlängeln. Die Tiere der umliegenden Höfe wurden schon für die Nacht in den Stall gebracht. Die Häuser am Wegrand verstecken sich hinter dichten Hecken aus Stechginster, um deren Blätter und rote Früchte sich Efeu schlingt. Die erleuchteten Fenster wirken warm und einladend. Geschützt. Sicher.

Der Fahrer hält an einer Kreuzung mit einem altmodischen schwarz-weißen Straßenschild, dessen winzige Buchstaben schon abblättern: Ditchling. Wir nehmen die Ditchling Road, wo ich den Unfall hatte. Mir ist gar nicht klar gewesen, dass sie so nah an der Entzugsklinik liegt. Werde ich die Stelle erkennen? Wird es mir helfen, die schmerzhaften Erinnerungen hervorzulocken?

Wir haben ganz schön Tempo drauf, überhaupt ist es schwierig, etwas zu sehen, da die Dunkelheit alles verschluckt. Angestrengt suche ich die Wallhecken nach Schäden ab. Die kurvenreiche Straße glänzt im Scheinwerferlicht, der Regen hat sie rutschig gemacht. Immer wieder beschleunigt der Fahrer, nimmt in den engen Kehren das Gas weg. Als die Straße eine Haarnadelkurve macht, kommen wir fast zum Stehen. Am Straßenrand geht es steil bergab, und dort flattern die Reste von dem weiß-blauen Absperrband der Polizei im Wind.

Dahinter sind die Bäume beschädigt, rechts und links umgeknickt. Im Vorbeifahren drehe ich mich um, schaue durchs Rückfenster. Alles ist in blutrotes Licht getaucht. Ich bin überzeugt, dass ich hier verunglückt bin.

»Dann haben Sie auch davon gehört?«, fragt der Taxifahrer. »Schrecklicher Unfall, nicht wahr?«

»Der Unfall hat also genau hier stattgefunden?«, frage ich und ziehe den Sicherheitsgurt enger.

»Ja, es ist überall in den Nachrichten gewesen, ein kleiner Junge ist dabei ums Leben gekommen. Die Leute wollen, dass hier Schutzplanken aufgestellt werden, aber Sie wissen ja, wie die Gemeinde ist.« Er reibt Daumen an Zeige- und Mittelfinger, als würde er Geld zählen. »Immer fehlt es am Geld.«

In Brighton steige ich aus und reiche dem Fahrer das Geld, das Andrew mir gegeben hat. Vor mir der Bahnhof mit seinen zwei Giebeln und dem kunstvollen viktorianischen Vordach.

Wenn ich genügend Geld hätte, würde ich mir eine Fahrkarte nach Maidstone kaufen und nach Damien Treadstone suchen. Bloß habe ich das nicht, deshalb muss ich ihn zu mir lotsen. Auf der anderen Straßenseite direkt am Bahnhof entdecke ich eine Telefonzelle. Kaum habe ich ein paar Schritte auf die Fahrbahn gemacht, hupt es laut. Erschrocken springe ich zurück. Und als der Wagen an mir vorbeischlittert, denke ich an den Unfallabend. Allmählich ergeben die Erinnerungen ein Bild. Ich sehe mich im Park auf einer Bank sitzen. Dann renne ich los, werde fast überfahren. Wo war ich? Was habe ich da gemacht? Habe ich mich mit Damien Treadstone getroffen? Ich schaue zu beiden Seiten, ob die Straße frei ist, hole tief Luft und laufe auf den Bahnhof zu.

Der Boden der Telefonzelle klebt, und es stinkt erbärmlich. Ich halte den Hörer ans Ohr und lausche dem Freizeichen. Dann rufe ich die Auskunft an.

Als sich eine Frau meldet, nenne ich ihr Namen und Wohnort, hoffentlich gibt es nicht mehrere Damien Treadstones. Reichen die Angaben überhaupt aus, um eine Telefonnummer herauszufinden? Da ich kein Geld mehr habe, muss ich auch noch darum bitten, dass der Angerufene die Gesprächskosten trägt. Wird er das Gespräch überhaupt annehmen? Kurz darauf klingt es, als würde jemand auflegen, dann aber ertönt ein weiteres Klicken, und ich höre eine Stimme.

»Hallo?« Als ich seine angenehm sanfte Stimme höre, erschrecke ich. »Chloe Daniels?«

»Ja.« Nervös spiele ich mit dem Hörerkabel. Klingt so der Mann, der meinen Sohn auf dem Gewissen hat? Der mich von der Straße gedrängt hat? Der Mann, mit dem ich eine Affäre hatte? Was soll ich ihn zuerst fragen? Wie soll ich das nur alles in Worte fassen? »Sie sind Damien Treadstone, nicht wahr?«

»Ja.« Seine Stimme zittert. »Sie hätten nicht anrufen sollen.«

»Ich muss mit Ihnen über den Abend reden. Über den Unfall.«

»Das ist keine gute Idee. Mir wurde jeder Kontakt mit Ihnen untersagt.« Er atmet tief durch. »Unser Gespräch jetzt könnte mich vor Gericht den Kopf kosten. Doch als ich hörte, dass Sie mich sprechen wollen, musste ich einfach rangehen.« Und nach kurzem Schweigen sagt er: »Wollen wir uns vielleicht treffen? Sie haben recht, wir sollten uns über den Unfallabend unterhalten. Und wenn Ihnen mein Schicksal nicht ganz gleichgültig ist, müssen Sie vor der Verhandlung noch unbedingt was erfahren.«

37.

Am Telefon will er nicht mehr preisgeben, aber trotz der späten Stunde willigt er ein, mich heute noch zu treffen. Tatsächlich bekomme ich den Eindruck, dass er mich unbedingt sehen will, was bei mir leise Ängste auslöst. Ich schlage ihm den Bahnhof in Brighton als Treffpunkt vor. Doch da ist ihm zu viel los, der Bahnhof ist ihm zu öffentlich. Er darf nicht mit mir gesehen und womöglich noch von einer Überwachungskamera gefilmt werden. Während wir hin- und herüberlegen wird mir klar, dass diese Verzweiflung, die ich bei ihm spüre, mangelndes Vertrauen ist. Eigentlich will er sich nicht mit mir treffen, hat aber das Gefühl, es muss sein. Er traut mir ebenso wenig wie ich ihm. Ganz gleich, was zwischen uns war, durch die vergangenen Wochen hat sich alles verändert. Also schlägt er vor, wir sollten uns irgendwo draußen treffen, wo uns im Dunkeln keiner sieht.

»Wie wär's denn mit Preston Park? Den kennen Sie doch, Chloe.«

Sobald der Name des Parks fällt, weiß ich, dass ich ihn aus meinen Träumen kenne. Doch nun steht mir nicht nur ein Treffen mit einem Unbekannten vor Augen, sondern tausend andere Einzelheiten. Ich sehe mich mit Joshua auf dem Spielplatz im Park und beim Fahrradfahren. Ich sehe uns in einem kleinen Café, das aussieht wie ein Bootshaus im Tudor-Stil, Eis mit Streuseln und Schokosoße essen. Ich sehe mich allein auf einer Bank auf einen Mann warten. Immer wieder.

Wir verabreden, uns in eineinhalb Stunden im Park zu treffen. Die Zeit bis dahin überbrücke ich, indem ich ziellos durch Brighton laufe. Als ich schließlich den Parkeingang erreiche, hängt über dem Boden leichter Nebel. Meine Zehen sind vor Kälte abgestorben. Dennoch laufe ich entschlossen weiter. Ich sehe das Café, flankiert von zwei Baumskeletten, die ihre nackten Äste in den Himmel recken. Vor mir liegt der Eingang zum Rosengarten. Ich komme an einem Teich vorbei, der von den jüngsten Regenfällen randvoll ist. Hier war ich schon einmal. Der Duft nach Rosen. Der Duft nach frisch gemähtem Gras. Und ich weiß jetzt auch, dass ich am Abend des Unfalls hier gewesen bin, obwohl ich mich doch eigentlich mit Andrew treffen wollte.

Hinter dem Rosengarten tut sich eine weitläufige Parklandschaft auf. Vor mir liegt eine dunkelgrüne Wiese, auf der im Sommer wieder bunte, duftende Wildblumen blühen werden. Auf dem angrenzenden Spielplatz werden Kinder toben und vom Tennisplatz wird die ganze Woche über das Schlagen der Bälle zu hören sein. Freude und Lachen werden diesen Ort erfüllen.

Von hier aus gabeln sich rechts und links zwei Wege.

Damiens Beschreibung folgend, nehme ich den rechten und lasse mich auf einer halb von Büschen verdeckten Bank nieder. Hoch ragt ein kahler Ahornbaum daneben empor. Sofort denke ich an Joshua. Wir haben die geflügelten Früchte gesammelt und sie fliegen lassen. *Schau, wie ein Hubschrauber, Mummy.* Im Herbst haben wir im Laub getobt, im Winter aus abgebrochenen Ästen Schwerter gebaut. Ich habe die Stimme meiner Mutter im Ohr: *Damit kannst du jemandem das Auge ausstechen.* Solche Ermahnungen haben wir als Kinder bekommen und geben sie dann als Erwachsene weiter. Auf dieser Bank habe ich unzählige Male gesessen. Hier habe ich auch kurz vor dem Unfall gesessen, der mir Joshua geraubt hat.

Die Bank ist zum Teil schon morsch, Obszönitäten sind in das Holz geritzt. Unweit von mir glimmt unter einem kahlen Baum eine Zigarette. Ein Mann in langem Trenchcoat lungert auf der Straße vor dem Park herum. Ist es Damien, der mich beobachtet? Mir wird bewusst, wie ausgeliefert ich hier so allein im Dunkeln bin.

Kurz darauf höre ich Schritte hinter mir. Als ich mich umdrehe, kommt eine schattenhafte Gestalt auf mich zugelaufen. Wie versteinert sitze ich da, kann mich nicht mehr rühren, weder atmen noch abhauen. Nach und nach verringert sich der Abstand, und ich erkenne den Mann. Es ist Damien Treadstone. Gleich ist er bei mir. Und ich weiß jetzt, dass er am Abend des Unfalls auch hier im Park gewesen ist.

38.

Er verlangsamt das Tempo und bleibt unter dem Ahornbaum stehen. Dann schlägt er die Kapuze zurück. »Ich war mir nicht sicher, ob Sie kommen würden«, sagt er. »Ehrlich gestanden, war ich mir nicht mal ganz sicher, ob Sie das vorhin am Telefon überhaupt waren.« Er schüttelt den Kopf. »Damit verstoße ich gegen meine Kautionsauflagen.«

Hastig atme ich ein paarmal ein und aus. »Ich musste einfach mit Ihnen sprechen. Sie müssen mir sagen, was an dem Abend passiert ist, warum Sie mich mit dem Wagen verfolgt haben.«

Er beißt sich auf die Lippe. In der Jackentasche ballt er die Hände zu Fäusten, jeden Moment geht er hoch wie eine Rakete. Er schiebt die Hände noch tiefer in die Taschen und macht einen Schritt auf mich zu. »Ich fasse es nicht, dass Sie mich noch immer beschuldigen. Ich dachte, Sie seien endlich zur Besinnung gekommen und wollten mich deshalb sprechen.«

Wie kann er nur wieder alles abstreiten? Er war an dem Abend hier, daran erinnere ich mich genau. Ich springe von der Bank auf. »Egal, was Sie sagen.

Sie waren hier.« Allmählich werde ich wütend, meine Stimme überschlägt sich. Ich schaue hinüber zu den Bäumen. Dort sehe ich keine Zigarette mehr, der Mann vor dem Park ist verschwunden. Wir sind allein. In der dunklen Stille wäre es für Damien ein Leichtes, mich zu verprügeln, umzubringen, mir sonst was anzutun. Keiner würde es mitbekommen. Keiner würde mich schreien hören. »Sie haben mich von der Straße gedrängt.«

»Ich habe niemanden von der Straße gedrängt.«

»Aber es war Ihr Wagen. Sie haben kein Alibi.« Ich versuche mir vorzustellen, dass wir uns kennen, mal zusammen waren. Haben wir uns hinter einem dieser Bäume geküsst oder im Auto miteinander geschlafen? Plötzlich halte ich inne. Ist das eine Erinnerung? Beim Sex im Auto werde ich gegen die Scheibe gedrückt, der Türgriff bohrt sich mir in den Rücken. Das ist so passiert. Nur wenn ich Damien anschaue, kommt er mir zwar bekannt vor, aber ich spüre nichts. Weiß nicht, wie es sich angefühlt hat. Müsste ich bei seinem Anblick nicht irgendetwas empfinden?

»Damien, ich muss Sie was fragen.« Mein Hals ist so trocken, dass ich nicht mal schlucken kann. »Lügen Sie mich an, weil wir eine Affäre hatten?«

»Was?« Damien lässt sich auf der Bank nieder. Er wirkt vollkommen fassungslos. Er stützt den Kopf in die Hände. Schließlich schaut er zu mir auf. »Was wollen Sie mir denn noch alles vorwerfen?«

»Aber so muss es doch gewesen sein.« Obwohl mir ja

schon selbst Zweifel gekommen sind, bohre ich weiter. »Warum hätten wir uns sonst hier verabredet?«

»Erst einmal waren Sie nicht mit mir verabredet. Und dann kann ich Ihnen versichern, dass wir garantiert keine Affäre hatten.« Er sieht mich angewidert an, als würde ihm schon allein bei dem Gedanken daran schlecht werden. »Ich wusste überhaupt nicht, wer Sie sind, bis mir mein Anwalt Fotos von dem Unfall gezeigt hat. Ihr Foto war ja nicht mal in der Zeitung. Opferschutz nennt sich das. So gnädig ist man mit mir nicht verfahren.« Wieder ballt er die Hände zu Fäusten und spreizt dann die Finger wie Klappmesser. »Jeder weiß, wer ich bin, glaubt zu wissen, was ich getan habe. Wissen Sie, wie mich die Leute ansehen? Als wäre ich ein Mörder.«

Er hat kein Recht, sich aufzuregen. Der Tod meines Sohnes sollte ihm zu schaffen machen, und nicht, was die Leute denken. »Sie schauen Sie so an, weil Sie meinen Sohn umgebracht haben«, fauche ich.

»Nein, habe ich nicht. Hören Sie mir überhaupt zu? Ich war zum Zeitpunkt des Unfalls gar nicht in Ihrer Nähe.«

»Aber Ihr Wagen war in meiner Nähe, und die Schlüssel steckten. Sie hatten Schlamm an der Hose. An Ihrem Wagen waren Lackspuren von meinem. Sie müssen da gewesen sein.« Mir kommt die Magensäure hoch. »Wenn ich so falschliege, dann sagen Sie mir doch, was Sie glauben, was passiert ist.«

»Kann ich nicht. Kann ich nicht, weil ich es nicht

weiß. Ich wünschte, ich könnte es, aber ich habe keinen Schimmer, was mit Ihnen und Ihrem Sohn passiert ist.«

Obwohl er so aufgebracht ist, habe ich keine Angst vor ihm. Was wohl daran liegt, dass er völlig perplex ist. Wenn er mich anlügen würde, würde er mir doch garantiert eine Alternative präsentieren. Dann hätte er sicher eine gute Story parat. Gerade seine Unsicherheit weckt in mir den Wunsch, mir anzuhören, was er zu sagen hat. Er ist verzweifelt, und vielleicht hofft er insgeheim, dass ich ihm glaube. Und das tue ich vielleicht auch.

»Ich verstehe das alles nicht, Damien.«

Er wischt sich die Augen und lehnt sich auf der Bank zurück. »Ich auch nicht, dennoch versichere ich Ihnen, dass ich keine Ahnung habe, was an dem Abend passiert ist. Deshalb habe ich Sie ja auch als Zeugin aufgerufen. Ich habe gehofft, dass, wenn Sie mich vor Gericht sehen, Ihnen klar ist, dass ich den anderen Wagen nicht gefahren habe. Ich habe angenommen, dass Sie nicht wollen, dass ein Unschuldiger für so eine schreckliche Tat hinter Gitter wandert.« Er putzt sich die Nase. »Ich habe auch einen Sohn. Jonathon. Ich würde alles für ihn tun. Aber mir wird gerade klar, dass ich geliefert bin, weil Sie selbst nicht wissen, was geschehen ist.«

Damien weint, er vergräbt den Kopf in den Händen. Auf der anderen Seite des Parks sehe ich ein Paar, ihre Blicke gehen in unsere Richtung. In dem Moment empfinde ich vor allem Mitleid für Damien. Ein gebrochener Mensch wie ich. Ich lege ihm die Hand auf die Schulter. Nach einer Weile hat er sich wieder im Griff.

»Warum glauben Sie, dass wir eine Affäre hatten, Chloe? Wir kennen uns doch nicht mal.«

Mir ist das alles so peinlich, aber ich muss es ihm sagen. Vor lauter Scham laufe ich rot an. Doch wenn ich es vor Andrew zugeben kann, kann ich es auch diesem Mann gegenüber. »Ich hatte eine Affäre. Ich habe mich hier im Park mit ihm getroffen. Als Sie den Park als Treffpunkt vorschlugen, nahm ich an, dass das zusammenhing. Als Sie ein Alibi angaben, das niemand bestätigen konnte, dachte ich, Sie wollten sich nur schützen.«

»Ich habe das einzige Alibi angegeben, das ich angeben konnte. Ich wollte mich auch schützen, und ich bin sogar schuldig, aber nicht in dem Sinn, in dem Sie denken. Wir waren beide am Unfallabend im Park, nur nicht zusammen. Mein Auto wurde gestohlen.« Er zeigt hinüber zur Straße. »Es stand dort. Eigentlich hätte ich nicht herkommen sollen, aber ich hatte in Brighton gearbeitet.« Er atmet tief durch und steht auf. Zunächst fürchte ich, dass er gehen will. »Ach, Scheiße, ich kann es Ihnen genauso gut sagen. Ehrlichkeit ist meine einzige Chance. Ich habe hier auch jemanden getroffen. Einen Mann.«

»Was für einen Mann?«

»Weiß ich nicht, Chloe. Irgendeinen. Gelegenheitssex. Deshalb kommen die Leute hier in den Park. Ich konnte nicht die Wahrheit sagen, weil ich verheiratet bin und ein Kind habe. Und weil ich hier nach Sex Ausschau gehalten habe.« Er reibt sich die Augen mit dem Jackenärmel. »Dann war mein Wagen plötzlich weg, und da bin ich mit dem Mann, den ich hier getroffen habe, in einer Bar was trinken gegangen. Als die Polizei mich ein paar Stunden später verhaftet hat, war ich betrunken. In meiner Panik habe ich gelogen, wo ich gewesen bin.«

»Warum haben Sie denn nicht die Polizei gerufen, als Sie gemerkt haben, dass Ihr Wagen weg war?«

»Ein Fehler«, sagt er und lässt den Kopf hängen. »Dann würde ich jetzt nicht in diesem Schlamassel stecken. Mit Ihnen als Zeugin hatte ich gehofft, freigesprochen zu werden, weil Sie nicht bestätigen können, dass ich am Unfallort war. Mein Anwalt drängt mich, die Wahrheit zu sagen, bloß möchte ich meine Frau und meinen Sohn schützen. Wenn meine Frau von den Männern erfährt, nimmt sie mir Jonathon weg. Als Sie mich heute Abend anriefen, dachte ich, wenn wir uns hier treffen, hilft das Ihrem Gedächtnis vielleicht auf die Sprünge. Dass Sie dann wieder wissen, was Sie hier gemacht haben, und wer den zweiten Wagen gefahren hat. Das würde es für mich leichter machen. Ich bin durch die Straße am Park entlang auf die Büsche zugelaufen.« Er zeigt über die Wiese. »Jemand hat mich gerufen, aber ich wollte nicht gesehen werden, also bin ich weggerannt. Die Person, die mich gerufen hat, waren Sie.«

»Ich?«

»Ja, ich muss meine Autoschlüssel verloren haben. Sie haben gerufen und gewunken. Ich dachte, Sie wären eine Bekannte, und ich wollte nicht gesehen werden, deshalb bin ich ins Gebüsch geflohen. Fünf Minuten später hörte ich eine Frau schreien. Als ich aus dem Gebüsch kam, um nachzusehen, ob jemand Hilfe braucht, ist ein Wagen über die Straße geprescht. Es war eine schwarze Limousine. Ein VW.«

»So einen Wagen fahre ich.«

»Als ich über die Straße zu meinem Auto geschaut habe, leuchteten die Scheinwerfer. Ich habe in meinen Taschen vergeblich nach meinen Autoschlüsseln gesucht. Dann hat mein Wagen mit quietschenden Reifen die Verfolgung des VWs aufgenommen.«

»Wer saß denn drin? Wenn Sie gesehen haben, wer den Wagen gefahren hat, können wir zur Polizei gehen und alles aufklären.«

»Sie haben wirklich keine Ahnung oder Chloe?« Ich schüttle den Kopf. Mitleidig sieht er mich an. »Sie waren es, Chloe. Sie haben meinen Wagen gefahren.«

39.

Ich lasse Damien einfach stehen und gehe davon, den Kopf gesenkt, während mir der Wind durch die Haare peitscht und sie wie Flammen in die Höhe treibt. Mir fällt es schwer, alles zu begreifen. Wie passt Damiens Wahrheit zu meiner? Was wir glauben, sind unterschiedliche Teile eines Puzzles, nur dass sich die Ränder nicht nahtlos zu einem Bild zusammenfügen. Vielmehr gleicht es einem abstrakten Gemälde, dessen Sinn sich mir nicht erschließt. Einerseits würde ich gerne glauben, dass Damien lügt, dass er bloß meinen Gedächtnisverlust ausnutzen will. Andererseits bin ich nicht überzeugt davon. Seit dem Unfall hat er keine Anstalten unternommen, sich mit mir in Verbindung zu setzen. Er hat sich komplett darauf verlassen, dass ich vor Gericht versichere, ihn nicht am Unfallort gesehen zu haben. Damien vertraut auf seine Darstellung der Ereignisse. Weil er die Wahrheit sagt.

Ziellos, wie benommen wandere ich umher, bis ich die Promenade erreiche. Dort setze ich mich in einen der viktorianischen Pavillons und blicke im Schein der antiken Straßenlaterne hinaus aufs Meer, ins unendliche Schwarz. Im Nebel sind die Lichter des Palace Pier mit der hell erleuchteten Kuppel auszumachen. Wie ein Reiterheer stürmen die Wellen gegen die Küste an, bis sie am Kiesstrand ins Leere laufen. Die Gischt sprüht mir feinen Nebel ins Gesicht. Ich sehe auch das Gerippe des West Pier, und als ich mich umdrehe, das Metropol Hotel. Hier war ich schon mal. Kenne diesen Ausblick. Auf der Promenade teilt sich ein Pärchen lachend Fish und Chips.

Ich schlinge die Arme um mich und lasse mir Damiens Version noch einmal durch den Kopf gehen. Ich glaube ihm. Eisern hält er daran fest, dass er nicht in den Unfall verwickelt war. Für mich ergibt das mehr Sinn als alles andere. Zumindest weiß ich jetzt, warum ich durch den Wald gelaufen bin und nach Joshua gesucht habe. Es erklärt auch die Schnitte in meinem Gesicht, und warum meine Verletzungen nicht zum Unfall passten. Ich bin gar nicht in meinem Wagen gefahren. Aber warum sollte ihn jemand anders mit Joshua darin fahren? Und wie bin ich vor dem Eintreffen der Polizei wieder dort gelandet? Auch wenn mir nicht klar ist, was ich im Preston Park wollte, weiß ich zumindest, dass ich vor dem Unfall dort war. Ich muss mit der Polizei sprechen.

Ich finde zurück nach Hause, meinem alten Zuhause. Mit einem Stein, den ich am Strand gefunden habe, schlage ich die Scheibe in der Tür ein und lasse mich hinein. Ohne Strom und Heizung ist es dunkel und kalt, riecht nach einem Haus, das lange leer gestanden hat.

So allein fühle ich mich schrecklich verletzlich. Ich gehe in die Küche und schaue mich um. Sosehr ich mich bemühe, werde ich aus den Ereignissen nicht schlau. Aus Neugier öffne ich alle Schubladen. Die meisten sind leer, nur in einer liegt ein altes Küchenmesser. Ich nehme es heraus und fahre mit dem Finger über die Klinge. Mit dem Messer in der Hand gehe ich hinüber zum Sofa, setze mich und ziehe mir das Telefon heran. DS Grays Handynummer habe ich dabei, ich tippe sie ein.

Als er abnimmt, sage ich ihm alles, was ich weiß. Dass ich am Unfallabend im Preston Park war, dass ich vermutlich Damien Treadstones Wagen gestohlen habe, weil jemand anders meinen Wagen mit meinem Sohn darin gestohlen hatte. DS Gray schweigt so lange, dass ich schon fürchte, er glaubt mir nicht. Gerade will ich nachhaken, da antwortet er doch.

»Von der Gegend Überwachungsvideos zu bekommen, wird schwierig werden, aber ich tue mein Bestes. Wenn Ihnen noch was einfällt, lassen Sie es mich wissen. Und Chloe, bevor ich es vergesse.« Er hält inne. »Andrew hat ein Alibi.«

Weiß ich doch.

Ich lege auf. Einerseits bin ich erleichtert, dass ich nicht den Wagen gefahren habe, in dem Joshua verunglückt ist. Andererseits habe ich noch DS Grays Stimme im Ohr, die sagt, die beiden Fahrzeuge hätten sich touchiert. Also bin ich womöglich trotzdem für den Unfall verantwortlich, was vielleicht noch schlimmer ist. Ich betrachte das Messer in meiner Hand. Ob es scharf ist?

Ich lege den Mantel meiner Mutter ab, den sie mir vor dem Verlassen des Hauses noch aufgedrängt hat. Dann rolle ich mich auf dem Sofa zusammen und decke mich mit der staubigen Wolldecke zu. Ich denke daran, wie Andrew allein in seinem winzigen Zimmer darum kämpft, trocken zu werden, obwohl er die beiden Menschen, die ihm am meisten bedeuten, verloren hat. Mich tröstet, dass wir es noch mal miteinander versuchen wollten, und dass er selbst jetzt noch bereit ist, mir zu vergeben, weil er einsieht, dass wir es beide vermasselt haben. So kann ich meine Fehler leichter ertragen.

Der Besuch im Preston Park hat mir geholfen, hat Erinnerungen wachgerufen. Sobald ich durch den Rosengarten gegangen bin, wusste ich, dass ich an dem Abend dort war. Nun muss ich zur Unfallstelle, um ein für alle Mal zu klären, was in der Nacht passiert ist. Ich rufe Guy an.

»Hallo?«

»Hi, ich bin's, Chloe.«

»Hey, schön, dass du dich meldest. Ich vermisse dich.«

Guy klingt wie ein schüchterner Teenager. Seit er mich heute Morgen bei meinen Eltern abgesetzt hat, haben wir zwar nicht mehr gesprochen, aber so lange ist das nun auch wieder nicht her. Die gemeinsame Nacht steht zwischen uns, was ihn jedoch nicht zu stören scheint. Muss ich mich jetzt schämen, dass ich mit ihm geschlafen habe? Tue ich zwar, nur ist Guy der Einzige, der mir gerade helfen kann.

Ich erzähle ihm von meinem Treffen mit Damien, und davon, dass nun feststeht, dass eine weitere Person am Unfallort gewesen sein muss. Ich gestehe ihm sogar die Affäre, denn was soll das Versteckspiel noch? Andrew weiß davon und hat mir sogar ein klein wenig vergeben. Zumindest erhebt er keine Vorwürfe, was es für mich erträglicher macht.

»Fährst du mit mir zur Unfallstelle?«, frage ich. »Ich glaube, du hattest recht. Ich muss mich den Tatsachen stellen. Vielleicht finde ich dort die fehlenden Puzzleteile.«

»Traust du dir das zu?«

»Habe ich eine Wahl? Ich muss mich erinnern, und du bist der Einzige, der mir dabei helfen kann.«

»Gut, dann morgen früh. Soll ich dich bei deinen Eltern abholen?«

»Nein, ich will da jetzt hin.«

»Ist es dafür nicht ein bisschen spät? Es ist schon fast elf.«

»Ich muss das jetzt machen. Ich habe schon mit der Polizei gesprochen. Ich kann nicht warten.«

Auf einmal bekommt seine Stimme einen ernsthaften Unterton. »Mit der Polizei? Warum hast du die denn angerufen?«

»Weil ich davon überzeugt bin, dass Damien Treadstone die Wahrheit sagt. Nachdem er zugegeben hat, wo er wirklich war, sieht sich die Polizei die Überwachungsvideos vom Preston Park an. Und wenn sie Erfolg haben, wissen wir, wer meinen Wagen gestohlen, meinen Sohn umgebracht und mich halbtot zurückgelassen hat. Nur wenn sie jetzt nichts finden? Ich muss zur Ditchling Road, dort fällt mir vielleicht wieder ein, wer es war.«

Guy atmet tief durch. Kurz fürchte ich, dass er nein sagen wird. »Also schön, Chloe. Wenn es dir so wichtig ist, mache ich mich auf den Weg.«

Nach dem Gespräch lege ich mir die kleine Decke wieder über die Beine. In diesem Haus ist es eisig, alles Leben ist ihm entwichen. Ich wähle noch eine Nummer und hoffe, dass meine Schwester rangeht. Ich habe Glück.

»Chloe?«

»Ja, ich bin's.«

Jess atmet auf. »Chloe, wo bist du? Du bist schon seit Stunden weg.« Im Hintergrund hallen Schritte, jemand läuft in der Halle auf und ab. Meine Mutter, die ihr den Hörer zu entreißen versucht? Mein Vater?

»Sag uns einfach, wo du bist, dann kommen wir dich holen. Du darfst noch nicht so lange alleine wegbleiben.« Manchmal vergesse ich selbst, dass ich erst vor ein paar Wochen eine Gehirn-OP hatte, auch wenn ein Blick in den Spiegel genügt, mich daran zu erinnern.

»Das ist nicht nötig, Jess. Guy ist bei mir.« Was soll so eine kleine Lüge noch schaden? »Ich weiß jetzt, wo ich an dem Abend war. Ich will mir die Unfallstelle mit eigenen Augen ansehen.«

»Chloe, warum überlässt du das nicht einfach der Polizei?«

»Kann ich nicht. Ich melde mich später bei dir. Okay?«

Und damit lege ich auf. Als das Telefon klingelt, ziehe ich das Kabel aus der Wand, und das Haus verstummt. Guy wird gleich hier sein, dann werde ich alles in Ordnung bringen. Ich lehne mich zurück, schließe die Augen. Kurz darauf schlafe ich ein.

40.

Freitag, der 1. September 2017, 19.15 Uhr

Atemlos legte ich das Handy beiseite. Mir zitterten die Hände. Im Rückspiegel tauchte mein wild gestikulierender Vater auf. Ich hatte noch seine Worte im Ohr: *Geh nicht zu ihm zurück, Chloe. Verlass uns nicht einfach so.* Vom Beifahrersitz aus sah Joshua mich an. »Treffen wir uns jetzt trotzdem mit Daddy?«

Ich schenkte ihm ein Lächeln und nickte. »Natürlich.« Wir standen an der Schwelle zu einem neuen Leben, wollten es ein letztes Mal miteinander versuchen. Andrew war einverstanden, heute Abend mit uns fortzugehen, alles hinter uns zu lassen. Doch nun stand alles auf dem Spiel. »Mummy hat nur vergessen, dass sie vorher noch was erledigen muss. Aber das ist eine Überraschung, okay? Also musst du es für dich behalten. Schaffst du das?« Joshua grinste mich breit an, jetzt strahlte er wieder. Sofort hatte ich ein schlechtes Gewissen wegen der Lüge.

Nachdem sich Joshua vergewissert hatte, dass sein Sicherheitsgurt auch fest saß, richtete er den Blick nach vorne. Furchtbar, dass ich ihn zu dieser Verabredung mitnehmen musste, aber mir blieb nichts anderes übrig. Ich musste die Sache so schnell wie möglich beenden. Bevor er Andrew noch etwas von uns sagte, wie er es angedroht hatte. Mir war so schrecklich heiß, ich schwitzte unter den Achseln, das Kleid klebte an mir. Auf der Stirn bildeten sich Schweißtropfen.

»Wer war das am Telefon?«, fragte Joshua.

»Niemand, Josh. Alles gut.«

»Aber Mummy«, sagte er leise, »du siehst so traurig aus.«

»Bloß weil ich mich mit Opa gestritten habe. Es ist nichts weiter, Josh, ehrlich.«

Ich fuhr zwanzig Minuten lang über die Landstraße nach Brighton. Draußen war es so schwül, dass auch das offene Fenster keine Abkühlung brachte. Vorm Preston Park fuhr ich auf meinen angestammten Parkplatz, der von der Hauptstraße nicht so leicht einzusehen ist. Ich stellte den Motor ab, lauschte. Atmete tief durch.

Hinter mir parkte ein weiteres Auto. War es seines? Doch kurz darauf stieg ein Mann aus, den ich nicht kannte. Er schlug die Tür zu, zog den Kragen hoch und entfernte sich von seinem Wagen, sah sich noch einmal um, aber ohne von mir Notiz zu nehmen.

Sollte ich Joshua wirklich mitnehmen? Oder sollte ich ihn lieber im Wagen warten lassen? Ich wollte verhindern, dass Andrew von der Affäre erfuhr.

»Mummy, was hast du?«

Ich rang mir ein Lächeln ab und gab Joshua ein Küsschen. »Es ist alles ok. Ich freue mich bloß so auf Daddy.« Daraufhin grinste Joshua bis über beide Ohren, sodass man die große Zahnlücke vorne sehen konnte. Und das Traurige an der Sache war, ich freute mich wirklich. Wie bin ich bloß in diesen Schlamassel geraten? Wie konnte es sein, dass ich hier im Preston Park war, um eine Affäre zu beenden, die unsere Zukunft bedrohte? Wie hatte er nur Andrews Nummer herausbekommen? »Du musst jetzt ganz lieb sein, Joshua. Du wartest hier und passt auf das Auto auf.«

Sofort erstarb sein Lächeln. »Allein? Kann ich nicht mit?« Er löste den Sicherheitsgurt und rutschte im Sitz nach vorne. »Ich könnte doch bei der Überraschung helfen.«

Ich schüttelte den Kopf. Noch konnte ich einfach wieder abhauen. Musste ich mich überhaupt treffen? Ich könnte die Sache auch morgen aus der Ferne beenden oder übermorgen oder nie. Ich könnte einfach verschwinden. Dass er es Andrew erzählen würde, war doch bloß eine leere Drohung. Was hätte er davon? Damit würde er alles kaputtmachen. Vielleicht war ihm das inzwischen auch egal. Vielleicht wollte er nur noch Rache? Nein, ich musste ihm jetzt sagen, dass es vorbei war. Wenn ich es ihm ins Gesicht sagte, würde er es begreifen.

»Tut mir leid, Josh, aber das geht nicht. Du musst hierbleiben. Aber ich schließe dich ein, okay? Und lass bitte keinen rein.«

Nachdem ich den Wagen verriegelt hatte, winkte ich

Joshua noch mal zu. Meine Wangen waren heiß und gerötet. Hitze und Nerven. Josh hatte sich schon in *Harry Potter und die Kammer des Schreckens* vertieft. Zurzeit war er wie besessen von Zauberei und Zauberern. Wenn er groß war, wollte er auch Zauberer werden, um die Welt nach seinen Wünschen zu gestalten. Dass er das Vertrauen in ein gutes Leben noch nicht verloren hatte, gefiel mir, dass er es offenbar nur mit Zauberei für möglich hielt, gefiel mir weniger. Ich prüfte noch mal, dass der Wagen auch wirklich abgeschlossen war, und machte mich auf den Weg zum Park.

Vom Rosengarten wehte ein schwerer, süßlicher Duft herüber, und der Boden glühte regelrecht. Vor mir lief der Mann, der hinter mir geparkt hatte, schwang die Arme beim Gehen. Kurz vor dem Café bog er links ein, offenbar hatte er das gleiche Ziel wie ich.

Ich legte einen Zahn zu, ich wollte die Sache ein für alle Mal hinter mich bringen. Ich hatte ihn seit Tagen nicht mehr gesehen. Hatte seine SMS ignoriert, also wusste ich, dass er sauer sein würde. Ich hatte schon mal versucht, die Sache zu beenden, aber da hatte ich mich mit Versprechungen für eine tolle Zukunft wieder breitschlagen lassen. Zusammen könnten wir eine Familie sein, einfach so, ohne all die Probleme, die mich überhaupt erst in seine Arme getrieben hatten. Mit dem Versprechen, Joshua ein besseres, stabileres, einfach ein normales Leben bieten zu können, ließ ich mich jedes Mal ködern. Doch nun bot Andrew mir das Gleiche an. Nachdem wir uns wieder einigermaßen eingelebt hätten, wollte er einen Entzug machen, würde alles tun, damit es zwischen uns funktionierte. Diesmal hatte er so überzeugend geklungen, dass ich ihm glaubte. Nicht nur mir zuliebe, sondern für uns alle, um uns zu retten. Unsere Familie. Allein um Joshuas willen musste ich ihm noch eine Chance geben.

Auf einmal sah ich ein Schlüsselbund vor mir auf dem Weg liegen. Ich hob es auf. Ein silberner Schlüsselanhänger in Form eines Ds. Ob er dem Mann vor mir gehörte?

»Hey!«, rief ich. Er drehte sich zu mir um. Ich winkte ihm mit dem Schlüsselbund zu. »Warten Sie doch!«

Doch statt stehenzubleiben, lief der Mann noch schneller. Seltsam, warum stellte er sich taub? Als ich das Tempo beschleunigte, um ihn einzuholen, rannte er davon. Verschwand im Gebüsch.

»Sie haben Ihre Schlüssel verloren!«, rief ich, aber vergebens. Später würde ich ihm das Bund einfach hinter die Scheibenwischer klemmen, in der Hoffnung, dass er sie als Erster finden würde.

Ich schaute mich zu meinem Wagen um, sah Joshuas blonden Schopf. Im Park roch es nach Rosen und frisch gemähtem Gras, in der Ferne knatterte ein Rasenmäher. Schon bald würden die Jahreszeiten wechseln, alles würde sich ändern. Es war auch Zeit für Veränderungen. Genau das würde uns guttun. Jedenfalls hoffte ich das.

Ich steckte die fremden Autoschlüssel zusammen mit meinen eigenen in die Tasche meines Kleides, lief am

Café vorbei und ging nach rechts in Richtung der Bank, wo wir uns in den vergangenen drei Monaten häufig getroffen hatten.

Er war spät dran. Ich wartete bestimmt schon zehn Minuten, bis ich ihn endlich kommen sah. Durch die Büsche war er halb verborgen, aber er war es. Ich sah nun auch seinen Wagen etwas abseits stehen, weit weg von meinem, um ja keinen Verdacht zu erregen. Lächelnd näherte er sich mir, seine hochgewachsene Gestalt warf lange Schatten. Noch immer sehnte ich mich nach seiner Berührung, spürte ein körperliches Verlangen nach ihm, selbst jetzt noch, da ich mit ihm Schluss machen wollte.

Ich holte tief Luft.

Ich musste es tun.

Ich musste es jetzt tun.

Ich hatte keine Wahl.

41.

Ich schrecke aus dem Schlaf hoch, als es an der Haustür bollert. Als ich öffne, steht Guy vor mir. Er macht einen Schritt auf mich zu und bleibt dann abrupt stehen.

»Um Himmels willen«, sagt er. »Was willst du denn damit?« Er nimmt mir das Messer aus der Hand und legt es beiseite.

»Ich war allein hier.«

Eine Weile betrachtet er die Klinge, dann umarmt er mich. Kraftvoll drückt er mich an sich, seine Bartstoppeln rau an meiner Wange. »Jetzt bin ich ja hier. Vor mir gab es einen Unfall, ich habe versucht, dich anzurufen, aber die Leitung war tot.« Sein Blick wandert zum Telefon und dem ausgestöpselten Kabel. »Ich dachte schon, dir wäre was zugestoßen.«

»Ich bin eingeschlafen. Ich habe das Telefon aus der Wand gezogen, damit meine Eltern nicht mehr anrufen. Die hätten keine Ruhe gegeben.«

»Dann schnapp dir deinen Mantel. Draußen ist es kalt, und es regnet auch wieder.« Er betrachtet meine Turnschuhe. »Ein Paar Gummistiefel wären besser geeignet.«

»Sollen wir lieber noch einen Moment warten?« Ich schaue hinaus. Der Regen hämmert gegen das Fenster, rinnt in abstrakten Wellenmustern über die Scheibe. Die Straßenlaterne flackert.

»Nein«, sagt er. »Du hattest recht. Es muss jetzt sein.« Er nimmt meinen Mantel vom Sofa. »Aber zieh den über, sonst frierst du dich tot.«

Während wir dicht aneinandergedrängt zum Wagen rennen, hält Guy seinen Mantel schützend über uns. Ich schlüpfe auf den Beifahrersitz, Guy läuft um den Wagen herum zur Fahrerseite. Nachdem er sich aus dem nassen Mantel gekämpft hat, lässt er den Wagen an und fährt los.

»Unglaublich, dieses Wetter«, sagt er auf dem Weg durch die Stadt. Ich finde es weniger unglaublich. Eigentlich bin ich dankbar dafür. Es ist wie an jenem Abend.

»Vielleicht hilft es mir, mich zu erinnern.«

Lächelnd fährt er sich durchs nasse Haar. »Wenn das nicht hilft, weiß ich auch nicht.«

Im Affenzahn geht es durch Brighton, vorbei an den gotischen Glockentürmen von St. Peter's Church auf die Ditchling Road, immer weniger viktorianische Villen säumen die Straße, bis zu unserer Rechten schließlich die Grüns des Golfplatzes in Sicht kommen. Nass und schlaff hängen die weißen Fähnchen herunter. Schließlich lassen wir die Stadt ganz hinter uns. Und während der Regen gegen die Windschutzscheibe prasselt und die Scheibenwischer hin und her schlagen, kann ich mir vorstellen, wie ich in Damien Treadstones Wagen gesessen habe. Auf dieser Straße. Ich hatte das Tempolimit weit überschritten, war verzweifelt, bin gerast. Ich weiß, dass ich allein im Wagen saß und an den roten Rücklichtern des Vordermanns klebte, Tränen rannen mir übers Gesicht. Es war mein Wagen vor mir, der mir mit Joshua darin gestohlen worden war. Ich schaue Guy an, lege eine Hand auf das Steuerrad.

»Chloe, was hast du denn? Alles okay?« Er berührt mein Knie. Mir läuft es eiskalt den Rücken hinunter, plötzlich habe ich einen trockenen Mund.

»Ja.« Aber überzeugend klingt das nicht.

»Ist dir noch was eingefallen?« Ich nicke. Vor der nächsten Kurve nimmt er das Tempo raus. Der Wind rüttelt so heftig am Wagen, dass Guy das Steuerrad mit beiden Händen festhalten muss. »Keine Angst. Du bist in Sicherheit. Alles wird gut.«

»Nein, wird es nicht. Damien Treadstone sagt die Wahrheit. Hier vor Ort kommen die Erinnerungen zurück.«

»Das ist doch gut.« Nun packt er das Lenkrad so fest, dass seine Knöchel weiß hervortreten. »Dann wird uns dieser Abend die Wahrheit bescheren.«

»Hoffentlich.« Ich schaue aus dem Fenster.

Guy gibt Gas. Es geht mitten hinein in eine sanfte Hügellandschaft. Bald schon lassen wir die Häuser hinter uns zurück und schlängeln uns ins nächste Tal. Das Auf und Ab scheint kein Ende zu nehmen. Nach einer Weile aber verändert sich die Landschaft, die Bäume ragen hoch neben der Straße auf, die sich in gefährlich schmalen Kehren windet. Hier sind Unfälle vorprogrammiert. Vor uns die Stelle mit dem Absperrband, das im Wind flattert.

»Da drüben.« Guy hält am Straßenrand. Kurz darauf stellt er den Motor ab.

Ich steige aus. Auf dem Asphalt sind noch Bremsspuren auszumachen. Die Narbe am Kopf pocht, als wäre der Schmerz wieder ganz frisch. Guy legt mir die Hand auf die Schulter, und ich atme tief durch. Gleich werde ich die Stelle besichtigen, wo mein Sohn sein Leben verloren hat. Wie soll ich das bloß überstehen? Ich schließe die Augen, habe die Bilder aus meinen Träumen vor mir, die umgeknickten Bäume am Straßenrand. Als ich die Augen wieder öffne, sehe ich, dass weite Teile des Unterholzes plattgewalzt sind.

»Da wollte ich halten, bin geschlittert und in den Baum gerast. Aber da ging es mir noch gut. Ich bin ausgestiegen und da lang gelaufen.« Es gibt mir Kraft, dass die Wahrheit zum Greifen nah ist.

Ich kämpfe mich durch Brombeergestrüpp, rutsche auch diesmal auf dem gleichen glitschigen Untergrund weg, kann mich in letzter Sekunde gerade noch auf den Beinen halten. Fast wäre ich wieder die gefährliche Böschung hinuntergestürzt. Guy folgt mir, mahnt mich zur Vorsicht. Vor mir steht der Baum mit beschädigter Borke, eine starke Eiche, an der mein Wagen zum Halten gekommen ist. Ich sehe die Lichtung, wo Joshua gelegen hat und ich auf die Knie gefallen bin, um meinen sterbenden Sohn in den Armen zu halten.

»Erinnerst du dich wieder?«, fragt Guy neben mir.

Ich zeige zur Eiche. »Dort klebte mein Wagen am Baum.« Ich laufe weiter zur Lichtung, mir schnürt sich die Kehle zusammen. In dem Moment sehe ich das ganze Leben mit Joshua noch einmal vor mir: die Geburt, der erste Schultag. Unsere Nachmittage am Strand. Das allabendliche Kuscheln und die Albträume. Die ersten Schritte, die ersten Worte. Die letzten Worte. »Da habe ich ihn gefunden«, flüstere ich.

Als ich mich auf die Knie fallen lasse, verschluckt mich der Boden fast, so weich ist die Erde. Genau wie in dieser schrecklichen Nacht trommelt der Regen auf mich ein. Ich sehe Joshua vor mir liegen. Habe noch seine Stimme im Ohr, das eine Wort, bevor er starb.

Mummy.

»Hier«, sage ich und presse die Hände ins feuchte Laub. »Hier habe ich ihn gefunden. Hier ist er gestorben, Guy.« Ich erinnere mich, dass der Motor meines Wagens noch lief und Dampf von der zerdrückten Motorhaube aufstieg. Erinnere mich an den warmen, kleinen Körper, der schlaff in meinen Armen hing. Ich habe ihm versprochen, dass alles gut wird, ein Versprechen, das ich nicht halten konnte. Ich habe ihm gesagt, dass Mummy und Daddy ihn lieb haben. Ich wusste, dass er sterben würde.

»Erinnerst du dich jetzt?«, fragt Guy.

Er greift nach meiner Hand, unsere Finger berühren sich. Auf einmal streicht er über meinen Ehering. Packt ihn.

»Den hast du sonst nicht getragen.«

Ich drehe mich zu ihm um. Schaue ihm ins Gesicht, in die Augen. Der Regen trübt meine Sicht. Noch immer hält er meinen Finger mit dem Ring fest, er bleckt die Zähne, schiebt das Kinn entschlossen vor. Er tut mir weh.

Bevor ich reagieren kann, holt er mit der rechten Hand aus. Ich versuche noch mich wegzuducken, aber er schlägt mir mit einem scharfkantigen Stein gegen den Kopf. Ich falle mit dem Gesicht zuerst zu Boden, an der Stelle, wo Joshua gestorben ist. Guy packt mich an den Beinen und schleift mich über den Boden, über nasses Laub, Steine, Zweige und Baumwurzeln. Verzweifelt versuche ich mich irgendwo festzuhalten, nichts. Gleich verliere ich das Bewusstsein.

»Ich erinnere mich, Guy«, würge ich hervor. Ich versuche, wach zu bleiben, mich zu wehren. Der Schmerz im Kopf wird immer stärker. Und dann wird mir schwarz vor Augen, und ich bin weg.

Als ich hinter den Bäumen hervorkam und auf den Weg trat, bist du aufgestanden, hast erleichtert und wütend ausgesehen. Mit deiner Wut habe ich gerechnet. Aber ich war auch wütend, Chloe. Ich hatte den dringenden Wunsch, es dir heimzuzahlen, immer wieder habe ich die Hände zu Fäusten geballt. Doch ich habe die Hände in die Taschen gesteckt, versucht, meine Gefühle unter Kontrolle zu bekommen. Diese hässliche Seite an mir solltest du nicht sehen. Noch nicht.

Erst als ich dir gedroht habe, bist du eingeknickt, stimmt doch, oder? Hast du das von deinem Vater gelernt? Trotzdem warst du an dem Abend so froh, mich zu sehen. Dass habe ich deinem Gesicht angesehen, habe das Kribbeln gespürt. So soll es sein, Chloe. Kein Ertrinken. So fühlt es sich an, wenn man verliebt ist. Wenn es einen nicht mit Haut und Haaren verschlingt, lohnt es nicht.

Und nachdem ich solange warten musste, um dich zurückzubekommen, warst du plötzlich zum Greifen nah. Ich konnte kaum glauben, dass du gekommen warst. Du wolltest gleich was sagen, aber ich musste dir zuvorkommen. Denn bevor du irgendwas sagen konntest, wollte ich, dass du weißt, dass du für mich DIE Frau bist. Mir war es egal, dass du verheiratet warst. Mir war es egal, dass du eigentlich einem anderen gehörtest. Ich wollte hören, dass du für immer mir gehörst, wie ich dir. Ich gehöre dir, Chloe. Ich will nur dich. Du und ich, für immer und ewig, bis dass der Tod uns scheidet.

42.

Freitag, 1. September 2017, 19.45 Uhr

»Du bist also doch gekommen. Ich war mir nicht sicher.«

Er wirkte angespannt, hatte die Schultern hochgezogen, die Hände in den Taschen vergraben. Irgendwie konnte ich mich ganz gut in ihn hineinversetzen. Verstand seine Wut, bemitleidete seine Verzweiflung. Aber ich musste es auf der Stelle beenden, um meine Ehe zu retten. Mit Lust und Verlangen war Schluss. Er hatte mir einen Ausweg, eine Flucht geboten. Diesen Teil meiner selbst musste ich opfern, um das zu retten, was mir so viel mehr bedeutete.

»Natürlich bin ich gekommen. Du hast mir gedroht, es Andrew zu sagen. Das kann ich nicht zulassen.«

Er lachte verbittert. Nun bekam ich es wirklich mit der Angst zu tun. Ich schaute mich zum Wagen um. Noch immer konnte ich Joshuas blonden Schopf ausmachen, den Kopf im Buch vergraben, die Füße auf dem Armaturenbrett.

»Wärst du jetzt lieber woanders?« Guy machte einen

Schritt auf mich zu. Als er mich am Arm packte, brannte sein Griff wie tausend Nadeln. »Bildest du dir etwa ein, du könntest so einfach mit mir Schluss machen?« Er schnalzte laut. Dann zog er mich mit sich. »Komm, wir gehen ein Stück. Wir haben viel zu bereden.«

Er zerrte mich so schnell vorwärts, dass ich kaum Schritt halten konnte. Die Hektik war selbst in seinem Atem zu hören. Je verzweifelter er wurde, desto mehr bekam ich es mit der Angst zu tun. Auf einer kleinen Lichtung blieben wir stehen. Vor lauter Bäumen konnte ich meinen Wagen nicht mehr sehen. Guy schubste mich gegen einen Baum, die Borke schürfte mir die Schulter auf. So wie das brannte, blutete es bestimmt. Mit den Händen in den Hüften lief er vor mir im Kreis.

»Das hat wehgetan.« Ich betastete die Wunde auf der Schulter. »Ich bin hergekommen, um mit dir zu reden, nicht um rumgeschubst zu werden.«

Aber er hörte gar nicht hin. »Drei Tage, Chloe. Weißt du, was ein Telefon ist? Wenn du eine Nachricht bekommst, hast du zu antworten.«

»Was ist los mit dir, Guy? Ich habe dir doch schon gesagt, dass es vorbei ist. Was erwartest du da, wenn du mir schreibst, dass du mich treffen willst? Oder wenn du mir drohst, bei meinen Eltern oder bei Joshua in der Schule aufzukreuzen? Ich habe dir gesagt, dass wir uns nicht mehr sehen können.« Als ich gehen wollte, versperrte er mir den Weg. »Geh mir aus dem Weg. Ich bin nur gekommen, um dir zu sagen, dass du mich nicht mehr anrufen sollst. Es ist vorbei. Kapier das endlich.«

In drei schnellen Schritten stand er direkt vor mir, fasste mich am Arm. Der Rasenmäher kam näher, ob mich jemand hören würde, wenn ich schrie?

»Du hast nicht das Recht, mit meinen Gefühlen zu spielen, Chloe. Ich kann sie nicht einfach abstellen. Bloß weil du sagst, dass es vorbei ist, heißt es noch lange nicht, dass ich dich vergessen kann. Ich liebe dich.«

Ich schüttelte den Kopf. So etwas wollte ich nicht hören. »Du hast kein Recht, mich zu lieben«, sagte ich. »Ich gehöre einem anderen.«

Er packte fester zu, stieß mich wieder gegen den Baum und presste sich an mich. Als er mich küssen wollte, drehte ich den Kopf weg. Daraufhin bedeckte er meinen Hals mit Küssen. Seine Hände waren überall. Ich bekam kaum noch Luft, als er mir unters Kleid fasste. In der Nacht, als mein Vater den Roberta-Preis verliehen bekam, habe ich ihn begehrt, wurde von einer Welle der Lust erfasst. Statt der Rede meines Vaters zu lauschen, haben wir uns am Strand unter der Seebrücke geliebt. Es war gefährlich, aufregend. Für mich war es eine Flucht, in diesem kurzen, berauschenden Moment war ich jemand anders. In diesem Moment war ich nicht die Frau eines Alkoholikers. War keine Mutter, die um ihren Sohn fürchtet. Und nun drängte er sich an mich, suchte mit den Händen, wollte in mich dringen. Aber diesmal fühlte es sich sehr anders an.

»Ich will das nicht, Guy. Ich will dich nicht.« Ich schob ihn von mir. Überrascht von meiner Kraft, stolperte er zurück. Ich lief los. Nichts wie weg hier. Hinter mir erklangen seine Schritte. Die ersten Regentropfen eines heftigen Sommerregens fielen, färbten mein Kleid dunkel. Guy packte mich von hinten, irgendwie gelang es ihm, mich festzuhalten. Ich fuhr herum und schlug ihm ins Gesicht.

»Hör auf, Chloe.« Er schüttelte mich. Dann versuchte er, mich zurück zur Lichtung zu zerren. »Ich liebe dich. Bedeutet dir das denn gar nichts mehr? Du hast mir gesagt, dass du mich auch liebst. Wo sind deine Gefühle hin?« Ja, ich hatte es ihm gesagt, aber hatte ich es auch so gemeint? Keine Ahnung. War es Liebe oder Schwärmerei? Die Vorstellung von einem anderen Leben? »Bitte, Chloe. Ich brauche dich.«

Ich hatte mit ihm im Bett gelegen und gezittert, als er mich streichelte und mir diese Worte zuraunte. Da hatte ich ihn nämlich auch gebraucht. In dem Augenblick war ich ihm verfallen, seiner Berührung, seinem Auftreten, seiner Beständigkeit. Er war bereit, mir alles zu geben. Sehnte ich mich nach so einem Mann? Wollte ich nicht diese Frau sein?

»Ich kann nicht, Guy. Ich kann ihn nicht verlassen. Das kann ich Joshua nicht antun.«

»Du verdienst was Besseres als ihn. Und Joshua auch. Gib mir eine Chance, ich beweise dir, dass ich ein guter Vater bin. Es könnte so schön sein, warum begreifst du das denn nicht? Ich werde für dich da sein. Ich werde deinen Sohn lieben wie …«

»Sag es nicht.« Ich konnte mir das nicht länger anhören. Er wollte mich bloß weichkochen. »Ich kann Andrew das nicht antun.«

Nun verzog er das Gesicht. »Sag ja nicht seinen Namen. Nicht vor mir.«

»Aber er ist mein Mann, Guy.«

»Das ist mir egal. Ich bin der Mann, den du liebst.«

Wieder rückte er näher an mich heran. Drängte sich an mich. Und drückte mich so fest, dass es wehtat. Er würde mich nicht gehen lassen. Jetzt nicht und später auch nicht. Nie.

»Unsere Gefühle spielen keine Rolle, Guy. Andrew darf das mit uns nicht erfahren. Es würde ihm den Boden unter den Füßen wegziehen.«

Er hielt meinen Kopf fest, und einen Augenblick lang sahen wir uns reglos an. Dann sagte er: »Aber er weiß es schon. Ich habe es ihm vor einer halben Stunde gesagt.«

Ich riss mich los. In der Tasche tastete ich nach meinem Handy. Wegen Guys ständigen Nachrichten hatte ich es auf lautlos gestellt. In der letzten halben Stunde hatte ich sieben verpasste Anrufe, alle von Andrew.

»Hat er versucht, dich anzurufen? Siehst du, da kannst du gleich mit mir gehen.« In Guys Blick lag schiere Verzweiflung. Noch hoffte er auf eine gemeinsame Zukunft mit mir. »Ich habe es getan, damit uns nichts mehr trennen kann. Damit wir frei sind.«

Da wurde mir klar, dass ich keine Gefühle mehr für ihn hatte. Ich hätte nicht herkommen sollen. Ich würde in den Wagen steigen, zu Andrew fahren, und gemeinsam würden wir Brighton verlassen. Das war der Plan.

Ich würde ihm alles erklären. Durch mich sollte Andrew nicht zugrunde gehen, nicht wieder mit dem Trinken anfangen. Guy war ein dicker Fehler. Für mich und Andrew. Für mich und Joshua. Noch könnte ich ihn korrigieren. Und wollte ich das nicht auch?

Ich drehte mich um und rannte zum Café, war schon fast am Rosengarten. Von hier aus konnte ich meinen Wagen sehen. Als ich in der Tasche nach meinen Autoschlüsseln kramte, fand ich nur ein fremdes Bund. Es waren die Schlüssel, die ich auf dem Weg hierher gefunden hatte. Ich griff erneut in die Tasche, doch als ich meine eigenen herauszog, stürzte sich Guy von hinten auf mich und warf mich zu Boden. Joshua tauchte am Wagenfenster auf und sah, wie ich versuchte, mich zu befreien. Und dann entdeckte auch Guy ihn im Wagen, die Kinderhände an die Scheibe gepresst. Guy griff nach meiner Hand mit den Schlüsseln.

»Nein!«, brüllte ich, aber er schlug mir ins Gesicht und entriss mir die Schlüssel, sprang auf und rannte zu meinem Wagen. Zu meinem Sohn. »Lass die Finger von meinem Sohn!«, schrie ich. Ich fuchtelte wild mit den Armen herum. »Josh! Steig aus.« Zu meiner Erleichterung öffnete Josh die Wagentür. Doch dann schob Guy ihn zurück in den Wagen, knallte die Tür zu und fuhr los.

Mit peitschenden Scheibenwischern kam er auf mich zugerast. Dreck und Steine flogen auf. Joshua presste das Gesicht an die Scheibe. Hören konnte ich ihn nicht, aber ich wusste, dass er schrie. Sein Mund war weit aufgerissen, die Augen zusammengekniffen. Tränen rannen ihm übers Gesicht. Er hatte Guy nie kennengelernt. Wusste nicht, wer ihn entführte.

Trotzig stellte ich mich dem Wagen in den Weg, überzeugt, dass Guy anhalten würde. Doch als er näher kam, begriff ich, dass er mir nicht ausweichen würde. Ich fiel rückwärts hin, und im Vorbeifahren erwischte er mich noch mit dem Kotflügel. Ich rappelte mich auf die Knie und musste hilflos mitansehen, wie der Wagen mit schlingernden Reifen davonstob.

Im ersten Moment wusste ich nicht, was ich machen sollte. Ich sah mich nach Hilfe um, nach einer Möglichkeit, das, was ich getan hatte, ungeschehen zu machen. Und dann fiel mir das andere Schlüsselbund wieder ein, das ich hatte fallen lassen. Ich schnappte es mir und rannte zu dem Wagen, der hinter meinem geparkt hatte. Als ich losfuhr, kam ein Mann angerannt, der wild mit den Armen gestikulierte. Er brüllte und schrie, dass ich anhalten und aus seinem Wagen steigen sollte. Wenn er nicht in letzter Sekunde noch zur Seite gesprungen wäre, hätte ich ihn fast noch über den Haufen gefahren. Ich sah noch, wie er zu Boden fiel.

Ich bretterte mit Vollgas los. Vor mir bog mein Wagen rechts ab. Als ich die Kreuzung erreichte, hielt ich erst gar nicht, nahm fast einen Fußgänger mit. Ich sah nur noch die roten Rücklichter meines Wagens verschwommen in der Ferne. Die Scheibenwischer peitschten hin und her. In meiner Vorstellung rief Joshua unentwegt nach mir. *Mummy. Mummy. Mummy.*

Der Wagen bog in die Ditchling Road ein, ich hinterher. Er geriet zunehmend ins Schlingern. Einmal fuhr ich zu dicht auf und touchierte ihn. Und als es dann noch heftiger regnete und die Fahrbahn schmaler wurde, kam der Wagen von der Straße ab und stürzte die Böschung hinunter. Ich machte eine Vollbremsung, schlitterte in einen Baum, riss die Fahrertür auf und rannte so schnell ich konnte.

»Joshua!«, rief ich. Doch nur das Prasseln des Regens auf dem Blätterdach war zu hören.

Ich sprang die Böschung hinunter, stürzte im dichten Unterholz, schnitt mir das Bein an einem Ast auf. Ich schrie auf vor Schmerz, rappelte mich schwerfällig auf. Und dann sah ich ihn. Meinen Wagen. Zerschellt. Mein Kind. Am Boden. Ich lief zu ihm, fiel vor ihm auf die Knie.

»Joshua, alles wird gut. Mummy ist jetzt bei dir.«

»Mummy«, sagte er. Ich geriet in Panik. Was sollte ich tun? Obwohl ich Scheu hatte, ihn anzufassen, nahm ich ihn in die Arme, was blieb mir sonst? Ich drückte ihn an meine Brust, sein Atem ging mal schnell, mal langsam. Ich strich ihm den Regen aus dem Gesicht, versuchte ihn abzuschirmen, damit er nicht nass wurde. »Mummy«, sagte er wieder. Kurz darauf tat er seinen letzten Atemzug. Für mich brach die Welt zusammen. Zerplatzten alle Träume. Den schlaffen kleinen Körper in den Armen, schrie ich meinen Schmerz in die Nacht hinaus. Als er von mir ging, spürte ich es in jeder Zelle. Würde ich ihn wirklich nie wieder sehen? Seine liebe

Stimme nie wieder hören? Seine warme Haut nie wieder küssen? Alles, was mir am Herzen lag, war verloren, zerstört. Ich hatte uns an diesen Punkt gebracht, an dem die Zeit stehenblieb. Für mich gab es jetzt nichts mehr.

Behutsam legte ich Joshua am Boden ab, die Arme sorgfältig neben dem Körper. Dann schnappte ich mir einen heruntergefallenen Ast, der groß und schwer genug war, um mich zu verteidigen. Und um Guy zu verletzen. Ich wollte ihn in Stücke reißen, ihn häuten, ihm alle Knochen brechen.

Im Unterholz bewegte sich etwas, schwere Schritte im feuchten Laub. Als ich mich umdrehte, kam Guy auf mich zugewankt, er hatte keinen Kratzer am Leib. Ich ging mit dem Ast auf ihn los. Doch er blockte mich mit links und schlug mit rechts zu. Bewusstlos brach ich zusammen.

Mit meinem Sohn verlor ich meine Vergangenheit und auch meine Zukunft. Guy hatte mich vielleicht mir selbst zurückgegeben, als ich mich selbst verloren hatte, aber er hatte mir auch alles genommen, was mir lieb war.

43.

Ich höre ihn auf- und abgehen, spüre den Regen, schwer und kalt. In meinem Kopf pocht ein unerträglicher Schmerz, ich kann eine Beule ertasten. Wie lange bin ich bewusstlos gewesen? Auch wenn ich nur verschwommen sehe, erkenne ich Guy, der mit sich selbst spricht. Ich probiere, mich aufzurichten, mich in Sicherheit zu bringen, doch ich bin zu schwach. Schritte. Guy kommt.

»Nein, Chloe, vorsichtig. Beweg dich nicht.«

Ich will von ihm wegrücken, aber er nimmt mich in die Arme und drückt mich an sich.

»Geh weg von mir.« Meine Worte sind verwaschen, unverständlich. Ich habe nicht mehr die Kraft, mich zu wehren.

»Ich verstehe dich nicht.« Er legt mich auf den Boden, drängt sich an mich. Küsst mich mit kalten, nassen Lippen. »Ich habe dich nie verstanden, Chloe. Ich wollte doch nur, dass wir zusammen sind, eine Familie. Du hättest bei mir bleiben sollen. Ich wollte dir nie wehtun. Damals nicht. Jetzt nicht.« Er drückt mich fest.

Keine Ahnung, wie lange wir in diesem Nest aus

feuchtem Laub gelegen haben, er die Arme um mich geschlungen. Ich spüre sein Körpergewicht, seinen Atem, seine Wärme. Immer wieder drifte ich weg wie im Krankenhaus, weiß nicht, ob ich wache oder schlafe. Habe ich wieder Blutungen? Schwillt mein Gehirn an? Sobald ich mich aus seiner Umklammerung befreien will, packt er wieder zu.

»Geh weg von mir.« Kraftlos schiebe ich ihn von mir.

»Wir können das alles vergessen, Chloe. Alles hinter uns lassen. Wir haben beide Fehler gemacht.«

»Du hast meinen Sohn umgebracht«, brülle ich. »Du hast ihn mir genommen.«

»Glaubst du etwa, ich hätte ihn getötet?« Guy sieht aus, als würde er gleich weinen, die Hand aufs Herz gepresst. »Wie kannst du das sagen, nachdem du weißt, was mit meinem Bruder passiert ist? Es war ein Unfall. Du hast mich von der Straße gedrängt.«

Ich schüttle den Kopf. Ein pochender Schmerz, heiß und kalt zugleich. »Du hast ihn entführt. Du bist schuld, dass er tot ist.«

»Du wolltest ja nicht hören, Chloe. Hattest vergessen, dass wir das perfekte Paar waren.« Guy steht auf und schaut mich an, während ich noch auf dem Boden kauere. »Selbst jetzt scheinst du dich nicht mehr zu erinnern, wie schön es mit uns war. Wie oft willst du dich denn noch in mich verlieben, um das zu begreifen? Dein Vater sagt ständig, ich soll Geduld haben, dir Zeit geben, aber wie lange soll ich denn noch warten?«

»Mein Vater?«

»Er hilft mir, Chloe. Er hilft uns. Bald schon hast du dein altes Leben vergessen, und wir bauen uns gemeinsam ein neues. Es wird großartig, das verspreche ich dir. Erst gestern bist du in meinem Bett aufgewacht. Wie oft haben wir davon geträumt! Und behaupte nicht, dass es dir nicht gefallen hat. Denn das hat es, das weiß ich. Deshalb verstehe ich nicht, warum du den trägst.« Erbittert greift er nach meiner Hand und versucht, mir den Ehering vom Finger zu reißen.

Ich wehre mich. Dabei gehen mir unentwegt die Lügen meines Vaters durch den Kopf. »Was zwischen uns ist, ist nicht real, Guy. Ich wusste ja nicht, was du getan hast.«

Wie ein Springteufel steht er vor mir und lässt meine Hand fallen. »Ich habe überhaupt nichts getan«, brüllt er. Mit schweren Schritten geht er auf und ab. Redet mit sich selbst. »Es war nicht meine Schuld. Du bist auf mich aufgefahren. Du hast mich von der Straße gedrängt.«

»Du hast meinen Sohn gekidnappt.« Ich rutsche ein Stück zurück, ich will weg von ihm. Mich kostet es unglaublich viel Kraft. Ich horche. Kommt da vielleicht ein Wagen? Nichts. Hier findet mich keiner. Ich taste den Boden nach einer Waffe ab. Einem Stein, einem Stock. Ganz gleich.

»Noch ist es nicht zu spät. Du kannst der Polizei immer noch sagen, dass Damien Treadstone dich von der Straße gedrängt hat. Damit wäre alles vorbei. Ende. Dein Vater meinte, dass hättest du auch vor. Warum hast du deine Meinung geändert?« Ich schüttle den Kopf. Guy macht zwei schnelle Schritte auf mich zu, stellt rechts und links einen Fuß neben mich. »Aber wenn du dazu nicht bereit bist, lässt du mir keine Wahl.«

Er holt mit der Faust aus. In meiner Verzweiflung mobilisiere ich alle Kräfte und trete ihm zwischen die Beine. Als er sich vor Schmerzen krümmt, robbe ich davon. Doch er bekommt meinen Fuß zu fassen, fieberhaft suche ich mit den Fingern im Boden Halt. Ich schreie, als er mich zurückzieht, mich auf den Rücken dreht und sich auf mich setzt. Mit seinen Händen um den Hals, bekomme ich kaum noch Luft.

»Hör auf zu schreien, Chloe. Es hört dich doch keiner.«

Nun höre ich tatsächlich nichts mehr, sehe nur noch die Bewegung seiner Lippen. Und als mir dann auch noch schwarz vor Augen wird, weiß ich, dass ich hier sterben werde. Regen rinnt mir in die Augen.

»Wann begreifst du endlich, dass ich dich nicht gehen lasse? Das kann ich nicht, Chloe. Dafür liebe ich dich zu sehr.« Er würgt mich stärker, seine Finger schließen sich fester um meine Kehle. Ich will Luft holen. Kann ich nicht. Ich sehe nichts mehr. Das war's. Er bringt mich um.

»Tut mir leid«, sage ich so laut ich kann, auch wenn nur ein Flüstern herauskommt. Doch meine Entschuldigung ist nicht für Guy, sondern für Joshua. Denn er hat für meinen Fehler mit dem Leben bezahlt. Und für Andrew, weil ich uns unsere letzte Chance genommen habe. Und für mich, eine letzte Bitte um Vergebung.

»Mir tut es auch leid, Chloe.«

Da nehme ich eine Bewegung hinter Guy wahr, er lockert den Griff, offenbar hat auch er etwas bemerkt. Mit weit aufgerissenen Augen fällt er in sich zusammen. Wie ein Kartenhaus. Rollt von mir herunter. Und dann steht plötzlich Andrew mit einem gewaltigen Ast da. Er hilft mir auf und schleppt mich zur Böschung. Auf allen vieren hangeln wir uns den unbefestigten Hang hoch. Doch bevor wir noch die Straße erreichen, raschelt es hinter uns. Guy.

»Schneller, Andrew«, brülle ich, doch stattdessen legt Guy einen Zahn zu. Er macht einen Satz und erwischt mich am Bein. Obwohl mich Andrew verzweifelt zu halten versucht, rutsche ich die Böschung wieder hinunter. Guy will mich an den Armen packen, doch ich entwische ihm und ziehe mich an einer kräftigen Baumwurzel hoch. Mit einer Hand hänge ich an der Wurzel, mit der anderen taste ich nach einer Waffe. Noch immer hält Guy mein Bein fest. Und endlich bekomme ich einen spitzen Stein zu fassen, umschließe ihn mit der Faust. Als Guy an meinem Bein zerrt, lasse ich die Wurzel los.

Ich gebe ihm erst gar keine Gelegenheit, mich zu packen. Mit aller Kraft schlage ich wieder und wieder mit dem Stein auf ihn ein, warmes Blut spritzt mir ins Gesicht. Leblos sinkt er zu Boden. In dem Moment taucht Andrew auf.

Er hilft mir hoch, und wir betrachten Guy, der mit dem Kopf nach unten am Boden liegt. »Ich glaube, ich habe ihn getötet«, sage ich wie betäubt. Darauf reagiert Andrew nicht, stattdessen hebt er mich hoch, trägt mich den Hang hinauf und bleibt erst stehen, als wir die Straße erreichen.

Dort setzt er mich ab und drückt mich zärtlich an sich. Er tastet meinen Kopf ab, Blut sickert aus der Wunde. Auch wenn ich die Bäume auf der anderen Straßenseite kaum sehen kann, höre ich, wie Sturm und Regen ihnen zusetzen. Ich höre auch eine Polizeisirene nahen. Den Blick habe ich fest auf die Böschung geheftet, falls Guy auftaucht. Was sollen wir bloß machen, wenn er wirklich kommt? Andrew hält mich fest im Arm, beide sind wir außer Atem.

»Alles okay?«, fragt er mich.

»Weiß nicht.« Ich sehe meinen Mann an, der mich gerettet hat. »Woher wusstest du, dass ich hier bin?«

»Die Polizei hat die Überwachungsvideos vom Park ausgewertet und gesehen, dass Guy am Unfallabend deinen Wagen genommen hat. Danach sind sie zu ihm nach Hause gefahren, aber da war er schon weg. Als sie bei deinen Eltern anriefen, hat Jess ihnen gesagt, dass du mit ihm unterwegs bist, und wo ihr hinwolltet. Dann hat sie mich angerufen, weil sie wusste, dass ich näher dran bin. Den Flyer von der Klinik hat sie in deiner Manteltasche gefunden.«

Gott sei Dank ist er gekommen. In der Dunkelheit hört man erneut die Sirenen. »Gleich sind sie da.« Ich schaue Andrew an. »Und wenn ich ihn nun umgebracht habe?« Nach so vielen Schlägen muss er doch tot sein.

»Dann ist es wenigstens vorbei«, sagt er.

Der erste Polizeiwagen fährt vor. DS Gray läuft zu uns. DC Barclay ist hinter ihm. Sie zieht eine Taschenlampe aus dem Gürtel und schwenkt zur Böschung herum.

»Ist er da unten?«, fragt DS Gray. Als ich nicke, ruft er: »Sei vorsichtig, Cath.«

Und während DC Barclay den Abhang hinunterklettert und sich der Strahl der Taschenlampe hinter den Bäumen verliert, denke ich an alles, was ich verloren habe. So kostbar, dass es nicht ersetzt werden kann. Doch es hat mich auch gelehrt, dass Andrew immer noch zu mir gehört.

Selbst jetzt noch hält er an uns fest. All die Jahre habe ich geglaubt, er wäre verloren, doch jetzt in seinen Armen wird mir klar, dass er mich nie verlassen hat.

44.

Kurz nach acht klopft meine Mutter an die Tür und stellt eine dampfende Teetasse auf den Nachttisch neben das Bild von Andrew und Joshua.

»Gegen neun sollten wir los«, sagt sie. Ich setze mich auf, schiebe die Decke beiseite. Die Luft ist kühl, aber angenehm. »Was willst du zum Frühstück?«

»Toast würde mir reichen.« Ich greife nach dem Tee.

Ich binde mir das Haar zu einem Zopf, ziehe eine Jeans an und eine leichte Strickjacke über das Top. Im Spiegel betrachte ich die Narbe. Unter dem Haaransatz schauen nur noch drei Zentimeter hervor. Der Rest wird von den Haaren verdeckt, die inzwischen nachgewachsen sind.

Nach dem Frühstück steigen wir ins Auto. Ich sitze vorne neben meiner Mutter auf dem Beifahrersitz. Im Kofferraum liegt eine kleine Tasche, in der sich alle meine Habseligkeiten aus meinem alten Zimmer befinden. Als ich mich zum Haus umschaue, kann ich kaum fassen, dass ich nicht mehr hierher zurückkehren werde.

»Wird seltsam hier sein ohne dich«, sagt meine Mutter leise, fast entschuldigend.

»Ich weiß.« Ich nehme ihre Hand. »Du wirst dich schon dran gewöhnen.«

Sie lacht ein wenig freudlos. »Da bin ich mir nicht so sicher. Ist ein großer Kasten, so ganz allein.« Sie seufzt. »Vielleicht sollte ich ihn verkaufen.«

»Wo würdest du dann hinziehen?«

»Ach, weiß ich nicht, vielleicht nach Brighton.« Um ihre Lippen spielt ein Lächeln. »Ein kleines Haus am Meer.« Den Traum kann ich nur zu gut verstehen. »Ich könnte in deine Nähe ziehen.«

Ich lächle. »Das wäre schön.«

Nach der Nacht im Wald bin ich nach Hause zurückgekehrt. Die Ärzte hatten mir nicht erlaubt, allein in meinem Häuschen zu wohnen. Andrew war noch nicht so weit mit seinem Entzug, um Verantwortung für mich zu übernehmen, sonst konnte ich nirgendwo hin. Aber ich wollte nicht mit meinem Vater unter einem Dach leben. Also hat meine Mutter ihn vor die Tür gesetzt.

»Alles klar?«, fragt meine Mutter und lässt den Wagen an. »Bist du bereit?« Ich werfe noch einen letzten Blick zum Haus, dessen Fenster in der Wintersonne leuchten. Über dem Rasen hängt feiner, durchsichtiger Nebel. »Bereit, wenn du es bist.«

Noch immer fällt es mir schwer zu glauben, dass mein Vater mit Guy unter einer Decke steckte und versucht hat, unsere kurze Beziehung wiederauferstehen zu lassen; dass er mich im Hinblick auf Joshua und Andrew so belogen hat. Einmal war er im Haus, um ein paar Sachen zu holen. Er lungerte so lange im Arbeitszimmer herum, bis er mich in der Halle erwischte. Er wollte sich entschuldigen, für alles, was er getan hat. Angeblich brachte er es nicht über sich, all die Lügen einzeln aufzulisten. Doch ich glaube, selbst jetzt ärgert es ihn vor allem, dass er auf das falsche Pferd gesetzt hat, dass er Guy vertraut hat. Dass er geglaubt hat, Guy liebe mich und wolle mit mir ein neues Leben anfangen.

Mein Vater wusste schon Wochen vor dem Unfall von uns. Er gab zu, uns zusammen gesehen zu haben. Für ihn war Guy meine zweite Chance. Offenbar haben wir uns beide in Guy getäuscht. Dennoch rühren mich die leeren Entschuldigungen und vorgetäuschten Gewissensbisse meines Vaters nicht. Nach wie vor ruft er zu Hause an und spricht mit meiner Mutter, aber ich bin mit ihm durch. Ich will nichts mehr mit ihm zu tun haben, und ich habe das Gefühl, meiner Mutter geht es ähnlich. Spätabends habe ich sie manchmal mit Peter reden hören. Einmal hat sie sogar gelacht. Ich glaube, dass auch meine Mutter über alles hinwegkommen wird.

Im Krankenhaus stellt mir Dr. Gleeson eine Menge Fragen, bevor er mir bescheinigt, dass ich gesund bin. Danach fahren wir am Wasser entlang, so wie nach meiner ersten Entlassung. Aber damit enden die Gemeinsamkeiten auch schon. Nun sehe ich alles mit anderen Augen. Damals fürchtete ich, mich nie mehr daran erinnern zu können, wer ich war. Nun weiß ich, dass es selbst an den dunkelsten Orten Hoffnung gibt.

Man muss nur bereit sein, dort zu suchen, denn wo Schatten ist, ist auch Licht.

Meine Mutter hält wie vereinbart in der Parkbucht vor dem Palace Pier. Die Lichter sind schrill und bunt, die Musik noch über die Brandung hörbar. Meine Mutter zieht die Handbremse und sieht mich an.

»Vergiss das nicht«, sagt sie und reicht mir ein zusammengerolltes Handtuch. Die Möwen schreien über uns, kreisen aufgeregt im schwachen Sonnenlicht. Ich lausche dem Kirmeslärm, der von der Mitte der Seebrücke ertönt. »Ich setze deine Tasche bei dir zu Hause ab. Den Schlüssel werfe ich in den Briefkasten.«

»Nein.« Ich steige aus dem Wagen, die Wellen schlagen, der Wind bläst. »Behalte ihn lieber. Bei dir ist er in guten Händen.«

Einen Augenblick sieht sie aus, aus würde sie in Tränen ausbrechen, mein Vertrauen rührt sie. »Bitte sag Andrew, dass es mir leidtut. Dass ich da mitgemacht habe.« Und dann fährt sie weg. Wann werde ich sie wohl wiedersehen?

Immer wieder schieben sich fluffige Schäfchenwolken vor die Sonne. Ich steige die Stufen zum Strand hinunter, wo ich Andrew schon an dem Kiosk warten sehe, der Fisch und Chips verkauft. Er ist genau am vereinbarten Ort. Ich schaue auf die Uhr. Ich bin früh dran.

Einen Augenblick lang sehe ich ihn bloß an. Die Wangen rot vom Wind, die Lippen rissig von der Kälte. Andrew ergreift als Erster das Wort. »Willst du es heute wirklich tun?«

»Dr. Gleeson hat grünes Licht gegeben.« Ich schaue mich am Strand um. Nur ein paar Mutige trotzen den Elementen, schlürfen ihre Getränke in den umliegenden Cafés. Trotz allem ist es ein wunderschöner Tag. Acht Wochen ist es jetzt her, dass ich die Wahrheit erfahren habe, seither habe ich mich gut erholt. Ich brauche diesen Moment für mich. »Und er hat betont, dass ich wieder in mein normales Leben zurückkehren soll.«

Schweigend laufen wir zum Wasser, die Kiesel knirschen unter unseren Füßen. Heute haben wir den gesamten Strand für uns. Ich reiche Andrew das Handtuch und ziehe Strickjacke und Top aus, darunter trage ich den schwarzen Badeanzug. Ich streife die Turnschuhe ab und lege die Hose daneben. Als ich die runden Kiesel unter den nackten Füßen spüre, zittere ich.

»Joshua wäre begeistert gewesen«, sage ich. Andrew nickt bloß. Das ist unser Ort, der Ort, zu dem wir als Familie gekommen sind. Ich bücke mich und staple ein paar Steine auf einen Haufen. »Damit ich den Weg zurück finde.« Eine Blume wurde an den Strand gespült. Ich lege sie neben den Steinhaufen. Nun habe ich das Gefühl, Joshua ist bei mir. Ob der Schmerz je nachlässt?

Andrew gibt mir einen Kuss. »Ich warte hier auf dich.«

Ich wate ins Wasser, die eisige Kälte brennt an den Knöcheln. Verstohlen betrachte ich die winzige Wölbung meines Bauches, die noch keiner bemerkt hat. Während ich aufs Meer blicke, streiche ich mir über die wachsende Kugel. Keine Ahnung, wie Andrew reagieren wird, wenn ich ihm von dem Baby erzähle. Guys Baby. Ich weiß, dass Andrew sich noch eines von mir wünscht, nur würde uns das vielleicht überfordern. Jedenfalls empfinde ich die Schwangerschaft als großes Glück. Guy hat mir ein Kind genommen, aber er hat mir auch eines geschenkt. Ich werde dieses Kind genauso lieben wie Joshua.

Ein Schritt, und schon wirbelt mir das Wasser um die Knie. Nach ein paar weiteren Schritten reicht es mir bis zu den Oberschenkeln. Ich drehe mich zu Andrew um. Er sitzt am Strand, hat sich die Hände unter die Achseln geschoben. Nickt mir zu, ich solle weiter reingehen. Ich wende mich wieder zum Meer. Alles wird gut zwischen uns, das habe ich im Gefühl. Dafür werde ich sorgen.

Denn lange bevor Guy mich im Wald angegriffen hat, wusste ich, was in der Unfallnacht geschehen war. Die Erinnerungen stellten sich nach meinem Treffen mit Damien ein, als ich auf der Promenade gesessen und aufs Wasser geschaut habe. Durch das Hotel hinter mir bin ich draufgekommen, dort hatte nämlich die Preisverleihung stattgefunden. Und durch das Pärchen mit den Fish und Chips. Da fiel mir auf einmal ein, dass ich Guy weg von der Party und unter die Seebrücke gelockt hatte. Was für eine aufregende Nacht! Und mit einem Mal war wieder alles präsent: der Park, die Entführung, der Unfall. Die Affäre. Dass Guy meinen Sohn auf dem Gewissen hatte. Und in dem Moment wollte ich ihm einfach nur wehtun, er sollte bezahlen für das, was er getan hatte. Was er tat.

Als ich das Messer in der Küche fand, wollte ich ihn damit umbringen. Doch als er dann vor mir stand, verließ mich der Mut. Mir wurde auch klar, dass ich keine Waffe benutzen könnte, sonst würde es ja nicht wie Notwehr aussehen. Doch ich war überzeugt davon, dass ich mich rächen könnte, wenn es mir gelänge, ihn zur Unfallstelle zu lotsen. Während der Fahrt durch die Stadt hatte ich sogar mit dem Gedanken gespielt, einen Unfall herbeizuführen. Nur wollte ich nicht für ihn sterben. Fast wäre es ja auch in die Hose gegangen, als er mich überwältigt hat. Aber am Ende hatte ich den Stein in der Hand. Guy hat bekommen, was er verdient.

Die Polizei hat die Untersuchung abgeschlossen, niemand hat unsere Version in Frage gestellt. Als ich ihn im Streit von mir gestoßen habe, sei er auf einen Stein gefallen. Vielleicht habe ich ihn auch einmal geschlagen, aber so genau wüsste ich es nicht mehr. *Sorry, kann mich nicht erinnern.* Doch nachdem ich der Polizei erzählt habe, dass Guy mich ins Auto gezwungen und gedroht hat, mich umzubringen, haben sie keine weiteren Fragen gestellt. Vor allem nicht, als ich ihnen die Blutergüsse gezeigt habe. Die Polizei nahm an, dass er sich an mir rächen wollte, weil ich sie eingeschaltet hatte und sie nun auch wussten, wo der zweite Wagen gestohlen worden war. Sie gingen davon aus, dass er seine Spuren verwischen wollte, was ja nicht so weit weg von der Wahrheit war.

Auch wenn Guy tot ist, bilde ich mir manchmal ein, dass ich ihn sehe, er mir folgt, mir nachspioniert. Als wir noch zusammen waren, hatte er mich und Joshua am Strand beobachtet. Was für ein gefährliches Spiel! Selbst jetzt, hüfttief im eisigen Wasser, bilde ich mir ein, dass er über der Reling hängt und mir zusieht, wie ich mich immer weiter von der Küste entferne. Doch dann blinzle ich einmal, und er ist fort. Wird die Erinnerung an ihn mein Leben lang wie ein Schatten über mir hängen? Wird mich das Kind immer daran erinnern, was ich getan habe? Wie ich ihn begehrt habe? Ihn gebraucht habe? Ihn gehasst habe? Vielleicht. Ich weiß es nicht.

Noch einmal drehe ich mich zu Andrew um. Stelle mir vor, Joshua säße neben ihm am Strand. Könnte ich doch nur die Zeit zurückdrehen, alles ungeschehen machen. Aber das kann ich nicht. Die Vergangenheit ist vorbei. Es gibt kein Zurück. Nun geht es um die Zukunft, um ein neues Leben. Eine neue Chloe, die wieder Mutter wird. Ich schaue zum Horizont. Und dann schließe ich die Augen, hole tief Luft und tauche lautlos in die Wellen.

Dank

Mir war klar, dass das zweite Buch schwierig werden würde, denn zum ersten Mal in meinem Leben hatte ich einen Vertrag im Nacken. Es wurde dann noch schwieriger als gedacht, aber ich habe von allen Seiten tatkräftige Unterstützung bekommen. In loser Reihenfolge möchte ich besonders den folgenden Personen danken:

Den fantastischen Lektoren von Headline, den alten und den neuen: Emily Griffin, Kate Stephenson und Toby Jones. Ihr habt alle euren Anteil an dem Buch. Sara Adams für die kontinuierliche Unterstützung, auch beim Titel und für die Erinnerung, dass die Danksagung vor Druck fällig ist! Millie Seaward, Jo Liddiard und dem Rest des Teams, die das Beste aus dem Buch herausgeholt haben.

Allen bei Madeleine Milburn Literary, TV and Film Agency, dass sie an mich geglaubt und mich redaktionell unterstützt haben. Ich kann von Glück reden, dass ich solch kluge und erfahrene Köpfe an meiner Seite habe.

Wie immer meiner Familie, nah und fern, für ihre ständigen Ermunterungen und die vielen Fotos von Supermarkt-Bücherregalen. Was bin ich nur für ein

Glückspilz! Theo und Themis, die sich zu so tollen Menschen entwickeln. Ihr bereichert mein Leben unglaublich. Und ich bin sehr stolz auf euch. Stasinos, meinem besten Freund, Liebhaber, Ehemann und nun auch Vater meiner Tochter. Du bedeutest mir mehr als je zuvor. Tap, tap, jeden Tag ein bisschen mehr.

Und Leila. Zu Beginn des Buches warst du bloß ein Wunschtraum, als die ersten Korrekturen kamen schon meine ständige Gefährtin, die sich an meine Brust kuschelte oder über meinem Arm schlief. Ich habe gewagt, von dir zu träumen, und doch nicht geglaubt, dass sich der Traum erfüllen würde. Dieses Buch und alles, was seit dem Tag deiner Geburt geschehen ist, ist dir gewidmet.